KB271511

서사의 운명

서사의 운명

최 혜 실

도서출판 역락

2002년부터 7년동안 쓴 문학평론 중에서 다른 책에 게재되지 않은 것들을 모았다. 제목은 거창하게 <서사의 운명>이라 붙였으나 '서사에 대한 고민', 혹은 '문학과 서사 사이에서'가 더 정확한 표현일 것이다. 2002년은 나에게 있어 90년대 말부터 등장한 새로운 매체가 일으키는 사회적 변화를 확실하게 체험하게 한 해였다.

워낙 중심부에 서지 못하고 주변에서 '이게 아닌데'라고 중얼거리는 성품의 소유자인데다가, 재직했던 학교의 특수성까지 겹쳐 문학의 주변에서 참 많이도 서성거리며 고민했다. 주요 문학잡지의 편집까지 맡아 문학의 중심부에 등극하는가 하더니 그 중심부에서 다시 비실거리며 문학의 변모를 부르짖던 모습은 내가 보기에도 이상했다.

그러나 소설은 틀림없이 변화하고 있었다. 처음에는 영상의 영향으로 인한 묘사의 강세, 구술성의 득세 정도로 감을 잡았다. 그러나 시간이 지나면서 점차 다른 모습들이 보이기 시작했다. 소설은 어느 사이에 영화, 드라마, 만화 등의 다른 서사 장르와 끊임없이 교섭하면서, 아니 교섭할 준비가 되어있는 방향으로 자신의 담론구조를 만들어나가기 시작하고 있었다. 소설은 종이에서 뛰어나와 온갖 장르 속에서 몸을 틀더니 다시 그 변화의 양상을 자기 몸에 담아서 자신을 진화시키고 있었다.

그러나 과연 문체의 변화만 있는 것일까? 국민국가의 등장, 인쇄매체인 신문 및 책의 부상과 더불어 나타난 소설은 이제 글로벌 시대와 인터넷 매체의 등장을 맞이하면서 세계관에서조차 새로운 모습을 보이고 있다.

게임, 테마파크, 관광으로까지 멀리 나가면서 소설을 바라보았다. 외로운 나의 모습, 그러나 멀리서 내 것을, 안에 있는 사람과 다르게 보는 것이 나의 운명인가보다. 근대의 산물이라는 소설이 탈근대의 시대를 맞아 다른 방향으로 몸바꾸기를 하는 그 단초를 나는 인정할 수밖에 없었다. 서사시, 소설, 그리고 그 다음에는 무엇이 될까?

왜 나는 중심부에서 오연하게 그래도 문학이라고 말하지 못하는 것일까? 황석영 같은 대가들이 인터넷에 연재한 소설이 베스트셀러가 되는 것을 보면서도 청소년 성장소설이란 일탈 체험으로의 서사가 게임 등에 나타나는 역성장소설 구조와 닮아있다는 점, <무릎팍 도사>에 출연하여 과시한 입담이 선풍적인 인기를 끈 때문, 결국 영상의 도움에 의한 것이라고 중얼거리면서 왜 정통소설의 건재를 부인하는 것일까? 현재 유래가 없을 정도로 시 행사들이 많음에도 불구하고 제2 구술 시대, 연행으로서 시의 모습이 근대 인쇄매체에서의 시의 특성을 변모시킬 것이라는 서푼짜리 예언이나 하고 있는 것일까?

많이 부끄러운 글들이다. 그냥 개인적으로 7년의 세월을 나름대로 정리하고 싶어서라고 솔직히 고백하겠다.

2009. 3.

최혜실 씀

제4부 감수성의 이동

제 1 부
디지털 시대의 문학

디지털 시대의 문학

1. 근대, 국가, 인쇄매체, 그리고 소설

교통과 통신의 발달은 사람들의 공간 개념을 근본적으로 바꾸어놓으며 사유의 방식에까지 변화를 일으키고 있다. 자급자족이 이루어지던 농경 사회에서 주민들은 정착 생활을 해왔으며 그들의 생활 반경은 영주의 봉토 중심으로 이루어졌다. 산업혁명 이후 증기기관의 발명과 새로운 교통 수단의 등장, 그리고 근대국가의 형성은 동시에 나타난다. 도보나 우마를 사용하던 사람들은 증기로 움직이는 열차와 선박으로 훨씬 넓은 행동반경을 확보했다. 이제 사유의 범위는 국가단위로 바뀌었다.

민족이 원초적인 공동체가 아니라 근대 자본주의의 발전 과정에서 생겨난 역사적 구성물이란 견해는 설득력이 있다. 단군 신화 등 민족 신화가 강조되고 자국어에 대한 사랑이 대두한 것은 유럽이건 동북아시아이건 근대 이후의 일이었다. 공식 언어로 라틴어나 한자가 통용되던 중세와 달리 국어에 대한 사랑이 강조되면서 맞춤법 통일안이 나타난다. 민족주의가 갖는 이데올로기적 호소가 왕조의 정통감이 사라진 근대 사회의 상실감을 대체해줄 효율적 가치관이었고, 이 가치관은 신문이 '상상의 공동체'로서 민족적 연대감을 만들어 가는 데 큰 역할을 했다.

그리고 소설은 정기간행물인 잡지나 신문연재소설로 자신의 가치를 드러내기 시작했다. 19세기 영국에 나타난 잡지인 『블랙우즈 매거진』이나 『런던 매거진』은 오락을 중심으로 한 하찮은 잡지였고 이 잡지에 연속물로 소설이 게재되었다. 예를 들어 찰스 디킨즈의 소설은 <하우스 홀드 워즈>와 <올 더 이어 라운드>에 연재되었다.[1] 이광수의 <무정>은 <매일신보>에 연재되었다.

우연이 아니었다. 인쇄술은 근대 국가 형성에 결정적인 역할을 했다. 매체의 변화는 소통과, 나아가 공동체의 변화와 밀접한 관련을 가져왔다. 처음에 말이 있었다. 사람들은 말을 통해 의사소통을 하고 배우고 생활했다. 몸동작, 억양, 표정 등이 동원되고, 상대방의 질문이 허용되기 때문에 대화는 지식 전달에 효율적이었다. 그러나 말은 전달성과 보존성에 치명적인 약점이 있었다. 말은 발화와 동시에 인간의 망각 속으로 사라져 버린다. 말소리는 멀리 나아가지 못한다. 망각 속에서 지식은 축적되지 못하고 다음 세대로 전달되지 못하였다. 인류 문명의 비약적인 발전이 불가능했고 오랫동안 지루한 공동체 사회가 계속되었다.

말의 보존과 전달을 위해 인류가 발명한 것이 글이었다. 문자를 통해 지식은 보존, 축적되고 전달되었으며 문명은 획기적으로 발달한다. 그러나 수기(手記)로 제작되는 문서는 한정적일 수밖에 없었고, 자연히 귀족이나 승려 등 제한된 소수에게만 지식은 독점되었고, 이에 따라 지식을 소유한 계층을 중심으로 강력한 중앙집권의 국가가 지속되었다(농업 중심의 생산방식으로 봉토 중심의 중세 봉건사회가 오랜 기간 계속되었으나 기독교의 강력한 제도가 중세를 지배한 핵심적 동력은 수기 성경이다).

---

1) 앨런 스윈지 우드, 정혜성 역, 『문학의 사회학』, 한길사, 1984, 145쪽.

인쇄술이 발달하면서 지식의 생산과 전달은 획기적인 발전을 이루었다. 인쇄술은 균일한 활자로 쓰인 지식을 균일한 책에 넣어 수천 명, 수만 명에게 전달할 수 있게 해 주었다. 이제 인류는 다양한 지식을 표준화하는 지식의 대량 생산, 전달을 기반으로 근대의 문화를 이루게 되었다. 대량생산된 인쇄매체를 바탕으로 지식은 대다수에게 공유되었고 교육받은 계층의 출현은 근대 시민계층의 근간을 이루었다.

문학은 인쇄매체의 혜택으로 성장한 근대 시민계층이 매우 선호했던 예술 장르였다. 대부분의 지식은 인쇄물을 통해 이루어졌고 그 막강한 소통을 매개물로 탄생한 인쇄매체의 스토리텔링인 소설은 어떤 이야기 장르보다도 막강한 힘을 지니며 근대를 군림하기 시작했다. 근대 국가의 시민계층은 소설을 읽으며 근대정신을 키워나갔다.

2. 탈근대, 지구화, 디지털 매체, 그리고?

그런데 디지털 시대, 통신 기술과 미디어 산업의 발달로 전 세계는 좁혀지고 문화의 혼종 현상을 보이고 있다. 동시에 같은 화면을 접하고 같은 유행을 공유하게 된 상황에서 산업화로 두터워진 중산층들은 피부색과 문화가 자국과 비슷하면서도 적당히 이질적인 동아시아의 각국 문화에 호감을 가지게 되었다. 최근 나타난 한류 현상의 중요한 원인은 바로 이 미디어의 발달인 것이다.

이제 사람들은 국가 단위에서 세계를 바라보기 시작했다. TV를 켜면 CNN이나 NHK에서 세계 각국의 뉴스와 날씨를 보도하고 있다. 인터넷 사이트를 열면 세계 각국의 물건들이 나타난다. 한국에서 파리지엔이나 뉴요커의 유행을 따라잡는 것은 쉬운 일이다. 클릭하고 카드로 요금을 지불하면 일주일 안에 상품이 집에 도착하는 세상이다.

존 어리(John Urry)는 이런 현상을 시공간의 압축이라고 표현했다. 마차로 미국 동부에서 서부로 가는데 석 달이 걸렸다면 증기기관차로는 사흘이 걸렸고 비행기로는 네 시간이 걸린다. 그런데 최근 유비쿼터스 컴퓨팅 기술로 인해 시공간의 무화(無化)가 나타나고 있다. 유비쿼터스 기술은 용도에 따라 공간을 구획하는 근대의 합리성에 강력한 도전을 하고 있다. 예를 들면 지하철은 목적지까지 가는 교통수단이다. 그러나 MP3로 음악을 들으면 음악 감상실이 되고, DMB로 스포츠 중계를 보면 거실이 된다. 모바일 폰은 전화에서 시작했지만 그것으로 친구와 수다를 떨면 그곳은 놀이공간으로 변하며, 게임을 하면 게임방이 된다. 또 주식투자를 하거나 은행계좌로 송금을 하는 등 업무 처리를 하면 일터로 바뀐다. GPS를 활용하면 내릴 지하철역의 교통 상황을 훤히 알 수 있다.

이제 공간은 단순한 물리 공간에서 전자공간과 중첩되면서 증강 현실로 바뀐다. 멀리 미국에 있는 친구와 통화하면서 친구와 나와의 거리는 무화된다. 이 공간의 혼재 속에서 정보는 전과는 전혀 다른 새로운 방식으로 생산, 교환, 소비되고 있는 중이다.

거대한 데이터베이스의 바다에서 독자는 자신이 원하는 정보를 머릿속에 떠올리는 방식과 동일한 방식으로 인터넷에서 지식을 검색할 수 있다. 더구나 이런 자료들은 공간과 시간에 구애받지 않고 언제든지 연결된다. 소통의 방식은 이제 문자에서 멀티 미디어로 변모하고 있다. UCC는 DMB를 통해 언제 어디서나, 세계 어디에서나 원하는 사람과의 소통이 가능하게 되었다. 근대가 소수에 의한 지식의 생산과 다수에 의한 지식의 소비로 이루어진 공간이라면 디지털 시대는 다수에 의한 지식의 생산과 소비의 시대로 규정된다.

3. 현실성에서 환상성으로

1) 근대의 원근법적 인간과 리얼리즘

리얼리즘 문학에 대한 논의는 대체로 19세기에서부터 시작된다. 리얼리즘 문학의 대가로 손꼽히는 디킨즈, 괴테, 발자크, 톨스토이, 체홉, 도스토에프스키, 고골리 등의 작가들은 모두 19세기의 인물이다.

이들의 작품에 대한 찬사는 주로 전형성, 총체성 등의 키워드로 나타난다. 무조건적인 현실 반영이 아니라 올바른 역사에 대한 시각(perspective)을 가지고 현실의 총체성(totality)을 반영하는 작품이 위대하다는 것이다. 하나의 관점으로 세상을 올바로 표현할 수 있다는 믿음은 사실주의 미술에서 원근법의 시각으로 세계를 재현하는 방식과 흡사하다. 그 관점이 올바르기만 하면 세상을 올바르게 인식할 수 있다는 확신은 근대 이성주의자들에게 흔히 나타나는 자신감이다. 근대 소설에서 리얼리즘 이론이 강하게 드러난 것은 근대 시민계급의 합리주의 전통, 계몽주의적 전통이 이어진 것이라고 보아도 무방하다.

이처럼 소설은 근대의 전통을 충실히 따르면서 출발하였다. 환상이나 알레고리는 진정한 사회현상을 제대로 파악하지 못하는 불확실성과 상대주의에서 나온다는 비판도 또한 이런 태도에서 나온 것이다. 성황당의 도깨비불은 과학적 지식의 발견으로 오래되어 썩은 나무의 인이 발광하는 것임이 밝혀졌다. 즉 환상, 귀신, 유령은 사람들의 지식의 부족에서 온 것이다. 이처럼 올바른 이성으로 헛것, 모호한 것을 극복할 수 있다는 생각이 근대를 지배하였다.

근대주의자들에게 '환상성'은 그 미학적 가치를 논하기에 매우 곤혹스러운 존재였다. 단순히 악마나 영혼, 유령의 모티프나 나열하면서 현실과 반대의 개념으로 상대화시키거나 이성적 행동의 죄의식, 터부의 위반에 대한 보상 작용으로 보는 경우, 사회성 부족 내지 도피의 반윤리적 태도로 보는 경우가 대부분이었다.

토도로프는 환상성을 "자연의 법칙을 아는 사람이 초자연적 사건에 접하게 되었을 때 느끼는 주저함"으로 정의함으로써 19세기 실증주의자의 불완전한 글읽기를 이루어낸다. 자연과학의 발달과 실증주의의 등장으로 현실 세계를 논리적으로 설명할 수 있다는 믿음이 확고해졌으면서도 한편으로 남아있는 일말의 의심과 불안이 환상 장르를 만들어내었다는 것이다.

작가가 세계를 보는 준거틀을 가지고 현실을 질서정연하게 보는 리얼리즘의 근대적 정신은, 그러나 20세기 후반부터 세계가 인식불가능할 만큼 혼란스럽고 복잡하다는 견해에 의해 비판되기 시작하는데, 이 견해는 자아 정체성에 대한 의문에서 나온다.

2) 단일주체의 해체와 환상성의 대두

개인의 자아는 하나로 고정된 것이 아니라 다른 사람과의 관계 속에서 설정되며 절대적이지 못하기 때문에 유동적이고 불확실하다. 인간의 의식이 불확실한 상황에서 당연히 현실을 보는 관점은 불가능하고 세계는 일관성을 잃으며 환상적이 된다는 것이다.

재미있는 사실은 이런 주체의 분열이 사이버 공간에서 본질적으로 드러난다는 점이다. 예를 들어 사이버 공간에서 주체의 의식과 육체는 분열된다. '나'라는 육체는 서울에 있지만 부산의 친구와 통화하는 나의 의식은 부산에 있다. 또 주체는 데이터베이스에 의해 다중화되고 분산되며 새로운 형체를 이루게 된다. 들뢰즈와 가타리에 의하면 우리는 시공간에 고착된 농경민적 존재에서 몸을 실제로 움직이지 않고도 통신위성을 통해 전지구를 마음대로 가로지르는 유목민적 존재이다. 이제 고정적 자아의 존재에 대한 회의는 공간 이동이 필수적인 디지털 시대에 훨씬 심화된다. 인간은 다중심적, 유동적, 정황상의 주관적 존재로 다양한 관점을 가진 다중적 중심이다.

다중적 자아에 있어서 현실은 도저히 하나의 무엇으로 사물과 대상을 재현할 수 없는 불가해한 존재가 되어버린다. 그 불가해함은 아직도 현실의 재현에 대한 욕망이 남아있고 가능성을 읽고 있을 때는 머뭇거림으로, 믿기 어려운 허구적 상황으로의 함몰로서의 환상성으로 나타난다.

그러나 허구적 상황의 심화는 환상에로의 거침없는 몰입으로 나타나게 되는데 이 점은 고전소설과 일맥상통하는 점이 있는 것이다. 영웅소설의 유형은 초월적 공간과 현실적 공간의 자연스러운 넘나듦을 특징으로 한다. 그런데 이 이야기를 읽는 독자들은 초월성에 대해 어떤 놀라움이나 회의도 보이지 않는다. 왜 그럴까? 근대의 비평가나 독자들은 이것을 근대화되기 이전의 미개하고 저열한 그 무엇으로 치부하기 일쑤였다. 근대에 이르러 고전소설이 아동문학으로 전환된 예가 그것이다. 아이들에게 상상력을 심어주는 용도로 고전소설의 환상성이 이용되었을 뿐 본격소설에 환상적 요소가 이용되는 경우는 거의 없었다.

그러나 인터넷에서 주로 생산, 소비되던 판타지 소설에서 비롯된 환상적 요소는 차츰 본격소설의 영역에까지 나타나기 시작했다. 단순한 시공간의 환상적 요소뿐 아니라 거침없고 황당하며 엽기적이기조차 한 사건을 눈 하나 깜짝하지 않고 이야기해 버리는 것이다. 인터넷의 환상성은 '엽기'라는 용어와 많은 영역을 공유한다. '엽기'란 "기괴한 일이나 이상한 일에 강한 흥미를 가지고 찾아다니는 일"이란 사전적 의미를 지니고 있다. 기괴함, 이상함은 토도로프에 의하면 '환상성'에 비근한 개념이나 환상성 그 자체는 아닌 것으로 규정된다. 아무튼 이런 사전적 의미가 인터넷에서는 가상공간의 익명성, 다중주체적 환경에서 해야 할 일과 하지 말아야 할 일 사이의 경계의 모호성 사이를 넘나드는 개념으로 자리잡게 된다.

여기에는 주저함이나 머뭇거림, 현실적이 아니라는 근대적 작가의 자의식이 없다. 재미있는 것, 기이한 것의 소재 속에서 재현에 대한 강박은 명함도 못 내밀고 자취를 감춘다. 여기에 다중주체로서의 진정성 폐기가 가세한다. 합리적이고 심사숙고하는 의식적 주체의 존재는 회의되고 의심된다. 그때그때 재미를 느끼기 위해 엄숙하게 사고하고 판단하는 자신을 버리는 것이 급선무이다.

이렇게 재미로서, 유희로서의 이야기성과 엽기로서의 환상성이 만나는 지점에서 이야기형 소설이 탄생한다. 박민규의 <지구영웅전설>이나 김종광의 <낙서문학사>, 천명관의 <고래>, 박진규의 <수상한 식모들>이 그 예이다. 물론 이들은 1980~90년대를 풍미했던 천재작가 장정일의 <너희가 재즈를 믿느냐>를 언뜻 떠올리게 하지만 이들은 장정일보다 훨씬 지속적이고 훨씬 심각하게 빠져있으며 훨씬 다양하다.

이 스토리텔링의 세계에서는 현실과 환상의 경계가 없으며 만화영화, 설화, 영화의 온갖 스토리텔링의 부스러기가 오마주 형식으로 혹은 페스티쉬 형식으로 슬쩍 들어왔다가는 소리소문 없이 전체 이야기 속으로 녹아들어가 버린다. 이 방식이 의미하는 바가 무엇인가? 왜 작가는 이 부분에 환상적 요소를 넣었는가? 혹은 이 설화가 의미하는 바는 무엇인가? 위와 같은 질문은 무의미하다. 그래서? 그것이 전부이다.

3) 역사소설 : 현실재현에서 현실과 허구 공간의 중첩으로

(1) 박물관에서의 글쓰기

가상성과 영상성의 증대로 사람들은 가상의 놀이성을 현실세계에 적용시키려는 경향을 지니게 된다. 이제 공간은 소비와 문화향유, 생산이 일치하며 삶터, 일터, 쉼터가 일치하는 시대가 되었다. 그런데 박물관은 현실과 허구의 세계의 경계를 흐리는 현대인의 심리를 정확히 반영하는 공간이 되고 있다. 보드리야르에 의하면 박물관은 시뮬라크르의 전형적인 예이다. 박물관과 민속촌의 모형을 보고 사람들은 옛날 사람이 살았던 곳이라고 생각하지만 실제로는 민속촌이라는 시뮬라크르가 사람들에게 그곳을 상기시킨다.

그런데 현대 사회에서 공간에 대한 재구성은 소설에서 재현에 대한 긴장감을 아예 놓아버리는 역사소설로 드러난다. 근대 리얼리즘 이론가들에게 있어 역사소설은 과거라는 시간을 통해 오늘을 이룬 인간을 구명하는 노력이었다. 즉 과거에 현실적인 의의를 줌으로써 역사적 진실성을 구하려한다는 그들의 주장은 과거의 사건조차 현실의 재현에서 자유롭지 않아야 한다는 리얼리스트들의 주장이 고스란히 반영된 것이다. 이런 긴장관계 없이 무협소설이나 상상의 공간에 이야기를 꾸미는 역사소설은 야담형의 대중소설로 폄하되었다.

그런데 이처럼 현실재현에 대한 강박을 지닌 리얼리즘의 시대와 달리 최근 등장한 역사소설에는 과거의 역사적 사실의 재현이나 현실의 전망에 대한 긴장 관계가 소멸되고 있다. 작가에게 있어 과거란 박물관에서 관람객이 꿈꾸는 몽환의 세계로 여겨지고 있다. 그들에게 역사적 사실은 현실과 환상이 마주치는 공간일 뿐이다.

역사에 짧은 기록들이 있다. 논개는 유몽인의 <어우야담>에 '진주의 관기'로 그녀의 행적이 간략하게 기록되었고 1922년에 이르러서야 장지연이 방대한 사료를 바탕으로 논개는 기생이 아니라 몰락한 신안 주씨가의 자손이자 진주성 전투를 지휘한 경상 우경사 최경회의 부실로 밝히고 있다.[2] 워낙 정사에 기록되어 있지 않았기에 많은 논란이 있어온 이 인물은 작가 김별아에 의해 태연하게 재구성, 아니 창조된다.

이미 작가는 이전에 고대 역사기록에 잠깐 등장한 '미실'을 작가의 관점에서 '창조'한 바 있다. 작품에는 수많은 가공의 인물들이 등장하며 작가 또한 실재의 인물이 아니라 취사선택되고 재창조 된 인물로 작품 속의 주인공을 정의하고 있다.

'황진이'의 존재는 더욱 비실존적이다. 그녀는 이덕형의『송도가이』, 허균의『성옹신도록』 등 여러 야사와 야담에 행적이 기록되어 있고 한시 13수가 남아있으나 역시 정사에 기록되어 있지 않아 실존을 의심받는 인물이다.[3]

김탁환의 〈리심〉이나 신경숙의 〈리진〉은 또 어떤가? 물론 작가들은 현장답사를 충실히 하고 당시의 문서들을 실증적으로 살펴보았으나[4] 리심, 혹은 리진이란 인물은 A4용지 한 장 반 분량의 기록으로만 남아있을 뿐이다.[5] 백 년 전에 프랑스에서 출간된 조선에 관한 책에 조선의 궁중무희에 대한 기록을 두 권 혹은 세 권 분량의 장편소설로 만드는 몫은 순전히 상상력에 있을 뿐이다.

김훈의 〈현의 노래〉 또한『삼국사기』에 나오는 간략한 기술에서 비롯한다. 서기 551년, 3월에 신라의 진흥왕이 지금의 충주에 행차하였을

---

2) 김별아,『논개』, "작가의 말" 중에서, 문이당, 2007.
3) 전경린,『황진이』, "작가의 말" 중에서, 이룸, 2007.
4) 김탁환,『리심』, 민음사, 2006. 남편에 해당하는 빅토르 콜렝이나 당시 주인공이 거처하던 곳에 대한 답사 기록들이 존재한다.
5) 신경숙,『리진』, 문학동네, 2007, 342~343쪽.

때, 국원(國源)에 있던 대가야 출신의 악사 우륵(于勒)과 그의 제자 니문(尼文)을 불러 가야금을 연주하게 하였고, 52년 진흥왕이 3인에게 우륵에게 가야금을 배우게 하였다는 것이다. 김경욱의 <천년의 왕국>도 1627년 한국에 표착한 박연이란 네덜란드인을 소재로 한 작품이다. 자료라고는 <하멜 표류기>에 나온 몇 줄이 거의 전부이다.6)

그렇다면 이런 간략한 기록이 왜 작가에게 긴 장편소설을 만들게 하는 것일까? 몇 줄의 기록으로 그리도 긴 장편을 만드느니 아예 새로운 인물을 창조하면 되는 일이 아닌가? 그냥 서기 2200년 쯤의 미래 세계를 상정하든가 무협소설처럼 가상의 고대를 상정하면 될 일을 굳이 역사의 빈약한 기록에 기대는 이유는 무엇인가?

현대 한국 작가들이 과거로 회귀하는 이유가 현실의 모순을 과거의 사건에 빗대어 말하려거나 자신의 미래에 대한 역사적 과거에 투영시키는 방식이 아닌 것은 물론이다. 이런 작가의 태도는 김윤식의 '야담형 역사소설'의 그것과 큰 차이가 없다. 그렇다면 이제 현대의 작가는 사실에 충실하지도 못하고 공간적 배경조차 성실하지 못하며 심지어 미래에 대한 전망도 없는 채 독자의 말초적인 흥미에나 기대는 대중작가의 그것인 것일까?

이에 대한 답은 바로 작가의 말에서 나타난다.

2003년 1월부터 10월까지 나는 가끔씩 서울 서초동 국립국악원 안의 악기박물관을 기웃거리며 소일하였다. 관람객이 없어서 늘 나 혼자였다. 별 할 일도 없는 나는 오랫동안 악기를 들여다보다가 혼자서 밥을 사먹곤 했다. …… 이제는 주법이 단절되어서 아무도 연주할 수 없는 옛 악기들도 진열장 속에 들어 있었다. 악기의 잠은 혼곤했고 아무도 그 잠을 깨울 수 없었지만 잠든 악기는 그 깊은 잠 속에서 무언가 소리를 내

---

6) 김경욱, 『천년의 왕국』, 문학과지성사, 2007.

고 있는 것 같았다. 나는 귀 기울이고 또 기울였으나 들리는 것은 맹렬한 적막뿐이었다.7)

작가는 박물관에 있었다. 서기 552년 지금부터 1500년 전의 악기는 21세기의 대한민국 서울 강남에 전시되어 있지만 그것이 당시의 역사를 재현하는 것은 아니다. 울려야 그 진실을 드러내는 악기의 주법조차 모르는 상황에서 천 수백 년 전의 과거는 철저한 상상과 허구의 공간으로 재현되고 있을 뿐이다. 작가는 누구보다도 그 사실을 정확하게 파악하고 있었다. 중요한 것은 박물관의 시뮬라크르이다. 박물관이란 가상의 공간에 놓여있는 가야금은 허구의 이야기와 조금도 다를 바가 없다.

여름 내내 프랑스와 모로코 그리고 일본을 발바닥으로 돌아다녔다. 19세기 옛 지도를 들고 21세기 파리와 탕헤르와 도쿄의 실핏줄처럼 흩어진 뒷골목을 헤매면서 한국사만이 아니라 세계사를 배경으로 다양한 인종들의 거대한 숙명을 고증하고 몽상해도 되겠다는 자신감을 얻었다.8)

작가가 실제로 얻은 당시 생존자에 대한 자료는 거의 없다. 빅토르 콜렝의 사진과 여권 정도이고 당시 리심에 대한 신문기사 한 조각 찾을 수 없었다. 얻었던 자료들은 당시 그들이 살았던 집과 당대의 풍속사 정도이다. 정말 '몽상'이 작품 구성에 핵심이 될 정도이다. 김탁환과 신경숙의 이야기 전개가 판이하게 다른 것도 바로 여기에서 기인한다. 중요한 것은 역사의 유적들로 가득 찬 시뮬라크르의 공간인 파리이다. 남아있는 당대의 유적들은 과거의 어떤 현실보다도 더 현실적인 시뮬라크르를 작가에게 제공하는 것이다.

---

7) 김훈, 『현의 노래』, "책머리에서", 생각의나무, 2004.
8) 김탁환, 『리심』, 민음사, 2006, 345쪽.

(2) 다시 쓰기로서의 역사

이제 재현에 대한 강박은 없어졌다. <난중일기>로 세세한 기록이 남아 있는 이순신의 내면은 작가의 섬세한 독서에 의해 다시 쓰기로서 소설로 거듭난다. 김훈의 <칼의 노래>가 그것이다. 이 작품은 살상과 고통의 전쟁 속에서 허무주의에 빠져 있는 인간의 내면을 그렸다는 점에서 몇 줄의 기록만 남아 있는 우륵의 생애를 그린 <현의 노래>와 다를 바가 없다. 중요한 것은 이순신 장군이 언제 어디서 무엇을, 어떻게, 왜, 했다는 것이 아니다. 중요한 것은 전시 상황에서 인간의 모습일 뿐이다. 작가가 <난중일기>를 읽은 독자처럼 일종의 독후감을 썼다고 보는 것이 더욱 정확할 것이다.

줄리아 크리스테바의 상호텍스트성을 거론하지 않더라도 최근 다시 쓰기가 유행이 되는 것은 주목을 요한다. 크리스테바나 바르트 등의 후기 구조주의자들의 독서이론이 하이퍼텍스트와 밀접한 관계를 지닌다는 점은 이미 연구된 바 있다.

하이퍼텍스트 기술은 원래 정보폭발 상황에 처한 학자들을 돕기 위해 개발된 정보검색기계였다. 물리적인 방식에 의해 정보를 관리하는 수단을 지양하고 연상—인간의 복잡한 연락망과 일치하는 저장 기계는 그리하여 탄생한다. 바네바 부쉬(Vannevar Bush)가 고안한 메맥스(Memex) 개념이 그것인데 노트와 주석, 연상에 의한 목록(링크)의 아이디어가 포함되어 있다. 하이퍼텍스트는 무엇에 의해서건 즉각적으로 다른 것을 선택함으로써 종국적으로 어떤 아이템에 이르게 하는 방식을 지니는데, 이러한 링크에 의해 독자는 끝없는 트레일을 만들어내게 된다. 기억의 연상 방식과 동일한 이 방식은 더구나 기억과 달리 사라지지 않는다는 장점을 지닌다.

이 메맥스 아이디어는 테오도르 넬슨, 더글라스 앤글바르트(Douglas En-glebart), 앙드레 반 담(Andries van Dam) 등에 영향을 주어 지금의 개념으로 완성된다. 하이퍼텍스트의 링크 연결 방식은 지금까지 많은 학자들에 의해 논의되어오던 상호텍스트성(intertextuality)을 본질적으로 보여주고 있다. 하나의 텍스트는 여러 텍스트들의 관계들의 네트워크와 다른 텍스트와의 엇갈린 관계 속에 놓여 있다. 원래 텍스트는 자족적 전체로 존재할 수 없으며 닫힌 체계로 기능하지 않는다. 작가는 창조자이기에 앞서 성장 과정에서 다양한 텍스트를 읽은 독자이다. 이 때문에 그가 쓰는 텍스트에는 모든 종류의 지시, 인용, 영향이 불가피하다.9)

데리다(Jacque Derrida)는 원래 텍스트를 벗어나서 텍스트의 절대적 근원이 되는 '궁극적 지시 대상'은 없으며 따라서 텍스트의 의미는 자체의 언어 체계 내에 존재한다고 주장한다. 그에 의하면 궁극적 시니피에의 부재로 인해 해석은 본질적으로 다수일 수밖에 없다는데, 그렇다면 궁극적 시니피에의 부재와 해석의 다수성을 긍정하면서 구체적인 해석의 신체를 보존하는 방법은 어떤 것인가? 질 들뢰즈(Gille Deleuse)는 단수성(singularity)의 개념으로 이 방법을 설명한다. 텍스트는 서로에 대한 독립성은 잃지만 그렇다고 혼돈의 덩어리가 되는 것이 아니라 혼돈의 질서(chaosmos) 속에서 존재를 유지하는 것이다.

씌어진 모든 것들이 데이터뱅크 속에 들어가고 사람들에 의해 다시 끄집어내어져 사용된다. 물렁물렁해진 텍스트는 견고한 구조로 연결된 지식도 손쉽게 재조합하고 있다. 이런 재조합, 압축의 과정에서 정보화된 지식은 기억으로부터 너무 멀어져 진리보다는 작업의 가능성과 속도가 가장 기본적인 목표가 되었다. 검증이나 비판의 객관성보다는 자기 논리

---

9) George P. Landow, 『*Hypertext 2.0*』, The Johns Hopkins University Press, 1997, pp.1~32.

로 새롭게 몸 바꾸어 나가는 속성은 하이퍼텍스트 소설에서 다시 쓰기 방식으로 나타난다. 여기서 지식은 축적, 보존되는 존재가 아니라 생산, 조합, 소비되는 존재이고 문학 텍스트도 예외는 아니다.[10)]

이제 작가들은 반드시 창조해야 한다는 강박관념에서 벗어나 베끼기가 아니라 상호텍스트성으로 읽기가 쓰기가 되는 이 시대의 문화에 익숙해지고 있다. 예를 들어서, 김연수의 <거짓된 마음의 역사>, <쉽게 끝나지 않을 것 같은 농담>, <뿌넝숴>는 기록된 역사가 얼마나 진실과 거리가 먼가를 성찰적으로 조명하고 있다.[11)]

4. 교양소설에서 다중주체의 성장소설로

1) 디지털 시대의 진정성 결여

교양소설은 체험되어진 이상을 길잡이로 해서 삶을 영위하는 문제적 개인이 구체적인 사회적 현실과 화해하는 과정을 테마로 삼는다. 근대적 정체성은 자기 동일성을 기본으로 한다. 주체는 단일하고 합리적이며 그런 주체가 성숙한 근대의 성인의 그것이다. 시민으로서, 남자로서, 남편으로서, 아버지로서 혹은 백인으로서 그것이 가진 정의에 맞게 행동하는 단일자의 모습이야말로 이상적이다.

이런 합리주의자의 관점에서 단일한 주체가 모순된 세계와 화합하는 과정은 사실 불가능에 가까울 정도로 지난하다. 되어야 할 이상적인 근대

---

10) 최혜실,『모든 견고한 것들은 하이퍼텍스트 속으로 사라진다』, 생각의나무, 2000, 13~34쪽.
11) 최혜실,『문자문학에서 전자문화로』, 한길사, 84~86쪽.

시민의 모습은 저만치 멀리 있는데 길은 단 하나뿐이다. 당연히 주인공의 길 찾기의 과정은 고되고 실패하기가 일쑤여서 환멸소설의 근간을 이루기도 한다. 이 때문에 근대 리얼리즘 소설은 진지하면서도 비장하다. 상황에 따라 카멜레온처럼 자신을 변신시키는 다중주체가 소인배이거나 범죄자로 여겨지는 마당에 화해할 수 없는 세상과 투쟁하는 주인공의, 단일한 주체로서의 삶의 과정은 당연히 비극적일 수밖에 없다.

그런데 과연 이런 단일한 자아 정체성은 존재할 수 있는 것일까? 20세기 후반부터 주체가 동일하고 연속적이기보다 사회적으로 구성된 존재이며 타자의 시선이라는 거울 속에서 형성된다는 견해가 점차 세력을 획득하기 시작한다.

버나드 윌리암스에 의하면, 진정성(眞正性, authenticity)은 어떤 것들은 진정한 의미에서 진정 나라는 개념이며, 나인 것은 무엇이며 내가 아닌 것은 무엇인지를 표현하는 개념이다.[12] 진정성은 우리로 하여금 내면을 들여다보고 내적 진리에 접함으로써 삶에 대한 지침을 얻게 하는 종교적 전통과 밀접한 관계가 있다. 그것은 감추어져 있던 자신의 본연의 모습을 찾는 것, 더 크고 나은 사람이라는 다른 개념과 상통하는 것이기도 하다.[13]

또 정신과 의사 프리츠 펄스에 의하면 존재의 진정성에 반대되는 것은 자신으로부터 도피하고자 하는 시도에서 생긴 상태인 신경증이라는 것이다. 신경증적인 인물은 자아를 실현하는 방법으로 자신의 삶을 살아가기를 포기한 사람이다. 따라서 진실한 자신이 되는 것은 유희의 허위로부터 탈출하는 것이다. 인간관계, 직업, 실천적 행위들 안에 존재하는 방식에서 실제로 자신 그대로가 될 필요가 있다. 연기하기를 그침으로써 허구적 자아에서 진정한 자아로 갈 수 있다.

---

12) 찰스 귀논, 강혜원 역, 『진정성에 대하여』, 동문선, 2004, 8쪽.
13) 위의 책, 10~21쪽.

그렇다면 그 내적 자아란 무엇인가? 과연 단일한가? 자아정체성은 원래 모순적이고 부분적이며 전략적인데, 통일된 자아가 존재하는 것인가에 대한 의문은 지식의 중심에 합리적이고 심사숙고하는 의식적인 주체가 존재한다고 했던 데카르트 이래로 계속 제기되어 왔다. 주체가 동일하고 연속적이기보다는 사회적으로 구성된 존재이며, 이런 주체의 탈구에 대한 주장은 무의식을 발견한 프로이드에 의해 이미 깨어졌다. 주체는 단일하고 합리적이라기보다는 타자의 시선이라는 거울 속에서 형성된다. 정체성은 개인으로서 우리 내부에 이미 존재하는 충만한 정체성으로부터 발생한 것이 아니라 우리의 외부로부터 채워져야 하는 완전성의 결핍에서 생겨난다. 우리의 정체성은 최종적이고 고정적이지 않고 그러려는 노력이 항상 외부의 무엇에 의해 전복되는 불안정하고 가변적인 것이다.14)

그런데 이런 단일자아에 대한 회의의 시기는 디지털 매체의 등장과 묘하게도 일치한다. 인터넷에서 탈중심화되는 자아처럼 디지털 시대의 인간은 다중심적, 유동적, 정황상의 주관적 존재이며, 자율 선택 능력이 제한된 자아, 다양한 관점을 가진 다중적 중심이다. 사람은 자신의 역할에 맞는 수많은 사회적 자아를 가지고 있으며 다른 맥락에서 다른 가면을 쓴다는 것이다. 사람은 자신의 수많은 역할에 맞는 사회적 자아를 가지고 있으며 여러 다른 맥락에서 그에 맞는 가면을 쓰는 것이다. 어쩌면 세상은 무대요, 우리는 배우인지 모른다. 누구나 가정에서는 엄마로서, 직장에서는 동료로서, 시장에서는 고객으로서의 역할을 연기한다.

그러나 이런 사람은 경계성 인격 장애가 될 가능성이 많다. 그렇다면 이런 탈중심화된 자아가 어떤 방식으로 고정적이고, 본질적이며, 지속적인 자아를 지닐 수 있는가? 이의 해결을 위해 연구자들은 자아를 고정적인 대

---

14) Stuart Hall 외, 전효관, 김수진 외 역, 『모더니티의 미래』, 현실문화연구, 330~342쪽.

상이 아니라 일정한 특징을 가지고 전개되는 하나의 이야기로 생각하자고 제안한다. 사람들은 실제 삶에서 그러한 사회적 해석들을 취하고 하나의 독특한 삶의 이야기로 짜감으로써 스스로 정체성을 찾아가는 것이다.

그런데 이런 다중주체는 하나의 목적을 상정하고 그 목적을 방해하는 사회 여건이나 가정, 다른 사람들에 대해 고민하는 근대의 단일주체가 아니다. 그리하여, 진정성의 조건이 되는 단일주체가 사라진 마당에 유희적으로 상황에 맞게 가면을 쓰고 사람을 대하는 다중주체의 성장소설은 한없이 가벼워지고 유쾌하게 된다. 시쳇말로 요즈음 평론가들이 '발칙한 상상력'이라고 하는 서사 방식은 여기에서 유래한다.

2) 다중주체의 자아정체성 찾기

김영하의 <오빠가 돌아왔다>란 단편소설은 개인의 자기 정체성의 주요 내력으로서의 가족의 지리멸렬함과 그 분열의 이합집산을 견뎌내기 위한 화자의 가면 쓰기로서의 시침떼기가 형상화된 작품이다.

열네 살인 화자 경선의 아버지는 경제적 무능력자인데다 폭력을 일삼는 인물이다. 어머니는 집을 나가 공사장에서 함바집을 하고 있고 오빠도 아버지에게 맞기만 하다가 열여섯에 아버지를 때려눕히고 집을 나간다. 그런데 사 년 후 오빠가 열일곱 살이 된 계집아이를 집안으로 데리고 들어와 동거를 시작한다. 아버지는 당연히 폭력을 휘둘렀지만 힘이 강해진 오빠는 아버지를 제압하고 집안의 권력을 장악한다. 어머니는 오빠의 동거녀를 함바집에 데려다 일을 시키며 며느리로 대접한다. 이제 엄마도 오 년 만에 집으로 돌아오게 되었고, 풍비박산이 났던 집안은 이제 '가족'으로서의 모습을 되찾게 된다. 이들은 가족의 화목을 도모하기 위해 야유회를 계획한다. 그 야유회의 모습은 경선에 의해 다음과 같이 정리된다.

　　그러니까 술주정뱅이에 고발꾼인 아빠와 그 아빠를 작신작신 두들겨
패는 택배회사 직원인 아들, 그 아들의 미성년자 동거녀, 오피스텔 건설
현장의 함바집 아줌마, 마지막으로 그 아줌마의 전남편이 탐내는 교복
의 주인공인 중학교 1학년짜리 소녀가 야유회를 간다는 거다.15)

　전통적인 가족의 개념에서 보면 경선은 치명적인 결손가정의 사춘기
소녀이다. 가정폭력으로 정서적 공황상태에 이르는 것이 당연한 듯 보이
는 이 소녀는 그러나 태연자약하다. 소녀는 그때그때 상황에서 너무도
적절하게 자신의 역할을 잘 소화해내고 있다. 오빠가 아버지에 의해 벌
거벗겨져 밖에 있으면 옷을 가져다줄 줄 알았고, 아버지를 잘 요리해서
돈을 타낼 줄도 알고 있다. 오빠가 경제력이 생기자 열일곱의 백치같은
아내를 구박하면서도 적절하게 비위를 맞출 줄 안다.

　그녀가 정서적 균형감각을 가지는 중요한 요령은 상황에 맞게 역할분
담을 잘 하면서 연기를 하는 것이다. 자애로운 어머니와 엄하지만 책임감
있는 아버지, 누이를 사랑하는 오빠의 근대적 가족구도 내에 자신의 자아
정체성 형성의 근원을 두는 근대적 주체라면 이런 상황에서는 누구나 고
통으로 머리가 돌아버릴 것이다. 이때 그것을 피하는 요령은 어떤 지속적
이고 고정된 규율이나 윤리는 없다고 단정하면서 상황에 맞는 다중적인
자기 역할을 빨리 발견해내는 것이다. 이게 아닌데 싶어도 그렇게 고민할
필요는 없다. 일정한 기간이 지나면 끝나는 역할극일 뿐이니까.

　그렇다면 경선을 혼란에서 방지할 핵심적 자아는 어디에서 찾아지는
것인가? 그는 지속적, 연속적, 개방적 시간의 흐름에 따라 하나의 이야기
를 살아가고 있다. 경선을 정의하는 것은 이 내러티브의 단일성과 연속
성이다. 그녀는 자신과 다른 사람에게 사건을 이야기함으로써 그 사건에

---

15) 김영하, 『오빠가 돌아왔다』, 창비, 2007, 60~61쪽.

의미를 부여하는 것처럼 자신의 행동으로 삶을 연기함으로써 그녀의 삶에 일관성과 응집성을 부여하는 것이다.

작가가 사물과 플롯에 대한 일관성 있고 설득력 있는 묘사가 되도록 사건과 내용 설명들을 통합시키듯이 그녀도 자신의 성격적 특성, 습관, 세상과의 상호작용 유형을 통합하여 하나의 이야기를 만들며 그 과정을 통해 스스로 창조한 자아를 구성한다. <오빠가 돌아왔다>란 내러티브를 완성함으로써 도저히 있을 것 같지 않은 악몽 같은 콩가루 집안 속에서 열 네 살의 사춘기 소녀는 자기 정체성을 획득한다. 그것은 소설 말미에 나오는, 엄마의 얼굴은 타이어만하게, 오빠 부부의 얼굴은 작게 나왔지만 소녀 자신의 얼굴은 예쁘게 나온 아버지 부재의 가족사진과도 같은 것이다.

김애란의 <달려라 아비> 또한 가족사의 상처를 극복하는 한 여성화자의 방식이 아버지의 부재로 인한 상처의 독특한 서술로 이루어진다. 작품에서 '나'는 전지적 작가 시점으로 존재한다. 화자는 자신이 결코 알 수 없는 사실까지도 이야기해 내는 것이다.

> 내가 씨앗보다 작은 자궁을 가진 태아였을 때, 나는 내 안의 그 작은 어둠이 무서워 자주 울었다. 그러니까 내가 아주 작았던 시절—조글조글한 주름과 작고 빨리 뛰는 심장을 가지고 있었던 때 말이다. 그때 나의 몸은 말(言)을 몰라서 어제도 내일도 갖고 있지 않았다.[16]

자아로 존재한다는 것은 자신의 삶을 전개되고 있는 이야기로 경험하는 것이며, 그 이야기 안에서 우리가 무엇이 되고 어디로 가고 있는가를 파악할 수 있다. 화자의 아버지는 어머니를 임신시키고는 출산 하루 전날 집을 나가서 딸이 철이 들도록 돌아오지 않던 어느 날 아버지의 교통

---

16) 김애란, 『달려라 아비』, 창비, 2007, 8쪽.

사고 소식을 듣게 된다. 화자는 사생아에다가 외할아버지로부터도 환영 받지 못하는 존재이다. 그는 화자를 '만져주지도, 혼내지도 않'는 무관심 으로 화자의 존재를 부정한다.

현실적으로 볼 때, 자신의 존재의 근원, 존재 자체조차 인정받지 못하 는 사생아인 화자의 생활은 궁핍하고 신산하기 짝이 없는 것이다. 자신이 누구이며 어디에서 왔는가의 정체성에 시달리는 화자의 균형 잡기는 자 신을 캐릭터로 이야기를 만드는 것이다. 화자는 피임약을 사기 위해 약국 까지 달려간 아버지의 일화나 이복동생의 편지를 근거로 그의 생애를 재 구성해내고, 그리하여 자신의 근원과 내력에 대한 이야기를 완성한다. 심 지어 자궁 속에 태아로 존재했던 자신의 모습조차 이야기해내며 그간 전 개되고 있는 이야기로 삶을 경험함으로써 자기 정체성을 획득한다.

반면 박민규의 소설인 <그렇습니까, 기린입니다>에서 화자의 입장은 참담하다. 아버지는 실종되었으며, 할머니는 아프며, 청소부 엄마는 쓰러 졌다. 자신은 정보산업고를 휴학하고 지하철 푸쉬맨 등 온갖 잡일로 돈 을 벌어야 하는 처지이다. 그 비참한 상황에서 화자가 균형감각을 확보 하는 방식은 현실자체를 총체적으로 파악하지 않고 그때그때 상황에 충 실한 것이다. 그리하여 그 비참한 나날들은 지하철 푸쉬맨으로 일하면서 겪는 여러 사건의 편린들의 총체로 남게 된다.

5. 구술성과 상호작용성 : 연행으로서의 시

구술성이나 상호작용성, 멀티미디어적 요소가 문학에 미친 형식적 측 면에 대해서 필자는 예전부터 여러 번 지적한 바 있다. 첫째, 구술성, 80 년대부터 여성작가들의 소설이 독자들의 인기를 끈 이유 중 하나는 여성 특유의 구술적 화법이 이미 멀티미디어에 익숙해진 시청각 세대의 가독성(literacy)을 높였기 때문이다. 박완서의 아줌마 수다, 신경숙의 라디오 나레이션, 은희경의 서울깍쟁이 말투 등이 그것이다. 둘째, 김종광의 입담과 인터넷 댓글식 구술, 황당과 엽기 말투, 박민규식의 엽기적 환상성은 이문구의 <우리동네> 이후 면면히 내려온 이야기꾼의 말투를 닮았으면서도 인터넷 특유의 특성과 유사하다. 셋째, 인터넷의 다시쓰기 방식과 유사 역사소설이 있다. 이지형의 <망하거나 죽지 않고 살 수 있겠니>, 김연수의 역사소설들이 있다.

그런데 이런 구술성과 상호적용성은 시에도 일정한 영향력을 행사하고 있다. 원래 시인이 악기를 켜며 읊었던, 일종의 종합예술로서의 특성을 지녔던 시는 근대 이후 인쇄매체 속에 가둬지면서 특유의 많은 기능을 잃어버리게 된다. 한국의 경우를 예로 들면 개화기 창가 이후 노래 가사로부터 분화된 시는 우선 외형률을 버리고 내재율을 택하게 된다. 구술로 구연되던 시가 인쇄매체의 틀 속에 가둬지자, 시는 음악의 정형성에 얽매이지 않아도 되고 청각성이 드러날 수 없게 되었다.

매체의 변화에 따라 그에 맞는 표현방식을 모색하던 현대시는 시어의 배열에 의해 이미지를 떠올리는 방식의 문학적 효과를 개발하게 된다. 그리하여 백여 년이 흐른 지금 시와 노래 가사는 철저히 분화되면서 시는 대중성을 잃고 예술성을 획득했으며, 노래는 대중성을 얻고 예술성을 잃게 되었다.

그러던 최근 우연인 듯, 시 낭송이 유행처럼 번지게 되었다. 시의 연행 과정에는 약간의 음악이 들어가기도 하고 율동이 첨가되는 경우도 있다. 물론 기성 가수들의 공연처럼 호화로운 엔터테인먼트에는 못 미치나 공연으로서 시가 생산, 소비되면서 시에도 미묘한 변화가 감지되고 있다.

최근에 경험한 일을 하나 구체적인 예로 들어보겠다. 문정희 선생님이

<사랑하는 사마천 당신에게>란 자작시를 경희대 국문과 교수님의 시 낭송 행사와 고대 국문과 교수님의 시 낭송 행사에서 낭송한 적이 있다. 환갑 기념행사의 축시 등으로 낭송하여 일종의 헌사 형식을 취했기 때문에 두 분 선생님을 겨냥한 부분이 미묘하게 감지되는 분위기였다.

<사랑하는 사마천 당신에게>란 시가 책에 쓰여있을 때 의미자질은 대체로 하나로 모아질 수 있다. 물론 연구자의 이론에 따라 시 해석이 다를 수도 있고 독자의 생체험에 따라 받아들여지는 의미는 다를 수 있다. 흔히 모호성(ambiguity)이론이라 하여 시텍스트에 작동하는 의미는 여러 가지가 될 수 있다. 그러나 다양한 의미라 할지라도 대개 두세 가지에 그치는 경우가 많다.

그런데 시가 연행의 상황에 들어갈 때 문제는 확연히 달라진다. 이는 마치 작곡가가 음악을 작곡했을 때의 상황과 유사해진다. 악보에 적힌 음보는 연주의 기본 방향만을 제시할 뿐 그 곡을 해석하는 자는 연주가이다. 연주가의 취향과 철학에 따라 같은 곡은 얼마든지 다른 분위기를 낼 수 있다.

그런데 연행의 상황에서는 같은 연주가가 연주를 했을지라도 연주 상황이나 청중의 차이에 따라 수백 가지의 다른 의미가 파생될 수 있는 것이다. 같은 작곡가의 소나타라 할지라도 연주자의 해석 방식에 다라, 그리고 청중들의 종류와 그때의 상황에 따라 너무나 다른 의미가 파생된다. 음악의 악보는 해석을 기다리는 잠재태로 존재할 뿐이지 그 자체로 완성된 음악은 아닌 것이다.

당시 문정희 씨는 같은 시를 낭독했지만 그 시가 발신하는 메시지는 상당히 달랐다. 개성이 다른 두 교수님의 생애와 빗대어지는 상황이었기 때문에 시는 문정희 시인의 목소리와 몸짓, 그 시가 의탁하는 인물의 차이에 따라 다른 의미로 청중에게 감지되는 것이다.

이제 많은 시가 낭송되고 있다. 인터넷의 속성상 멀티미디어가 쉽기 때문에 낭송 동영상이 손쉽게 올라가며, TV 등 영상 매체에서도 낭송의 방식으로 구연된다. 요즈음 시 배달 메일이 자주 등장한다. 소리와 그림이 있는 시를 감상하며 이런 구연 방식에 맞는 시 형식이 각광을 받을 것이라는 생각을 해본다.

6. 이야기로의 회귀인가? 새로운 장르의 탄생인가?

지금까지의 논의만 살펴본다면 근대 소설은 마치 고대와 중세의 설화나 이야기꾼의 이야기로 돌아간 것처럼 보인다. 이런 표면적인 현상은 실은 전자문화가 문자문화와 상당히 닮아 있음을 설파한 여러 학자들의 견해와 다르지 않은 것처럼 보인다.

그러나 가장 중요한 것은 새롭게 바뀐 공간 개념이다. 정보 통신의 발달로 세계가 실시간으로 소통할 수 있게 된 상황에서 국가 개념은 세계로 확장되고 있다. 사이버 공동체가 공동체라고는 하나 좁은 공간에서의 부딪침, 만남이 아닌 마당에 친족 공동체의 끈끈함이나 유대감이 아닌 세계 공동체의 가능성과 마주하고 있다.

틀림없이 많은 것이 변할 것이다. 이 세계 공동체에서의 스토리텔링은 현실 공간에서의 구연 상황에서 드러나는 구비문학이 아니라 세계인의 소통으로 확장되고 있다. 더불어 이야기는 온갖 매체로 확장되고 있으며, 소설은 그 중 하나의 장르로 다른 이야기 장르와 영향을 주고받으며 부단한 몸바꾸기를 하고 있다. 이 확장과 소통, 융합의 과정에서 소설은 스스로 변모하고 있다.

디지털 시대 문학의 운명

1. 문학의 위기, 그리고 새로운 스토리텔링 방식

2003년, 귀여니의 대학 입학에 대해 논란이 일던 때, 필자는 한 일간지에서 이우혁 씨와 대담을 했었다. 그때 그는 귀여니의 글은 "문학이 아니다"라고 단언했다. 참 의외였다. 일찍이 <퇴마록> 같은 통신문학으로 온라인을 뜨겁게 달구었음에도 기존 문단에서 거의 인정받지 못한 설움이 있는 작가로서 같은 인터넷 작가의 작품을 이렇게 폄하하다니 말이다. <동갑내기 과외하기>의 작가 채수완도 마찬가지로 인터넷 작가들의 아마추어리즘을 비판적으로 말했다. 물론 인터넷 작가들도 질적으로 층위가 있겠지만 두 사람의 주장은 아마추어리즘이나 상호작용성 등, 인터넷 문학의 근본 속성들을 부정하는 것이었다.

사실 따지고 보면 기막힌 일이었다. 2001년 여름에 충북 제천여고의 한 학생이 자신의 상상력을 펼쳐 인터넷 게시판에 올렸다. 네티즌들은 이 글에 폭발적인 반응을 보였고 출판, 영화화되었으며 그 여파로 작가가 대학 입학까지 하게 된 것이다. 사실 네티즌들의 반론처럼 한글파괴의 미숙한 글솜씨에다 유치한 신데렐라 콤플렉스를 주제로 한 글이 일정한 평가를 받기에 다소 무리가 있다. 그러나 이들의 비판에도 불구하고 인터넷 문학은 드라마와 영화로 속속 개작되면서 이 시대 스토리텔링의 최대 화제로 떠오르고 있다.

12년간을 이공계 중심 대학에 있다보니 전산, 경영, 산업디자인 계통의 사람들과 자주 일을 하게 된다. 스토리텔링에 대한 이들의 관심은 대단하다. 디자인 기획 과정에서 시나리오를 쓰는 디자인 계통은 물론이거니와 "상품을 팔지 말고 이야기를 팔라"고 주장하는 랄프 옌센의 스토리텔링 마케팅을 신봉하는 경영학과, 게임 제작에서 시나리오의 중요성을 주장하는 전산과에 이르기까지, 심지어 이야기야말로 자신의 고유 영역이라고 주장하는 신문방송학과의 사람들 앞에서 어리둥절 하는 나 자신…….

문화콘텐츠진흥원이나 문광부에서 순수예술과 문화산업의 소통이야말로 문화산업의 질을 높이는 길이라고 목 놓아 외친다. 이공계 교수들과 CT(culture technology) 관련기술을 도출하는 내 자신의 정체성을 생각하고는, 과학기술과 예술의 간극을 바라보면서 한숨짓는다. 그것은 과학기술부에 <과학기술과 예술의 융합 방안>이란 보고서를 제출할 때도 마찬가지였다.

연일 신문을 장식하는 사건 사고들의 원인을 탐색해 들어가면 어김없이 디지털 매체가 등장한다. 확실히 변하고 있다. 젊은 세대를 중심으로 가치관과 성격이 변하고 있고, 사회 제도나 법, 아울러 우리가 예술이라 규정짓던 것, 문학이라 생각했던 것의 범주가 아울러 변하고 있다. 영문과 강단에서 셰익스피어의 희곡을 영화로 가르친 지도 오래되었고, 문학에서 문화로 패러다임이 바뀌고 있다는 학계의 주장도 어제오늘의 일이 아니다.

2. 탈근대의 세계관, 문학을 넘어서

젊은 사람들이 예전과 많이 다르다. 그리고 시나 소설이 안 팔린다. 소설이란 무엇인가? 근대 시민계급의 발흥과 함께 탄생했으며 근대는 인쇄매체의 등장과 밀접한 관련을 갖는다. 지식의 보존과 전달의 필요성을 느낀 인류는 문자를 발견했다. 그러나 일일이 베껴 써야 하기 때문에 지식은 자연히 소수 귀족과 승려에게 독점됨으로써 중세와 절대왕정의 시대가 지속되었다. 그러나 구텐베르크 혁명 이후 인쇄물이 대량보급 되어 많은 사람들이 손쉽게 지식을 접하게 되었고, 교육을 토대로 근대 시민계층이 탄생한다. 소설은 책을 즐겼던 계층이 선택한 대표적인 예술 장르였다. 근대 산업사회를 효율적으로 유지해 주는 공동체의 영역은 민족국가 단위로 확대되었다. 민족은 원초적 공동체가 아니라 근대 자본주의의 발전 과정에서 생겨난 역사적 구성물인 것이다. 이때 자국의 언어로 의사소통하는 과정에서 같은 언어를 쓴다는 연대의식은 같은 민족이라는 동질감을 구체적으로 확인시켜준다. 그런데 근대 국가 형성기에 대표적 인쇄매체인 신문의 소설은 이 '상상의 공동체'로서 민족적 연대감을 만들어 가는 데 큰 역할을 했다.

이제 디지털 매체의 발달로 지식의 생산과 교환, 소비의 방식은 근대와 다른 방식으로 이루어지게 되었다. 우선 매체의 통합적 특성을 지니기 때문에 자연히 문자성과 구술성이 혼합된다. 글을 제대로 모르는 아이들에게나 허용되었던 그림책 방식이 이 시대에는 매체의 특성을 활용한 중요한 표현 형식이 되는 것이다.

또 인터넷의 양방향적 특성 때문에 읽기와 쓰기, 독자와 작가의 경계가 모호해지게 된다. 인쇄 시대가 지식의 평등한 분배에 초점이 맞추어져 있었다면 디지털 시대의 지식은 공동 생산과 소비의 국면을 맞고 있다. 즉 인쇄 시대에 지식의 소비는 대다수 국민들에게 공평하게 이루어졌지만 아직까지 생산은 소수 전문가들에게 독점되었다. 그러나 이제 많은 정보와 지식, 여론이 공동 생산의 방식으로 생산되고 있고 여기에 대처할 새로운 담론 방식이 필요하게 되었다.

그러나 더 중요한 것은 매체의 선택이 사람들의 의식 구조를 변모시키고 있다는 사실이다. 최근 '감성'이 사회와 경제, 문화 전반의 화두가 된 가장 큰 원인은 정보통신의 발달에 있다. 인터넷 공동체가 감성을 기반으로 한 의사소통을 하고 있다는 점, 기술 발달의 속도가 빨라질수록 인간은 불확실한 미래를 감각적인 꿈으로 파악하려는 경향이 생긴다는 점, 문자의 파악에 이성적인 좌뇌가 사용된다면 영상에는 감성적, 직관적 감각을 관장하는 우뇌가 작동한다는 점이 그것이다. 그리하여 영상성이 증대될수록 현대인들은 영상의 세계의 감각적 속성, 놀이적 속성을 공간에 적용하려는 경향을 지닌다.

가상놀이인간(homo virtuens ludens)이 예술과 상품을 일치시키려는 꿈은 여기서 발생한다. 그들이 삶의 방식에 '재미(fun)'를 증대시키려는 욕구는 상품의 소비에도 적용되고 이 과정은 상품의 미학적 가치를 추구하려는 경향으로 발전한다. 세상은 변했고 사람의 가치관도 변하고 있다. 이제 디지털 시대에 문학은 새로운 세계관과 표현 방식에 맞는 변화가 필요한 시점이다.

3. 프로슈머(prosumer) 시대의 문학의 전략

인터넷 문학이 뜨고 있다. 1990년대 이우혁이 <퇴마록>을 쓸 때만 해도 비교적 전문 작가에 의해 쓰이던 인터넷 문학이 2001년 김호식의

<엽기적인 그녀>부터 아마추어 작가들의 전성시대를 맞는다. 최수완의 <동갑내기 과외하기>, 이윤세(필명 귀여니)의 <그놈은 멋잇었다>, <도레미파솔라시도>를 비롯하여 유정아(은반지), 김유리, 박소연(빠샤)>, 이햇임, 박신영, 최유리, 임은희, 지선영 등 많은 인터넷 작가들은 지금까지 인터넷 소설을 즐겨 읽었던 청소년 독자층이었다. 평범한 고등학생, 혹은 대학생이 인터넷에 자신의 글을 올리고, 그 글이 인기를 끌면서 스타 작가가 되는 것이다. 그리고 다시 오프라인의 종이책으로 발간된 이 책들은 기성 작가의 작품보다 더 높은 판매부수를 올린다. 물론 예전에도 청소년층을 대상으로 한 레몬북스, 할러리 퀸 문고가 있었고 내용도 인터넷 소설처럼 평범한 소녀가 왕자님과 사랑을 이룬다는 신데렐라 이야기가 주류를 이루고 있었다. 그러나 이 경우에도 청소년의 눈높이와 취향을 고려할 뿐 작가는 성인이었으며 전문가였다.

왜 이런 현상이 일어나는 것일까? 그 가장 큰 원인이 인터넷이 양방향적 속성을 지니는 데 있다는 사실을 가장 잘 증명해 주는 현상으로서 인터넷 문학과 팬픽(fan fiction)과의 긴밀한 관련이다. 팬픽은 영화, 드라마, 컴퓨터 게임, 애니메이션, 인터넷 문학의 팬들이 작품의 등장인물을 중심으로 이야기를 만들어 게시판 등에 올린 글을 지칭한다. 자기가 좋아하는 등장인물과 자신, 혹은 등장인물들 간의 사랑이야기가 대부분이나 그 중에는 구성이 탄탄하고 심리묘사가 뛰어난 작품들이 있다.

우리는 영화나 드라마, 혹은 소설을 감상하며 자신이 주인공이 되거나 등장인물에 감정이입하여 상상의 나래를 편다. 그런데 이 머릿속의 생각을 인터넷에 풀어내는 것이다. 흔히 인터넷을 집합지능(collective intelligence)이라 하는데 우리는 언제부터인가 자신의 머릿속의 생각을 이 인류의 '공동 두뇌'에 풀어 내리는 습관이 나타났다. 인터넷의 양방향성은 작품 읽기와 작품 쓰기의 경계를 모호하게 하였고, 작품 감상이 또 다른 작품의 '다시쓰기'의 형태를 만든 것이다. 그런데 이 다시 쓰기로서의 독서 행위 때문에 청소년들의 필력은 어떤 형태로든지 발달되었고, 그중 실력을 인정받은 소녀들의 글쓰기가 인터넷 문학을 만들어 낸 것이다.

작가의 작품 감상 행위가 또 다른 글쓰기를 낳는 이 프로슈머화는 시에서도 다양한 형태를 보이고 있다. 지금 인터넷상에는 수많은 시 동호회가 존재한다. 여행이나 등산을 좋아하는 사람들이 사이버 커뮤니티를 만들 듯이 시를 좋아하는 사람들은 커뮤니티를 만들어 자신의 시를 올린다. 재능이 없는 사람이 노력에 의해 훌륭한 시인이 될 수는 없지만 짧고 자유로운 현대시의 형식 때문에 평범한 사람들도 마음속의 시 하나는 쉽게 길어 올릴 수 있다. 디카로 사진도 찍고 그 옆에 간단한 감상 하나 적은 것에서부터 사이버 공간에서의 시 활동은 자못 활발하다.

그런데 문제는 여기에서 발생한다. 예전보다 많은 사람들이 시를 쓰고 시에 관심을 보이며 시 낭송회, 시인과의 대화 시간은 그 어느 때보다 활발하게 이루어지고 있는데 등단 시인의 시집은 팔리지 않는다. 마찬가지로 수많은 청소년들이 인터넷 소설을 즐기고 있으나 전문작가의 소설은 팔리지 않는다. 아마추어리즘이 작품의 질을 떨어뜨리고 악화가 양화를 구축한다. 이 악순환을 어떻게 극복할 것인가?

일단 종이책의 위축은 피할 수 없는 현상으로 보인다. 그러나 몇 가지 대안은 있다. 첫째, 인터넷의 팬덤 현상을 이용한 매니아층의 형성이 그것이다. 대중문화는 매체의 특성상 작품의 질도 중요하지만 작품의 판매 전략에 큰 영향을 받는다. 이 때문에 기획사가 인재를 발굴하여 비싸게 판매하는 이른바 스타 시스템이 개발되었고, 이 와중에서 대중은 문화산업의 전략에 휘둘리는 수동적 존재로 전락했다. 그런데 최근 이 팬덤 현상은 대중문화의 새로운 가능성을 열어주고 있다. 인기 있는 드라마의 팬들이 '폐인'을 자처하며 인터넷에 의견을 올리고 작품 생산에 영향을 주면서 스스로 문화를 창조하는 능동적 존재로 변모하고 있는 것이다. 팬픽은 이 적극적인 팬 문화의 하나이다. 그런데 유독 문학에는 이런 인터넷상의 매니아층 형성이 미미한 실정이다. 이제 인터넷상의 담론을 형성하고 작가와 등장인물의 이미지를 팔 수 있는 창조적 제도를 만들어야 할 시점이라고 본다.

둘째, 작가의 일방향적 글쓰기, 완결적 글쓰기에 대한 재고가 요구된다. 지금 문화예술은 경건한 것, 수동적으로 감상하는 '대상'에서 같이 즐기는 '과정'으로 이동중이다. 영원히 남고 변치 않을 것, 누구도 건드리거나 이의를 제기할 수 없는 것이 아니라 감상자가 참여하고 관여할 수 있는 것으로 변모하고 있는 시점에서 작가의 개방성이 다각도에서 시도될 필요가 있다. 누구나 작가가 될 수 있는 이 시대에 작가의 역할에 대한 새로운 성찰이 필요하다고 본다. 이는 마치 이 시대에 교사가 가르침(teaching)의 중심에서 배움(learning)의 보조자로 역할이 바뀌는 관계와도 같다. 예를 들어 이제 작품은 100퍼센트 존중되어야 할 완결된 대상이 아니라 독자들의 담론을 이끌어 내는 과정도 될 수 있다는 열린 자세가 필요하다고 본다.

셋째, 이윤 창출의 새로운 방식이 요구된다. 예전에 '소리바다' 사건이 있었다. 음반의 불법 복제의 경계가 어디까지인가의 문제는 비단 음악 뿐 아니라 디지털 시대 모든 문화예술계에 골칫거리가 되고 있다. 아날로그 미디어 시대의 인세 방식이 정보가 공유되도록 되어 있는 디지털 매체에서 문제를 일으키고 있는 것이다. 시집과 소설은 팔리지 않지만 인터넷에서 많은 네티즌들이 글을 쓰고 있고, 수많은 시 동호회에서 네티즌들은 시인의 꿈을 이루고 있다. 그것은 음반이 팔리지 않지만 수많은 사람들이 개인 PC와 모바일 폰, MP3 등을 통해 음악을 즐기고 있는 것과 비슷한 이치이다. 이제 이윤 창출의 중심이 책을 팔아서 돈을 버는 것에서 다른 그 무엇으로 전환될 시점이 왔다고 본다.

4. 유비쿼터스(ubiquitous) 시대 문학의 전략

마이크로칩과 센서가 건물, 가구, 가전, 온갖 생필품에 침투하면서 우리는 언제 어디서나 컴퓨터 네트워크에 접속하게 되었다. 이에 따라 컴퓨터 매개 의사소통(computer-mediated communication)은 우리의 일상에까지 침투해 들어오면서 가상성은 일상 전역으로 퍼지게 되었다. 앞에서 언급했듯이 일상의 삶이 허구의 놀이공간처럼 되고 있는 이 탈근대의 놀이공간에서 문학은 일상의 전역으로 퍼져 나간다. 왜냐하면 현대인들이 가상세계의 감각적 속성, 놀이적 속성을 현실에 적용하려는 경향을 지니는데 '놀이'는 우리가 참여하여 만드는 이야기이다. 이제 이야기는 우리가 사는 문화공간으로 확산되고 있다. 물질을 산출하는 방식보다 기호를 산출하는 방식이 많아지면서 상품의 미학적 가치가 증대되고 있고 그 미학적 가치의 핵심으로서 '스토리텔링'은 존재한다.

이야기와 상품이 연결되는 가장 드라마틱한 모습이 시나리오에 기반한 제품 디자인이다. 골드만에 의하면 원래 인간과 상품의 건전한 관계는 사용가치에 있었는데 자본주의에 이르러 그 관계가 교환가치로 타락하였고, 이 사회에서 사용가치를 추구하는 소수의 개인들이 문제적 개인이라고 했다. 예를 들어 보바리 부인은 자기 자신을 현재와 다르게 보이게 하기 위해 모델을 발견하고 자기가 되려고 결심한 사람에게서 모방할 수 있는 외양들을 모방한다. 그녀는 파리의 유행에 촉각을 곤두세우고 귀부인들의 의복이나 장신구, 헤어스타일에 돈을 탕진하는 것이다. 이처럼 근대소설에는 상품의 진실한 사용가치를 망각하고 교환가치의 타락한 관계에 빠지는 인물들이 등장한다.

그러나 교환가치 중심의 시장생산 사회는 기호가치 중심의 후기 산업사회로 진입했고 이 사회에서 인간은 상품의 타락한 가치에 현혹되고 상처받는 존재가 아니라 상품을 통하여 보다 나은 사회를 만들려고 한다. 근대 예술이 상품과 인간의 타락한 관계에 반발하는 존재였다면 탈근대의 상품은 자신을 예술의 창작과정과 일치시킴으로써 스스로를 예술품으로 만들고 있다. 탈근대의 놀이공간에서 소비자가 등장인물이 되며 상품을 쓰는 행위가 주인공의 소설적 행동처럼 현실의 불만과 권태를 이기는 방식이 되는 것, 이 상황에서 이야기는 우리 삶의 모든 곳에 스며든다.

최근 문화산업에서 OSMU(one-source multi-use)라 불리는 것이 바로 이야기 산업이다. 구체적인 예로 <해리포터>란 소설이 영화, 애니메이션, 게임, 캐릭터로 만들어지는 사례인데 <해리포터>란 스토리텔링이 있고 그것이 매체의 특성에 따라 편차를 보이며 상품화하는 것이다. 아이들은 해리포터 신발, 모자를 사용하면서 포터의 마법 이야기를 소비하는 것이다. 이 사례를 일반화하면 스토리텔링이란 상위 범주가 있고 그 하위범주로서 문학, 만화, 게임, 애니메이션, 영화, 게임, 광고, 디자인, 홈쇼핑, 테마 파크, 스포츠, 캐릭터 상품 등의 하위 이야기 장르가 있다. 상위와 하위, 각각 하위 스토리텔링 장르들은 서로 미학적 영향을 주고받는다.

이때 문학은 이 원천 소스에 주도적 역할을 한다. 근대의 주도적 이야기 장르의 시기를 거치면서 수천 년의 이야기 장르의 미학이 집결되어 있을 뿐 아니라 엄청난 자본이 드는 영화나 애니메이션, 게임, 드라마의 미학을 미리 가늠하게 할 수 있다. 많은 문학 작품들이 영화화, 드라마화하고 있는 것은 당연한 일이다. 문학작품은 더 이상 그 상황을 방관하거나 비판하지 말고 좀 더 주도적으로 나서야 할 시점이 되었다고 본다.

5. 하이브리드(hybrid) 시대, 문학의 전략

최근 방송이나 드라마에 재미있는 현상이 나타나고 있다. 토크쇼에서 참가자들의 말 중에서 재미있는 것, 강조할 만한 것을 화면에 문자로 표현하고 있다. 또 만화에서나 볼 수 있던 말 풍선, 화내는 표시, 화살표 등을 화면에 넣고 있는데, 이런 경향은 <낭랑 십팔 세> 같은 드라마에도 확산되고 있다.

이런 현상은 비단 방송뿐 아니라 다른 영역에서도 보편적으로 나타나고 있다. 대중음악과 오페라 등 클래식의 결합, 만화와 미술의 넘나들기, 최근 시와 무용, 시와 대중음악과의 만남도 이런 현상의 일종이라 볼 수 있다. 이제 예술 장르마다의 특성에 집착하고 그것만을 순정한 것으로 보고 혼합 장르를 잡스러운 것으로 비판하는 관점은 각 영역상의 교섭과 융합을 보이고 있는 디지털 시대에는 뒤진 감이 있다.

매체의 독특한 특성 때문에 종래에는 불가능했던 표현들이 나타나면서 지금까지 구분되었던 예술 장르들의 융합이 나타나고 있다. 몇 년 전, 미디어 아티스트들과 문학가 사이에서 인터넷상의 문자 행위가 미술인가 문학인가를 놓고 논란이 벌어진 일이 있었다. 스토리텔링이 틀림없는 문자로 된 이야기가 음악과 이미지가 교차되면서 역동적인 활자로 인터넷상에서 움직이는 것을 문학의 영역인 하이퍼텍스트 문학으로 볼 것인가, 넷 아트로 볼 것인가를 놓고 벌인 논란이었다. 이처럼 매체의 통합성은 장르의 혼란을 야기하고 있는 것이며 결국 중요한 것은 문학이나 미술이냐를 떠나서 그것이 미학적으로 가치 있는 것인가에 있다고 볼 수 있다.

귀여니의 문학을 둘러싼 논쟁도 그렇게 파악되어야 한다. 이모티콘이나 영상이 문자의 본질을 벗어나는 것이니 우리말을 파괴하는 것이라고 볼 것이 아니라, 그 혼용이 미학적으로 가치 있는 것인가를 따져 보아야 하는 것이다.

이제 문학은 문학일 뿐이라는 당찬 자존심만 드러내거나 혹은 문학은 소멸하지 않을 것이라는 신념이 중요하지 않다. 지금까지 인쇄 매체의 제한 속에서 그 미적 가치를 추구했던 문자 예술은 하이퍼텍스트 매체에서 그 한계를 벗어난 미학의 추구가 가능하게 된 것이다. 문학작품의 다른 장르로의 각색은 더 이상 부수적인 것이 아니다. 문학은 자신의 몸 바꾸기와 더불어 다른 장르에 축적된 스토리텔링의 자양분을 적극적으로 제공하는 존재로 거듭나야 할 때가 된 것이다.

방송통신 융합 시대의 매체 중립적 글쓰기
소설에서 스토리텔링으로

1. 방송통신 융합 시대의 장르 통합 현상

몇 년 전까지만 해도 방송과 통신은 분명히 다른 영역이었다. 지금까지 방송은 '단방향 송신에 의한 불특정 다수에 대한 방송 프로그램의 전달'을 의미하였으며 통신은 '양방향 송수신을 통한 서비스 이용자 간 커뮤니케이션'을 의미하였다. 그러나 디지털 기술과 전송 기술의 발달로 어느덧 방송망과 통신망이 유기적으로 결합되고 있다. 예를 들어 통신 서비스가 케이블 TV의 인터넷 접속이나 모바일 방송으로 연결되고 있고 휴대폰과 IPTV가 통합되고 있다.

이 과정에서 과거 특정 콘텐츠에 특정 플랫폼의 통합 모델은 점차 의미를 잃게 된다. 하나의 콘텐츠는 온갖 매체에 손쉽게 전달되는 융합 환경이 도래한 것이다. 이제 콘텐츠와 플랫폼이 분리되면서 다중 콘텐츠, 다중 플랫폼의 형태로 발전하게 되었다. 이에 따라 장르간의 소통이 훨씬 빈번해졌고 한 장르가 성공했을 때 다른 장르로의 이동이 공식으로 되고 있다.

소위 원 소스 멀티 유즈(one-source multi-use)라고 하는 문화산업의 방식인데, 예를 들어 소설인 <반지의 제왕>이 베스트셀러가 되자 영화화되었고 그 영상의 힘을 바탕으로 영화 촬영지였던 뉴질랜드의 관광산업이 뜨게 되었다. 영화가 TV에서 방송되는 것은 물론이고 비디오로도 출시되었으며, 나아가 모바일 콘텐츠를 통해 서비스될 때는 요약, 압축되어 전철에서도 가볍게 감상할 수 있게 변형, 제작되었다.

사람들은 동일한 원천 이야기가 온갖 형식으로 자기 눈앞에 펼쳐지는 것을 보게 된다. 정보의 폭발 속에서 무수한 정보가 합쳐지고 분열되며 다른 정보를 낳는 것처럼 이야기 또한 고정적이지 않게 된다. 이야기는 이야기를 낳고 그 이야기를 통해 다른 이야기가 생산된다. 이야기는 분열되고 통합되면서 자신이라는 희미한 그림자만 남겨놓은 채 다른 이야기 속으로 스며든다. 이야기는 그 매체 속에 고스란히 붙박이로 천년 만년 정착해 있지 않게 되었다. 그것은 언제든지 다른 곳으로 날아가 그 매체에 맞게 몸바꾸기를 할 아메바 같은 존재로 변해버렸다.

2. 구어(口語)가 아닌, 아메바로서의 글쓰기

위족처럼 모습을 변하는 이야기의 존재는 너무 압도적이어서 매체에 튼튼히 자신을 뿌리박을 준비를 하지 않게 되었다. 어차피 또 변할 것인데 다시 변하기 힘들게 뭐하러 자신을 고착시킨단 말인가! 이야기는 이제 언제든지 멀티 유즈될 수 있는 원소스로서 아메바처럼 자신을 흐늘거리며 물 같은 매체 속을 유영하게 되었다.

아직 지식의 습득 수단이 활자매체에 주로 매여 있을 때의 소설의 문장은 매우 길었다. 그도 그럴 것이 구어(口語)는 전달과 더불어 사라지는 속성 때문에 청자의 기억을 돕기 위해 아무래도 짧고 리드미컬하게 되기 마련이다. 반면 문자 언어는 텍스트에 뚜렷이 새겨져 있기 때문에 구두성이 가지는 시공간의 제약으로부터 자유로울 수 있다. 따라서 의미의 전달을 명확히 하는 것이 우선시되며 그를 위해 무한히 팽창할 수 있다. '그녀'에서 '아름다운 그녀'로, 다시 '아름답고 우아하며 상냥한 그녀'로, 여주인공에 대한 이미지를 정확하고 뚜렷이 전달하기 위해 수식어는 무한히 연결되며 문장의 길이를 팽창시킨다. 꿈틀거리며 한없이 이어지는 문장 사이사이 감칠맛 나는 단어의 선택으로 '글맛'이 더해진다. 그리고 문장들은 수백 년이 지나도 변하지 않는 종이 위에 뚜렷하게 자신을 지키며 조용히 몸을 누인다. 그런데 문장은 더 이상 아로새겨지지 않는다. 아니 아로새겨질 틈이 없게 되었다. 소설이 뜨면 1~2년 안에 곧 영화화되고 뮤지컬이 되더니 캐릭터 상품이 나오고 영화 촬영장이 관광지가 된다. 수많은 매체 위에 그 소스만을 남긴 채 사라지는 이야기 형식들을 보면서 작가들은 어느새 문장의 권위를 믿지 않게 되었다. 정착 농민처럼 수백 년을 뿌리박혀 있을 비옥한 대지가 중요한 것이 아니라, 오늘 밤 몸을 누일 모래언덕이 필요한 유목민처럼 미련 없이 이야기의 터전을 떠나버린다. 유목민에게 필요한 보금자리가 절대 형태 변화를 일으키지 않고 오래 갈 수 있는 튼튼한 가옥이 아니라 언제든지 접고 펼 수 있는 천막인 것처럼 작가들은 금방 다른 곳으로 달려갈 수 있는 원소스로서의 아메바 글쓰기를 하게 된 것이다.

처음에는 영화 같은 영상의 영향으로 구술적인 글쓰기를 하는 것인 줄 알았다. 구어로서의 간결성인 줄 알았다. 그런데 그게 아니다. 더 이상 느리게 자신을 힘들게 박아 넣으며 정지된 글쓰기가 아니라 언제든지 몸 바꾸기가 가능한 글쓰기를 하는 모습이 그렇게 비친 것일 뿐이다.

3. 소설과 원 소스 멀티 유즈

1) 축구경기와 소설의 교섭―<아내가 결혼했다>

박현욱의 장편소설인 <아내가 결혼했다>(문이당, 2006)는 평론가들에게서 한결같이 폴리아모리(비독점적 다자연애)와 축구 경기를 절묘하게 결합한 수작으로 찬사를 받았다. 무엇 하나 나무랄 데 없이 완벽한, 사랑스러운 아내는 불행하게도 일부일처제의 결혼제도에 대해 회의를 가지고 있다. 결국 다른 남편과 아내를 공유하게 된 화자의 '슬픈' 사랑 이야기는 물론 아직 한국 사회에서는 낯설고 비현실적인 것임에 틀림없다. 그럼에도 강한 흡인력으로 끝까지 눈을 떼지 못하게 하는 요소는 단순히 재치있는 상황 설정과 문장 때문만이 아니다.

이 소설에는 사건마다 그에 상응하는 축구 경기, 그것에 얽힌 이야기들이 병치되어 있다. 단 세 명의 등장인물이 결혼이라는 일상의 제도 속에서 몇 년 동안 갈등하는 과정을 별도의 묘사나 커다란 사건이 없이도 장편이란 분량으로 읽혀지는 이유는 축구 경기 때문이다. 예를 들어 사랑에 빠진 화자가 다른 연애를 허용하게 해달라는 여주인공의 말을 거절하지 못하는 상황은 최후의 로맨티스트였던 가브리엘오마르 바티스투타의 축구 일화에 비유된다. 또 화자가 다른 여자를 인솔하고 싶지 않으며 오직 아내가 될 그 여자에 대한 사랑을 피력하는 상황을 홍명보가 일본 팀을 인솔하고 싶지 않다고 했던 일화와 병치시키고 있다. 매사에 이런 식이다.

이제 공간 묘사는 완전히 사라진다. 비유할 것도 없다. 우리는 이미 TV를 통해 수많은 축구경기를 보아왔다. 유니폼을 입은 선수들의 모습, 넓은 잔디 축구장, 운집해 있는 관중의 모습과 열광, 게임의 진행과 심판의 동작들을 생생한 HD 화면으로 지겹게 보아왔다. 2002년 월드컵 때문에 축구의 영상은 전 국민이 공유한 영상이 되었다. 이 상황에서 무슨 문자적인 비유나 묘사가 필요한가? 축구경기의 영상은 '아내가 다른 사람과 결혼했다'는 소설의 사건의 공간적, 시간적 배경이 되어주고 있다. 굳이 문자로 애를 써서 사건의 배경을 설명해줄 필요가 없는 것이다.

단순한 이야기의 병치가 아니며 단순한 비유가 아니다. 축구경기는 소설로 스며들어와 소설의 세계를 이루고 소설의 사건을 만들고 있다. 어느새 작가는 축구경기 하는 방식으로 소설을 쓰게 된다. 작가가 수많은 축구 경기를 보았고 축구 이야기, 스포츠 이야기란 장르가 소설 장르로 각색된 것이다. 그런데 이 소설로 각색된 이야기가 오래도록 인쇄매체에 붙잡혀 있을 것이라고 작가는 생각하지 않게 되었다. 영화로든지 드라마로든지 날아갈 이 이야기를 위해 작가는 하룻밤 몸을 누일 텐트를 펼치듯이 신속하게 이야기를 진행해나가기 시작한다.

2) TV 중계, 테마파크, 그리고 소설의 교섭 - <달의 바다>

1969년 아폴로 우주선이 처음 달에 착륙해서 닐 암스트롱이 달의 표면을 밟았을 때, 전세계인은 숨을 죽이고 그 광경을 지켜보았다. 그 후 수많은 우주선이 쏘아 올려졌고 우주인이 유영하는 모습은 수많은 영화에 등장해왔다. 최근에는 이소연 양이 한국 최초의 우주인으로 관심을 받으며 매일매일 TV를 장식하고 있다. 우주정거장에서의 실험, 식사, 목욕, 배변, 심지어는 머리 묶는 방법까지 온갖 모습들이 자세히 설명되어 세인들의 관심을 자극하고 있다. 영상으로 전해지는 우주인의 모습은 이제 일종의 현실로 우리에게 다가오고 있다.

정한아의 <달의 바다>(문학동네, 2007)는 미국의 고모가 보낸 편지에 쓰인 우주비행의 생활과 고모의 실제 생활이 교묘히 병치되어 있는 소설이다. 한국에서 물리학과 지질학을 전공한 후 연구소에 근무했던 고모는 어린 시절부터 우주인이 꿈이었다. 그러나 미혼모가 된 후, 외국인을 따라 미국에 간 고모는 몇 년 뒤, NASA에 근무한다면서 할머니에게 편지를 보내오기 시작했다. 편지의 내용은 주로 우주인으로서 자신의 생활에 대한 것이었다. 그러나 고모의 초청으로 미국에 간 화자는 고모가 우주정거장 테마파크의 기념품 가게에서 일하고 있다는 사실을 발견한다. 그곳은 물론 실제 우주빌딩처럼 정교하게 잘 지어진 건물로, 고모는 비행 시간표와 출입증, '케네디 우주빌딩 12번 게이트'라고 찍힌 카드 키까지 갖고 있었다.

수십 년 간 영상에 비쳐진 우주인의 모습은 우리에게 우주에 대한 낭만과 꿈을 심어주었다. 어린 시절부터 우주인의 꿈을 꾸어온 평범한 일상인들은 가상의 세계를 현실 공간에서도 꿈꾸기를 원하게 되었다. 그렇게 만들어진 테마파크가 '우주빌딩'이었다. 그리고 고모는 현실에서 좌절한 꿈을 테마파크에서 일함으로써 보상받고 있었던 것이다. 그것은 현실에 실패한 현대인이 자신이 꿈꾸어 온 영상의 스토리텔링에 오타쿠로서 반응하며 살아가는 방식과 동일한 것이다.

고모는 자신의 생활을 글로 써서 할머니에게 보낸다.

국제 우주정거장 안으로 들어가 보면 누구나 거기가 어디인지 다시 한번 의심하게 될 거예요. 그곳은 도저히 그 멋진 이름에 어울리는 공간으로 보이지 않거든요. 여기저기 온통 케이블 천지에, 벽에는 온갖 종류의 종이쪽지가 붙어있고 컴퓨터와 제어장치, 수천 개의 스위치들, 모니터들로 가득하죠. 확성기에서는 온갖 국적의 음악이 흘러나오고 본부와 연결된 마이크에서는 기계 소리가 정신없이 삑삑 울려요. 마치 전체가 하나의 커다란 기계실처럼 보이죠. 사방을 아무리 둘러봐도 그냥 내

　　버려둔 공간은 찾아볼 수 없어요.[1]

　　고모가 꿈꾸었던 가상의 우주정거장 생활은 글쓰기를 통해 소설 속에서 현실화되지만 독자들에 의해 다시 소설로 가상화된다. 독자의 뇌리 속에 고모가 다녔던 우주 정거장과 달의 표면은 현실화하고 싶은 꿈의 공간으로 자리 잡는 것이다. 이처럼 '달에 대한 이야기'는 TV로, 테마파크로, 소설로 흘러 다니며 서로가 서로에서 본 이미지를 차용하며 형상화된다. 굳이 문자로 세세히 묘사할 필요가 없다. 이미 TV에서, 놀이공원에서 너무도 많이 본 것이므로……. 너무도 손쉽게 재현되는 그 이미지의 세계에서 글쓰기는 간결해지고 뼈대만 앙상하게 남은 채 사건의 전말만 전하게 되는 것이다.

3) 논문, 만화, 영화, 소설, 그리고 드라마의 교섭
　　—<망하거나 죽지 않고 살 수 있겠니>

　　이지형의 <망하거나 죽지 않고 살 수 있겠니>(문학동네, 2000)는 1930년대 경성 공간을 배경으로 하고 있다. 주인공 이해명의 아버지는 재산을 일제에게 빼앗긴 대가로 아들을 총독부에 취직시킨 '양심 있는 친일파'이다. 그런 그가 첫사랑인 조난실에게 배반당한 후 그녀를 끈질기게 추적하는 과정에서 독립운동단의 정체를 알아내고 자신도 독립투사가 되어서 총독에 폭탄 테러를 가하려다가 그만 슬그머니 도망치고 만다. 종로 거리를 달리는 전차, 회색 비크 택시, 인력거와 양복으로 멋을 낸 모던 보이와 모던 걸, 거기에 댄스홀, 카페, 활동사진이 즐비한 경성의 거리에

---

1) 정한아, 『달의 바다』, 문학동네, 2007, 80~81쪽.

서 벌어지는 이 명랑 항일투쟁소설에는 놀랍게도 묘사가 결여되어 있다.

1930년대라면 2000년대를 사는 우리가 모르는 낯선 시공이다. 1930년대 염상섭이 <삼대>에서 여학생과 여급의 복장을 세세하게 묘사한 글을 본 사람은 알 것이다. 동시대에 동시대의 작품을 썼던 작가조차도 애써 재현하려고 한 이 근대 형성기의 시공을 작가는 거침없이 가로지르며 온갖 사건들을 펼쳐 보인다.

그런데 이 시공은 낯설지 않다. 물론 주인공들이 현대어를 사용하고 현대적 사고방식을 가지고 있기 때문이기도 할 것이다. 그러나 더 중요한 것은 이 소설 이전에 나온 영화와 만화, 논문들 때문일 것이다. 1990년 임권택 감독의 <장군의 아들>같이 1930년대 당시 경성의 종로거리를 재구성한 영화, '최배달'의 일대기에 대한 만화같은 것이 이미 대중들의 뇌리에 잡혀있는 것이다. 여기에 1990년대 쏟아져 나온 일상사, 문화사에 대한 논문들 또한 독자들의 이해를 돕는다. 예를 들면 김진송의 『서울에 딴스홀을 허하라』 같은 책자들은 소설에 나오는 카페 '아틀란티스'나 '이십세기모던이미지댄스구락부'와 직접적으로 연결된다.

그리하여 작가는 독자에 의해 이미 형성된 이미지의 세계를 바탕으로 거침없는 이야기를 쏟아내며 장편 전체를 질주한다. 그런데 이 스토리가 최근 인기를 끌었던 드라마 <경성 스캔들>과 어찌 그리 닮아 있는지. 이 방송통신 융합 시대에 수다한 매체를 거침없이 흘러 다니는 이야기의 속도를 다시금 느끼게 되는 대목이다.

4. 공유된 풍경

1) 근대소설과 풍경의 발견

고전소설과 근대소설을 구분할 때 가장 널리 사용되는 자질이 '객관적 묘사'이다. 그러나 실제로 이 '묘사'가 현실성이 있다, 객관성이 있다고 하는 의미의 정체는 분명하지 않다. 아무튼 근대소설의 중요 특징으로 구체적인 공간적 배경이 손꼽히는 것은 사실이다. 학자들은 이를 '풍경의 발견'이라고 명명하였다. 다음 인용문은 일본의 장대한 자연 경관을 묘사한 글로 1702년에 씌어졌다.

> 예로부터 익히 알려져 있어 새삼스럽지만, 마쯔시마섬(松島)은 일본국 제1의 호풍(好風)이라, 대저 동정(洞庭), 서호(西湖)에 부끄럽지 않다 … 어떤 놈은 두 겹으로 겹쳐져 있고 또 어떤 놈은 세겹으로 쌓여 있어 왼편으로는 갈라져 있는가 하면 또 오른편으로는 이어진다. 작은 놈을 이고 있기도 하고 때로는 안고 있기도 하다. 자식 손자를 어루만지기라도 하는 듯이 소나무 짙푸른 가지와 이파리, 바닷바람에 시달려 휘어진 굴곡이 흡사 인간이 만들어 놓은 듯 하다. 이 경치의 심원함은 미인의 얼굴에 화장을 한 듯. 찌하야부루 신들이 살던 먼 옛날, 오오야마쯔미신이 이뤄낸 작품인가. 조물주가 지어낸 하늘이 이 조화를 누가 있어 붓 들어 문장을 다할쏘냐.[2]

얼핏 보면 묘사로 보이지만 현재 우리가 생각하는 묘사와 전혀 다르다. 이 글에서 구체적인 풍경은 상기되지 않으며, 풍경을 그리는 작가의 심리 또한 느껴지지 않아 매우 추상적이고 일반적이다. 필자는 마쯔시마

---

2) 이효덕, 박종관 역, 『표상공간의 근대』, 소명출판, 2002, 95쪽.

라는 명소를, 그가 필시 한번도 본 적이 없었을 중국의 명소와 비교하며
'경치의 심원함은 미인의 화장을 본 듯 하다'는 상투어로 자신의 심경을
마무리하고 있다. 종합하건대, 여기서의 풍경 묘사란 중국 고전의 표현을
빌어 베낀 것에 불과하다.

그러나 이처럼 상투어와 수식어로 사실을 대치하는 표현이 당시로서는
문장이 미숙하거나 성의가 없는 것으로 여겨지지 않았다. 이런 경향은
당시 일본 뿐 아니라 한국 최고의 문장가라던 정철의 <관동별곡>에도
마찬가지로 나타나고 있다.

> 백천동 곁에 두고 만폭동 들어가니 / 은 같은 무지개 옥 같은 용의 꼬
> 리 / 섞돌며 뿜는 소리 십리에 잦았으니 / 들을 때엔 우뢰더니, 본 즉은
> 눈이로다. / 금강대 맨윗층에 선학이 새끼치니 / 춘풍 옥적성에 첫 잠을
> 깨었던지 / 호의현상이 반공에 솟아 뜨니 / 서호 옛 주인을 반겨서 넘노
> 는 듯 / 소향로 대향로 눈 아래 굽어보고 / 청양사 진혈대 다시 올라앉은
> 머리 / 여산 진면목이 여기서 다 보인다.[3]

금강산의 풍경이 자연 그대로 묘사되는 것이 아니라 그가 가본 적도
없는 중국의 산과 비교되거나 무지개, 우뢰, 눈 등의 비유로 점철되어 있
다. 이들에게 자연 풍경이란 고대로부터 면면히 내려온 공동체의 언어이
며 추상적인 기호, 코드일 뿐이었던 것이다.

마찬가지로 그 당시 쓰여진 소설의 배경은 중국 청나라, 명나라 등 추
상적이고 상투적인 공간에 불과했다. 여기에 전통적인 한문의 비유와 수
사 등 풍경의 표현은 그가 속한 공동체의 사회문화적 코드의 표현에 불
과했다.

---

3) 최강현 역주, 『가사 1』, 고려대학교 민족문학연구소, 1993, 211~213쪽.

반면 근대 소설에 있어서 공간적 배경은 구체적이고 사실적이다. 특히 보는 자의 주관(함축된 작가와 등장인물)에 의해 공간의 구성이 포착되면서 동시에 독자가 이런 시점 묘사에 촉발되어 풍경을 의식 속에서 재구성하는 것이 작중인물의 통합된 상과 겹치는 방식이야말로 '주체'가 탄생하고 대상이 존재하게 된 근대의 산물인 것이다.

> 길은 지금 산허리에 걸려있다. 밤중을 지난 무렵인지 죽은 듯이 고요한 속에 짐승 같은 달의 숨소리가 손에 잡힐 듯이 들리며, 콩포기와 옥수수 잎새가 한층 달에 푸르게 젖었다. 산허리는 온통 메밀밭이어서 피기 시작한 꽃이 소금을 부린 듯이 흐뭇한 달빛에 숨이 막힐 지경이다. 붉은 대궁이 향기같이 애잔하고 나귀들의 걸음도 시원하다.4)

허생원과 조선달, 동이가 대화장을 보러 밤새워 길을 걷는 장면 중 봄밤의 풍경을 묘사한 부분이다. 전체적인 조망과 달빛, 꽃이 어우러지는 길을 걷는 등장인물들이 교차되는 이 장면은 당연히 옛사랑의 이야기가 나올 만큼 낭만적이 된 허생원의 심정이 투영된 것이기도 하다. 이처럼 근대 작가들은 세세하고 '객관적'인 풍경의 묘사 속에 개인의 심리를 투영하고 있었다.

2) 탈근대, 새로운 공동체의 코드와 풍경

(1) 007 시리즈란 만인의 코드 – 〈본드걸 미미양의 모험〉

> 연둣빛 들판 위에서는 양떼가 풀을 뜯어먹고 있었습니다. 기구(氣球)는 천천히 아래로 아래로 내려가고 있었지요. 선글라스를 벗고 고개를

---

4) 이효석, 〈모밀꽃 필 무렵〉, 『이효석전집 2』, 창미사, 1983, 93쪽.

들어 하늘을 올려 보았습니다. 잿빛 렌즈에 가려져 있던 세상이 좀더 맑고 선명한 빛깔로 들어왔습니다. 추락해버린 악당들의 경비행기는 하늘에 긋던 긴 꼬리조차 감추어버리고, 양털처럼 뭉쳐진 뭉게구름만 '천공의 성'같이 느리게 움직이고 있었지요. 나는 그제야 비로소 눈을 뜬 기분이었습니다.[5]

우연한 기회에 본드걸이 되었던 미미는 제임스 본드에게 버림받자 복수를 꿈꾸며 스파이 013으로 변신한다. 007인 본드와 한 팀이 되어 악당을 해치우며 영화의 성적 대상물에서 비밀을 지닌 인격체로 커간다는 설정은 있지만 기본적으로 수십 차례 연작 형태로 영화화된 007 시리즈를 본 고급 팬의 팬픽 형식이라는 점을 부인할 수 없다. 살짝 비틀고 조롱하는 알리바이와 여성성장담이란 자부심이 곁들여진 고가의 패스트푸드라고나 할까?

1962년 <닥터 노>가 개봉된 이래 <카지노 로얄>까지 21편의 정규 시리즈가 제작되었고 거듭되는 상영 중에 몇 가지 공식이 생기게 되었다. 특히 맨 마지막 장면, 악당과의 혈투를 승리로 장식, 탈출의 성공을 확인한 직후, 007과 본드걸이 비행기, 요트, 혹은 기구 안에서 사랑을 나눈다는 설정은 예외가 없다. 너무나 대중적이 되어버려 거의 영상의 폭격 수준에 이른 이 장면을 모르고 있는 한국 독자가 과연 있을까?

그런데 위의 배경 묘사는 대한민국 영상문화 공동체가 공유하고 있는 코드 중의 하나이다. 게다가 소설 속의 구름은 <천공의 성 라퓨타>란 일본 애니메이션에 나오는 날아다니는 배에 비유되었다. 현재 한국의 많은 독자들은 그 애니메이션에 등장한 푸른 하늘 위를 느리게 움직이는 거대한 배를 기억하고 있다.

---

5) 오현종, 『본드걸 미미양의 모험』, 문학동네, 2007, 7쪽.

이 소설에서 작가가 공간적 배경을 묘사하는 방식이 고전문학의 풍경 묘사가 전고의 상투어들을 차용하는 것과 같은 방식이라는 점에서 주목할 부분이다. 표면적으로는 여느 근대소설들처럼, 세세한 장면 묘사에 의해 화자의 주관에 의해 공간의 구성이 포착되는 듯 하나 이런 시점 묘사에 촉발되어 재구성되는 것은 실은 영상의 폭격에 의해 공유된 상투어구 중의 하나라는 점, 즉 작가나 독자나 자신들이 공유하고 있는 상투어 중 하나를 연상하는 것일 뿐이다.

소설 전체의 공간적 배경은 명확하지 않다. 가끔 나오는 서울, 마장동 등의 지명조차 지금 주인공들이 있는 곳의 위치를 정확히 가리키지 않는다. 아마도 007은 한국인인 것 같으나 이 또한 작품 초반부에 분명하게 나타나지 않는다. 근대 리얼리즘 소설의 공식과는 매우 다른 기호의 공간에서 제임스 본드와 본드걸의 후일담이 펼쳐지는 것이다.

(2) 설화와 영화라는 현대인의 기호체계

세상에 넘쳐나는 이야기들의 집산장인 <고래>의 풍경 묘사 또한 독자로 하여금, 세세한 장면 묘사가 그 이전에 들었던 설화, 혹은 영화의 한 장면으로 재구성되는 과정을 겪게 한다. <고래>는 국밥집 노파, 금복, 춘희로 이어지는 여인 삼대의 이야기를 부두, 평대, 공장이라는 세 공간적 배경을 중심으로 펼치고 있다. 물론 구체적인 묘사가 있다. 예를 들어 춘희가 어린 시절을 보냈고 감옥에서의 세월을 빼고는 죽을 때까지 일했던 벽돌공장에 대한 묘사는 사실적이고 세세하다.

> 마당 한가운데 있는 펌프는 오래 전에 말라붙어 쇠파이프를 타고 흘러내린 녹물만이 바닥에 선명하게 남아있었다. 가마 주위엔 거친 사내

들의 발자국에 의해 다져진 딱딱한 마당을 뚫고 쇠비름과 엉겅퀴, 한 길이 넘는 뺑대쑥 등 온갖 잡초들이 무성하게 자라나 서로 뒤엉켜 있었다. 그중에서도 특히 개망초는 성곽을 포위한 병사들처럼 늘 공장 둘레를 빽빽하게 에워싸고 있다가, 주인이 자리를 비우자 슬그머니 안으로 들어와 공장 둘레를 빽빽하게 에워싸고 있었다.[6]

그러나 이곳이 어디인지는 미지수이다. 평대(坪垈) 근처의 늪지대라는데 그 평대라는 지명을 작가는 김삿갓을 연상시키는 한 방랑시인의 시로 대치하고 있을 뿐이다. 그리고 이 공간을 흐르는 시간은 더욱 요령부득이다. 몇 년이 흐른 후, 며칠 후, 얼마 후 등으로 대변되는 시간의 흐름도 알쏭달쏭하거니와 철도가 세워지고 극장이 있는 것으로 보아 근대 공간이라는 짐작이 들게 하면서도 우편배달부가 아닌 약장수가 소식을 전해 오게 하는 등 시간착오적인 요소가 즐비하다. 여기에 애꾸, 거대한 양물을 지닌 걱정, 전설적인 칼잡이와 기묘한고래, 코끼리의 모습은 그 공간을 도저히 현실적으로 볼 수 없게 만드는 것이다.

이는 마치 <이상한 나라의 앨리스>나 <가위손>, <오즈의 마법사> 같은 영화처럼 구체적인 자연 배경이 존재하나 동화와 환상의 요소로 점철되어 정확한 공간과 시간의 가늠을 불가능하게 만드는 영화적 환상 공간의 기법을 방불케 한다.

휩쓸려 나오는 온갖 이야기들을 읽어 내려가는 과정에서 독자는 지금까지 그런 스토리를 지닌 설화나 영화에서 촉발된 장면을 머릿속에 떠올린다. 이야기는 순차적이고 논리적인 질서를 따라 흐르는 것이 아니라 두서없이 쏟아지는 상념처럼, 거미줄처럼 복잡하게 얽히는 뇌세포의 뉴런 조직처럼, 하이퍼텍스트적으로 무차별적인 가지를 뻗어 나간다. 이야

6) 천명관, 『고래』, 문학동네, 2004, 10쪽.

기의 홍수 속에서 독자의 머릿속은 그간 보아왔던 온갖 종류의 장르들—
영화, 애니메이션, 만화, 소설, 설화, 캐릭터, 연극, 뮤지컬의 영역을 경중
경중 뛰어다니며 장난질치는, 멀티 유즈드(multi-used)되는 이야기의 경로를
파악하게 되는 것이다.

5. 아메바형 글쓰기의 미래

기술복제 시대의 예술의 대항 방법이 '복제'에 대한 반대로서의 작품
의 일회성(一回性), 예술가의 천재성을 강조했듯이 영상 시대의 소설의 존
재방식을 오히려 소설 자체의 특성에 집중하는 것으로 설정하는 방법이
있을 것이다. 세세한 묘사와 추상적이고 깊이 있는 사유, 진정성 강조가
소수를 위한 문학으로서, 문학이 존재하는 하나의 방식일 수 있다.

그러나 원본과 복사본의 구분이 없는 시뮬라크르의 세계에서 상품과
예술품의 구분이 모호해지는 것처럼, 흐물거리며 다른 매체를 흘러 다니
는 아메바형 소설이 점차 영역을 확장하고 있는 것도 사실이다.

제 2 부
중심 없는 시대의 작가

진실을 은폐하는 거짓말과 드러내는 거짓말

김연수론

1. 연대(年代)의 앞에서 쳐다보는 나를 바라보는 그

김연수는 89학번 같지 않다. 그의 포즈는 80년대의 끝자락에서 그 연대를 돌아보는 모습 그대로이다.

80년대 중반 내가 있던 연구실은 도서관 앞의 민주광장 쪽으로 향해 있었다. 도서관 6층에서 민주화를 소리치는 학생을 멍하니 바라보며 하루를 보내는 것이 내 일상이었다. 그러던 어느 날 화염에 휩싸여 떨어지는 시위 학생의 모습을 보았다. 그날 저녁도 어김없이 술자리가 벌어졌고 대학원생이었던 '우리들'은 이 절박한 시대에 공부가 무슨 의미가 있는지 자책하며 술을 마셨다. 그리고 다음날 또 공부했다.

국문과의 한 여학생이 한강에 투신자살했다. 이 모순의 시대에 더 이상 방관자로 머물 수가 없었다고 유서에 써있었다. 학생들은 울며 추모식에 참가하고 또 술을 마셨다. 그리고 민주광장과 내 연구실의 사이에 있는 잔디밭에 추모비를 세웠다. 나는 그 추모비를 바라보며 또 공부했다. 몇 년 후 그 자살한 여학생을 주제로 한 소설이 학교 신문 공모에 당선되었다. 시대를 고민하여 자살한 여학생을 사랑했던 주인공이 그녀의 몸에 남성의 페니스가 솟아있는 조각상을 만들었다는 줄거리로 기억한다. 맹세코 그때는 진심으로 감동하며 읽었다. 절대로 유치하거나 기괴한 이야기라고 생각한 적이 없었다. "시대야 다 고민하는 것인데 그걸 빌미로 자살하는 것은 평소 우울증 증세가 심했던 탓이다. 정신과를 찾아가서 프로작을 먹었더라면 꽃다운 인생 희생되지 않았을 텐데.", 하며 혀를 찬 적도 없었다. 자기검열이 그런 생각을 의식 위에 떠올리게 하지도 않았거니와 만약 그 이야기를 입 밖에 내었다면 여러모로 미운털이 박혀 있었던 나를 동료들은 예배당 종치듯이 팼을 것이다.

89학번은 산술적으로나 실제적으로나 90년대에 가까운 학번이다. 광주 시민혁명, 분신자살, 고문치사 사건, 87 민주화 등을 멀찍이서 보고 대학에 들어오자마자 동구권이 몰락해 학생 운동 또한 격렬한 투쟁의 자세가 이미 한풀 꺾여 있었다. 내게 있어 89학번은 <샤갈의 마을에 내리는 눈>에 나오는 짙은 허무감이었다. 그런 세대가 왜 연대(年代)의 맨 앞에서 쳐다보는 나를 바라보고 있을까?

2. 광주의 어른을 훔쳐본, 언니를 훔쳐본 그(녀)

김연수의 작품집 『내가 아직 아이였을 때』[1]는 이 질문에 해답을 제시하고 있다. 작품집 속의 단편인 <그 상처가 칼날의 생김새를 닮듯>은 광주 문제를 이중적으로 간접화하고 있다. 소설 속의 언니는 80년 광주 항쟁 때 혁명을 주동하던 아버지가 가족들 때문에 도피한 사실을 알고 분노한다. '살육의 밤에 애나 만들고 있었던' 아버지는 그 죄책감 때문에

---

1) 김연수, 『내가 아직 아이였을 때』, 문학동네, 2002.

김천에 와서 '경상도' 사람들 한복판에 산다. 당시 초등학생이었던 화자(작가와 나이가 얼추 같은)가 광주의 의미를 알기 어려우니 다시 사춘기 언니를 등장시켜 아버지를 판단하는 이 중층 구조는 작가가 얼마나 자기 세대의 입장에서 80년대를 겪으려 했는지 역설적으로 증명한다. 언니와 아버지의 대립구도 속에서 파악된 '칼날'은 화자가 유년기에 학교에서 받는 '상처'와 그대로 연결된다.

그리고 보면 경북 김천의 뉴욕 제과점의 막내아들이었던 작가는 80년대의 성인들과 같은 문화 환경을 지니고 있었던 듯싶다. 1960년대 초반에 탄생한 뉴욕제과는 변함없이 그곳에 존재하다 1990년대 중반 쯤 문을 닫는다. 그 긴 기간 동안 김천 사람들은 한결같이 그곳에서 미팅을 했으며 빵을 사먹었다. '뉴욕제과'란 시공을 공유하며 즐긴 사람들이 80년대 학번이다. 때문에 작가는 90년대의 '쿨'한 감수성에 한없이 서툴다. <사랑이라니 선영아>는 제목만 보면 정말 90년대적이다. 그러나 진우와 선영의 사랑 장면은 어정쩡한 감수성의 극치를 보인다.

> 진우는 선영의 티셔츠 밑으로 오른손을 넣어 가슴을 만지며 왼손으로는 자신의 허리띠를 끌렀다. … 티셔츠와 브래지어를 위로 기어 올라가 선영과 입을 맞췄다.

세대에 따라 다음 장면은 다를 것이다. 시위현장에 참여했고 정태춘의 '운동권' 공연을 보았던 두 연인의 만남이 80년대 학번 같으면 애틋한 정사 이후, 새벽에 여주인공의 여윈 뺨을 바라보며 쓸쓸히 일어나는 남주인공을 그릴 것이다. 90년대 학번이라면 '쿨'하게 "옷 입은 채로 하는 섹스도 쓸만했다." 정도로 끝날 것이다. 그러나 이 두 89학번은 지난날의 어긋난 사랑에 대해 여러 시간 족히 감상적인 토론을 벌이고 그냥 집에 갔다.

3. 내가 신이 되는 세상에서 떠난 신을 살펴보기

2002년 태극기를 두르고 바르고 환호하는 젊은이들을 본 기성세대는 깨달았다. 이제 우리가 국가에 대해 어떻게 느끼는가가 중요한 세대에서 내가 국가에 대해 어떻게 느끼는가가 중요한 세대로 진입했다는 사실을 말이다. 내가 즐겁고 내가 좋은 감정이 우리의 시대적 사명을 앞서 존재하는 세대는 행복하다. 우리 세대에게 세상은 별 없는 시대의 별 찾기였다. 김연수의 소설에도 등장하는 '루카치'의 『소설의 이론』에는 이렇게 쓰여 있다.

> 별이 빛나는 창공을 보고 갈 수가 있고 또 가야만 하는 길의 지도를 읽을 수 있었던 시대는 얼마나 행복했던가? 그리고 별빛이 그 길을 훤히 밝혀 주던 시대는 얼마나 행복하던가? 이런 시대에 있어서 모든 것은 새로우면서도 친숙하며, 또 모험으로 가득 차 있으면서도 결국은 자신의 소유로 되는 것이다.

신의 윤리가, 공동체의 윤리가 엄연히 존재하는 시대의 문학 장르가 서사시라면, 신이 사라진 시대에 새로운 신을 찾으려 애쓰는 근대의 서사시가 소설이라는 것이다. 적어도 80년대의 소설쓰기, 혹은 소설 연구는 그 논리에 충실했다. 루카치 등 사회주의 리얼리즘 이론가들의 논리를 충실히 학습했으며 앞으로 도래할 체제에 대한 신념으로 가득 찬 문학을 분석하고 열망했다. 순수문학을 하던 사람들은 가끔 비아냥거렸다. 소설이 아니라 역사 공부 하는 것 같다고. 그렇다. 우리 시대에는 소설이 역사였다. 그러나 거대 담론이 사라질 80년대 말부터 문학 연구에 이 논리가 힘을 잃어갔다. 이는 2002년 젊은이들이 내가 마주본 국가 개념과 일맥상통하는 것이기도 하였다. 그들은 숨은 신을 찾기는커녕 자신이 신이었다.

　확고한 세계관이 퇴조하면서 소위 일상사에 대한 관심이 고개를 들기 시작한다. 국권 회복의 투쟁기나 친일의 굴욕기쯤으로 여겨지던 일제 강점기에도 개인은 먹고 살았으며, 한국 근대의 맹아가 거기에 존재한다는 것이 조금씩 주장되었다. 근대에 개인이 어떻게 연애를 했고 박하분이랑 커피가 어떻게 사용되었으며, 카페의 여급과 여학생의 차이는 무엇이었는지, 이런 하잘 것 없어 보이는 물건들이 개인의 세세한 삶에 대한 관심이 고개를 들면서 부각되었던 것이다. 소위 '풍속'을 연구하는 이 방식은 80년대 학번 소장 학자들에게 인기를 끌면서 현재 주류 담론으로 자리 잡고 있다. 그러고 보니 역사가 문학과 상당히 근접하게 된 셈이다.

　어떤 중요하다고 여겨지는 법칙을 향해 나아가는 역사란 항상 인과관계에 어긋나 보이는 많은 것들을 배제하는 상황에서 이루어진다는 것, 기록이란 말하여질 수 없는 것을 버려야 가능하다는 사실을 간파한 작가는 그때 그곳의 개인이 겪은 일, 도저히 논리적으로 설명할 수 없는 삶의 우연들을 글로 쓴다. 그리고 그의 소설은 최근 학계의 경향과 일치한다.

　진실은 결코 말해질 수 없다. 1950년 겨울 벌어진 지평리 전투는 한국 전쟁사에 세세히 기록되어 있다. 그러나 그것은 어디까지나 기록일 뿐이다. 정말 역사는, 그리고 진실은 당시 전투에 참전했던 사람들의 몸에 각인된 기억일 뿐이다. 중공 인민군의 보급 상황, 공격 개시일의 해석 등 인과관계에 얽힌 기록이 바로 옆의 전우가 죽고 내가 살아남는 상황을 전혀 설명해주지 않는다. ＜뿌넝쉬(不能說)＞에서 작가는 치열한 전투 속에서 일어난 인민군과 한국 간호병과의 기묘한 사랑을 그리며, 이는 논리로 가득 찬 역사서에는 결코 기록될 수 없다고 강변하고 있다.

4. 소통에 대한 갈망으로서 기록 의심하기

작가는 <뉴욕제과점>에서 자신이 등단했을 때 일어났던 사건들을 세세하게 '기록'하고 있다. 1994년 5월 26일자 <새김천신문>에 기록된 "김천 출생의 김연수군(24세)이 시와 소설로 각각 등단한 것이 뒤늦게 밝혀졌다. 역전 파출소 옆 뉴욕제과점이 집이기도 한 작가 김연수군은……" 이란 기록에 밝혀져 있지 않은, 실제로 일어난 진실을 작가는 '기록'하고 있는 것이다. 등단소설의 모더니즘 기법이 훌륭하다는 기자의 칭찬에 작가는 '모더니즘이 아니라 포스트모더니즘'이라고 바로잡는다.

매우 이채로운 언행이다. 통상 작가들은 자신의 작품을 규정하는 평론가 따위의 '—이즘'에 심각한 거부반응을 보인다. 보통, "아 내 작품이 그래요?", 하거나 "너무 어려워서 잘 모르겠는데요."하며 딴청을 피우기 마련인데 이 작가는 마치 강의 시간에 학생의 잘못된 대답을 꾸짖는 교수처럼 개념을 정정하고 있는 것이다. 물론 그 일을 두고두고 후회했다지만 작가가 보르헤스나 에코 같은 다시 쓰기의 포스트모더니즘 기법에 자의식을 지니고 있음은 이미 익히 알려진 바이다.

<거짓된 마음의 역사>는 19세기 말 미국인 탐정이 조선으로 떠난 간호사 약혼녀를 찾아오는 일을 하다 우연한 사고를 계기로 그녀와 결혼하고 조선에 눌러 살게 된다는 이야기이다. 당시 미국과 일본, 조선을 잇는 교통, 통신 체제에 대한 정확한 고증과 일본의 도시문화, 조선의 개화기에 나타난 사건들이 망라되어 있다. 이 작품은 미국, 일본, 한국의 개화기의 기록들의 틈새를 파고 든 상상의 산물이다. '황인종의 상상력이 물고기보다 조금 나은 수준'이라고 보았던 당시 서구인의 조선 내지 일본 견문기들을 경쾌하게 전복하는 내용의 배면에는 기록된 역사가 얼마나 거짓으로 가득 차 있는지 통렬하게 고발하는 작가의 의도가 숨어 있다.

역사가 얼마나 농담같은 우연으로 점철되어 있는지 작가는 지리멸렬한 현실의 일상을 위로하며 밝힌다. <쉽게 끝나지 않을 것 같은, 농담>의 화자는 '평범하달 수 없는, 그렇다고 평범하지 않다고도 말할 수 없는 서른네 살의 회사원'이다. 그는 어느 날 아침 우연히 지하철에서 일 년 전에 이혼한 전처를 만난다. 둘은 안국동과 인사동의 사잇길을 거쳐 가회동, 재동 등의 북촌을 돌아다니며 이야기를 나누다 헤어진다. 사소한 농담을 하다 전처가 우는 바람에 기분까지 잡친다. 한 남자의 인생에 큰 사건이지만 흔히 지리멸렬한 일상으로 결코 역사에 기록되지 않을 이혼과 재회는 그들이 지나쳤던 공간에서 100년 전에 진행되었던 역사적인 사건과 겹쳐진다. 화자는 북촌의 지적도를 사들고 그날 둘이 걸었던 공간과 그 공간에서 일어났던 작은 사건들, 주고받던 대화들을 세세히 복원해 낸다. 그때 그녀는 왜 그런 말을 했을까? 우리가 그 길을 지났던 것이, 혹은 지나지 않았던 것이 우리의 미래에 어떤 영향을 미쳤는가? 궁극적으로 우리는 왜 이혼을 해야 했는가? 그리고 그 결정은 잘한 것인가에 대해 생각하고 또 생각한다. 결론적으로 그날 둘이 만난 것은 우연이었고, 그녀가 말한 것도 내가 대답한 것도 원인이 만들어 낸 엄정한 결과가 아니라 우연히 생각난 농담이었을 뿐이다. 참으로 하잘 것 없고 지리멸렬한 우리네 삶이다.

그러나 백 년 전 우리가 거닐었던 그 공간에서 박규수가 박지원이 가져온 지구의를 김옥균, 홍영식, 박영효 등에게 보여주며 국제 정세를 이야기하는 바람에 이들은 문명개화를 결심하게 되었고 꼭 10년 만에 갑신정변이 일어났던 것일까? 그렇게 사건과 사건을 인과관계로 엮을 수 있을 것인가? 박규수의 집에 지구의가 있었다는 확실한 증거도 없다. 어쩌면 민영익이 갑신정변 때문에 상처를 입었는데 우연히 한국에 온 알렌이 병을 고쳐주는 바람에 죽은 홍영식의 집에 제중원을 설립했다는 결과가 현실이라고 작가는 항변한다. '나'라는 소중한 존재의 이혼 내력이나 추상화된 역사는 둘 다 알 수 없는 농담일 뿐이다.

<이등박문을 쏘지 못하다>에서는 언어장애가 있는 동생을 중국 동포와 결혼시키기 위해 하얼삔에 온 성재의 일상이 안중근이 이등박문을 쏜 그 역사적 사건과 병치된다. 여자와 동생 성수를 옆에 놓고 여자의 값을 흥정하며 성재는 인생이, 그리고 자신이 한없이 하찮게 느껴진다. 그 공간에서 안중근 의사는 목숨을 걸고 이등박문을 쏘아, 민족의 위세를 만방에 알리지 않았는가?

그러나 이때 '우연'이란 단어는 과거와 현재, 역사와 일상, 위대함과 하찮음을 하나로 묶는다. 당시 하얼삔에서는 안중근이, 체가구에서는 우덕순이 기다리고 있어서 만약 거사에 실패했다면 우덕순이 역사의 영웅으로 남았으리라는 것이다. 성재는 안중근이 하얼삔에서 이또오를 죽인 것은 우연 중의 우연에 불과하다고 생각한다. 개인의 소소한 일상사 옆에 감히 역사와 민족을 가져다 놓는다는 것, 그리고 그 동질성을 우리가 '우연'으로 폄하하는 일상의 속성에 두는 것은 나라는 일개인이 역사와 만나는 당당함, 아니 당돌함의 방식일 것이다.

이쯤 되면 모든 것을 부정하는 작가의 허무주의가 무책임하다는 비판이 나올 법도 하다. 어쩌면 역사의 회의를 통해 그가 말하고 싶었던 것은 개인 사이의 소통 불능이었는지도 모른다. <그건 새였을까, 네즈미>에서 주인공은 사랑하지 않는 여자와 섹스를 하고 그 동생까지 범한다. 물론 자매는 서로에 대해 아는 것이 없다. "서로를 이해하는 척 하지만 서로 아는 것이라고는 하나도 없이 서로를 속이느라 삶을 허비하고 있다"라는 동생의 비난을 받아 마땅할 것이다. 그러나 주인공은 항변한다. 누구나 지니는 인간사의 어두운 구멍을 이해하는 것은 인간으로서 이룰 수 없는 소망이라는 것이다. 가장 가까운 사람도 이해 못하는데 하물며 역사가 어찌 진실에 다가가는 도구가 될 수 있을 것이냐는 항변은, 작가의 우리 시대 사람들의 소통과 이해에 대한 갈망의 역설적인 표현인지 모른다.

5. 현실의 균형 잡기로서 기록 이용하기

서두에서 밝힌 바 있다. 자기 과의 어여쁘고 가녀린 여학생이 시대를 고민하며 한강에 투신자살했을 때 나타날 수 있는 반응 말이다. 공부조차 사치로 여겨지던 그 시대에 친구의 자살은 동료들을 질타하는 채찍으로 작용하게 마련이었다. 때문에 많은 후일담 소설에서 의문사 당하거나 자살한 동료를 상처로 안고 살아가는 내용이 반복된다. 그러나 세 번, 네 번까지는 가슴을 저며오는 그 이야기가 다섯 번, 여섯 번, 일곱 번, 여덟 번, 아홉 번, 열 번까지 나가고 나면 그때부터 가슴 한 구석에 싫증이 스물스물 밀려오기 시작한다. 가끔 나도는 말, 지금 소시민으로 전락한 마당에서 진정성 하나로 영웅이 되었던 그 시절을 잊지 못하는 심리 작용이라는 등, 아직도 친구 죽음 팔아 돈버는 X가 있다는 비난 등이 여기에서 연유한다. 물론 그러면서도 가슴 한 구석이 축축해지는 이해, 오죽하면 작가가 이 시대의 무당이라 하겠느냐, 남들은 잊고 사는 일도 무병처럼 가슴 속에서 앓기 때문에 한바탕 굿을 벌여야 낫는 법…….

아무튼 이제 클리셰가 된 감이 없지 않은 후일담 문학에 <왕오천축국전>이 등장하면서 감이 달라진다. <다시 한 달을 가서 설산을 넘으면>에서 그의 애인은 시대의 모순을 고민하다 한강에 투신자살한다. 그는 애인이 죽기 전에 읽었던 마지막 책인 <왕오천축국전>을 읽으며 왕오가 지나갔다고 기록되어 있는 낭가파르바트 등정 준비를 한다. 그는 자신이 그토록 사랑했던 여인이 왜 죽었는지, 그리고 죽기 전에 왜 그 책을 읽었는지 알지 못하고 괴로워한다. 가장 가깝다고 생각했던 사람이 그렇게 낯선 인물이었다는 사실, 그 소통의 불가능성을 참을 수 없었던 그는 <왕오천축국전>을 열심히 읽었으나 천오백 년의 시간과 만 리 밖 서역이라는 엄청난 거리의 빈 공간을 메울 수는 없었다. 결국 그는 현장을 답사한다. 한 사람을 진정으로 이해하는 것이 자신의 목숨을 걸어야 할 만큼 힘든 일이라는 사실을 그의 실종은 말하고 있다.

6. 역사의 거짓과 허구의 거짓, 그 차이 이해하기

그렇다면 소설이란 무엇인가? 논리의 틈새가 그리도 깊은 것이라면 과연 허구는 그 틈새를 메울 수 있는가? <남원고사에 관한 세 개의 이야기와 한 개의 주석>은 잘못된 진실을 근거로 만들어진 <춘향전>의 태생을 다루고 있다.

진실은 이렇다. 열여섯의 나이에 이몽룡과 사랑을 나누고 부부의 맹세를 한 춘향은 기생점고를 거부하다 옥에 갇힌다. 직업관료로서 경우가 분명하고 유능한 변부사는 국가의 재산인 관기의 상황을 점검하던 중, 기생 명부에 등재된 춘향이 불참하자 불러들인다. 그러나 춘향은 이미 이몽룡과 정혼한 사이임을 들어 반항하고 여기에 당시 기세등등하던 향족들이 가세한다. 춘향은 부임 관료와 향족의 힘겨루기 속에서 하옥된 후 자살한다는 것이다. 향족들은 만만치 않은 변부사를 제거하기 위해 그가 탐관오리이며 부녀자를 탐한다는 헛소문을 퍼트리나 어사 출도 이후 시시비비가 밝혀진다는 내용이다. 그런데 당시 법률과 제도로 보면 지극히 합리적인 변부사와 춘향, 이몽룡의 관계를 주워들은 광대들이 사실을 왜곡하여 지금의 <춘향가>를 만들었다는 것이다.

춘향을 사랑했던 군뇌사령이 주절대는 소리를 광대는 왜 그렇게 변질시킨 것일까? 반상의 구별이 분명했던 사회에서는 당연한 기생점고이지만 광대들이 꿈꾸는 평등의 세상에서 변부사는 한 여성을 능멸하고 겁탈하려 든 파렴치한이었다. 그렇다, 상상력은 그리고 소망은 현실을 왜곡시키는 것이 아니라 변모시킨다. 역사가의 기록이 과거를 인과 관계로 얽어매는 거짓말이라면 광대의 거짓말은 억압된 자들의 꿈을 의미한다.

이제 이만큼 역사의 거짓말을 파헤쳤으니 작가는 광대의 거짓말을 준비해야 할 일이다. 유령 작가(ghost writer)는 대필 작가일 뿐이다. 작가가 겸손하게 말한 <나는 유령작가입니다>는 사실이다. 이 소설은 그의 새로운 도약을 위한 출발점이 될지 모른다. 그의 말대로라면 역사는 자신의 논리를 위해 수많은 진실을 버리고 취사선택한다. 역사의 기록은 과거에 대한 거짓말이다. 그러나 소설은 미래의 진실을 드러내는 현재의 거짓말이다. 책을 통해 심하게 거짓말 하는 사람들을 그리도 미워했으니 이제 자기의 거짓말을 창조할 일만 남은 셈이다.

이데올로기, 섹슈얼리티

김형경론

1. 우리 시대 여성의 두 가지 검열 – 이데올로기와 성

1999년 늦가을, 밀레니엄을 한 달여 남겨두고 나는 특강을 하기 위해 경희대 교정을 걷고 있었다. 꼭 붙어서 캠퍼스를 활보하고 있던 CC(캠퍼스 커플)에게 문리대 건물을 묻자 그들은 이렇게 대답했다. "저기 보이죠? 저 흉물스런 그림 있는 건물이요." 그 '흉물스런 그림'은 일종의 민중벽화였다. 통일을 염원하는 민중들의 모습이 소박한 벽화의 형태로 그려져 있는 것, 80년대 걸개 형식으로 우리 세대에게 너무나 익숙한 그림이었다.

사실 민중벽화는 르느와르나 레오나르도 다빈치의 그림에 길들여진 우리에게 소박하고 유치하게 느껴질 수 있다. 원색이나 과장된 선, 투쟁이나 민중봉기 등의 상투적인 주제가 개인적인 취향에 맞지 않을 수 있는 것이다. 그러나 80년대에 취향으로 민중 벽화를 비판하고 손가락질할 수 있었던 사람은 적어도 내 주위에 없었다. 그것은 기교나 형식 이전에 누구도 부정할 수 없는 역사의 방향성을 선명하게 드러내는 지표였다.

그 이데올로기의 위력이 어느 정도였느냐 하면, 당시 많은 걸개그림에서 우리가 도달하여야 할 유토피아를 한복을 입고 농악을 하는 과거 공동체 사회의 모습으로 그리는데 모순을 느끼면서도 그것에 대해 발설하는 사람은 하나도 없었다. 아니 우리가 도달해야 할 미래의 사회가 어찌 과거 농촌 공동체의 민중의 모습이란 말인가! 그러나 아픈 모순의 시대, 폭력의 시대를 살아가던 우리는 한갓 그림의 형식 따위에 불만을 토로할 수는 없었다. 내밀한 불만조차도 곧 자책감이나 죄의식이 될 만큼 척박한 시대였다. 이런 감정은 어느 사이에 하나의 검열의 기제로서 우리 의식에 자리 잡았다. 그런데 오늘 한 학생(참 거침없이도 붙어 다니는!)이 '흉물스런'이란 단어로 80년대 우리 세대 의식의 지평을 가차 없이 난도질한 것이었다.

김형경의 <새들은 제 이름을 부르며 운다>의 주제이자 공간적 배경은 경희대 문리대 건물의 벽화이다. 70년대나 80년대에 대학 생활을 한 '우리' 세대의 검열 기제로서 학생 운동을 둘러싸고 진행되는 일종의 성장 소설의 배경인 벽화는 이제 21세기를 며칠 앞두고 그 공동체 무의식의 검열 기능을 위협 당하고 있었다.

김형경의 소설은 우리 세대 여학생의 두 검열 기제를 다루고 있다. 정치 이데올로기와 순결의 이데올로기, 그날 보았던 그 캠퍼스 커플에 의해 가볍게 무시당했던 두 가지 억압의 기제, 그 상처는 작품 내내 유지되는 자기모순이면서 동시에 작가의 정체성으로 작동한다.

2. 대화와 독백, 혹은 소설의 두 가지 담론

소설의 특성을 많은 사람들의 대화에서 찾는 문학이론이 있다. 작가와 등장인물. 등장인물들 사이의 다양한 목소리의 얽힘으로 당대의 객관성이 확보되며 그것이 소설의 리얼리티를 형성한다고 한다. 이 다성소(polyphony)

의 특성 때문에 작가의 주관성이 극복된다. 리얼리즘의 승리라고 할까, 발자크가 왕당파의 세계관을 지녔으면서도 시민 계층의 발흥을 객관적으로 그릴 수 있었던 이유가 어쩌면 소설의 다성적 특성 때문일지도 모른다. 이 논리를 조금만 비틀면 작가는 자신의 주관성을 극복하기 위해 다양한 등장인물의 목소리를 빌리는 것도 한 방법이 될 것이다.

<새들은 제 이름을 부르며 운다>[1]는 운형, 형조, 은혜, 민화, 시현이라는 다섯 명의 목소리로 구성되어 있다. 형식상으로는 작가의 주관성이 끼어 들 여지가 없다. 적어도 형식상으로는……. 민주시화회란 같은 학교의 서클에 다니면서 민중미술 운동을 한 다섯 명의 젊은이들이 대학을 졸업한 후 노동 운동을 하던 친구의 자살을 계기로 다시 만나면서 겪게 되는 갈등을 중심으로 진행된 이 이야기는, 그러나 그렇게라도 하지 않으면 이야기를 만들 수 없었던 작가의 위태로운 균형 감각이 종국에 가서는 읽혀지는 그런 작품이었다.

뒷날 <세월>[2]이라는 자전적 작품에서 밝혔듯이 은혜가 겪는 '성폭행'은 작가의 실제 이야기이며 시현은 작가의 생애에 결정적인 상처를 입혔던 실제 인물과 우리에게 잘 알려진 베스트셀러 작가이자 같은 학교 출신인 선배를 융합한 인물이다. 작가는 실제 인물들의 특성을 다섯 명에게 분산 배치하여 새롭게 조합함으로써 현실의 세계에서 가까스로 거리를 유지한다.

특히 은혜와 민화에게 <세월>에서 자기 것이라고 밝힌 작가의 속성들이 부분적으로 차용된다. 은혜는 중산층에서 곱게 자란 여학생으로 명상가이자 바람둥이인 시현에게 성폭행 당하고 방황하다 다시 옆자리의 직장 동료에게 성폭행 당하고 임신한 후 결혼한다. 작가는 이런 우연을

---

1) 김형경, 『새들은 제 이름을 부르며 운다』, 민예원, 2000.
2) 김형경, 『세월』, 푸른숲, 2005.

한국의 여성의 삼분의 일이 성폭행 당한 사람과 결혼한다는 다소 과장된 통계로 설명하고 있지만 실제로는 작가의 강박관념의 결과이다.

한편 작가는 당하기만 하는 수동적인 여성으로 은혜를 내세우면서 시현의 구애를 냉정하게 거절하고 민중 운동에 나서는 인물로 민화를 내세우고 있다. 그렇다면 모든 여성들이 거부할 수 없는 시현의 구애를 물리친 민화의 무기는 무엇일까? 그것은 80년대의 거대담론인 '민중운동'이었다.

3. 빨간 두건 – 이데올로기와 순결이란 검열

옛날에 한 마을에 빨간 두건 소녀가 있었다. 소녀는 어머니의 심부름으로 할머니 집에 가던 중 늑대를 만났다. 소녀의 행선지를 들은 늑대는 할머니 집으로 달려가 할머니를 잡아먹고는 침대에 누웠다. 도착한 소녀는 할머니의 목소리가 으르렁거리는 소리로 변했고 손이 털투성이가 된 것을 이상하게 여겼으나 늑대가 그럴싸하게 대답하는데 속아 방심하다 잡아먹히고 만다는 이야기이다.

이 유명한 이야기를 들은 사람들은 어느 누구도 소녀를 비웃거나 비난하지 않는다. 소녀는 어린아이이기 때문이다. 아직 어른으로 성숙하지 않는 소녀가 늑대의 속임수에 넘어가는 것은 당연하다. 비난받을 쪽은 어리고 순진한 소녀를 한입에 삼켜버린 늑대이다.

소녀와 늑대의 주제는 순진무구한 소녀의 인생역정기로 무수히 변주되며 대중문화의 주요 아이템으로 자리잡아왔다. 천사같고 깨끗한 소녀가 사악한 남자를 만나 인생의 고난을 감내하는 스토리는 소녀가 얼마나 처절하게 그 고통을 견뎌나가는가를 얼마나 절실하게 그려나가느냐에 따라 대중의 감동과 눈물을 자아낼 수 있다. <탁류>의 채봉이가 고리대금업자 형보로 인해 당하는 인생 역정이라든지 <성모>의 여주인공이 감내하는 고난의 세월이라든지, 그 고난의 정도가 깊고 질길수록 독자의 관심과 감동은 더해져간다. 그리고 그 시선 속에 은밀하게 내재된 새디즘적 요소는 음란물에서는 더 저급하고 직설적으로 노출되기도 한다. 포르노까지 갈 것도 없이 일본 애니메이션에 항상 등장하는 짧은 스커트의 소녀가 지니는 성적 이미지가 그렇고 가까이는 소녀 가수 보아가 우리에게 주는 성적 이미지가 그렇다.

소녀로서 여성의 이미지는 여성의 교육과 사회적 참여가 제한된 시대상을 직접적으로 반영하는 것이며 순결 이데올로기 속에 억압된 여성의 성욕을 은유하는 것이기도 하다. 억압된 성욕으로서의 미성숙, 소녀스러움은 역설적으로 성적 욕망을 불러일으키는 대상으로서 대중문화의 주제로 변주되어왔다.

<세월>의 김정숙은 참으로 소녀스러운데 작가는 그녀의 순진함을 반복적으로 심지어 강박적으로 강조한다.

> 그 여자는 신사임당식 여성 교육을 받다가 시골에서 올라온 열아홉 살이다. 키가 작고 몸무게는 38킬로그램이고 늘 혼자 책만 읽으며 자라서 세상에 대해 아는 게 전혀 없다. 세상에 대해 조금만 더 알았다면, 주먹의 힘이라도 좀 강했다면, 그토록 겁에 질리지는 않았을 것이다. 호랑이 앞에서 토끼가 겁에 질릴 때, 토끼는 거의 본능적으로 자신이 약자라는 걸 알아차린다. 그 여자도 그랬을 것이다.(세월, 2권 71쪽)

열 아홉에 세상을 모르는 소녀는 두려운 남자 선배가 권하는 대로 술을 다 마시고 쓰러진다. 선배의 등에 업혀 여관으로 직행했을 때 '그 남자가 자신을 쉬게 해주려나보다'고 생각했다. 자신을 덮친 남자가 일시적

으로 포기하고 휴식을 취하자 남자가 포기했다고 생각하고 뛰어나오지
않고 여관에서 다시 잠이 든다.

이럴 수 있을까? 배우지 않아도 본능적으로 아는 성의 지식이 있는 것
인데 단순히 쉬기 위해서 성인 남자와 여관에 가는 것이라고 생각하는
열 아홉 살의 여대생이 1970년대에 존재하다니 정말 놀라운 일이 아닐
수 없었다. 이런 논리적인 모순은 작품 초두에서부터 나타난다. 그녀의
의식은 그 남자를 거부했다고 진술되어 있지만 작품에 나타나는 그녀의
표면적인 언행에서 그 남자를 거부한 흔적은 어디에도 없다. 당시 한국
남자라면 그런 반응 앞에서는 그녀가 내성적이고 수줍어하는 것이고 열
정과 성의에 의해 그 장벽을 무너뜨릴 수 있다고 생각했어도 '정상'의 범
주에서 크게 벗어나지 않는다.

이 강한 도리질, 자신이 성에 대해 무지하다고 지속적으로 주장하는
이유는 무엇일까? 이 이율배반이야말로 그녀가 받은 순결교육의 비극이
다. 혼전 성교, 그녀가 받은 도덕 교육의 검열 기제는 그녀의 훼손된 순
결을 꾸짖었을 것이고 그 검열을 벗어나는 방법이 자신은 무지했다고 주
장하는 것이다. 그녀의 무의식은 물론 어느 정도 타당성 있는 그녀의 성
에 대한 무지를 강조하고 또 강조한다. 그녀는 스스로 서둘러 빨간 두건
을 둘러쓴다. 어린 소녀였기에 무지는 죄가 되지 않는다. 성을 알고 성욕
을 일으켰다고 시인하기보다는 자신의 무지가 드러내는 치욕—미성숙한
성인—을 감수하는 것이 차라리 낫다는 무의식은 7년의 세월을 집요하고
도 일관성 있게 내려온다. 그녀는 되풀이한다. 나는 도덕적이고 착한 여
자이다. 내가 상대 남자의 유혹에 진 것이 아니라 성에 대해 너무 무지했
기 때문이다. 나는 미성숙한 사람이다. 그녀가 선배에 대해 느꼈던 불편
한 감정이 설혹 과도한 열정에 대한 불안감, 그 열정에 휩쓸릴지도 모른
다는 예감으로 인한 불안감이었을지라도 그 열정에 자극 받았다는 사실

조차도 인정하고 싶지 않은 그 '착한 아이 콤플렉스'.

이런 소녀성의 강조는 육체성의 결여로 연결된다. 남자와의 7년간의 잠자리 장면을 묘사하는데 있어서 그녀는 결코 육체의 감각을 묘사하지 않는다.

> 그날 밤 그 여자는 다시 한번 전투를 치른다. 패전군의 부대에서 내내 수세에 몰리다가 끝내 굴욕을 참으며 투항하는 전투, 두 번째 전투는 첫 번 째 전투보다 빨리 끝난다. 그 여자에게 투항할 의지가 별로 강하지 않아서, 그 여자가 이제 완전히 죽어 있었으므로.(세월, 2권 110쪽)

7년간의 부부생활을 통해서도 극복되지 못한 상대방에 대한 혐오라면 그 감각은 육체적으로도 생생하게 남는다. 그러나 소설 내내 공격과 투항이란 추상적인 비유 외에 육체를 통한 상대에 대한 부정은 드러나지 않는다. 도덕적이고 착한 내가 결혼 전에 성관계를 가지다니 있을 수 없는 일이다. 나는 저항했고 패배했을 뿐이다. 그녀의 무의식은 상대에 대한 육체적인 혐오조차 진공 상태로 남겨 놓는다. 나쁜 쪽은 '모든 것'을 다 알고 나를 훼손한 상대방이다. 나는 성에 대해 아무 것도 몰랐기 때문에 당했다. 상처받은 도덕성을 치유하기 위한 이 눈물겨운 자기애는 오랫동안 계속된다.

나는 소녀다. 성에 대해서 모른다. 고로 나는 깨끗하다는 논리는 운동권 이데올로기와 결합하면서 그 속성을 명확하게 드러낸다. 작중 인물인 민화는 노동운동을 하다 자신이 불치의 병에 걸려 있음을 알고 자살한 인물이다.

운동권의 일들은 현실과의 치열한 싸움, 냉정함, 판을 읽고 움직일 줄 알며 단체를 조직하고 일을 꾸미는데 열정과 소질을 보여야 가능하다. 대학생의 순수한 동기에서 시작했을지라도 대한민국의 삼엄한 공안정치의 감시를 피해 이루어지는 일이다. 학습의 과정에서 자기극복, 냉정함, 이론적 무장이 겸비되어 있지 않으면 곧 도태되고 만다. 그런데 학생운동에서 노동운동의 현장으로까지 뛰어든 민화에게서 현실 세계에서의 운동권 여학생의 모습은 거의 나타나지 않는다. 그녀의 모습은 소녀의 그것 그 자체이다.

> 민화를 처음 보았을 때 시현의 머릿속이 찡하고 울리는 것을 느꼈다. 시현은 그때 천사를 봤다고 생각했다. 작고 갸름한 얼굴에 큰 눈, 그리고 흰 원피스. 시현은 머릿속을 울리던 그 기운이 무엇인지 알기 위해, 민화에게 말을 걸어보기 위해 밤새워 시를 썼다 … 시현이 진정으로 민화에게 매혹된 것은 그때였다. 투명한 유리 같은 여자, 유리처럼 맑고 유리처럼 고귀한 품성을 가진 여자구나(새들은 제 이름을 부르며 운다, 111~112쪽)

명상가이며 단번에 여자를 꼬여내는 재주를 가진 시현이 유독 민화에게 느끼는 감정은 이채롭다. 시현은 ‘진실된’ 애정을 민화에게 쏟아 부었으나 민화는 가볍게 거절한다. 민화는 시현의 유혹을 견딘 유일한 여자라는 것이다. 그런데 민화의 강점은 탈 육체성과 연약함이다. 그녀는 너무 투명하여 이 세상사람 같지 않은 ‘천사’이다. 그녀는 사는 게 언제나 슬프다는 생각을 하는, 냄비의 수증기에 슬픔을 느끼며 눈물을 떨어트리는 이 섬세한 감정의 소유자는 가냘프고 작아서 ‘아주 작고 가여운 새’처럼 생겼다. 민화 또한 소녀인 것이다. 순결한 소녀가 숭고한 꿈을 가지고 있기 때문에 시현의 유혹에도 넉넉히 견딘다는 설정은 현실에 안주하는 중산층 처녀인 은혜가 속수무책으로 상처 입는 과정과 대비되면서 이데올로기의 순결성을 보다 명확하게 드러낸다.

거대한 공권력의 폭력 앞에 순수하게 항거하다 스러지는 존재로서의 여성에 대해 그 탈육체성, 소녀성을 강조함으로써 더욱 도드라지게 하는 방식은 일본 에니메이션 <인랑>에서 잘 드러난다. 테러리스트를 진압하는 특기대의 일원인 후세는 폭탄을 운반하던 한 소녀를 사살하지 못하고 자폭하게 한 자책감 때문에 괴로워한다. 한편 공안부는 특기대의 전횡을 막기 위해 '빨간 두건단' 출신의 테러리스트인 케이를 후세에게 의도적으로 접근시킨다. 그러나 케이는 점차 후세에게 사랑을 느끼고 공안부의 음모를 후세에게 알리나 후세는 다시 특기대에 돌아가기 위해 자신의 사랑을 믿는 케이에게 총을 겨눈다. 늑대를 할머니라고 믿은 순진한 빨간 두건의 소녀가 잡아먹히듯이 케이 또한 그렇게 죽어간다.

작품 초반부의 소녀의 자폭 장면은 공권력의 폭력 앞에 저항하는 한 개인의 처절한 최후를 소녀스러움이 얼마나 극적으로 드러낼 수 있는가를 잘 보여주고 있다. 마스크와 전투복으로 무장하여 짐승처럼 보이는 특기부대원들이 '빨간 두건단'의 소녀를 둘러싼다. 십대 초반으로 보이는 소녀는 겁에 질린 눈으로, 특수안경을 써서 늑대의 눈빛같은 빛을 뿜어내고 있는 특기대를 바라본다. 그리고는 폭탄의 안전판을 뽑아들고 자폭한다. 그녀의 자폭은 후세의 회상 속에서 늑대가 소녀를 갈기갈기 찢어 죽이는 장면으로 치환되어 반복된다. 후세에게 접근한 냉철한 첩자도 소녀의 순정스러움을 회복한 순간 후세의 총에 쓰러진다. 요컨대 소녀로서 여성의 순진함, 순결함, 나약함이 대의를 위해 자신을 던지는 숭고한 자기희생과 병행되면서 그 희생의 극적 효과를 높이는 방식, 폭력의 극악함이 소녀스러움의 훼손이라는 순결 이데올로기와 겹치는 수법 같은 것······.

민화에게도 동일하게 적용되는 이 방식은 작가가 그만큼 이데올로기와 순결이라는 두 검열 기제에서 놓여나지 못함을 의미한다. 세상의 부당함을 향해 저항하는 여성으로부터 그 육체성, 성성(sexuality)을 제거해버리는 것은 성징을 드러내지 않는, 순결함이 좋은 것이라는 이분법에 작가 자신이 자유롭지 못하다는 사실을 의미한다. 성적 요소가 제거된 미숙한 소녀가 왜곡된 현실에 항거한다는 설정은 순결한 여성=훼손되지 않은 세계의 전형적 구도에 작가 스스로 갇힌 것이다. 그리고 그 한계 때문에 현실에 피 흘리는 소녀의 고통이 강하면 강할수록 그것은 대중문화의 스토리텔링에서 자주 나타나는 매조히즘적 요소와 유사해질 가능성이 있다. 시현이 민화로부터 거부당하자 그 반발로 '가장 좋은 섹스를 가진' 여성과 결혼했다는 발상 또한 마찬가지이다.

4. 자매애, 육체성, 고백 : 정신분석이란 검열

몇 년 간의 침묵 끝에 작가는 <사랑을 선택하는 특별한 기준>[3]을 내어놓았다. 많이 변했다. 일단 성묘사가 상세하고 객관적으로 나온다는 점, 인혜라는 여성이 개방적인 성 의식을 지니고 있다는 점이 그것이다. 작가는 상반된 가치관과 삶의 방식을 지니고 있는 두 여성을 등장시키면서 비교적 자유롭게 이야기를 꾸려 나간다. 세진은 유년 시절 부모의 이혼과 가족의 해체, 대학생 때의 성폭행으로 대인 관계에 장애를 보인다. 반면 인혜는 남편의 성불능과 의처증에 시달리다 이혼한 후 남성 편력 현상을 보인다. 표면적으로는 대립적으로 보이는 두 사람의 대처 방식은 기실 동전의 양면과 같은 것, 정신적 외상으로 인한 노이로제라는 점에서 상동 관계라는 것이다.

양극단의 불구성을 극복하기 위해서 뻔뻔하고 야하게 세상과 한통속이 되라는 것, 세상과의 소통과 화해가 궁극적인 사랑의 방식이라는 사실을

---

3) 김형경, 『사랑을 선택하는 특별한 기준』, 문이당, 2001.

작가는 아주 오랜 시행착오 끝에 깨닫고 있는 것이다. 작품 말미에서 세진은 성의 자기검열을 상징적으로 없앤다. '목을 가리는 블라우스, 허리와 엉덩이 선을 감추는 재킷, 무릎 위로 올라가지 못하는 스커트 자락'을 버리고, '어깨에 끈이 달린 원피스, 몸매의 곡선이 드러나는 탱크톱과 슬랙스, 속이 투명하게 비치는 스커트'를 입는다. 그리고 비로소 고백한다. "내가 질겁을 했던 만큼, 꼭 그만큼의 욕구가 내 속에도 억압되어 있었던 거지." 자신의 성욕을 비로소 고백하는 세진.

남자와 남자 사이를 부유하던 인혜의 사랑의 방식에도 나름대로의 긍정적인 가치를 매기는 시선 또한 새롭다. 그러나 사랑이 인혜의 시점에서 전개되기 때문에 '남자 유혹하기'의 다채로운 기법들은 플레이보이에게서 흔히 느껴지는 끈적함보다 사람 사이의 친밀한 소통 관계로 규정지어지는 요소가 많다. 그것은, 인혜의 일시적인 파트너로서만 존재하는 상대 남성의 고통이 서술되어 있지 않기 때문이다. 이 부분은 인혜를 바라보는 작가의 시선이 관념적이고 서툰 '자매애'에 기인한 것이 아닌가 하는 혐의를 갖게 만든다. 플레이 걸로서 인혜의 모습에 그다지 매력을 갖지 못할 즈음에, 작가는 소설의 마지막 진웅과 인혜의 대화에서 두 사람이 사랑을 시작할 여지를 남겨 놓는다. 통속적인 결말이지만 세상과 화해하는 방식의 특징이 그러하다는 사실을 작가가 명확하게 알고 있으므로 큰 무리는 없다.

반면 세진이 자기 정체성을 찾아가는 데 결정적인 역할을 하는 요소는 정신분석이다. 인혜 쪽이 무난하게, 별 고민 없이 진행되는 데 반해 세진 쪽은 훨씬 고통스럽고 자세하고 더디게 나아간다. 작가가 인혜 쪽을 관념으로 알고 있다면 세진 쪽은 체험으로 알고 있다는 증거이다. 따라서 세진 쪽이 그만큼 리얼하지만 또 그만큼 답답하고 고통스럽다. 세진은 오랜 기간 정신과 의사와 상담을 하면서 자신을 바라본다. 그리하여 부모와의 관계에서 입은 외상을 발견하고 억눌린 분노를 폭발하면서 한편으로는 세상을 향한 분노를 '내 탓이오'라고 무마하는 과정을 통해 세상에 적응한다.

세진이 세상과 타협하면서 뻔뻔스러워지는 데는 현대의학의 공식적인 인정이 필요했던 것이다. 이제 그녀는 부모님의 '착한 아이' 기제에서 탈피하여 현대 정신의학이 정상이라고 인정한 단계, 치료가 끝났다는 공개적인 인증 하에 '정상적인 어른'으로 거듭 난다. 세진의 고백은 정신과 의사에 의해 끊임없이 해석 당하고 교정 당하면서 합리성을 획득한다. 그리고 치료가 끝났다는 현대의학의 공증을 받자 곧 회복한다. 그 과정에 자리 잡은 또 다른 '모범생 콤플렉스', 나는 착한 아이이며 제도와 규칙을 어기지 않는 모범생이라는 그 의식은 10년 전과 비교할 때 좀더 은밀한 형태로 자리 잡고 있다.

5. 무당으로서 소설가 의식

작가 자신을 모델로 쓰는 소설은 손쉬운 듯 보이기 때문에 그만큼 위험하다. 자신의 체험이기 때문에 그만큼 절실하고 생생하게 묘사될 수 있으나 또한 그 때문에 자기 속에 갇혀 객관성을 확보하지 못하는 경우가 많다. 특히 최근 소설의 경향이 거대담론이 사라지고 작가들이 변화하는 세상을 따라잡지 못하고 사적 일상에 매몰되고 있는 최근의 경향에 비추어 볼 때 문제가 없다고는 할 수 없다.

그러나 작가는 자기 이야기의 위치를 자신 있게 짚는다. 자신이 삶의 과정에서 누구보다도 아프게 앓았던 병이 기실 우리 시대 한국 여성들이 정도의 차이만 있을 뿐 저마다 안고 살았던 마음의 병이라는 점, 그 병을 누구보다도 크게 앓고 나온 자신의 넋두리가 한바탕 굿거리를 하듯이 병자들의 몸을 따라다니던 억압의 귀신들을 쫓아낼 수 있으리라는 점을 말이다.

중심 없는 시대의 이야기꾼

신승철론

1. 작가의 탄생과 죽음

중세의 작가는 다른 예술가들과 마찬가지로 귀족을 후원자로 두고 있었고 일종의 고용인으로서 그들을 위해 봉사했다. 그러나 인쇄 매체의 보급으로 글을 읽을 수 있는 계층이 확보되고 산업의 발달로 중산 계급이 성장하게 되자 작가는 독립하게 된다. 19세기 유럽 작가들은 목사, 출판업자, 변호사 등의 부직을 가지고 있었으며 주로 향민층이나 중산층 출신이었다. 이들은 '학문에 몰두한 소년'으로서 도서관에서 책을 빌려 독서를 하고 학교에 다니면서 속기법을 배웠다. 작가에 대한 대중의 인기는 대단하였다고 한다.

그러나 20세기에 이르면서 작가의 지위는 하락한다. 책의 생산이 증가하고 가격이 떨어졌으며 대중의 교육 수준은 향상하였다. 독자층도 엘리트 독자층과 중하류층간의 구별이 뚜렷해지면서 자신의 주 독자층의 수는 줄 수밖에 없었고, 특히 주관성, 비판적 고립의 분위기가 순수문학이라는 이미지 때문에 작가의 수입은 줄어들었다. 작가가 경제적 사회적으로 불안해짐에 따라 자신의 역할에 대한 불안감도 높아만 갔다. 그들은 점차 제어할 수 없는 적대적인 세계 속에서의 불확실한 작가의 곤경을 주요 주제로 다루게 되었다.

이런 경향은 한국에서도 마찬가지였다. 조선 후기 영웅 소설의 작가층은 대체로 몰락 양반, 중인, 서얼, 평민으로 요약된다. 이들은 이원적 주기론과 대응되는 중세적 질서 해체에 대한 위기의식, 실세 양반의 회복에 대한 꿈, 불우한 현실적 조건 속에서 배태되는 평민층의 환상적인 꿈 등 다소의 편차는 있지만 대체로 지식은 있으나 자신의 처지로 인해 당대 세계에 대해 소외 의식을 지니는 자로 규정될 수 있다.

작가의 이런 이중적 태도는 일제 강점기, 전후, 개발 독재의 시대를 거치면서 더 강화된다. 원래 지식인들은 귀족이나 자본가와 노동자의 중간에 위치해 있다. 이들은 후천적인 교육을 자본으로 해서 상향 이동하려는 존재인가 하면 더 낮은 계층을 위해 지배 계층에 저항하려는 이중적 속성을 지닌 존재이다. 그런데 이 상반된 욕구는 식민지 체제에서 더 크게 나타날 수밖에 없었고 이들의 분열과 저항은 해방 후에도 분단의 모순 속에서 고착화한다.

재산은 무산 노동자 수준이나 지식이나 역사적 지향성에 있어서 지배 계층보다 우위에 있다는 올찬 자존심은 지금까지 면면히 내려오는 작가의 자존심일 터이다. 그리고 이 자존심은 그들이 지식의 기득권자라는 점에서 더 견고해졌다. 인쇄매체의 발달로 중세 시대에 소수 귀족, 승려층에 독점되던 지식이 대다수 사람들에게 보급된 것은 사실이다. 그러나 지식 소통의 제도 내에서 지식 생산층은 여전히 독점적이었다. 예를 들면 작가는 문단의 등단 제도를 통과해야 문학작품을 지면에 발표할 수 있었고, 신문의 지면을 장식하는 필자들의 면면 또한 교수, 정치인 등 소수 인정받은 사람에 국한되어 왔다. 학교 교과서가 국정이거나 검인정인 것도 그 유력한 증거이다.

그러나 가난 속에서도 옹골지게 숨겨두고 있던 문학인의 자부심은 시대의 흐름에 따라 희석된다. 책의 가격이 떨어지면서 전업 작가로 생계를 이어가는 것이 사실상 불가능하게 된다. 소득상 빈민의 위치에 속하게 된 작가는 한 술 더 떠서 이제 인터넷 매체의 보급으로 생산의 독점 기회까지 위협받고 있다.

누구나 작가가 될 수 있다. 심지어 여고생이 작품을 써도 베스트셀러가 되고 유입되고 영화, 드라마로 각색되어 인구에 회자된다. 작품의 완결성도 사라진다. 일방향적인 인쇄매체 시대에 작가의 권위는 막강했다. 그러나 인터넷에서는 양방향성의 매체적 특성 때문에 네티즌들에게 끊임없이 참견 당한다. 좀 심하게 말하면 공동 담론의 화두의 역할 정도를 한다고나 할까? 이런 현상은 구비문학 시대의 그것과 흡사하다. 구연자는 청중의 반응에 따라 텍스트를 가감하여 구연하며 텍스트는 완결되어 수백 년이 지나도 변하지 않는 그 무엇이 아니라 공동 놀이의 요소로 자리매김한다. 주인공은 작가만이 아니라 그 놀이에 참석했던 관객들도 포함된다. 이는 다른 지식도 마찬가지이다. 인터넷 신문이나 게시판에서 작가의 글에 수많은 리플과 다른 글들이 달려서 공동의 평판을 형성해내는 장관을 우리는 매일 경험한다. 이제 지식의 생산과 소비에서 민주주의 시대가 된 것이다. 이에 따라 작가는 소수인으로서의 존경과 빛을 잃게 되었다.

2. 몰락 양반에서 몰락 지식인으로

몰락 양반 출신일 때는 그래도 좋았다. 자존심과 명예는 꿋꿋했으니까. 그러나 오늘날 빈민층의 경제력과, 일상인과 별로 차이가 나지 않는 지

식수준을 지닌 작가가 어떤 담론을 생산해야 하는가? 신승철의 작품은
막 몰락하려는 자기 계층에 대한 예견과 불안으로 가득 차 있다.

등단 작품인 <낙서, 음화, 그리고 비총>1)에서 김 기자와 화자는 신문
사 기자이다. 작품에는 '코'에 대한 전설, 속담, 속설들이 다채롭게 섭렵
되어 있다. 우선 이들은 비총(鼻塚)을 구경하러 가는 길이다. 정유재란 때
일본의 토요토미 히데요시가 한민족의 기를 자르려고 조선 의병과 양민
들의 시신에서 코를 베게 한 데서 유래한 무덤이라는 전설에서 볼 수 있
듯이 여기서 '코'는 민족의 기(氣), 기상(氣像), 혹은 자존심을 의미한다. 조
선 시대 바람 난 여자에게 코를 베는 형벌을 가하는 것 또한 코가 '명예'
에 해당한다는 점을 의미하는 것이다.

작품에서 '코'가 긍지, 신념, 자존심을 상징하는 장치는 도처에 존재한
다. 김 기자는 수습기자 환영회에서 운동권 노래를 부르며 호기 있게 설
치다가 김 부장에게 코를 물어 뜯긴다. 이후 둘은 앙숙처럼 지내다가 김
기자는 지방으로 좌천된다. 김 기자에게 그 사건은 자신의 자존심을 물
어뜯긴 것이나 다름없는 것이었고 똑같이 코를 물어뜯음으로써 김 부장
에게 복수한다. 그 사건 이후 김 기자가 코에 관한 기록이나 일화에 병적
으로 집착하는데 이는 자본주의의 견고한 제도 속에서 손상된 자존심을
회복하려는 노력을 상징하는 것이다.

그러나 일상에서 소소하게 나타나는 폭력은 그것만이 아니다. 일용할
양식을 위해 타협하고 한없이 비굴해야 할 일이 지천으로 널린 세상이다.
누구나 그 모멸감에 대한 방어 기제를 능력껏 장만하고 있는 법인데 제
도의 무게에 마찬가지로 적응 못하는 화자 또한 김 기자처럼 축농증을
앓고 있다. 그 또한 직장의 부조리에 환멸을 느끼지만 처자식을 먹여 살

---

1) 신승철, 『낙서, 음화, 그리고 비총』, 문이당, 2005.

려야 하는 상황, "내 코가 석자"인 상황에서 주저앉아 버린다. 그들은 상처 난 자존심처럼 대책 없이 흘러나오는 콧물로 헐어버린 코를 지니고 있다. 그들은 병의 치유를 위한 비총으로의 여행을 떠난다. 둘은 비총 속의 항아리 속에 코가 없음을 알고 편견이고 상징에 불과한 자존심을 회복한다.

'지식 노동자'로서 작가의 지위가 얼마나 초라하고 불안전한가는 <연세 고시원 전말기>에서 보다 구체적이고 직접적으로 드러난다. 작품은 털보의 칼에 찔려 의식을 잃어가는 주인공이 그 고시원의 방을 선택하고 지나게 된 경과를 보고하는 특이한 구조로 되어 있다. 화자는 전문대학 문예창작과를 나와 편집대행회사의 팀장으로 근무해왔다. 그러나 4년제 대학교 기계공학과를 나온 제작팀 대리와 월급이 같다는 사실에 분노하고 '대한민국에서 제일 좋은 대학교 심리학과'를 나온 사장과 갈등을 일으킨 끝에 직장을 나온다. '글'에 대한 자신의 지식을 파는 이 지식 노동자는 자본주의 오만함과 학벌의 횡포에 자신이 할 수 있는 가장 큰 저항을 한 셈이나 그 마저 자승자박의 직장 그만두기에 불과할 만큼 미미한 저항일 뿐이다. 그가 삶에 얼마나 무기력하고 속수무책이며 상처받는 존재인가는 다음과 같은 고백에 잘 드러나 있다.

> 나이 사십은 불혹이 아니라 유혹이다. 유혹의 나이에 뭘 해야 할지, 다시 직장을 다닐 수 있을지 왜 걱정이 없었겠는가. 고정적인 수입은 아내의 마지막 희망이요, 실직은 내 가족의 안정과 생존을 위협하는 문제였다. 그걸 포기하자니 얼마나 기분이 더러웠겠는가. 그러다가 눈을 들어 생각해보니 내가 소설가라는 사실을 문득 깨달았다. 그렇다. 나는 다행히 소설가였다. 내가 소설을 쓰는 이유는 인생에 대한 보상심리 때문이다.

그가 자신과 가족의 생존을 포기할 수 있었던 자신감은 '다행히 소설가'라는 사실이었다. 그가 소설가의 직업을 가진 것이 불행 중 다행이라고 이야기하는 이유는 무엇인가? 그는 소설이 인생에 대해 보상해 줄 수 있다고 생각한다. 그에게 '세상에서 가장 좋은 대학'과 '월급'을 이길 수 있는 무기는 '한국 문단을 뒤집어 놓을 장편소설'이었던 것이다. 우리 시대의 '몰락 양반'은 자본이 판을 치고 학벌이 좌우하는 세상에 복수하기 위해 소설을 쓴다. 그러나 이 시대의 소설가는 양반 계층의 몰락을 지식으로 갚는 방식조차 지키기 힘들게 되었다.

모순된 사회에 저항하는 전위부대 지위조차 상실한 왜소한 일상인으로서의 지식인의 비애는 <광화문 그 사내>에서 대통령 탄핵이란 정치적 상황과 맞물리며 그 역사적 함의를 드러낸다. 작품은 광화문 촛불 시위와 술집에서의 소동이란 현재 시간과, 화자가 직장을 나오기까지의 과정이란 과거 시간이 병치되는 구조로 되어 있다. 주인공은 3월 13일 대통령 탄핵을 반대하기 위해 아내와 아이와 함께 광화문으로 간다. 그가 인터넷 카페에 남긴 글은 의미심장하다.

"나는 13일 집사람과 우리 아들과 오후 6시까지 광화문으로 간다. 호헌철폐 때 나는 호텔 뽀이였기 때문에 광화문으로 가지 못했다. 2002년 월드컵 때 나는 출판사 부장이었기에 광화문으로 가지 못했다. 부끄럽고 먹고 살기 바빠서 광화문에 가지 못했다. 내가 아니라도 그들이 있었기에 광화문에 가지 않아도 됐다. 어제 나는 주머니에 짱돌을 하나 숨겨두고 여의도로 가는 대신에 집사람의 지갑에서 만 원짜리 하나를 훔쳐내어 술을 먹었다. 세상은 이렇게 사는 것이 아니다. 주머니에 짱돌을 담는 대신에, 옆구리에 술병을 차는 대신에, 집사람과 아들의 손을 잡고 이제 부끄럽기에 촛불 세 개를 준비해서 광화문으로 갈 것이다. 세상이 이렇게 흘러가서는 안 된다는 것을 집사람과 아들에게 보여줄 것이다. 세상이여 안녕하기를."

밥벌이를 위해서 역사의 방향성을 애써 외면했고 평범한 소시민으로 살아가던 화자는 마침내 시대의 올바른 흐름을 만들어내기 위해 광화문 촛불 시위에 참여한다. 그런데 그는 인터넷 카페에 분노를 터트리고 중의를 모으는 평범한 네티즌들 중 하나일 뿐이다. 그것은 그 전시대 민중들을 일깨우고 혁명 정신을 고취한 뒤 역사 발전의 뒤안길로 사라져 가는 지식인의 그것과는 사뭇 다른 모습니다. 그는 정보통신의 발달로 영리해진 군중(smart mobs)의 하나에 불과하다. 디지털 시대, 지식인의 죽음을 이처럼 구체적으로 드러낸 구절도 없을 것이다. 정보를 공유하는 군중들은 이제 누구나 할 것 없이 똑똑하고 당차기조차 하다. 그들은 휴대폰으로 무장하고는 세상의 부당하다고 생각되는 모든 것에 대해 온라인에서 당당하게 주장하고 오프라인에서 행동에 옮긴다. 구심점은 없다. 아니 시시각각으로 변한다. 저마다 목소리를 내고 그 목소리가 순식간에 거대한 흐름을 형성하여 오프라인으로 흘러넘치는 형국이다.

군중과 대조적으로 이 시대의 지식인은 일상에서조차 밀려난 패배자로 보일 지경이다. 잡지사에 다니던 주인공은 칠십 넘은 사장의 인색하고 괴팍한 성질에 염증이 나있었다. 엎친 데 덮친 격으로 여직원이 사장에게 성희롱을 당하고도 직업을 유지하기 위해 말 한 마디 못하는 상황에 분노한다. 부조리하지 않은 직장이 없고 부조리하지 않은 오너가 없다는 화자의 절망감은 마침내 사표 던지기라는 자기 파괴로 나아간다. 그러나 그가 직장을 그만 둔 후에도 직장의 상황은 조금도 개선되지 않았고, 성희롱을 묵묵히 감내하여 이사의 직위까지 올랐던 여자 후배도 편집권의 독립을 요구하다 직장을 그만두고 재혼한다. 세상에 어떤 영향도 미치지 못하고 사회 밖으로 밀려난 주인공은 아내, 아들과 함께 광화문에 간다.

그곳에서 사람들은 노래하고 춤추며 축제의 한 마당을 이룬다. 그는, 축제의 전복적 분위기에서 역사의 방향을 틀어쥐려는 영리해진 군중들

속에서, 그러나 빠져 나온다. 같이 술 마시자는 후배 작가 김의 전화를 받고 그곳으로 달려간다. 세상 속에서 세상의 모순과 부조리를 감내하면서 그것을 바꾸어 나가려는 다른 군중들의 노력조차 그에게는 없다는 점, 그가 이 시대의 일상인보다 나을 것이 없다는 비판에서 어떻게 자유로울 수 있겠는가. 그의 일탈과 소외는 일제 강점기나 유신 독재 시절 꼼짝 할 수 없었던 정치적 억압의 상황을, 그 '술 권하는 사회'를 안주삼아 술을 마셨던 문인들의 그것과는 구별된다.

그의 무기력함은 그 축제의 전복적 힘조차 자본과 학벌이 판치는 이 부조리한 사회를 변화시키지 못한다는 절망감에서 비롯된 것이라 보여지는데 그 증거는 광화문의 '사막'이란 술집에서 만난 초등학교 학력의 남성과의 대화와 파탄에서 나타난다. 화자와 친구는 어린 시절 엄마를 잃어버린 한 청년의 과거 내력을 듣게 된다. 빨간 풍선 아저씨 옆에 있으라는 엄마의 말을 그대로 따라 했음에도 그는 미아가 되었고 고아원에서 성장해야 했다. 그런데 그가 일찌감치 세상에 당했던 배반감은 곧 화자와 후배에게 되갚아진다. '짙은 눈썹'은 금반지를 잃어버렸다고 거짓 증언을 하여 두 사람을 곤경에 빠트린 것이다. 인간관계에서 어느 누구도 믿을 수 없다는 절망감이 끝까지 가 있는 작품이다.

3. 영상, 구술, 그리고 다성(多聲)

이제 삶의 방향성을 잃어버린 작가는, 그리고 삶의 자신감을 잃어버린 작가는 자신의 목소리를 버린다. 작가(author)의 권위(authority)는 선형적인 이야기 구조일 수밖에 없는 소설의 특권이었다. 인간의 합리적인 이성으로 세상을 재현할 수 있다는 근대인의 믿음은 처음과 끝이 분명하고 그

흐름이 일관된 이야기 방식을 낳았다. 그것은 독자를 자신의 의지대로 변화시키려는 저자의 욕망과 관련이 있다. 그러나 전망을 상실한 이 시대에 작가는 일상인들의 대화를, 그리고 그 관계의 엇갈림을 날것 그대로 보여준다.

<해거리>는 치매 증상이 있으며 눈 수술을 받은 할머니와 그 손자, 며느리와의 대화로 이루어져 있다. 할머니는 손자와 며느리를 못 알아보고 과거의 기억들을 잠시 깜박 하는, 가벼운 치매 증상을 보이고 있는데 병문안 온 손자와 자기 집안의 내력, 병의 회복에 대해 이야기하고 있다. 그들의 대화의 방식은 두 가지 방식으로 되어 있다. 첫째, 할머니의 말과 손자의 말이 단락 단위로 교차되어 있는 경우,

난 괜찮어라우. 니미 씨발 것. 장승모냥 카만히 안거서 따복따복 얼 어묵기나 한디 뭐시 어쩔랍디요? 다 늙은 할마씨가 이라고 빙원에 자빠 졌는디 넘들이 뭐시라고 하겄소. 그냥 뒤져불면 쓸 것인디 살면 얼매나 더 살겄다고 … 나가 죽일 년이제. 그란디 아자씨는 누구시다요? 뭐시 라고라우? 김핸민? 알제라우. 핸민이가 우리 둘째아덜인디 우째 모른다 요? 그란디 핸민이가 우찌케 되야부렀다요? 그람 뭣 헐라고 이녁 자석 은 물었쌌소? 뭐시요? 핸민이 둘째아덜? 그라면 그쪽이 핸민이 둘째아 덜이요?(하략)

할머니! 저, 영철이에요. 괜찮으세요? 어, 웬 욕을 그렇게 하신데. 무 슨 그런 말씀을 다 하세요. 나이가 드셨는데 이젠 쉬셔야죠. 예, 저요? 할머니가 저를 못 알아보시나 보네. 어떻게 설명해드려야 하나. 할머니, 김현민씨 아시죠? 아신다구요? 그래요 아니오, 아버지가 어떻게 되신 게 아니구요. 답답해라. 할머니! 제가요, 핸민이 둘째아들이에요 네, 맞 아요. 그렇다니까요. 그럼요, 제가 할머니 손자죠.(하략)

둘째, 대화 단위로 교차되는 경우,

성자 그것이 오믄 쓸 것인디, 뭐 땀시 안 오까잉. 워따워따 썩을 년.
할머니 또 그러시네. 할머니! 영자고모라니깐요. 오, 그라제 영자고모제.
나가 버버리가 되야부렀당께. 할머니! 영자고모가 그렇게 보고 싶으세
요? 이녁 자석인디 왜 안 보고 있을 것이냐. 눈이 까매부러갖고 찾아가
도 못 허고 폴다리가 아픈께 움직이도 못 허고 방 안에 카만히 안겄는
디 여영 오도가도 안 해부러. 의사 선상님이 언능 수술을 안 하믄 봉사
가 된단디 성자 그것이 안 온께는 깝깝하드라. 할머니는 정말로 정신이
오락가락하시나봐. 영자고모라고 그렇게 말씀을 드려도 끝까지 성자고
모만 찾잖아.

슬하에 아들 여섯, 딸 셋을 둔 할머니는 모진 시집살이를 겪으면서 살
아온 과정을 짙은 남도 사투리로 풀어낸다. 그의 기억은 불완전하고 심
지어는 착오로 얼룩져 있다. 한 개인에 의한 기록은 순차적이고 계획적
이며 의도된 것이다. 그러나 실제로 우리 머릿속에 일어나는 연상은 즉
흥적이고 산발적이며 비순차적이다. 우리 기억은 과거와 현재를 넘나들
며 기억하기 싫은 것과 그래도 떠오르는 것 사이의 갈등으로 얼룩져 있
다. 치매 증상이 있는 할머니는 보통 사람처럼 계획된 말, 자기에게 유리
한 말만 의도적으로 조리 있게 하지 않는다. 그녀의 말은 머릿속에 떠오
르는 연상을 거의 그대로 쏟아놓는다는 점에서 기억과 닮아 있다. 독자
는 그녀의 말의 편린들과 그를 받쳐주고 그녀의 기억을 강요하는 손자와
며느리의 말을 통하여 진실을 조각조각 이어 맞춘다.

비선형적 이야기 방식은 <동일 유치원 자모 회장님 귀하>에서 <해거
리>에 비해 훨씬 가벼운 어조로 재현된다. 작품에는 우람이 엄마의 자모
회장 선출과 수락을 둘러 싼 에피소드가 여러 인물의 목소리를 통해 다

성적으로 진행되어 있다. 먼저, 여동생 현우 엄마는 언니의 '벼슬'을 축하하였으며 우람이도 엄마가 반장 엄마보다 더 높다는 사실에 신나 한다. 특히 우람이 할머니는 일단 기뻐하지만 돈이 들 수 있다는 사실에 우려한다. 그녀의 작은 엄마 지영이도 중학교 교사의 경험을 들어 반대의 입장이다. 특히 남편은 아내가 치맛바람을 일으킬 수 있다는 사실 때문에 완강하게 반대한다. 이 일 때문에 우람이 엄마는 학부형 모임에서 한 엄마와 다투기까지 한다. 그러나 이 작은 소동은 전 자모회장이 동일 유치원 선생님의 청렴함을 이야기함으로써 행복한 막을 내리게 된다.

작가가 자신의 목소리를 극도로 억제함으로써 오히려 사건의 진실을 보여주려는 의도는 <비디오 감상>에서 보다 발전된, 혹은 극단적인 모습을 보인다. 작품은 경기도 구리시 갈매동 도당굿의 나레이션을 써달라는 다큐멘터리 감독의 이야기로 이루어져 있다. <김씨 할머니의 마지막 소원>이란 제목으로 85세 무속인의 시각에서 바라본 굿의 의미를 오늘을 사는 현대인에게 들려주자는 의도로 나레이션을 부탁하는 감독의 비디오 상황 설명을 그대로 옮김으로써 나레이션에 의해 한 가지 시각으로 의도되고 계획되기 전의 굿의 과정이 서술된다.

감독은 편집된 비디오에는 나타나지 않는 장면의 속사정을 시시콜콜이 이야기하면서 도당굿의 시작과 끝을 기록한다. 소설에서 영화의 몽타쥬 기법이나 장면의 세세한 서술의 기법은 지금까지 여러 작가들에 의해 시도되어 왔고 그런 작업들이 영상에 익숙한 독자들의 관심을 끌었던 것이 사실이다. 그러나 영상을 문자로 차음부터 끝까지 그대로 옮기는 작업, 이 영상 데이터 제시가 지니는 의미는 상당히 실험적이다. 작가는 이야기 만들기를 포기해 버린 것일까?

4. 작가의 죽음, 그 이후

역사의 방향을 제시했던 지식인은 이제 다수의 영리한 군중으로 변해 버렸다. 이제 어떤 영역에서도 최중심부의 소수인은 존재하지 않는다. 교사는 중심에 서서 학생들에게 많은 지식을 나누어 주던 존재에서 과잉의 지식들을 적절하게 학습(learning)시키는 보조자의 역할을 하게 되리라는 예측이 있다. 글쓰기 또한 하나의 완결된 의견으로서 독자에게 주입되기보다는 사이버 공간의 게시판에서 대중의 담론을 끌어내는 화두로 존재한다. 그렇다면 이제 작가의 죽음은 기정사실인가? 사이버 민주 광장에서 대화하고 상호작용하며 의견을 끌어내는 광대로서, 그리고 작품의 위대성은 작가가 유쾌한 만남을 주선하는 그 순간에만 존재하는 시대가 과연 온 것일까?

작가 신승철은 일상에서 자신의 비루함을 진솔하다 못해 과장될 정도로 낱낱이 드러낸다. 그 남루한 삶의 묘사는 단순한 넋두리에 그치지 않는다. 그는 이 시대, 디지털 시대 작가의 운명을, 그 변화의 징후를 예리하게 포착한다. 한 편으로는 작가의 고백을 통해, 또 다른 편으로는 영상과 목소리에 대한 과도한 실험을 통해 현실을 판단하고 미래를 모색한다. 그는 어쩌면 이야기꾼은 변해왔을 뿐, 몰락하지 않는다고 말하고 싶은지도 모른다.

그 흡인력의 비극

김탁환론

1. 한 고전문학도의 소설가 되기

김탁환은 재(才)와 학(學)을 겸비한 작가이다. 대학에서 고전문학을 전공했고, 그 학문적 소양을 바탕으로 역사에 나타난 인물들을 재조명하는 작업들을 십여 년 넘게 줄기차게 계속해 오고 있다. 자구 하나 지나침 없이 인용한 출처를 달았고, 참고한 서적만도 백여 권이 넘는다. 게다가 그의 소설은 참으로 재미있다. 첫 장을 넘기는 순간부터 마지막 장을 덮을 때까지 손에 책을 놓을 수 없다는 미사여구가 결코 과장이 아니다. 여기에 작품이 주는 메시지도 만만치 않다.

그러나 불행히도 한국 문단에서 김탁환을 눈여겨보는 이는 없다. 그는 주류문학계에서 외면받고 있으며, 비평가들은 그의 작품에 눈길을 주지 않는다. 단 문화콘텐츠 제작자들은 그를 반긴다. <불멸의 이순신>은 드라마가 되어 시청률 1위를 기록했으며 <방각본 살인사건>도 영화화되었다.

2. 역사적 진실과 소설

문화콘텐츠에 있어 가장 중요한 요소는 재미이다. 결과로서의 재미는 당연히 제작자들의 관심의 대상이 될 수밖에 없다. 그러나 그 미학 구조가 한국 문단의 규칙에서 조금 비껴있다는 데 문제가 있는 것이다.

20세기 강단에서 논의되던 좋은 역사소설은 "과거에 현실적인 의의를 줌으로써 역사적인 진실성을 구할 수 있는 소설"을 의미했다. 작가가 자신의 전망을 가지고 현실을 재현하는 리얼리즘의 방식은 사실과 상상력 간의 긴장관계에서 항상 전자에 비중을 두고 진행되어왔음이 물론이다. 현실재현에 대한 강박은 최근 최인훈의 <태풍>이나 복거일의 <묘비명을 찾아서> 같은 대체 역사소설이 등장했을 때도 그것이 현실에 대한 비판을 단단히 거머쥐고 있었기에 그나마 문학적 의미가 부여되었던 것이다.

3. 재현에 대한 자의식과 환상 중독증

김탁환의 소설도 이런 점에서는 재현의 자의식을 벗어나고 있지 못한 듯 보인다. 정확하고 풍부한 역사적 자료에 상상력을 결합한 작품들을 쏟아내고 있는 그의 백탑파(白塔派) 삼부작을 보자. 백탑파는 영정조 시대 탑골 백탑 아래 모여 시문을 연구하고 경세(經世)를 논하던 지식인 그룹으로 박지원, 홍대용, 박제가, 이덕무, 유득공, 백동수 등을 핵심으로 한 정치개혁 세력이었다. 이런 역사적 사실을 중심에 놓고 이명방, 김진이란 가상의 인물을 슬쩍 끼워 넣었다. 기본 주제도 연쇄 살인 사건을 해결하는 추리소설을 바탕으로 하면서도 조선 후기 보수와 진보가 치열한 다툼을 벌이는 정치적 상황이란 메시지를 전면에 내세우고 있다.

따라서 표면적으로 놓고 본다면 김탁환의 '역사소설'은 현실에 대한 작가의 전망을 과거에 투사하는 근대 리얼리즘 역사 소설의 공식을 잘 지키고 있는 듯하다. 페이지 갈피마다 보이는 주석처리와 단어 해석, 그리고 백여 편이 넘는 참고문헌들은 작가가 얼마나 현실 재현에 공을 들였는가를 말해준다. 야소, 라마승 같은, 현재 통용되고 있으면서도 옛스러운 단어들을 굽이굽이 밝혀내어 배치함으로서 당대가 현대까지 이어지는 근대의 시발점임을 드러내는 한편 셈들지, 두대박이, 해반주그레, 석새짚신 같은 사라진 우리말을 통용하여 당대를 재현하고 있는 듯 보이게 한다.

그러나 과연 '재현'이란 무엇일까? 옛말을 찾아내어 쓴들 ㅸ, △, · 같은 음성을 어찌 재현할 수 있을 것이며 당대 인물들의 습관이나 감정적 관습을 어찌 재현할 수 있을 것인가? 작품에 나타나는 주인공들의 낭만적 사랑이야말로 현대 그 자체의 감수성일 뿐이다. 작가는 독자로 하여금 소설의 시공소가 조선 후기라는 환상에 사로잡힐 만큼만 옛 문헌의 자취를 끌어다 쓰고 있을 뿐이다. 즉 여기서 당대 현실의 재현은 환상을 위한 효율적인 소도구이다.

김탁환의 다른 소설, <나 황진이>의 기록은 이덕형의 <송도가이>나 허균의 <성웅신도록> 정도에 남아있을 뿐이고, <리심>에 대한 기록은 단지 몇 줄에 불과하다. 조선의 궁중 무희에 대한 이 짧은 기록을 세 권의 방대한 책으로 만드는 방법은 오직 작가의 상상력에 있을 뿐이다. 그의 소설의 이 방식이 아직 '환상성'에 대해 조심스러운 한국 문단에서 그를 가볍게 받아들이는 원인이 되고 있는 것이다.

4. 피할 수 없는 재미, 그 정체

김탁환의 소설은 재미있다. <불멸의 이순신>은 시청률 1위의 드라마였고 <방각본 살인사건>은 영화화되었으며, 앞으로도 영화로 만들면 재미있을 것 같은 작품이 줄을 서 있다. 마치 박사논문처럼 주석이 잔뜩 붙어있는 이 '현학적'인 책이 왜 이렇게 재미있는 것일까?

그 비밀은 당대 현실에 대한 철저한 고증이 지니는 지역적 특수성이 기실 현대 대중이 재미를 느끼는 요소들에 시너지 효과를 주는 방향으로 철저하게 계산되어 있기 때문으로 보인다. 성룡의 <취권>을 위시한 무협 영화, 성냥을 씹으며 긴 바바리 자락을 휘날리는 주윤발을 연상하게 하고 마는 홍콩 느와르, 마카로니 웨스턴뿐 아니라 최근 한국에도 등장한 만주 웨스턴물의 공통점이 무엇인지 생각하면 해답은 금방 나온다.

서사 장치는 철저히 할리우드 문법을 따른다. 90년대 이후 아카데미상에 노미네이트된 80%와 에이미상에 노미네이트된 90% 이상의 작품에서 사용된 극작 지원 프로그램 드라마티카 프로(Dramatico Pro)의 구조를 보면 우리가 그동안 산발적으로 느껴왔던 재미있는 이야기 유형들이 체계적으로 증명되고 있다. 주인공과 상대 인물과의 설정 방식이나 스토리 형식 짜기(storyforming) 등에 관객을 끌어들이는 강력한 흡인력의 공식이 존재한다. 이 흡인력에 중국이나 이탈리아 등의 지역적 특성을 결합시키는 방식은 지금까지 미국이 아닌 제3국이 대중문화 콘텐츠에서 나름의 인기를 획득하는 좋은 전략이었다.

백탑파 삼부작은 바로 이 공식에 부합하고 있는 듯 보인다. 우선 당장 <장미의 이름>에 등장하는 윌리엄 수도사와 그의 수련제자 아조의 모습, 장서관 서책을 둘러싼 연쇄 살인사건을 배경으로 교황, 황제, 프란체스코 수도회의 암투와 음모를 드러내면서 서구 중세의 모순을 형상화한 줄거리의 유사성이 눈에 띈다. 그러나 표절이라구? 천만의 말씀. 두 캐릭터는 일찍이 셜록 홈즈와 그의 수행원 역할을 했던 왓슨 박사의 관계와 완전 일치한다. 누가 누구를 베꼈다고 할 사이도 없이 이 구조는 돈키호테와 산초 판사를 비롯한 우리의 이도령과 방자 등의 이야기 원형에 입각한 것이기도 한 것이다.

할리우드 문법의 그 가공할 만한 흡인력은 거대자본의 승리라거나 문화의 식민화라고만 할 것이 아니라 이야기 원형에 입각한 보편적 공감대의 형성이라는 또 한 면을 아울러 보는 균형 감각이 필요하다.

그의 이야기 곳곳에서 이야기 진행의 빠른 속도감, 예상할 수 없는 결말, 모험에 참여하는 청춘 남녀의 사랑이 버무려지면서 그 '재미'의 잠재력을 유감없이 드러낸다. 가끔 주인공이 알몸으로 표창을 쥐고 낭패한 표정을 짓고 있는 장면 등을 넣어 <취권> 등에서 보아온 코믹한 액션을 연상케 하는 기지도 발휘하면서…….

5. 대중과 순수의 이분법 사이에서

낯설게 하기의 장치로서의 조선 중세 풍물의 세세함과 익숙함을 주는 대중적 서사 장치의 절묘한 조화, 여기에 백탑파 실학자들과 정조의 이상과 실패를 통해서 드러내는 역사의 방향성은 가히 재미와 교훈의 두 토끼를 다 잡은 작품으로서 무리가 없는 듯이 보인다.

그러나 한국 문단에서 이런 안정적인 조화를 이룬 문학에 대한 평가는 극히 야박하다. 앞에서 예로 든 움베르트 에코의 <장미의 이름>처럼 탐정소설이나 SF물 같은 하위장르들을 자유롭게 포섭해가면서 친절하게 독자에 다가서는 문학을 문단은 통칭하여 '대중문학'이라 분류한다. 이렇게 매끄럽게 영상물로 다가설 수 있는 것이 그의 통속성을 증명하는 좋은 증거라도 되듯이 저만치 멀리서 그들을 바라볼 따름이다. 한국문학에서 유난히 낯선 환상성과 재미를 기반으로 하는 그의 문학은 그래서 많이 손해를 보고 있다. 그가 보는 손해가 한국에서 <반지의 제왕>같은, 격조 높은 문화컨텐츠물이 나올 수 없다는 우려와 관계가 있기에 더욱 문제가 있는 것이다.

궁핍과 여성성에 나타난 이중적 타자성

백신애론

1. 궁핍과 여성성의 갈등관계

백신애에 대한 연구는 크게 둘로 나뉜다. 첫째, 일제 강점기의 식민지 현실과 관련지은 연구, 둘째, 여성주의의 관점에서 분석하는 연구. 수십 편의 학위논문과 학술논문이 발표되었고 여성작가로서는 문학사적 평가도 긍정적으로 나타나 있다. 그러나 지금까지 백신애 문학의 리얼리즘적 특성과 여성주의적 특성의 긴장 관계와 변모양상, 그 원인에 대해 포괄적으로 살펴본 바는 없다.

백신애의 작품을 분석해보면 1930년대 중반이전에는 일제 강점기 민중들의 비참한 삶의 재현이 주조를 이루고 있고, 39년까지는 중산층 여성의 고백 형식이 강세를 띠고 나타난다. 본고에서는 작품의 두 가지 경향과 변모 과정이 작가의 전기적 사실과 필연적 관계를 지니고 있음을 살펴보고, 작가가 초기 사회주의 리얼리즘의 담론에서 여성 담론, 다시 주체적 담론으로 나아갈 단초를 보이는 과정을 분석하고자 한다.

2. 아버지 닮기와 어머니 이해하기

백신애는 1908년 5월 20일 경상북고 영천군창구동 68번지에서 아버지 백내유와 어머니 이내동의 외동딸로 출생한다. 그녀에게는 5세 위인 오빠 백기호가 있었다.[1] 부친은 영천에서 미곡을 취급하고 정미소를 경영했는데 당시 "백씨 5형제네 돈이 마르면 영천에 돈이 마른다"는 말이 돌 만큼 부자였다고 한다.[2] 영천의 소문난 부자였던 부친의 자부심은 이후 백신애의 일생에 끊임없이 간섭을 해들어온다.

완고한 편이었던 부친은 딸이 글을 쓰면 당장에 축출하려는 분위기여서, 무어라도 한 가지 쓰려면 남들이 다 잠든 후 이불 속에서 전등불을 감추어 놓고 가만히 글을 썼다는 것이다.[3] 병약한 편이어서 어렸을 때부터 이모를 독선생으로 두고 한문을 배웠으나 신학문에 대한 열정으로 1918년 11세 때 영천 보통학교에 편입학, 휴학을 거듭한 끝에 1923년 나이 16세로 영천보통학교를 졸업하였다.[4] 열여섯 살 때 여학교를 지원했다가 아버지에게 꾸중을 듣고 경상북도 공립사범학교 강습과에 입학, 1924년 졸업과 동시에 영천 공립 보통학교 훈도를 거쳐 학교에서도 교원생활을 했다.[5] 그의 부친은 개명꾼이라고 남에게 존경도 받고 비난도 받아오느니만큼 재래의 인습을 타파하기에 노력하면서도 외동딸인 그녀에게 근대적 교육을 받게 하지 않았고, 죽을 때까지 편지 이외에 글을 쓰는 것을 반대했다고 한다.[6] 할아버지가 없는 만큼 맏이으로서 일가의 어른

---

1) 김윤식 편, 『꺼래이』, 조선일보사, 1987, 331쪽.
2) 김용성, 『한국현대문학사탐방』, 현암사, 1984, 229쪽.
3) 여류작가좌담회, 『삼천리』, 1936. 2, 616쪽.
4) 김윤식, 앞의 책, 331쪽.
5) 김윤식의 책 앞 부분 화보의 학적부에서 확인된 것이다.
6) 백신애, 『울음』, 중앙, 1936. 4, 25쪽.

으로 존경받는 지위가 이런 이율배반을 만들었을 것이다. 보수적인 아버지에 때문에 받은 상처는 그녀의 기록 곳곳에서 나타나고 있다.

수필 <춘맹>에서는 보수적인 집안 분위기로 인해 상처받은 유년의 심정이 절절히 드러나 있다. 어릴 때 나물을 캐고 싶어서 밥도 먹지 않고 졸라 겨우 허락을 받아 산에 갔을 때의 해방감이 생생하게 그려져 있는 이 작품은 결국 버선을 신은 모습이 기생이라는 아이들의 놀림으로 끝나고 만다.[7]

> 그는 하나뿐인 딸의게 오—직 바란 것은 富와 壽이였고 無知의 행복였는가 한다. 겨우 혀를 돌닐줄 알 때부터 글을 가르켜주려고 가진애를 다—쓰든 그가 장성한 나의게서 도로혀 글을 禁하도록 변하여진 이유는 암아도 社會主義요, 오빠가 投獄되든때부터일 것이니 朝鮮語新聞을 읽지 못하게 한 것도 이 方面 소식이 많이 슬이는 까닭이였다.[8]

과년한 딸이 너무 많은 지식을 얻으면 결혼 생활이 불행해지리라 염려한 것은 당연했다. 그는 당대의 합리적인 가장답게 딸의 교육에 관여했으며 끊임없이 결혼을 강요했다. 여학교에 지원했다가 아버지의 꾸지람으로 대구사범에 가야 했던 아픈 기억과 노처녀로 시집을 가지 않고 있다는 사실 하나로 사촌 동생 결혼식의 참석을 금지 당했던 아픈 기억은 평소 백신애의 억압의 정도를 짐작할 수 있게 한다.[9]

그러나 그녀는 이 억압을 오빠와 같은 방식으로 극복해내려 함으로써 자신과 부친의 관계를 부자간의 그것으로 놓으려 한다. 백신애가 여성단체 가입으로 교직에서 물러난 것, 천도교회관에서 경성여성청년동맹 2주

---

7) 백신애, <春萌>, 『조광』, 1937, 4, 38쪽.
8) 백신애, <私囑>, 『조광』, 1937. 9, 46쪽.
9) 이윤수, 「백신애 여사의 전기」, 백기만 편, 『씨뿌린 사람들』, 사조사, 1959, 154~155쪽.

년 기념식에 단독으로 집회 허가를 받아내고 대회를 혼자 치른 것, 여성 계몽운동에 참가하여 전국을 순회하며 강연한 것은 그녀가 '여자 대학생 이 되고 싶어 갖은 애를 다 쓰는 중에 오빠에게 감화되어 서울로 뺑소니 쳐 올라 갔다'[10]는 술회에서 알 수 있듯이 백기호의 영향이 큰 것으로 보인다. 그녀는 오빠가 읽고 버린 소설 부스러기에 정신이 빠졌고, 고대 소설들은 이름있는 것은 모두 남김없이 읽었다고 한다. 1938년 이혼 후 중국 상해행도 오빠와 동행한 것이었다.

물론 오빠와의 관계 또한 가장으로서의 보호받는 처지에 불과했다. 오빠 몰래 문학서적을 읽느라고 애를 쓰던 끝에 현상 광고를 보고 하룻밤 사이에 휘갈겨 응모해서 <나의 어머니>가 당선되었다는 기록이 그 현실 을 증명해주고 있다.[11]

백신애는 누구라도 상식적으로 딸이 좋은 집안의 아내가 되어 평범하 게 인생을 살아갔으면 하는 아버지의 마음을 오빠 탓으로 돌리고 있다. 사회주의 운동을 했던 오빠가 투옥되자 딸도 그런 전처를 밟으려는 것을 막으려 했다는 것이다. 그러나 백신애는 그 이전부터 정규교육을 받지 못했다. 그의 부친이 자신에게 겨우 혀를 돌릴 때부터 글을 가르쳐주려 했다는 주장에서 아버지가 자신을 얼마나 사랑했고 인정했는가를 증명하 려는 그녀의 안간힘을 엿볼 수 있다. 백신애는 당시 영천의 성공한 유지 였던 아버지에 대한 존경심을 품고 있었고, 아버지로부터 인정받으려 했 다. 이 심리는 그녀가 오빠인 백기호의 전처를 그대로 밟는 것으로 전이 된다. 아들의 투옥을 걱정할지언정 부끄럽게 생각하지는 않는 아버지의 심리를 그녀가 읽지 못했을 리 없다.

반면 작가의 모친에 대한 감정은 표면적으로는 사랑과 존중이었으나

---

10) 백신애, <자전소전>, 『여류단편걸작집』, 조선일보사 출판부, 1938, 273쪽.
11) 위의 글, 『여류단편걸작집』, 조선일보사, 1939.

이면에 있어서는 오히려 더한 억압이 느껴진다. 백신애의 모친은 영천 양반 출신으로 한학의 교양을 쌓은 사람으로서 자식에 대한 사랑이 각별했음은 기록의 곳곳에서 드러난다.[12]

<나의 어머니>는 여자청년회를 조직했다는 혐의로 보통학교 교원을 사직당한 작가의 자전적 사실이 그대로 녹아있는 작품이다. 어머니는 배울 만큼 배운 딸이 보통학교 훈도를 사직당하고 남자들과 어울려 연극이나 하고 다니는 것이 영 마뜩치 않다. 어머니는 오늘도 12시가 넘어서 들어온 딸을 나무라고 딸은 '자신의 편함과 혈육을 사랑하는 것밖에 아모것도 모르고 도덕과 인습에 사모친'[13] 어머니에 대해 원망과 동정을 느낀다.

> 어머니의 눈물입니다. 조용한 어머니의 눈물은 나에게서 모든 용기를 앗아가는 무기엿습니다. 그 눈물은 오직 나에게 안일을 주려는 지극한 사랑이 근원이 되어 있읍니다.[14]

어머니는 딸을 조금도 이해해주지 않고 사랑을 베풀며 그 끝없는 사랑은 가식을 헤치고 진실을 찾아 떠나려는 화자를 막는 존재일 뿐이다. 화자의 용기를 소멸시키고 자신에 대한 '초조와 실망'만을 안겨주는 존재인 것이다. 화자의 어머니는 단 하나인 딸에게 자기의 모든 삶을 걸고 자신의 행복을 위해 일생을 바쳐 주었다. 그런데 문제는 그런 무목적적인 사랑이 결과적으로 이 땅의 현실에서 화자로 하여금 아무 의욕도 없는 지극히 평범한 인간이 되게 만들었다는 것이다.

---

12) 백신애, 『春萌』, 38쪽. 그녀의 자전적 소설인 <나의 어머니>와 <混冥에서>에 잘 나타나 있다.
13) 백신애, <나의 어머니>, 『조선일보』, 1929. 1. 6.
14) 백신애, <혼명에서>, 『조광』, 1939. 5, 249쪽.

어머니에 대한 평가는 '인습적인', '아무 것도 모르는', '가엾은'이라는 형용사로 나타난다. 눈물과 한숨, 꾸지람, 그리고 그보다 더 무서운 맹목적인 사랑으로 자신의 앞길을 막는 어머니의 존재에 화자는 변함없는 모반을 꿈꾼다.

> 아! 나의 어머니! 가엽슨 어머니! 지금 어머니는 내가 안타가운 어머니의 속을 알지 못하고 야속한 어머니로만 역이는줄 아시고 그다지괴로워하심짜 이몸을 어머니가 말슴하신 그 김가에게 밧치어깃버하는 어머니의 얼골을잠시라도보고십흘만치잇달의가슴은 죄송함에 썰고 잇습니다.엇더케하면 이세상에서 어머니를 마음편케 모실수잇슯가요! … 아!그러나 나의어머니여! 나는 어머니가조화하는김가에게도 이몸을밧치지안흘것입니다. 쏘 래일밤도 쌔지지안코 가야합니다. 가엽슨 나의어머니여[15]

> 나에게 이혼한 여자라는 불명예를 회복시키라는 것입니다. 그러자면 첫째 방안에서 나오지 말아야하며 세상의 구구한 억측에서 흘러나온 가즌 비평을 일일이 변명하고 그리고 주위의 명예를 위하야 세상에 사죄하는 뜻으로 근신하여야 되며 그리고 얌전스런 여인으로서 본분을 지켜야된다는 것입니다.[16]

지금까지 페미니스트들은 프로이드의 오이디푸스 콤플렉스를 비판, 보완하여 남성과 여성의 사회화 과정을 설명해왔다. 특히 마리안 허쉬는 <어머니 / 딸의 서사>에서 정신분석학적 페미니즘에 서사이론을 접목하면서 19세기 리얼리즘 소설에서부터 최근 소설에 이르기까지 여성작가들의 소설을 분석하고 있다. 프로이트의 가족 로망스에 의하면 어린이에게

---

15) 백신애, 『나의 어머니』, 1929. 1. 6.
16) <혼명에서>, 248쪽.

아버지는 고귀한 인물이 되는 반면 어머니는 비천한 존재가 되는데, 이는 부모의 권위의식에 대한 거부의식이 생물학적인 부모를 사회적으로 위치지어진 타자로 대체하려는 욕망으로 전이되어 나타난 것이다. 프로이트에 의하면 한 개체의 성숙은 어머니와의 단절을 통해서 가능해지며, 여자아이도 궁극적으로는 성숙을 위해 어머니를 제거할 필요가 있음을 역설하고 있다.

19세기 여성 작가들의 작품은 차이를 나타내면서 외디푸스적 플롯을 수용하고 있는 것으로 나타난다. 프로이트의 주장처럼 19세기 여성 작가 소설에 등장하는 여성 인물은 어머니가 됨으로써 페니스에의 원망을 아이에의 원망으로 대체시키는 대신, 엘렉트라나 안티고네와 같은 고전적 여주인공이 되어 주체로 남기를 소망한다. 그러나 우리가 신화 속의 엘렉트라나 안티고네에서 보듯이, 결국 형제애적 일치란 여주인공에게 단지 잠재적이고 극히 제한적으로만 가부장적 권력의 대안이 될 수 있을 뿐이다.

예를 들어 19세기 소설에 나타나는 여성인물들의 '이해심 많은 남성(어머니의 보호와 아버지의 권력이 결합된 남성)'이라는 변형된 환상은 극히 제한적인 가부장적 권력의 대안체만을 제공해 준다. 게다가 19세기 여성 작가의 작품 속 어머니는 강하기 때문에 괴물같거나, 부와 영향력이 없기 때문에 어리석고 희화화되거나, 죽었기 때문에 향수의 대상이 되는 존재이다. 이처럼 사회적으로 성공하고 싶어했던 당대 소설의 여주인공들은 모성적 침묵과 자신을 동일시하지 않기 위해 어머니와 단절하고 모성적 양육을 대체할 남성(오빠)을 발견해야만 했던 것이다.[17]

백신애의 생애에 나타나는 아버지 – 어머니 – 오빠와의 관계는 19세기

---

17) 서강여성문학연구회 편, 『한국문학과 모성성』, 태학사, 1998, 12~13쪽.

여성 소설에 나타난 여주인공의 의식과 일치한다. 자신을 맹목적으로 사랑하는 어머니는 작가의 성숙을 방해하는 존재일 뿐이다. 어머니의 눈물은 사회적인 활동을 하고 싶어 하는 작가를 묶는 질곡이며, 여자로서의 정숙을 요구하는 어머니의 태도는 어머니처럼 살기 원하지 않는 작가에게 걸림돌이 될 뿐이다. 그는 능력 있었던 아버지의 인정을 받고 싶었고, 그러기 위해 어느 정도의 제한 속에서 자신을 이해하고 사랑하는 오빠를 따랐다. 오빠의 사회주의 사상에 동조함으로써 그와 연대하며 일종의 '어머니 공포증(matrophobia)'을 지니게 되었던 것이다.

많은 딸들은 그들의 어머니가 그들이 벗어나려고 투쟁하고 있는 타협과 자기혐오를 가르쳐 왔으며 어머니를 통해서 여성적 현존에 대한 제한과 평가절하가 전수되어 왔다고 본다. 어머니를 넘어서 그에 작용하고 있는 권력을 보기보다 어머니를 거부하는 것이 더 쉽다.[18] 백신애 또한 초기에 자신을 억압하고 있는 가부장적 제도의 본질을 보려하기보다 우선 눈앞에 보이는 어머니의 제약, 그것의 상징적 억압의 구조로부터 자신을 탈피시키고 싶었고 결과적으로 오빠를 닮으려 했다. 초기 궁핍을 소재로 한 소설들이 그것이다.

3. 남성담론과 여성담론, 주체담론 : 궁핍과 여성의 타자성 극복하기

1) 초기문학에 나타난 궁핍의 타자성

딸이 어머니의 제약이란 상징적 억압구조를 탈피하기 위한 몸부림이 <나의 어머니>와 <낙오>라면, 조선 하층민의 빈궁상을 그린 초기 단편

---

18) 앞의 책, 14쪽.

들―<꺼래이>, <복선이>, <채색교>, <적빈>, <멀리간 동무>, <악부자>, <식곤>, <소독부>는 어머니로부터 단절하고 모성적 양육을 대체할 존재로서 오빠를 닮으려는 백신애의 무의식이 반영된 작품이다.

<낙오>[19]는 경순이의 의식을 중심으로 하면서 정히의 탈출을 그린 소설이다. 정히와 경순은 보통학교 교원으로 같이 근무한 친구로서 경순은 정히의 결혼식에 참석하기 위해 상경했으나 정히는 결혼식 전날 동경으로 떠난다. 원래 둘이 같이 동경에 공부하러 가자고 약속했으나 마음 약한 경순이 남고 정히만 결단을 내린 것이다. 남은 정히는 자신이 '향상 없는 생활을 계속하는 핏기없는 인간'이라 한탄한다. 공부하기 위해 일본으로 도망갔다가 다시 붙잡혀 온 후 결혼하게 되는 작가의 자전적인 작품으로 탈출한 정히와 남아있는 경순의 두 존재가 실은 자기 안에 존재하는 분열된 두 의식인 것이다. 정히가 어머니로 대변되는 가족으로부터 벗어나는 것은 작가의 열망이었으나 남아있게 된 것은 작가의 현실이었다. 작품이 발표된 시기가 1934년 12월이었고 결혼한 시기가 1933년 3월 17일인 점을 감안한다면 이 구도의 의미는 명확해진다.[20] 작가는 정히처럼 어머니로 대변되는 가족으로부터 탈출하고 싶었으나 결과적으로 결혼 때문에 낙오된 것이다. 결코 어머니처럼 살지 않겠다는 그녀의 무의식은 자신의 교육자로서 오빠를 택하게 하고 오빠의 사회주의 담론을 학습하여 발화한다. 꺼래이의 발표가 1934년 1월이었음을 감안한다면 작가의 글쓰기는 결혼 직후부터 이루어졌고 1년에 4~6편의 단편을 토해놓기 시작한다. '어머니되기'의 거부로서의 의식이 오빠말 닮기의 글쓰기로 나타났다고 볼 수 있다.

작가의 사회주의 운동을 반대하는 어머니와의 갈등을 그린 <나의 어

---

19) 『중앙』, 1934. 12.
20) <신혼여행과 슈크림>, 여성 3권 2호, 34쪽.

머니>이후 작가가 처음 쓴 작품이 <꺼래이>이다. 이 작품은 작가가 1928년 기아와 추위에 떨면서 시베리아를 여행했던 체험이 그대로 반영되어 있다. 순이는 삼 년 전 러시아에 이주하여 농사를 짓다 죽은 아버지의 시신을 수습하기 위해 할아버지, 어머니와 함께 러시아에 들어오나 군인들에게 발각되어 추방된다. 이 과정에서 추위, 중국 청년과의 일, 공산주의자인 조선 청년과의 실랑이, 러시아 군인의 호의가 실감나게 그려진다. <멀리 간 동무>21)와 함께 가난 때문에 간도나 러시아로 이주할 수밖에 없었던 당대 조선민족의 빈궁이 현실적 체험을 바탕으로 재현되어 있다.

<복선이>는 가난 때문에 열네 살 되어서 시집 온 복선이의 비극을 그린 소설이다. 남편의 정욕에 고통 받으며 몇 년을 보내다 겨우 정이 붙고 적응이 될 만 하니 남편이 정미 기계에 치여 죽고 만다는 이야기이다.22)

조혼의 비극을 그린 이 소설은 <소독부>에서도 비슷하게 전개된다. 복선이처럼 열 네 살에 시집온 색시는 처녀 시절부터 자신을 좋아했던 갑술이의 구애와 남편 최서방의 욕정에 시달린다. 그러나 남편보다는 갑술에게 향한 애정을 숨길 수 없었다. 어느 날 색시는 사마귀 빼는 약을 사고 그것을 본 갑술이는 색시가 나간 틈에 나와 그 약으로 최서방을 독살한다.23)

1930년대에 들어 구여성의 본부 살해 범죄가 급증했다. 그 이유로 임종국은 첫째, 조혼의 폐습으로 자기 마음에 없는 남자와 결혼했기 때문에 애정이 제3자에게로 간다는 점, 둘째, 구여성의 무능력과 교육 부재,

---

21) 『소년중앙』, 1935. 1, 65~69쪽.

22) 『신가정』, 1934. 5.

23) 『조광』, 1938. 7. 후기에 쓰인 작품이나 <복선이>와 모티프가 같다는 점에서 초기에 구상된 작품이라 볼 수 있다.

셋째, 엄한 사회 윤리 때문에 이혼 등 합리적인 방안을 찾지 못했다는 점을 들고 있다.[24]

<채색교>는 가난한 장돌뱅이 천돌이가 복순이와 결혼을 약속했으나 홍수로 약혼녀를 잃는다는 비극적 이야기로서 이 또한 궁핍한 당대 식민지 현실을 하층민의 생활상을 재현함으로써 그리고 있다. 조혼의 비극, 가난으로 인한 실연은 당시 사회주의 리얼리즘 소설에서 많이 등장하던 모티프였다.

물론 작가는 주로 하층 여성의 입장에서 가난을 그려내고 있으나 그들의 고통이 여성이란 타자성에 있다기보다는 가난 쪽에 무게중심을 두고 있다고 볼 수 있다. '모성'에 대한 작가의 단순한 생각은 그녀가 당시 여성성의 문제에 깊이 고민하지 않았다는 것을 증명하는 것이다.

엘렌 케이 여사는 모성의 중요성을 역설하면서 보육, 육아 시설 등 그 역할을 사회에서 맡아야 함을 역설하였다. 그럼에도 작가는 엘렌 케이가 모성의 중요성을 강조하였음을 부분적으로 인용하면서 남편이 직업적으로 성공하는 것을 돕는 일이 결혼한 여성의 임무라고 밝히고 있다. 이런 단순 명쾌함은 1923년 분열된 의식으로 모성의 본질을 파악하려 했던 나혜석의 <모된 감상기>와 정면으로 배치되는 것이다.

결혼 후 1년이 흐른 당시, 가정에서 여성의 역할에 대한 지배담론을 그대로 답습하고 있는 작가의 의식을 알 수 있게 하는 대목이다. 당시 그녀에게 있어서 '궁핍'이란 사회주의 담론의 키워드외에 '여성성'이란 타자성은 안중에 없었던 것이다.

이 선명한 의식은 <적빈>에서 매촌댁의 맹목적인 '모성애'로 재현된다. 매촌댁 늙은이는 송우암 선생의 후예라는 집안의 척당이 되는데 두

---

24) 임종국, 『한국문학의 사회사』, 정음사, 1977, 115~118쪽.

아들이 다 소문난 노름꾼으로 일 년 열두 달 남의 집으로 돌아다니며 일을 거들어주고 밥을 먹는 가련한 처지이다. 그는 이런 영락에도 낙심하지 않고 두 며느리의 해산 준비에 열중한다. 자신도 배가 고프면서 며느리를 먹이기 위해 서둘러 걸음을 재촉하는 그의 모습을 대부분의 연구자들은 '한국적 모성의 전형'으로 보고 있다.

그러나 너무도 선명한 모성애는 너무도 비현실적인 모성애와 같은 것이다. 왜 이런 신세가 되었는가 한탄 한마디 하는 일 없이 지극정성으로 자식과 며느리, 손주를 돌보는 매촌댁의 모성은 빈궁의 극치를 강조하기 위한 장식에 불과하다. 작가의 고민하지 않는 모성은 그만큼 모성에 대한 생각이 관념적이고 추상적임을 역설적으로 드러내는 것이라 하지 않을 수 없다.

2) 후기문학에 나타난 여성성의 타자성

(1) '풍자'의 담론구조 : 중산층 남녀의 허위의식

작가의 남편과의 불화는 결혼 피로연에서부터라는 설이 있을 정도로 예견된 것이었다.25) 그러나 불화가 표면에 나선 것은 1935년 12월 아버지의 사망이후부터라는 설이 유력하다. 이때를 전후하여 작가의 목소리는 조금씩 변해간다. 먼저 중산층 남녀의 허위의식을 그린 소설들이 하나 둘 씩 나타나는데, 이는 작가가 자기 계층의 문제에 눈을 돌렸음을 의미하며, 그 담론의 방식이 풍자임에 주목을 요한다.

1930년대 초 일본 군국주의의 대두, 이에 따른 KAPF의 퇴조로 말미암아 한국 문단은 일정의 공백기를 맞게 되고 새로운 주조탐색의 비평이

---

25) 이윤수, 앞의 책, 155~156쪽.

등장하는 전형기를 맞게 된다. 주류의 상실로 인한 혼란, 어려워가는 외부정세로 특히 이데올로기가 차단된 소설 쪽에서 작가와 현실 사이의 진폭은 클 수밖에 없었다. 이 작가와 현실과의 분열에서 나타난 것이 당시 세태소설과 내성소설이었고 부분적으로 풍자문학이 성행하였다.[26]

현실에 대한 작가의 분열을 해결하고자 하는 의도를 지닌 풍자문학론은 30년대 중반, 최재서에 의해 소개되었다. 그는 『풍자문학론』,[27] 『빈곤과 문학』[28] 등에서 W. 루이스, A. 헉슬리의 자기풍자를 소개한다.

> 우리가 批評的 態度를 가질 때엔 理智的 作用으로 말미암아 자연히 유우모라든지 혹은 諷刺가 부수한다. 이같은 心理狀態는 우인담 루이스가 말한 바와 같은 情緖의 왁찐注射가 되어 맹목적으로 沈默하려는 熱狂心을 소독 즉 냉각함에 신통한 作用을 發한다 … 두 自我가 대부분의 現代人 속에 同居하면서 所謂 洞窟의 內亂 을 일으키고 있다. 우인담 루이스는 그것을 自我과 非自我라고 일컫고 非自我는 늘 自我의 敵이며 … 非自我는 다시 말하면 批判的 自我다.[29]

30년대는 외적 상황의 악화로 한국 작가들이 어느 때보다도 더 글을 쓰기 힘든 때였다. 현실의 잘못된 추세에 작가는 그대로 따라갈 수밖에 없다. 그러나 내부의 양심은 맹목적으로 현실에 순응하는 자신을 비판한다. 이것이 당시 작가들이 선택할 수 있었던 차선책이었으며 최재서는 이를 파악하여 W.루이스의 自我(맹목적 자아)와 非自我(비판적 자아)의 동굴의 내란이란 자기 풍자론을 도입하여 당시 작가들이 나아갈 길을 제시한

---

26) 최혜실, 『한국현대소설의 이론』, 국학자료원, 1994, pp.32~33.
27) 조선일보, 1935. 7. 14~21.
28) 조선일보, 1937. 2 .27~3. 3.
29) 崔載瑞, 『諷刺文學論』, 朝鮮日報, 1935. 7. 21.

것이다. 요컨대 작가는 어려운 정세 등으로 작품에 그 해결점을 제시할 수는 없더라도 최소한, 해결점을 제시 못하는 자신을 비판할 수는 있어야 한다는 것이다.

백신애의 경우도 예외는 아니었다. 당시 프로문학 작가의 성향을 보였던 작가가 전형기의 현실에 모순을 일으키며 일종의 균형감각을 잡기 위해 자신을 비판하려는 경향을 보였다. 그러나 이 경우 작가는 여자였다. 다른 남성 작가들이 남성 지식인의 허위의식을 보임으로써 자신을 풍자할 수 있었지만 백신애는 자기 계층의 여자를 들여다보아야 했다. 이를 계기로 작가는 자신의 목소리로 글을 쓰게 된다.

1935년에 발표된 <정현수>30)는 치과의사인 정현수를 내세워 허위 가식에 가득 찬 세상을 비판하면서 한편으로 그것에 민감한 반응을 보이는 정현수의 기행까지 아울러 풍자하고 있다. <學士>31)는 W대학을 졸업한 실업자 지식인 리병환을 풍자한 소설이다. 선친 때 이백 석 추수를 하던 그의 집안은 그의 형제대에 이르러 몰락하고 고학한 주인공은 천하를 얻은 듯 거만하기만하다. 취직이 되지 않고 고등룸펜으로 전락하면서도 허위의식을 버리지 않는 그를 사촌누이는 한심하게 생각한다는 이야기이다.

고등룸펜에 대한 풍자는 채만식, 박태원, 유진오 등에 의해 반복되어 작품화된 것으로 자신에 대한 통렬한 풍자라는 점에서 일종의 작가 정신을 획득하는 것이다. 작가는 곧 자신의 계층에 눈을 돌리게 된다. <一女人>32)의 주인공 '마님'은 한때 벼 천석이나 하던 집에 시집갔으나 이제 몰락하여 백 석 남짓 추수하면서도 예전의 호화로운 생활을 유지하기 위해 안간힘 쓰는 마님이다. '피죤'도 못 피우는 형편이면서도 '해태'만 피

---

30) 『조선문단』, 1935. 12.
31) 『삼천리』, 1936. 1.
32) 『사해공론』, 1938. 9.

우는 척 하고 보리밥에 김치찌개를 먹으면서도 아들에게는 '오트밀'을 먹이며 자랑스러워한다. 일본글을 쓰는 것으로 보아 고등교육을 받았음에 틀림없는 중산층 지식인 여인의 허위의식은 작가가 지금까지 가족들에 의해 강요되어 온 결혼 생활의 어두운 단면인 것이다.

(2) 여성 고백체의 세 유형

별거와 이혼은 작가의 주장대로 결혼 초부터 예정된 것이었을지라도 당대 현실에서 그것이 주는 충격은 대단한 강도였을 것임은 충분히 짐작이 된다. '오빠'의 언어로 글을 쓰던 작가가 자신의 언어에 몰두하게 된 원인은 전장에서 논한 대로 현실과 개인의 분열의 거리를 자신의 내면을 비판함으로써 극복하고자 했던 당대 지식인 작가들의 분위기 때문이었다. 그런데 이렇게 되돌아보게 된 자신은 다른 남성 작가들에 비해 '이혼한 여인'이란 또 다른 소외의식을 지니고 있었다. 이에 작가는 여러 방식으로 소외된 여성의 목소리를 실험하기 시작한다.

가. 광인의 자기고백 : 전향 지식인 부인의 이중적 타자성

1930년대 중반부터 전향한 지식인의 심경고백을 중심으로 한 전향소설이 한국에 쏟아져 나오기 시작했다. 김남천, 한설야 등의 소설가는 자전적 체험을 바탕으로 사회주의 사상을 버리고 타락해가는 지식인의 내면 심리를 묘사했고 채만식의 경우는 조카의 시선에서 사회주의자 삼촌을 비판하는 풍자소설을 남기기도 했다. 반면 백신애는 <광인수기>에서 전향한 사회주의자의 타락에 상처받은 부인의 시점을 '광인'의 말로 쓰고 있다.

> 비오는 날, 다리 밑에서 한 여인이 중얼거리고 있다.
> 허허참 사람 죽이는구나 글세 이 암똥마리까지고 소견머리가 흡락뱃

겨진 하늘님아 내말씀좀 들어봐라. 이러케작고 쓸대업는물을 내려쏘드
면 어떠케하느냐 말이다. … 아이고 하느님이 제욕을 한다고 벼락을 내
리칠라. 히히히! 벼락이라니 나는 암만 요을 해도 마음속으로는 당신을
그리밉게역이지는 안는다오 용서하소서. 아니다 내―이놈하느님아 애이
이비러먹을 개새끼가튼 하느님아 네가 분명 하느님이라면 왜그악하고
도악한 도둑놈의연놈들을 그대로 둔단말고[33]

결코 정상적이라고 할 수 없는 이 여인은 남편의 외도에 충격 받아 정
신분열증을 일으킨다. 열일곱에 시집을 와 시누이와 시어머니의 구박을
받으나 남편은 아내를 사랑했고 그 믿음으로 고생을 참는다. 남편이 유
학으로 집을 비우고 사회주의 운동으로 감옥살이를 한 것은 그녀의 입장
에서는 큰 고생이 아니었다. 그런데 전향하고 돌아온 남편은 자신이 잘
아는 음악학교 졸업생과 바람을 피운다. 자신이 본능만 아는 구식여성이
라는 남편의 모욕을 참던 그녀는 바람피는 장면을 목격하고는 끝내 정신
이상을 일으키고 만다.

여성의 글쓰기에 수다스러움이나 광기의 언어가 사용되는 까닭을 강력
한 침묵으로부터 해방되었기 때문에 유창해지는데서 말미암은 것이라는
주장이 있다. 이는 여성의 말투를 '나불나불 지껄임'이라고 조롱하는 성
차별적인 발상법에 대한 저항이기도 하다.[34] 또한 여성의 광기는 창작
활동이 남성의 전유물로 간주되던 시기에 여성의 이중담론의 형식―침묵
과 순종을 다룬 표층 이야기와 이에 전복적인 심층 이야기―의 분석 속
에서 설명되기도 한다.[35] 이를 근거로 <광인수기>와 C.P. Gilman의

---

33) 인수기, 『조선일보』, 1938. 6. 25.
34) K.K. Rutheven, 김경수 옮김, 『페미니스트 문학비평』, 문비신서, 1989, p.137.
35) 원유경, 「다락방의 미친 여자들」, 한국영미페미니즘문학회, 『페미니즘 어제와 오늘』,
    민음사, 93쪽.

<노란 벽지>(The Yellow Paper)에 나오는 두 여인의 광기의 언어를 비교하는 시도도 있었다.[36]

광기의 언어가 남성 지배의 가부장적 담론에 대한 전복의 의미를 지닌다는데 동의하면서 본고에서는 작가가 일종의 여성 전향소설을 썼다는 점에 주목하고자 한다. 사회주의 이데올로기가 전복되고 방황하는 남성 지식인이 일종의 소외를 겪었다면 부인인 여성은 그 남성의 방황에 의해 이중적 소외를 지닌다는 점을 작가는 광기의 언어로 세세하게 재현해내고 있다.

나. 병자의 자기고백 : 전향한 여성지식인의 이중적 타자성

> S! 이어니까닭일까요! 웨이다지 고요합니까!깊으고 깊은 동혈(洞穴)의 속과 같이 어지간히도고요합니다. 참으로 이상한 밤(夜)이여요. 마을을 한참 떠난 들복판에 외로히서서있는 이집인까닭에 이렇게도 고요함일까요. 그러나 지금은 겨울이 아닙니까! 멀리서 달려오는북쪽의 난폭한 바람이 아—모 거칠것이라곤 하나도없이 제마음대로 이들판에서 천군만마와같이 고함을 치고 이 집의 수많은 유리창문과 뼈만남은 나뭇가지를 마구 쥐여흔들어 놓아 시끄럽고 요란하기 끝이없게 할때입니다.
>
> 그런데 웨 이다지 고요할까! 일순간 사이에 땅덩이가 깊은 바다속에 까러 앉어버린듯합니다. 모—든 움즈김과 음향이 딱, 정지되여버린 듯합니다. S![37]

울림이 있는 이 품격 높은 고백체는 1980~90년대 여성 소설에서 비슷한 형식을 띠고 나타난다. <봄의 환>이나 <풍금이 있는 자리>에서 여성 화자는 유부남과의 이루어질 수 없는 사랑의 전말을 고백하고 있다.

---

36) 조주현, 「광기를 통해본 여성임의 의미」, 『사회과학논총』 11집, 1992, 231~252쪽.
37) 백신애, <혼명에서>, 『조광』, 1939. 5.

그런데 그로부터 반 세기 전의 백신애는 전향한 지식인의 내면 풍경을 동일한 고백체의 문장으로 그려내고 있는 것이다.

작중 화자는 자신에게 내면의 고요가 찾아온 이유를 이렇게 설명한다. 지금까지 자신은 거짓과 갈등, 괴로움에 고달파지고 세상의 시끄러움에 혼명하여져서 '나'까지 잊어버리고 내가 남인지 남이 나인지도 모르고 살아왔다. 이제 눈멀고 귀먹은 자가 되어 세상의 고요 속에서 진정한 나를 보기를 원한다는 것이다.

막연한 비유를 구체화하기 위해 화자의 과거 행적을 살펴보면 일찍이 사회주의 운동을 한 경력이 있는 화자는 이 무렵 이혼을 하고, 어머니를 비롯한 가족의 재혼 요구와 진정한 자아를 찾으려는 노력이 상충하는 데에 따라 고통스러워하고 있다. 그런데 화자의 이혼은 사상의 방향전환과 병치되어 진술된다.

"당신은 방향 전환을 한 후의 감상이 어떠했던가요?"라고 마치 나의 가슴을 투시하듯 이렇게 물었지요?
"나는 무한한 고독을 느꼈습니다. 큰 단체에서 떠러져나온 나라는 것이 얼마나 고독하며 얼마나 무가치하며 얼마나 외로운것인가를 알게 되었을 뿐입니다. 나에게서 그열열하던 의가가 살어져가는 듯한 비애를 느꼈습니다." 나의 이대답은 진정한 고백이었습니다.
"그런겁니다. 단체적 훈련을 받어온 사람은 혼자 떠러져서 나서면 개인적으로는 아주 무력한 인간이 되고마는 것인가바요……."38)

일본인 남자이면서 과거 사회주의 활동을 같이 했던 S라는 인물은 이혼 후의 충격에 벗어나지 못하고 있는 화자에게 방향전환 이후의 고독과 외로움을 상기시킨다. 가족이라는 단체를 벗어나온 사람의 고독은 사회

---

38) 위의 글, 250~251쪽.

주의 이데올로기를 같이 하던 단체에서 떨어져 나온 것과 같은 종류라는 것이다. S는 화자에게 그때의 사상이 중요한 것이 아니라 그때 열렬하던 용기와 의기만을 되살릴 것을 당부한다.

우리는 이 구절에서 화자가 사회주의 사상에서의 방향전환과 이혼이라는 이중 소외 속에서 고민하고 있으며 그것을 극복하는 방식은 결국 같은 것이라는 사실에 화자가 도달하고 있음을 알게 된다. 이제 화자는 세상의 시끄러움에 혼명하여져서 나와 남을 구분하지 못하던 상황에서 벗어나 고요 속에서 진정한 자아를 찾으려 한다. 그리고 그 방식은 자신에게로 돌아와 자신을 바라보며 자신의 목소리를 내려는 것과 동일한 것이다.

그러나 화자는 확고부동했던 과거의 흔들리는 자신에게 희망을 주던 과거의 동지 S가 죽었다는 소식을 듣는다. 작품에서 '오빠'의 죽음은 중요한 의미를 지닌다. 지금까지 작가의 작품에는 항상 '오빠'의 목소리가 존재했다. 궁핍의 한국 현실을 비판하던 전기 소설에서는 담론 구조 자체가 사회주의 이론에 근거해 있었고 <광인수기>에서는 남편의 담론, <혼명에서>는 S의 담론으로 존재한다. 이는 어머니를 거부하고 이해심 많고 성숙한 남성과의 형제애적 연대를 갈구하는 19세기 영국의 여성소설의 분석을 소개하면서 이미 앞에서 지적한 바 있다.

다. 죄인의 자기고백 : 오빠와 누이 구조의 전복으로서 근친상간

작가는 이제 오빠의 죽음을 뒤로 한 채 자신의 목소리로 이야기하고자 했다. 그것은 남성의 목소리 닮기도 아니고 남성의 권위적 목소리를 중앙에 두고 자신을 타자로 설정하는 피해의 비명 소리도 아닌, 성숙한 여성의 목소리여야 했다.

유작인 <아름다운 노을>은 작가의 사후에 발표되었다.[39] 1939년 11월에서 1940년 2월까지 4회에 걸쳐 발표된 이 중편은 표면적으로 보면 아들의 나이와 비슷한 약혼자의 동생을 사랑하는 파격적인 작품이다. 소설가이며 화자인 '나'는 '순희'라는 여인을 만나 놀라운 고백을 듣는다. 재미있는 것은 이 여인이 당시 작가와 같은 32세의 나이라는 사실이다. 더구나 서글서글한 눈과 입, 후릿한 키, 아무렇게나 차려입은 듯 하면서도 자연스러운 자태[40]가 작가의 생전의 인상착의와 같다. 따라서 여기서 '순희'는 작가의 분신이라고 할 수 있다.

서른둘의 여인은 열여섯의 아들이 있는 과부로 서른셋의 건실한 청년 의사의 구애를 받고 있다. 마음 내키지 않아하던 여인은 우연히 열아홉인 의사의 동생을 보고 한눈에 반한다. 동생에게 접근하기 위해 의사와 약혼한 여인은 역시 자신을 사랑하는 그 소년과의 비밀스런 관계로 인해 혼란에 빠진다. 여인을 가로막는 가장 큰 기제는 의사의 동생인 정규가 자신의 '아들별'이 된다는 사실이다.

"네가 어미냐! 네 아들이 지금 열여섯살이나 되었다"라고 외치는 듯하여 나는 깜짝 놀란 듯 획 돌아서서 달어나듯 걸먹쟁이를 뛰여나오고 말엇어요.내아들의게 대할때지극키 청정한어머니로서 아니면 도저히 허락할수없다고 내스사로가 늣겼든탓입니다. 비록사정에못익여 내가 재혼을 한다는 것은 부득이한 일이니 내양심에 거리낌이없을것같기도하지마는 그날 소년정규가 더구나 내아들보다 단세살밖에 차이가없는 소년 정규,[41]

남성의 경우 자신보다 열세 살 어리고 자신의 딸보다 세 살 많은 여성

---

39) 여성, 1939. 11, p.98의 편집후기에 "여류작가 백신애씨는 다만 한편의 유고를 두고 세상을 떠났습니다. <아름다운 노을>이 바루 그것으로 다시 씨의 글을 접할 수 없는 마즈막의 그 한편입니다."라는 구절이 있다.
40) <아름다운 노을>, 여성 1939. 11, 81쪽.
41) <아름다운 노을>, 여성, 1939, 12, 88쪽.

을 아내로 맞아들인다고 그리 흉이 되지 않는다. 그것이 여성에게 금기시되는 이유는 여러 가지가 있을 것이나 주요한 이유로 모든 남녀 관계에 적용되는 오빠와 여동생의 구조—성숙한 남성이 여성을 끌어주는—구조가 부부 관계에도 적용되기 때문이라고 본다.

그런데 순희와 소년의 관계에는 여성이 남성에게 심리적, 경제적, 사회적으로 의지하는 구조가 존재할 수 없게 된다. 즉 둘의 사랑은 사회의 모든 제도에 빈틈없이 적용되는 이 구조에서 비껴나게 되는 것이다. 이는 지금까지 한국 문학사에 등장하는 사랑의 어떤 관계에도 없었던 것이며, 작가의 소설 중 유일하게 '오빠'로서의 남성의 의미가 부재함으로써 결과적으로 순희라는 여성 화자의 목소리가 주체적으로 존재한다.

그런데 그 구조는 작가에게도 파격적인 것이며 그 힘겨움은 관계의 근친상간적 요소를 강조하는데서 드러난다. 첫째, 순희는 계속 정규와 자신의 아들의 나이를 비교하고 있고, 둘째, 의사인 성규가 소년에게 아버지로서의 정을 가지고 있음을 강조한다.

> 자기는 부모도 없고 다른친척도없고 단지 하나아우인 그소년하나가 유일의 육친이었으니까 그소년을두고 자기가 장가들기 민망하여 소년이 중학교를 졸업하고 전문학교나 대학으로 가게되여 집을 떠나면 그때 장가들겠다는 것이죠.[42]

성규는 아우를 아버지와 같은 애정으로 양육해왔고 이미 열아홉의 성인이 된 정규가 좋아할 부인을 얻으려 노력했으며, 정규는 순희의 관계에도 세심한 배려를 한다. 순희가 성규와 결혼할 경우 정규와의 관계가 마치 새어머니와 아들의 관계처럼 설정될 가능성이 농후한 것이다. 이런

---

42) 「아름다운 노을」, 『여성』, 1939. 11, 90쪽.

압박 구조는 연상의 여인－연하의 남성, 혹은 독립된 여성의 주체적 사랑이 근친상간 금기처럼 힘든 것이라는 사실을 암시하고 있다.

성규와의 결혼 전날 정규와 포옹하다 개천에 빠져 양가의 명예에 먹칠을 한 죄인인 순희는 이렇게 결심한다. 자신의 삶이 귀한 줄 알았기에 자살은 하지 않을 것이다. 내 몸이 귀한 것인 줄 알았기에 수많은 사내의 구혼도 거절하고 결혼의 필요를 느낄 때까지 꿋꿋하게 살아왔다. 이제 그 소년을 위하여 나의 삶을 바칠 것이다.

4. 주체적 여성담론의 가능성

백신애는 사회적으로 성공한 아버지와 구시대의 교육을 받은 자애로운 어머니 밑에서 성장했다. 그는 부친의 억압에 반발을 느끼면서도 모성적 침묵과 자신을 동일시하지 않기 위해 어머니와 단절하고 모성적 양육을 대체할 남성으로서의 오빠를 상정한다. '어머니 공포증(matrophobia)'으로부터 자유롭지 못했던 작가는 오빠의 사회주의 사상에 동조함으로써 어머니라는 상징적 억압의 구조로부터 자신을 탈출시키고자 한다.

조선 하층민의 빈궁상을 그린 초기 단편들은 오빠를 닮으려는 백신애의 무의식이 당대 조선 지식인 남성들의 주류로서 사회주의 담론을 차용하는 과정에서 산출된 것이다. 그러나 KAPF의 퇴조와 이혼이라는 두 과정을 겪은 작가의 현실과의 분열은 자기 풍자를 낳았고 이를 계기로 작가는 자기 계층의 여성 담론에 관심으로 갖는다.

후기의 작품에는 중산층 여성의 목소리가 광인, 병자, 죄인의 고백 형식으로 나타난다. <광인수기>에는 전향 지식인의 부인이 겪는 이중적 소외가 광기의 언어로 세세하게 그려져 있다. <혼명에서>에는 전향한 여성 지식인의 목소리로 사회주의 사상에서의 전향과 가족주의에서의 탈피로서 이혼을 동궤에 놓고 설명하고 있다. <아름다운 노을>에서는 13세 연하의 소년과의 사랑을 표면 구조에 놓고, 오빠와 누이 구조로 되어 있었던 종래의 사랑에 대한 극복을 감행함으로써 주체적 여성 담론의 가능성을 열었다.

작품분석에서 도출된 자생적 비평이론

1. 기왕의 논의들

김환태 문학 연구가 본격적으로 다루어진 초기의 논문으로 윤수영의 실증주의적인 조사가 있다.[1] 그는 김환태의 비평자료를 토대로 전환기의 순수비평의 대표라는 평가를 내리고 있으며 이후 연구자들의 연구 토대를 만들어 주었다. 이후 김주연은 김환태의 비평이 삶의 문제, 진지함의 문제, 거기서 우러나오는 진실의 문제, 감동의 문제를 다루고 있으며 그가 예술 비평이 고도에 이르면 감성적 재능과 학문적 체계화의 능력이 별개의 것이 아닌, 같은 이름이라는 것을 이미 30년대에 체득한 사람이라고 격찬한다.[2]

얼마 뒤 김윤식은 역사, 전기적 방법에 철저함으로써 김환태에 대한 전면적이고 객관적인 평가의 근거를 마련하였다. 김환태의 전기적 사실을 중심으로 1930년대 중반의 한국 비평계의 동향과 연결, 문학사적 의미망을 추적하고 있다. 그러나 페이터나 아놀드의 방법론을 전면적으로

---

1) 윤수영, 「전환기의 문학비평 연구」, 이화여대 석사논문, 1968, 5~6쪽.
2) 김주연, 「비평의 감성과 체계」, 『문학과지성』, 10호 1972, 겨울, 844쪽.

수용하지 못하고 겸허한 비평의 태도만을 소박하게 내세우는 인상주의를 벗어나지 못했다고 비판한다.[3]

이동민은 위의 대표적인 견해들을 토대로 실증적 고찰에서 진일보하여 김환태의 아놀드 인용을 칸트의 무목적의 목적과 관련시킨다. 아놀드는 비평을 자유로운 지성의 활동으로 파악했지만, 김환태는 비평에 있어 지성적인 측면이 배격되고 있어 아놀드 비평의 태도적인 측면만 차용하고 깊은 의미는 상실했다고 비판한다. 김환태가 프로비평의 도식적인 태도를 지양하고 작가가 가진 의도가 작품 속에 얼마나 잘 구현되었는가 말해주는 것이 비평의 할 일이라고 함으로써 감상문 수준을 넘어선 비평을 시도했다는 것이다. 결론적으로 아놀드와 페이터는 태도 내지는 방법적인 면만을 차용한 것이고, 대상을 있는 그대로 본다는 개념은 칸트의 '무목적적 목적'의 개념과 일치한다는 것이다.[4]

이런 논의의 토대 위에 그의 영문 논문 발굴 등의 실증적 성과[5]도 있었으나 월터 페이터와 아놀드의 이론을 부분적으로 차용했다는 종래의 견해는 이동민을 제외하고는 한결같았다. 여기에 프로문학을 증오하면서도 그를 안타까이 여기는 이중성, 생리적, 유기적 예술론을 그리워하고 동시에 증오하는 심리, 유기적 이론의 법칙이 프로문학의 결합을 비판할 수 있다 치더라도 그것이 페어플레이가 아니라는, 전형기 프로문학과의 대타의식에서의 설명이 설득력있게 여겨져 왔다.[6]

즉 김환태가 전공한 외국문학과의 비교는 방법론적인 측면에서 이루어

---

3) 김윤식, 「순수문학의 의미-놀인 김환태 연구」, 『근대한국문학연구』, 일지사, 1973, 406~446쪽.
4) 이동민, 「김환태의 비평 이론」, 『현상과 인식』 6권 2호(82, 여름), 1~7쪽(riss4u에서 다운받음).
5) 이은애, 「김환태의 인상주의비평 연구」, 서울대 석사학위논문, 1985.
6) 김윤식, 「김환태 비평의 비평사적 의의」, 『김환태전집』, 문학사상사, 1988, 384~419쪽.

졌고 프로문학과의 대타의식은 시대 상황과 주로 관련되어 설명되어 왔다. 김환태가 월터 페이터와 아놀드의 이론을 부분적으로만 차용했고 그 이유는 문화풍토의 차이 때문인데 영국의 문화적 전통에서 나온 지성, 교양이 없는 한국에서 그 방법으로는 인상주의비평만이 가능할 뿐이라는 것이다. 그리고 그런 비평을 받아들인 까닭은 프로문학의 이론중심주의에 대한 대타의식으로 작품중심주의로 나간 것이다.

　그러나 이런 연구들이 간과한 점은 그가 분석한 작품들의 특성에서 원인을 찾는 방법이었다. 즉 김환태 비평에서 발견되는 여러 특성들이 그가 주로 관심을 보였던 구인회의 문학적 특성을 분석하는데 적절하다는 부분, 다시 말해서 그가 아놀드를 공부했기 때문에 순수문학을 옹호했다는 기계론적 이식문학론을 연구자들이 은연중에 답습하고 있다는 점이다. 김환태는 구인회 회원들과 오랜 친분을 유지해왔고 그들의 창작방식을 누구보다도 잘 이해하고 있었다. 그러던 차에 평론활동을 하게 되었고 당연히 자신이 전공했던 영미 이론들을 원용했다. 이론들 중 작품들의 특성과 일맥상통하는 부분만을 인용했고 당연히 이론의 부분적 차용 혹은 왜곡에 머물게 되었다. 따라서 김환태의 비평을 이해하기 위해서는 그가 주로 비평하였던 작품들의 미학적 기초와의 관련 하에서 평론들을 평가하여야 한다고 본다.

　이런 맥락에서 이동민의 논문은 시사하는 바가 크다. 그는 김환태가 칸트의 미학이론에 접근하고 있음에 주목하고 그 요소들을 소개한다. 칸트 미학을 섭렵하였던 독일유학생답게 그 요소를 정확하게 도출해 내나 왜 김환태 비평이 칸트의 '무목적적 목적성'과 관련이 있는지는 파악하지 못했다.

　본고에서는 김환태 비평의 주요 개념인 '몰이해적 태도'가 모더니즘 문학의 미학적 범주인 '주관적 보편성(Subjective Allgemeinheit)' — 칸트 이론과 관련 있는—과 밀접한 관련이 있음을 밝히며 아울러 이 개념이 1930년대 <구인회> 문학에 보편적으로 나타나는 미적 범주임을 밝히고자 한다. 작품을 누구보다도 정확하게 이해했던 김환태는 자신이 공부했던 아놀드와 페이터의 목소리로 이야기하면서도 작품에 맞는 부분만을 차용하였다.

2. 창작 중심 평론 형성의 원인

1) 구인회의 문학관과 김환태 평론의 유사성

(1) 구인회 회원들과의 친분관계

김환태는 전주고보를 거쳐 1926년 보성고보에 편입학한다. 여기서 그는 이헌구를 만나 文友의 관계를 유지하며 스승 김상용에게도 가르침을 받는다.7) 보성고보 4년을 수료하고 1년간의 수험 준비를 거쳐 1928년 4월 일본 경도에 있는 동지사 대학 예과에 입학한다. 그는 동경을 가려다 경도에서 고향친구를 만나는 바람에 그곳에 머물렀다고 쓰고 있다.8)

입학한지 얼마 되지 않아 재학생들이 신입생 환영회를 열어주었는데 거기에서 그는 정지용을 만난다. 정지용은 그곳에서 동요를 읊었고 어떤 날은 그믐날밤 묘지에서 <향수>를 읊어주었다. 둘은 가모가와를 같이 걸어가면서 <鴨川>을 읊기도 하였다.9) 정지용과의 친교는 그의 시와 뗄

---

7) <적성산의 한여름밤>, <내 소년시절과 소>, <화분>, <맘물굿>, 『김환태 전집』, 문학사상사, 1988에 소재.
8) <경도의 3년>, 『김환태전집』, 문학사상사, 1988, 320쪽.
9) 위의 글, 320~322쪽.

수 없는 것이었다. 같이 시를 읊고 그 창작과정을 지켜보는 친교의 형태로 김환태는 정지용의 창작세계를 누구보다도 정확하게 이해하는 사람이되었다. 또 정지용의 소개로 박용철과도 알게 되어 가깝게 지내다가 박용철의 매제와 결혼한다.[10]

소위 순수문학파와의 교류는 계속되었고 단체행동을 하지 않았던 그가가입한 유일한 단체가 구인회라는 점 또한 시사하는 바가 크다. 구인회는 1933년 8월 15일 이종명, 김유영의 발기로 조직되어 몇 명의 탈퇴와가입의 과정을 거친 후, 이태준, 김기림, 정지용, 박태원, 이상, 김유정,김환태, 박팔양, 김상용의 동인을 가졌던 문학단체였다.[11] 구체적인 활동으로는, 동인작품들의 월평회[12]를 자주 가졌고 '시와 소설의 밤'이란 회합을 열어, 이태준의 강연, 정지용의 시낭독, 박태원의 소설 강연으로 좋은 반응을 얻자[13] 좀더 발전시켜 "조선신문예 강좌"를 개최하기로 하였다.[14] 또한 기관지 형태로 40여 매의 얄팍하나마 화려한 표지를 자랑하는 "시와 소설"을 낸 바 있다.[15]

(2) 논쟁에 나타난 구인회의 창작방법

당시 문단에서 활발하게 작품을 내고 활동하던 중진 문인들의 단체였던 구인회는 많은 비평가들에게서 비판과 주목을 한꺼번에 받았다. 지금까지 세대논쟁은 김환태 비평을 이해하는 데 중요한 요소로 알려져 왔다.그러나 당시 김환태가 보였던 창작태도를 이해하기 위해서는 구인회의

---

10) 이헌구, <산주편편>, 『사상계』, 1966. 12, p.103.
11) 백철, 『신문학사조사』, 조연현, 『한국현대문학사』(인간사, 1961), 691쪽 ; 김시태, 「구인회연구」, 제주대 논문집.
12) 김인용, 「구인회 월평방청기」(조선문학, 1933. 10).
13) B기자, 「문단신문」(신인문학, 1934. 10).
14) P기자, 「예술뉴-스」(예술, 1935. 4).
15) 장계춘, 「구인회와 <시와 소설>」(조선중앙일보, 36. 4. 7).

응전방식을 아울러 살펴보는 것이 필수적이다. 1930년대 중반 당시 첫 비판을 가했던 백철, 홍효민, 박승극 등은 구인회를 "현실적으로 존재할 아무런 의지를 갖지 못하는 무의지파 내지 자유주의 전파"로 공격하거나 "새로운 반동 시대의 전위파", "문단을 좌지우지하고 계급성분으로 보아 파시즘에 이용될 우려가 있는 '중간층 작가'로 규정했다. 요컨대 구인회는 성원 자체의 무서운 잠재력은 인정되나 대척점인 KAPF에 비해 구심점이 되는 이념 및 실제 활동에 별무한 반동그룹이란 것이다.

이 비판에 대해 구인회는 철저한 무의지를 시인하며 논쟁에 적극적으로 참여하지 않았다. 그들이 '논쟁'보다는 '친목'을 더 중시 여긴 것은 그들이 경성 거리를 감각으로 받아들이는 방식이 창작태도였기 때문이었다. 즉 '친목'이 창작방법론인 사람이 조직과 논쟁을 할 수는 없었던 것이다. 그들은 토론이나 조직 활동보다는 경성 거리를 배회하며 근대화를 감각으로 받아들이며 비판했다.

당시의 한국 모더니즘 문학이 영·미의 이론도입과 더불어 경성 속에서 작가들이 겪는 체험내용에 합당한 형식상의 새로운 감각을 결합하려는 시도로 나타났다는 것은 다음과 같은 모더니스트들의 평론에서 잘 드러난다.

> "모더니즘은 위선 오늘의 문명 속에서 나서 신선한 감각으로써 문명이 던지는 인상을 붙잡았다. 그것은 현대의 문명을 도피할려고 하는 모든 태도와는 달리 문명 그것 속에서 자라난 문명의 아들이었다. …제재부터 위선 도회에 구했고 문명의 뭇 면이 풍월 대신에 등장했다. 문명 속에서 형성되어가는 새로운 감각, 정서, 사고가 나타났다."16)
>
> "시에 있어서 대상(현실)이 있는 이상, 이 대상에 근본적인 변화가 있

---

16) 김기림, 「모더니즘의 역사적 위치」, 『시론』, 백양당, 1947.

을 때, 이 대상을 담은 용기 역시 변화해야 한다. … 오늘날에 와서 현
대시의 형태가 조형으로 나타나고 발달된다는 사실을 석유나 지등을 켜
든 사람에게 전등의 발명이 등불에 대한 개념에 변화를 주듯이 '형태의
사상성'을 통해 조형 그 자체가 하나의 사상을 대변하고…"17)

도시의 조형 자체가 근대의 사상을 대변하기 때문에 근대 풍경을 노래
함이 곧 근대사상의 표현이 될 수 있다는 주장이 당대 모더니즘의 주요
의도임을 감안할 때 구인회 회원들이 논쟁에 대해 침묵으로 일관한 것은
당연한 일이었다.

개인적 친분관계에서 시작한 김환태의 '구인회적'인 비평 방식은 이래
서 탄생한다. 작품을 사상, 문학조류 등으로 평가하는 것이 아니라 작가
의 창작의 과정을 직관적으로 파악하는 그의 인상주의 비평은 구인회 구
성원들의 창작방법론을 독해(decode)하는 데 적절한 것이었다.

2) '세대론'을 통해 드러나는 김환태의 비평관

1937년 이후 이광수, 김동인, 박종화, 윤백남 등 대가급은 벌써 현실패
배적인 역사소설 및 야담류에 침체해 버렸고, 현실주의적인 전 프로문학
파들은 창작에서 거의 방향을 잡지 못하고 위축상태에 빠져 버렸다. 비
평계는 전형기에 처해 새로운 지도이념을 찾기에 골몰했지만 뚜렷한 주
류를 찾지 못했다. 이 틈에서 창작계를 지배한 작가군은 중견들이라 할
수 있다. 이효석, 박태원, 이상, 김유정, 안회남, 채만식 등 중견작가가 일
본에서 성행되었던 신감각파의 수법에 영향을 받아 구인회적 성격을 띤,
예술파의 입장으로 당시 문단에 군림하고 있었다. 이 바로 다음 세대가

---

17) 김광균, 「나의 시론」, 『인문평론』, 1940. 5.

당시 문단의 신인들이다. 이들은 전체적인 작풍으로 볼 때 중견과 거의 같은 예술적 체질을 띠었다고 볼 수 있고, 따라서 당시 비평계의 중심 논쟁이었던 세대론에서 그들과 대립한 것은 중견층의 작가라기보다 임화와 그에 유사한 레벨에 있는 유진오, 최재서, 김오성 등의 중견 비평가였다. 고쳐 말하면 세대론은 말뜻 그대로 신인과 중견과의 대결이라기보다 신인작가와 중견 비평가, 순수문학과 프로문학의 대결인 것이다. 신인들이 창작에 역량을 드러냈을 때, 비평가들은 이들을 대망하게 되었고, 또 저널리즘은 이것을 격려, 책동하여 이른바 세대론의가 야기되었다.[18]

이중 중견 비평가의 견해를 대표하고 있는 임화의 주장을 살펴보면, 그는 신인을 일단 "나이가 젊다든가 문단경력이 짧다든가 하는 것이 신인의 요건이 되지 않을 바에는 자연 신인의 본질이란 그 써내는 바 문학의 새로움에 있지 아니할 수가 없다"[19]고 정의한다. 그럼에도 불구하고 현조선의 문학은 '열 사람의 춘원, 스무 사람의 민촌, 설흔 사람의 정지용, 마흔 사람의 박태원이 있을 뿐' 새로움이란 없다. 여기서 신인비판을 통해 순수를 표방하는 중견 작가들까지 비판하려는 임화의 의도가 드러난다. 그에 의하면, 신인들은 예술파의 입장을 취하는 중견작가를 답습하지 말고 냉철히 비판하여야 하는 것이다. 그러면서 임화는 중견 비평가에게 노골적인 불만을 표시하는 신인들에게 다음과 같이 충고한다.

문학상의 새로운 쩨네레─슌이란 항상 旣存의 文學世界에 對하여 否定的 態度를 取한다. 이리하야 旣存의 文學價値라든가 권위라든가에 對한 否定의 포즈란 新人에 固有한 것이다. 그러나 旣存의 것에 대한 모든 否定이 새로운 創造의 出發點이 되고 새로운 가치형성의 계기가 되느냐

---

18) 金允植, 『韓國近代文藝批評史研究』, 일지사, 1982, 344쪽.
19) 林和, 「新人論」, 『文學의 論理』, 학예사, 1938, 405쪽.

하면 그런 것이 아니다. 단순한 의기나 정열을 통한 개혁이 아니라 낡은 것에 대한 겸허한 수용과 그 수용을 통한 明晳한 이해를 토대로 해야 한다.[20]

김광섭의 「신년창작평」[21]도 대체로 임화의 신인비판의 맥락에서 찾아질 수 있다. 그는 상당히 의도적인 방법으로 신인 정비석, 계용묵, 최명익을 통렬하게 비판하고 이효석, 유진오를 다소 긍정하며 이태준, 이광수의 작품을 높이 평가하고 있다. 신인들에 대한 비판을 살펴보면 정비석의 「청춘행」, 「요마」는 "내용의 객관적 가치라든지 주관적 가치라든지 이런 것은 차지하고 우선 현실을 단편소설이 파악하는 방법과 그것을 표현하는 과정에 좀더 큰 노력이 있기를 희망하고 싶다."고 했고 계용묵의 「병풍에 그린 닭이」는 단편소설의 구성이 엉성하다고 비판했다. 특히 최명익의 「봄과 신작로」에 대한 평은, 첫째, 단편소설이 너무 길다. 둘째, 따라서 테마가 쉽게 정리되지 않는다. 셋째, 두 여성에게 일어나는 생리적 혹은 심리적 변화의 차이가 아름답고 유머 있게 그려질 줄 알았는데 결과는 반대였다. 넷째, 성을 아는 남편과 성을 모르는 남편에게서 오는 성격적 대조에 엉뚱하게 농촌의 현실 같은 것을 집어넣어 구성이 맺힌 데가 없이 복잡해졌다고 철저히 비판해 버린다.

「봄과 신작로」는 신작로의 문명화된 일방성이 농촌에 두는 파멸이 금녀와 유감의 성인식을 통해 리얼하게 나타난 작품이다. 그럼에도 불구하고 작품이 가지고 있는 의의까지 엉뚱한 대립이라고 부정적으로 만드는 태도는 비판을 위한 비판이며 너무나 일방적인 몰아부침인 것이다. 평자가 "신인은 중견작가에게서 배워야 한다"는 자신의 논리전개를 위해 작

---

20) 林和, 「小說과 新世代의 性格」, 앞의 책, pp.468~469.
21) 동아일보, 1939. 1. 22.~1. 28.

품의 평을 맞춘 듯한 인상이 짙다.

중견 비평가들의 비판에 대한 신인 측의 반발도 만만치는 않았다. 신인문인들의 발언으로 이미 1939년『조광』(5권 1호) 신년호의「신진작가좌담회」에서 박노갑, 허준, 김소엽, 계용묵, 정비석, 현덕 등의 기성불신론이 나왔으나 좀더 체계적이고 본격적인 반발로「신진작가의 문단호소장」(조광 5권 4호)이 있다.

이 평론에서 김동리는 평자들이 자신이 제조한 문자가 여러 사람의 입에 오르내리게 해서 문단화제의 하나가다(花形)가 되려 한다고 비판하고 문자우상을 버리고 좀더 혈맥있는 사상, 산 지혜를 보착하기를 촉구했다.22) 또 정비석은 작가나 평가가 모두 문학에 대해 진실한 태도를 가져야하나 특히 평자는 ① 작품을 두세번 이상 읽고 평필을 들 것, ② 사대주의 관념을 버릴 것, ③ 전체적 입장에서 작자를 볼 것을 주장했다.23) 김영수는 특히 도전적이다. "……于先 늘 마음에 걸리는 것은 우리들 작가를 주시한답시고 버티고들 있는 소위 평론가들이다. 그 中 몇사람을 제외하고는 모두가 자기도취에 떨고 있다."24) 그는 비평가에 대한 강한 불신화에 ① 유행에 따른 평론, ② 문학의 전체적인 발전과정에 대한 조망의 결여를 비판하고 있다. 대체로 신인 문인들 모두가 기성 평론가들에 대해 강한 반론을 펼치고 있는 것이다.25)

이때 김환태는 비평가로서 드물게 신진작가들의 입장을 옹호하였다. 그는 최명익의 <봄의 신작로>, <심문>, 김동리의 <황토기>를 호평하면서 기성평론가들이 주장하는 비문학적 관심과 정치와 책모는 기성작가에게

---

22)「新進作家의 文壇呼訴狀」,『조광』5권 4호, 중 "文學偶像".
23) 위의 글 중,「評家에의 進言狀」.
24) 위의 글 중「文壇不信任案」.
25) 최혜실,「1930년대 한국 심리소설 연구」, 서울대 석사학위논문, 1986, 32~35쪽.

있다며 비판한다. 지금까지 신문학계에 너무나 많은 주의-계몽문학, 자연주의, 사회주의적 자연주의, 휴머니즘, 행동주의, 심리주의 등 잡다한 주의의 사상들이 수입되어왔다. 외국에서야 발생근거를 가졌지만 한국에서는 이식된 것으로 수많은 분쟁만 낳았을 뿐이다. 그러므로 수많은 주의의 제창에 귀를 막은 이태준, 박태원, 정지용은 비시대적이고 퇴영적인 것이 아니라 개성에서 발아한 문학적 인생을 표출한 경우라고 할 수 있다는 것이다.26)

그는 구인회와 같은 문학적 경향을 지닌 신진작가들을 옹호하며 프로문학에서 흔히 나타나는 도식주의, 이론 편향을 비판한다. 문학이란 인간의 탐구요, 그에 표현의 옷을 입히려는 창조적 노력이라는 그의 주장은 직관, 개인의 주관성이 매개 없이 보편성을 획득하는 직접성의 미학에서 나온 것이라 할 수 있다.

3. 김환태의 아놀드 문학 이론 수용의 양상과 과정

김환태는 예술의 세계는 독자적 미를 가진 자치적 실재의 세계이고, 예술은 예술 이외에 아무런 목적을 가지지 않으며, 자기이외의 여하한 법칙에도 복종하지 않는다고 주장하였다.27) 그는 작품 자체의 미적 구조를 존중했으며, 문예사조, 목적의식 등을 비판하고 경계했다.

우리가 어떤 작품을 평할 때에도 '이 작품 속의 현실은 객관과 같다'든가 이 작품은 사실주의 작품이나 좋다든가 할 것이 아니라 이 작품은

---

26) 김환태, 「순수시비」, 『김환태전집』, 140~142쪽.
27) 김환태, 「시와 사상」, 『김환태전집』, 66쪽.

문학작품이다. 그러나 좋다 하여야 할 것이다. 그리고 문학작품을 감상할 때도 한 작품의 객관적 현실과의 인과관계나 상호 연락을 생각하든가, 문학적 관심 이외의 딴 현실적 관심, 즉 정치적 관심이나 윤리적 관심이나 선전적 관심을 가지고 작품에 임하지 말고 그것들에 독립하여 오직 작품 속에 들어가 그 작품 안의 법칙을 좇아 다만 그 작품과 자기의 정신과의 관련을 맺지 않으면 안 된다.[28]

지금까지 연구자들은 이런 주장들이 아놀드에게서 온 것으로 보고 있는데 그 이유는 김환태가 스스로 다음과 같이 말했기 때문이다. 그는 아놀드의 말을 인용하면서 작품을 있는 그대로 보기를 원하고 있다.

문예비평이란 문예작품의 예술적 의의와 심미적 효과를 획득하기 위하여 대상을 실제로 있는 그대로 보려는 인간정신의 노력입니다. … 따라서 문예작품을 이해하고 평가하려며는, 평가는 '매슈 아놀드'가 말한 몰이해적 관심으로 작품에 대하여야 하며 그리하여 작품에서 얻은 인상과 감동을 가장 충실히 표현해야 합니다.[29]

아놀드는 비평정신을 높이기 위해 '이해관계에 사로잡히지 않는 노력'을 구하였다. 그것은 구체적으로 창작의 제1보로서 'to see the object as in itself it really is'를 비평에도 요구하였다. 아놀드는 당대 문학에 나타나는 '유별남(eccentricity)', '억지(wilfulness)'가 영문학이 이류로 전락하게 된 주요 원인이라 비판한다. 즉 근래에 이르러 근대문학의 주류가 프랑스와 독일 등 대륙문학 쪽으로 간 이유는 영문학에서 사물을 있는 그대로 보려는 비평적 노력이 부재하기 때문이라는 것이다.[30] 그는 이해관계에 사

---

28) 김환태, 「문학적 현실과 사실」, 『김환태전집』, 123~124쪽.
29) 김환태, 「문예비평가의 태도에 대하여」, 『김환태전집』, 17쪽.
30) 매슈 아놀드, 윤지관 역, 「현대에 있어 비평의 기능」, 『삶의 비평』, 민지사, 1984, 91쪽.

로잡히지 않는 정신을 비평의 본래의 법칙이라고 생각했다.[31] 문예 비평가는 작품의 예술적 의의와 다른 성질과의 혼돈에서 기인하는 모든 편견을 버리고 실용적 정치적 관점을 떠나 작품 그것에로 돌아가서 작가가 작품을 사상한 것과 똑같은 견지에서 사상하고 음미하여야 한다는 것이다. 한 작품의 이해나 평가란 그 작품의 본질적 내용에 관련하여서만 진정한 이해나 평가가 된다. 그의 비평에 대한 개념을 요약하면 비평이란 대상을 있는 그대로 보려는 노력이며, 그러기 위해 몰이해적 인식은 비평가가 지녀야 할 기본적 비평 태도라는 것이다.[32]

그러나 김환태가 아놀드 이론에서 '몰이해적 태도'를 인용한 것은 그가 배운 비평이 아놀드였기 때문이라고 보는 것이 옳다. 즉 구인회 문학에서 어떤 요소를 발견하였는데 그 요소 중 아놀드 비평이론의 일부에 부합하는 점을 인용한 것이다. 그 증거로 연구자들이 아놀드 비평의 부분적 차용이라고 평한 것, 칸트의 이론에 더 가깝다고 주장한 것을 들 수 있다. 김환태가 아놀드의 이론을 부분적으로만 차용한 것은 너무 당연하다. 구인회 문학이 아놀드 문학 비평을 따라 한 것이 아니므로 작품에 충실했던 그로서는 아놀드 비평을 당연히 왜곡해야 했던 것이다.

4. '몰이해적 태도(disinsterestedness)'와 '주관적 보편성(Subjective Allgemeinheit)'

1) 인상주의 비평－순수주관 ; 구인회 작품을 이해하기 위한 방법론

김환태는 자신의 비평을 '인상주의' 비평이라고 칭하면서 떳떳해 했다.

---

31) 윤지관, 「근대사회의 교양과 비평－매슈 아놀드 연구」, 『창작과비평』, 1995, 194~197쪽.
32) 이은애, 앞의 글, 58~60쪽.

그에 의하면 비평은 작품에 의하여 부여된 정서와 인상을 암시된 방향에 따라 가장 유효하게 통합하고 종합하는 재구성적 체험이요, 따라서 비평가는 그가 비평하는 작품에서 얻은 효과, 즉 지적 정서적 전 인상을 표현하고 전달하기 위하여 어느 정도까지 창조적 예술가가 되지 않으면 안된다고 하면서[33] 비평가와 창작자의 태도가 동일한 면이 있음을 강조했다. 더 나아가 그는 비평과 감상을 동일시한다.

> 비평이란 감상이 좀더 세련된 것, 다시 말하면 비평이란 감성에 반성이 더하여 그보다 좀더 객관성과 보편성을 자부하고 있는 것이다. 그러면 감상이 어떻게 객관성과 보편성을 획득하여 비평이 될 수 있느냐? 그것은 주관에 철저함으로써이다.[34]

감상이 객관성과 보편을 얻기 위해서는 주관에 철저해야 하고 이때의 주관을 순수주관이라고 칭한다. 순수한 주관을 동시에 순수한 객관으로 치환될 수 있고 이때 주관은 우주의 거울로서 본연 그대로의 인간정신을 표현하는 종류라는 것이다.

비평이 창작과 동일시되고 감상과 동일시되는 경지, 우리는 여기서 김환태의 비평관이 구인회의 문학관과 일치함을 엿볼 수 있다. 구인회의 문학은 범박하게 보아 프로문학 등 리얼리즘 문학에 상반되는 모더니즘 문학으로 구획된다.

2) 구인회 작품의 미적 범주로서의 주관적 보편성

미를 보는 이 두 가지 방식은 어느 시대에나 존재해 왔으며 그 시대의

---

33) 김환태, 「나의 비평의 태도」, 『김환태전집』, 27쪽.
34) 위의 글, 28쪽.

상황에 따라 변조를 띄고 나타나 왔다. 이중 근대 산업사회라는 시대 상황에서 특수성의 미적 범주로 문학을 바라본 경우가 리얼리즘 문학이며, 주관적 보편성(Subjective Allgemeinheit)의 미적 범주로 문학을 바라본 경우가 모더니즘 문학이라 정의할 수 있겠다. 다시 말해서 프로문학쪽에서 비판해왔듯이 모더니즘 문학이 현실의 질곡이 너무 커서 혹은 현실의 방향성을 잡지 못해서 자아 속으로 침잠해버린 문학이라기보다 문학의 궁극적인 미는 선험적 구상능력에서 찾아야 한다는 미적 인식론을 가진 작가가 근대 산업사회를 바라보며 그에 대처하는 방식으로 문학 행위를 했을 때 그것이 모더니즘문학이라 보는 것이 타당한 것이다.

원래 Mimesis의 개념은 아리스토텔레스에 의해 특수성(die Bensonderheit)의 미적 범주가 제시되면서부터 시작된다. 예술은 사물을 그대로 모방하는 것이 아니라 그 본질을 모방하기 때문에 의미가 있는 것이다. 이때 본질은 특수자로 정의된다. 예를 들어 작가가 농민을 주인공으로 소설을 쓴다고 할 때 일상생활에 수많은 개별적인 농민들이 있다. 이들은 각각의 개성, 용모상의 특성, 능력들이 있는데 작가가 그 중의 어떤 인물을 무작위로 추천하여 면밀히 관찰한 끝에 그의 생활을 소설로 쓸 경우 그것은 걸작이 될 수 없다. 진정한 리얼리즘 소설이라면 작가는 A라는 특수자를 창조하는 과정에서 그 인물에게 그가 쓰고자 하는 시대의 농민 계층의식의 최대치—평균치가 아닌—를 집어넣어야 한다. 당대 농민들이 추구하는 올바른 역사적 방향, A라는 인물이 시대의 보편성을 올바로 감지할 수 있는 전형으로 만들어야 하는 것이다. 말하자면 A라는 농민은 한 개인에 불과하지만 그에게는 그 시대가 요구하는 농민의 보편상이 투영되어 있어야 한다. 여기서 A는 개별자가 아니라 보편자가 투영된 개별자, 즉 특수자가 되는 셈이다. 즉 결과적으로 볼 때 최종적으로 형상화되는 것은 개별적인 한 농부의 모습이다. 이런 맥락에서 볼 때 특수성 중심의 문학은 현실재현의 특성을 필연적으로 갖게 된다. 단지 보편성이 투영되어 있을 뿐 당대 현실과 인물의 모습도 그 시대에 맞는 리얼한 것이 되어야 한다. 리얼리스트들이 진정한 미적 형식은 항상 특정한 내용을 지닌 형식이며, 궁극적으로 예술의 표현 방식은 내용으로부터 도출된다고 하는 것도 바로 이런 이유에서이다. 동일한 작가가 양식적으로 유사한 작품을 썼을 때 그 작품을 구분하는 기준은 형식이 아니라 그 조직화하는 중심에서 비롯된다. 작품의 형상화된 세계 가운데서 무엇이 강조되고 무엇이 무시되는가, 무엇이 소멸하는가를, 다시 말하면 예술적으로 반영된 현실의 어떤 특징과 어떤 계기가 작품의 구성요소로 되는가와 그것이 작품을 수록해나갈 때 어떤 구체적 역할을 담당하는가가 작품을 구별하는 기준이 된다.

이처럼 진정한 예술이 개별적 형상 속에 보편적인 그 무엇을 담는 것이라는 주장의 반해서 우리가 대상을 아름답다고 느끼는 요체는 그것의 구상에 있는 것이므로 순수한 미는 경험이나 구체적 대상이 아닌, 형식이라는 주장도 미학계에 큰 영향력을 행사하고 있다.

칸트의 주관적 보편성이 그것이다.35) 칸트에 의하면 개인의 이성은 선험적으로 구상능력을 갖고 있다. 구상은 이성의 자발적 활동이며 보편타당한 것을 그 자신 속에 포함하고 있다. 그것은 선험적이면서도 동시에 올바른 생각인데 정신은 이같이 자발적으로 구상하는 능력이 있어 자신이 스스로 산출한 도식을 사물에 투사하여 모든 사물을 자신의 원리로 정리한다. 정신이 대상들에 한 형식을 던져주는 한 정신은 한 구상을 행하며 대상들을 범주적으로 규정한다. 말하자면 이성은 하나의 입법자이다.36)

---

35) 미적 보편성(Gemeingültigkeit)이라고도 한다. E. Cassier, 최명관 역, 『인간이란 무엇인가』, 서광사, 1988, 225쪽.
36) 김용민, 『칸트의 판단력비판연구』, 예진문화사, 1989를 참조하여 요약함.

칸트는 이성에 대한 이런 강력한 믿음을 바탕으로 미학에 있어서 개별
과의 판단이 어떻게 보편적 타당성을 획득할 수 있는가를 설명한다. 미
학적 판단은 개개인으로서 각자에게 타당하다. 그러므로 미학적 판단은
개별판단이다. 왜냐하면 그것은 개념에 근거하지 않고 감정에 근거하기
때문이다. 미학적 판단은 동시에 미학적 만족 자신이 모든 개인에게 타
당한 한 보편적 판단이다.37)

그러면 어떻게 개인의 감정이 보편적으로 가전달적일까? 이는 쾌의 감
정이 개인의 욕구에 제약되어진 특수 관심이 아니라고 보기 때문이다.
대상을 고찰함에 있어 우리의 표상력들이 활동하여 객관을 형성하면서
또 이해하면서 결합한다. 이 형성적 결합을 완성하는 것이 상상이요, 이
해적 결합을 완성하는 것은 오성이다. 상상은 표사에게 직관적 통일을
주며 오성은 합법칙적 통일을 준다.

예를 들면 우리가 개를 생각한다면 그것을 우리가 실재 경험에서 본
한 마리의 개의 모습이 아니라 나의 구상력이 갖고 있는 규칙－네 다리
를 가진 동물의 일반적이고 보편적인 형식일 것이다.38) 마찬가지로 우리
가 예술에서 느끼는 미적 감정도 그 형식을 보고 느끼는 쾌의 감정이라
할 수 있다. 우리가 건축예술에서 미적인 것을 느낀다 함은 부분적인 색,
장식, 조각들의 미를 느끼는 것이 아니라 전체적인 도안에서 아름다움을
느끼는 것이다. 또 노래를 지을 경우에 작곡가는 어떤 멜로디를 자발적
으로 착상하여 이 멜로디가 몇 개의 음질을 리드미컬하게 결합하고 그것
이 매우 자연스럽게 처음의 한 소절을 형상한다. 작곡가는 예술작품을

---

37) 칸트에 의하면 미적 만족은 주관적 보편적, 간주관적이며 필연적이다. 이 말은 대상이
   주어지기만 하면 누구나 필연적으로 느낀다는 말이 아니라 그것을 이해하는 사람이라
   면 누구나 반드시 느끼게 됨을 의미한다. N. Hartmann, 전원배 역, 『미학』, 을유문화
   사, 11983, 69쪽, 377 ; I. Kant, 이석윤 역, 『판단력 비판』, 박영사, 1986, 70~74쪽.
38) I. Kant, 전원배 역, 『순수이성비판』, 삼성출판사, 1983, 170쪽.

완성하기까지 어떤 규칙에 구속되어 있다. 이 경우 우리가 곡에 아름다움을 느끼는 이유는 그 곡이 현실에 나타나는 그 무엇을 재현시킴에 있는 것이 아니라 음과 음의 연결 방식, 즉 곡의 형식 때문인 것이다. 노래 가사나 제목들은 그 곡의 아름다움을 돕기 위한 부수적 장식에 불과하다.[39)]

미적 판단의 요체가 구상의 능력이므로 당연히 순수한 미는 경험이 아니라 형식이 되어야 한다. 김환태가 유기체론을 이야기하면서도 형식의 중요성에 천착한 이유도 이 때문이다.

그렇다면 1930년대 당시 구인회 등 모더니즘 문학의 주관적 보편성은 구체적으로 어떤 양상으로 나타나는가? 첫째, 사물을 이성의 진리체계로 논증하려는 합리적 직접성의 추구가 그것이다. 사실의 진리나 설명의 원리는 우리의 이성작용 속에서 구해지므로 넓은 의미에서 이성의 합리적인 구성이나 해석을 떠나서 실재에 대한 인식을 할 수 없다. 운율을 중시하는 시, 이미지즘의 시나 글자의 시각성에 치중하는 포말리즘의 시, 플롯을 중시하는 소설들이 여기에 해당된다.

구인회의 핵심원이었던 이상 문학의 개념이 대칭 개념이 형식예술인 건축학에서 나왔다는 사실은 그의 모더니티를 증명해주는 사실이다. 그의 초기 시는 바우하우스의 신건축 이론과 밀접한 관련을 갖고 있으며 그 시의 난해함은 시각예술(건축미학)과 언어예술의 이질적인 양 질료간의 충돌에서 말미암은 것이다. 입체파에 많은 관심을 지녔던 화가 구본웅과의 교제는 입체파 이론 및 미래파와 동일선상에 서있는 신건축 이론을 문학으로 발전시키는 데 큰 도움을 준다.

이상의 초기 시의 시각예술로서 건축 미학과 언어 예술의 양 매체간의

---

39) I. Kant, 『판단력 비판』, 84~85쪽.

충돌에서 말미암은 것으로 이 충돌은 <오감도 시 제 1호>, <거울> 등의 독특한 시를 낳게 한다. 그러나 건축물에는 그 존립의 결정적 요소가 되는 도상적 대칭이 문학에서는 의미 없는 형식으로 전락하는 데 회의를 품은 이상은 문학에서 의미 있는 대칭점 찾기를 시도한다. 주로 도상적 (iconic) 대칭을 위주로 했던 초기 시에서 벗어나 그는 남/녀의 대칭을 위주로 한 소설에 전념하게 된다. 이 모티프는 그가 뼈아프게 겪어온 여성들과의 만남과 헤어짐에서 나온 사적 체험과 부합한다. 자신의 절실한 체험이 도상적 대칭과 밀접하게 연결되어 <날개> 같은 걸작을 낳는다. 이처럼 그의 초기 소설→ 초기 시→ 중기 시→ 후기 시→ 후기 소설로의 이행 과정에서 시각예술적 특성이 언어예술의 그것으로 변모하면서 나타나는 독특한 문학적 양상을 관찰할 수 있다.

둘째, 베르그송 등은 사물의 인식이 그것을 합리화하는 데 있는 것이 아니라 사물과의 직접 만남에서 이루어진다고 본다. 우리가 사물과 진정으로 만날 수 있는 방법은 순수의식의 발현인데 이를 위해서는 의식이 무관심의 상태에 빠져야 한다. 다소 극단적인 예를 들자면 인간은 방심, 몽상, 잠, 꿈과 같은 상태에서 기억의 총량을 감지해내면서 사물의 본질을 인식할 수 있다. 특히 직관은 종래 공간의 공간적 사고방식을 지양한다. 지금까지의 인과율은 공간의 추상적 작용을 통하여 사물이나 사실 간의 관계, 법칙을 인식해왔는데 이것은 공간과 시간을 분리함으로써 가능하다. 그러나 공간과 시간의 융합, 과거가 현재 속에 침투해 끊임없이 새로운 단위를 구현해 내는 지속의 세계에서는 인과율이 성립할 수 없다. 사물의 인식은 그 사물속의 과거와 현재의 침투 속에서 연속적으로 나타나는 그 무엇의 총량을 파악함으로써 가능한 것이다. 따라서 직관은 인간의 내적 자아의 의식의 흐름과 밀접한 관계를 갖는다. 이 직관의 철학은 심리소설의 이론적 모태가 된다.

김환태가 호평하고 관심을 가졌던 최명익은 그의 소설에서 고백하는 자아의 마음의 분위기를 승차의 속도감과 일치시키면서 특유의 심리 소설을 완성시킨다. 속도감은 현재의 위치와 우리의 기억이 과거의 위치라고 부르는 것과의 사이에서 의식의 종합을 형성할 때 감지된다. 따라서 주체의 속도감 감지는 과거 회상의 의식 상태와 동일하다. 또한 달리는 차안에서 승객은 방심 상태에 빠지므로 승차는 순수 기억의 완벽한 조건이 된다.

이는 당시 한국 심리 소설이 일본의 사소설의 영향을 받았으면서도 독창성을 지니는 중요한 계기가 된다. 사소설은 작가가 한 인물의 눈을 통해 이야기를 진행해 나가는 일원 묘사로 되어 있으므로 한 개인의 심리를 그리는 심리 소설로 쉽게 나가는 형식적 장치를 지니고 있으나 이것은 인간의 순수 의식이 사물의 본질을 파악하게 한다는 믿음과는 거리가 있다. 그의 소설은 내용적인 면에서 외적 현실을 절대적인 것으로 놓고 그 불변의 현실 속에서 지식인의 내적 현실, 즉 자의식도 불변의 것으로 응집, 오직 고뇌하는 것 자체의 성실함만을 아름답게 묘사하고 있다. 그러면서도 고백하는 자아의 마음의 분위기가 승차의 속도감과 동일시되면서 특유의 형식적 미학을 완성하고 있다.

습관 기억의 고착성에서 벗어나 생의 사건을 단순하게 보존하기 위해서는 산책과 카페 체험 등 행위의 세계에서의 분리가 필요하다, 구인회의 핵심회원이었던 박태원은 그의 소설에서 경성 공간의 산책을 주요 테마로 제시함으로써 '산책자'의 의식 구조를 획득한다. 또 고현학의 창작 방법으로서 경성을 생활 공간이 아닌 유희 공간으로 설정하고 있다. 그의 이런 설정은 1930년대 경성의 근대화된 도시공간의 시청각 체험에서 말미암은 것으로 모더니티와 도시의 영상 문화의 관련을 드러내는 것이기도 하다,

어느 날 아침에서 다음날 새벽까지 집을 나서서 다시 집으로 돌아오는 과정의 원점회귀의 시공 구조는 인간의식의 '지속적 현재'의 시공 구조와 일치함으로써 <소설가 구보 씨의 일일>은 탁월한 완성도를 얻게 된다.

4. 문학에서 도출된 이론

1930년대 구인회를 중심으로 한국 모더니즘 문학은 인간이 사물을 알게 되는 것, 즉 인식의 본질에 대한 태도는 사물이 의식에 직접 소여됨으로써 인식된다는 견해를 바탕으로 하는 미학이다. 이런 미학적 범주를 지닌 작품을 분석하는 방식 또한 작품의 창작과정과 밀접한 관계를 가지는 것은 당연하다.

김환태는 문학의 중요한 요소로 표현을 들었다. 사상이나 주제가 아니라 상상력에 의한 감정 표현이 진정한 예술이란 것이다.

> 예술의 대상은 영원한 인간이다. 생명이다. 그리고 생명의 본성은 오성과 지식 등에 대립한 것으로 감정이요, 감정은 그 성질상 부단히 표출을 기구하여 마지않는 것이다. 이리하여 예술은 자아의 내부의 필연적인 욕구에서 나오는 내적 표현이 아닐 수 없다(여기서 말한 표현이란 전 주관의 대표자로서의 감정의 추상화를 의미한다).[40]

김환태가 상상력을 직관하고 구상화하는 능력으로 파악하면서 사상과 대립된 개념으로서 감정을 전달시켜 주는 기능 또한 상상력의 중요한 기능으로 보는데 이는 모더니즘의 직접성의 미학과 일치하며 주관적 보편

---

[40] 김환태, 「표현과 기술」, 『김환태전집』, 문학사상사, 44쪽.

성은 칸트의 미학과 긴밀하게 연결되어 있다.

김환태는 구인회 회원들과 박용철 등 순수 예술가들과 오랜 친분을 지니고 있었고 누구보다도 그들의 창작방법을 잘 알고 있었다. 김환태가 주장한 비평론은 당대 모더니스트들의 창작방법에 다름 아니며 아놀드나 월터 페이터의 이론 중 모더니즘 이론과 부합하는 것만 부분적으로 차용하였다. 그의 평론이 칸트의 미학이론과 닿아있는 이유는 칸트의 이론이 모더니즘 미학과 긴밀하게 연관되어 있기 때문이었다. 모더니즘 문학 작품에 충실했던 김환태는 모더니즘 문학을 가장 잘 분석할 수 있는 문학이론을 보유한 당대의 평론가였다.

제 3 부
타자의 서사

한국 지식인 소설의 계보
이병주의 〈행복어 사전〉*

1. 입담, 시침떼기, 그리고 유머, 세계관의 형식화

그는 이렇게 서두를 꺼냈다.

모두들 그곳을 사막이라고 하고 자기들을 불시착한 사람들이라고 했
다. 어떻게 내가 그 불시착한 사람들 틈에 끼어 그 사막에서 살게 되었
는지 이건 대단히 중요한 일이란 생각이 들면서도 그다지 중요한 일이
아닌 것 같기도 하다. 사람은 어디엔간 있어야 하는 법이다. 에스키모는
북극의 설원에 있어야 하고, 인디언은 아마존의 유역에 있어야 하고, 틴
디가는 탕가니카의 밀림 속에 있어야 한다. 이들에 비하면 그 사막 속
의 나의 존재는 필연성이 훨씬 덜한 것 같지만 인생이란 일죠(一潮), 깨
어보니 하룻밤 사이에 천하의 명성을 차지한 바이런 같은 경우가 있고
이렇게 나처럼 불시착한 무리들 틈에 끼어 있는 자신을 어느날 돌연 발
견하게 되는 경우도 있는 것이다.(이병주, 『행복어 사전』 1권, 한길사, 7
쪽, 2006)

---

* 이병주, 『행복어 사전』, 이병주문학전집, 한길사, 2006.

이건 무언가! 슬그머니 흥미가 동한 독자들은 재빠르게 눈을 종이 밑으로 매끄럽게 굴리게 마련이다. 그 속도는 컴퓨터 화면을 보는 누리꾼에 못지 않다. 시침떼고 있던 그는 조금씩 밑천을 보여준다.

그런 까닭만이 아니라 거긴 7포인트 활자 크기만한 모래알이 일망무제하게 깔린 사막이다. 삐걱거리는 의자가 비록 낙타의 등을 닮지 않아 엑조티즘을 해치긴 하나 가도가도 사막의 길인덴 사하라나 고비와 다를 바가 없다.(1권 7쪽)

신문사 교정부에 오백 대 일의 경쟁을 뚫고 들어온 교정부원은 그의 말을 빌자면 '사막에 불시착한 나폴레옹'인 것이다. 아하! 독자는 피식 웃는다. 그러나 재미있다. 거침없는 그의 글은 이야기꾼의 입담 그것이다. 요컨대 문자 세대의 글쓰기 방식은 아닌 것이다. 문자는 기록이 되기 때문에 독자의 망각을 염려할 필요가 없다. 논리적으로 합리적으로 짜임새 있게 문장을 배열하기만 하면 길건, 추상적이건 그리 염려하지 않아도 된다. 그러나 발화와 동시에 공중으로 사라져버리는 말로 이야기할 때 문제는 달라진다. 대중강연할 때 연사들이 같은 말을 두 번 되풀이하는 것도 그 이유이다. 될 수 있는 대로 짧게, 그리고 되풀이 강조하기! 그의 글이 그렇다.

왜 거기가 사막이었던가! 왜 그들이 불시착한 사람들이었던가.(1권 1쪽)

그러나 그건 내가 선택한 것이니 고통일순 없다. 실망일 수도 없다.(1권 184쪽)

단문이 나열되면서 반복, 대립되거나 연쇄적인 고리를 지으며 말의 잔치를 벌인다. 여기에 비유가 떨어지는 꽃잎처럼 현란하게 독자를 홀린다. 귀에 쏙쏙 들어오는 말의 잔치를 지나서 이야기는 서서히 그 자태를 드러낸다. 다른 곳으로 가는 발판 정도에 불과한 신문사 교정부에서 인품이나 실력 면에서 한국의 어느 누구와도 비교가 되지 않는 존재들이 틀린 글자 고치기에 인생을 소비하고 있다. 예를 들면 윤두명은 명문대를 우수한 성적으로 졸업하고 입사 시험에서 수석을 차지하였으면서도 교정부원이 되기를 고집한다. 천재이면서도 좌익운동을 하다 처형당한 아버지 때문에 세상의 차가운 맛을 보아야 했던 그는 '실패한 영웅' 나폴레옹인 것이다. 그 방식은 주인공인 서재필 또한 마찬가지이다. 그는 명문 서울대를 졸업하고 입사시험에 수석으로 합격하였으며 문화부로 옮기라는 신문사의 명령도 거절하다 스스로 사표를 쓴 후 소설을 쓰는 무위도식자이다. 이병주식 표현을 빌자면 왜 이들이 이렇게 되었는가! 무엇이 이들을 스스로 사막의 나폴레옹으로 만들었는가.

이쯤 읽고 있노라면 그의 글맵시가 요즈음 뜨는 김종광인가, 박민규인가 이명랑인가를 아무래도 닮았다는 혐의를 지울 수가 없다. 경박한 듯, 명랑한 듯, 한편으로 시침떼면서 발칙한 상상력으로 세상을 재단하는 그 건방의 중시조로 이병주가 유신 독재 시절의, 그리고 광주 비극 시대의 그 서울에 서있는 것이다. <행복어 사전>이 왜 당시 대학생들에게 그렇게 인기를 끌었는지 이쯤 되면 알 것도 같다.

2. 건달 되기, 바보 되기, 혹은 불온한 유토피아의 꿈 감추기

주인공 서재필은 정말 나약하고 줏대없는 소시민이다. 그는 신문사 교정부에 근무하고 있는 말단 직원이며 그나마도 곧 그만두고 소설가 수업을 한다. 정의감이 있는 편이어서 곤경에 처한 사람을 그냥 지나치지 못하고 도와주는 미덕은 있다. 그러나 그 미덕은 많은 경우 곤경에 처한 여성들을 돌보다 그녀들과 사랑에 빠져 삼각관계를 만들고 그 와중에 온갖 오해를 받는 사건에 말려드는 계기를 만드는 데 작용할 뿐이다.

그런데 이 무능력한 건달은 한국 명문인 서울대학 문리대에 다닐 때 4년을 계속해서 수석의 자리를 지킨 수재였다. 이 수재가 대학원을 다니던 시절 실력있는 선배가 처세를 제대로 하지 못해 모교 교수가 되지 못하는 것을 보고 공부를 집어치운다는 것이다. 뭐 그 정도에 인생을 접는가 질책하고 싶은 독자들은 소설 곳곳에 숨어있는 70년대 말에서 80년까지 한국의 암울했던 사회에 대한 서술에 주목하기 바란다. 작가는 가볍게 아주 가볍게 직원들 회식 장면 묘사에 당대의 암흑을 아무렇지도 않게 끼워 넣는다.

> 무장간첩을 체포했다는 기사가 내 앞에 펼쳐졌다. 하나는 총 맞아 죽고, 하나는 중상을 입었고, 하나는 생포되었다는 내용이다. 바로 엊그제의 밤, 서해안 어느 섬에서 있었던 일이다. 제보자는 어떤 어부라고 되어 있다.
> 엊그제의 밤이면 우동규부장과 윤두명씨와 내가 청진동 어느 술집의 안방에서 술을 마시고 있었던 밤이다. 그 밤 그 무렵 이 땅 어느 곳에선 그런 전쟁이 있었던 것이다.(1권 76쪽)

그런 곳이었다. 당시 서울은…… 오백 명의 경쟁을 뚫고 입사해 축하 회식 자리에서 술을 먹고 있을 때 이 나라 어느 곳에서 같은 국민이 서로에게 총을 겨누고, 피 흘리며 죽어갔다. 아니 무장 공비만이 아니다. 그들이 일상을 끝내고 술 한잔 하고 있을 때, 남도의 어느 도시에서 시민들은 총 맞아 피 흘리며 죽어갔다.

그때는 그랬다. 건전한 시민의 상식으로 도저히 이해 안 되는 일이 많았다. 아버지의 좌익경력이 있으면 공무원이 될 수 없었다. 아니 숨도 쉴수 없을 정도로 조심해 살아야 했다. 삼촌이 간첩이었다는 이유로 아버지와 삼촌들이 감옥에서 죽고 동생은 약 한 첩 제대로 못 쓰고 죽었으며 어머니는 목메어 자살하고 딸은 술집 여급이 된다. 고시에 합격하자 자신을 위해 희생한 애인을 미련 없이 버리는 자가 검사로 잘 살고 있다. 구두닦이 소년에게 거액을 주었다가 간첩으로 몰려 고문당하고도 남북한 대치 상황이니 이해하라는 소리만 듣는다. 말 한 마디 잘못 하면, 책 한권 이상한 것 지니고 있으면 어디론가 끌려가 혼이 나는 세상이었다.

이 기막힌 상황은 작가에 의해 시침떼기로, 유머로 표현된다. 김소영은 삼촌이 간첩이라고 고발하지 않은 죄로 가족이 풍비박산이 났다. 손님 중 수상한 사람이 간첩이라고 끝까지 우기다가 오히려 자신이 철창신세를 진다. 그러나 여기에 굴하지 않고 그녀는 판사를 향해 간첩으로 의심되는 사람을 신고하라는 법에 충실했을 뿐이라고 끝까지 항변한다.

얼핏 보면 그녀는 머리가 이상한 바보로 보인다. 그러나 그 사람 간첩이니 잡아가 고문해보라는 그녀의 말에 생사람 잡을 수 없다고 판사가 대답하니 자기 아버지도 생사람인데 감옥에서 죽었다고 대꾸하는 그녀의 말에서 뼈아픈 시대의 모순과 회한이 드러난다. 작가는 아주 끔찍한 일을 아무런 감정도 섞지 않고 간결하게 아무렇지도 않게 말해버린다. 그리고 그 간결함은 독자에게 처참한 현실을 섬찟하게 대면시킨다. 작가는 비아냥거린다. 뭐 그 정도 가지고 그래, 더 한 일도 말해볼까?

모순된 현실을 바로잡고 새로운 세상을 세워야 한다는 작가의 현실 비판은 한편 윤두명이란 사이비 교주로 슬쩍 비켜 표현된다. 새로운 세상에 대한 염원이 상제의 계시를 받았다며 고아 몇 명을 키우며 포교활동을 하는 윤두명의 언행이 돈키호테의 그것처럼 희화화되면서 문제의 핵

심이 슬쩍 감취진다. 그의 유토피아에 대한 불온한 꿈을 어떤 날카로운
새도 볼 수 없게.

3. 현실저항으로서 무위도식하기, 그 접점에서 글쓰기

서재필, 14세에 알성과시에 장원급제하여 소년 당상이었고 갑신정변을
주도하였으며 독립협회를 만들고 독립신문을 발행한, 한국 근대사의 한
방향을 틀어쥐고 있었던 개화기의 서재필(徐載弼) 박사. 그에 비해 1970
~80년대의 룸펜 인텔리겐차 서재필(徐在弼)은 카페의 여종업원, 양공주와
육체관계를 맺고 회사의 여동료들과 삼각 관계를 맺다가 그 중 평범한
노처녀와 결혼하여 그녀의 도움으로 무위도식하는 존재이다. 끝내는 이
생활마저 용납되지 못하고 간첩으로 오인 받아 투옥된다. 작가는 왜 이
런 구제불능의 인물을 굳이 개화기의 위인인 서재필 박사와 비교해 가며
애정을 보이고 있는 것일까?

누가 보아도 민족의 위인으로서의 삶을 살았던 개화기의 서재필은 갑
신정변이 실패로 끝나자 부모, 형제, 부인이 음독자살했고 아우는 참형당
했다. 두 살 아들은 굶어죽었다. 미국에 망명해 독립운동을 하였으나 해
방 후 85세의 나이로 고국에 왔을 때 누구로부터도 주목을 받지 못했다.
하루 2불의 돈을 벌기 위해 광고를 500장 돌려야 했고 농장에서 흑인,
쿨리들과 어울려 노동을 했던 그는 평생 고독 속에서 살았으며 모든 사
람들로부터 버림받았다.

70년대의 서재필은 암울한 현실 앞에서 개화기의 서재필이 가지 않았
던 길을 택하기로 결심한다. 그 길은 '안일의 길이고 무의지의 길이고,
사건이 없는 무풍의 길이고, 부모 형제가 절대로 학살당할 염려가 없으

며 감옥 가는 길과 반대의 길이며 대도를 피해 초가삼간으로 가는' 오솔
길이다.

　의도적으로 일상인 되기, 그 삶의 방식이야말로 애국계몽기의 그 짧았
던 유토피아의 꿈을 빼앗긴 이래 조선의 지식인이 걸어온 길 아니었던
가? 일제 강점기 지식인의 실업자 모티프 소설이 그 대표적인 예이다.
1920~30년대 당시 지식인의 실업률은 심각하였다. 일본은 근대적 산업
과 직업이 발달하여 계급 분화가 근대적으로 이루어지고 있었으나 한국
의 경우 아직 노동과 자본이 미분화된 상황이었다. 때문에 높은 교육열
로 양산된 지식인 계층은 설 자리를 잃고 실업자가 되어 서울 거리를 방
황하게 된다.

　특히 일제 강점기에서는 관료 충원이나 엘리트 계층으로 진입하는 기
회가 소수 친일적인 사람들에 의해 독점되었기 때문에 지식인들은 물질
적, 정신적인 측면에서 충족감을 갖기 어려웠다. 따라서 한국 룸펜 인텔
리겐차는 단순히 경제적인 측면이 아니라 복잡한 윤리적, 사회적 측면에
서 소외 현상을 일으키게 되었다. 물질의 결핍이나 정신적 방황의 문제
가 사회적 문제와 동일시되는 한국 지식인의 소외 현상은 '실업자 모티
프'와 '옥살이 모티프'로 드러난다.

　먼저 '실업자 모티프'로 박태원의 <소설가 구보씨의 일일>을 들 수
있다. 일본 유학을 다녀온 인텔리 구보는 취직할 생각은 하지 않고 창작
노트를 기고 하루종일 서울거리를 배회한다. 서울역에서 군중을 바라보
거나 카페에서 여급이나 친구와 잡담을 하며 하루를 보낸다. 이 무위도
식하는 '산책자'는 그러나 현실의 모순을 직시하는 삶의 진지한 방식이
었다. 구보는 거리를 걸으며 '고독'한 자신의 위치에서 '행복'을 찾기 위
해 안간힘 쓴다. 소설의 제목이 <행복어 사전>이라는 점, 행복한 방법이
소설 전면의 주제라는 점을 생각해 보면 두 소설 사이의 관계가 얼마나

긴밀한지 금방 알 수 있다.

아니 그 긴밀성은 제임스 조이스의 <율리시즈>를 매개로 더 확실해 진다. <율리시즈>는 <소설가 구보씨의 일일>에서 직접 거론되거니와 형식과 내용이 일치함은 이미 여러 연구에서 밝혀진 바 있다. 일제 식민지의 지식인이 영국 식민지의 지식인에게 어찌 초연할 수 있었으랴? 그 친밀감은 <행복어 사전>에서 더 노골적이다.

조이스의 주인공 스티븐 디달러스는 더블린 시 북방의 마테로 탑塔을 기점으로 해서 움직이기 시작하는데 그 일시日時는 1904년 6월 16일 아침 8시. 그로부터 70년이 지난 겨울의 아침, 나의 주인공인 나는 아일랜드 더블린에선 극동의 방향에 있는 서울시의 역시 북방인 청운동 시민아파트를 기점으로 해서 행동을 개시한다……(4권 37쪽)

소설에서 주인공은 여러 개의 참고서를 갖다놓고 <율리시즈>의 난해한 원문을 끈기있게 읽어나간다. 그리고 그 난해한 자구(字句) 속에 보석처럼 빛나는 문장들과 유머를 배워나간다. 구보가 1930년대 경성의 다옥정을 기점으로 하루동안 거리를 배회하며 일제 강점기 왜곡된 근대 도시를 재현해내었다면 1970년대 말기 서울에서 서재필은 개화기의 영웅의 실패를 되풀이하지 않기 위해 다시 <율리시즈>를 바라본다.

할 일 없는 산책자 서재필의 주변에는 많은 문제적 인물들이 산재해 있다. 먼저 서상복은 학생 때 사상운동을 했다는 죄명으로 검거되어 징역 20년을 선고받은 인물이다. 그의 증조할아버지는 삼일 운동 때 옥사하고, 할아버지는 간도에서 독립운동 중에 전사하였으며, 아버지는 6·25때 옥사하였다. 이제 서상복마저 사상운동으로 감옥에 있는, 현실 개혁파 집안인 것이다.

그러나 서재필은 서상복의 현실 부정의 의지를 비판적인 시선으로 본다. 첫째, 현실에 대한 일차적인 긍정과 현실에 대한 겸손이 결여되어 있다는 점.

> 나는 오늘의 현실이 이처럼 되기 위해서는 역사 이래의 인과가 축적된 강력한 바탕이 있는 것이며 역사의 심처에까지 그 부리가 박혀져 잇는 것이라고 일단 생각합니다. 그렇지 않고서야 이 세상이 다르게 되어 있지 않고 오늘처럼 이 모양 이 꼴이 되어 있겠습니까? … 나는 혁명의 뜻을 품을 수도 있고 개혁의 의지를 가꿀 수 있다고 생각하지만 일단은 우리를 둘러싼 현실에 대한 일차적인 긍정은 있어야 할 줄 압니다. 그것은 역사에 대한 존경까진 못되더라도 역사에 대한 겸손은 되겠지요.

이런 관점에서 서상복은 강한 것은 강한 대로 약한 것은 약한 대로 세상을 제대로 보는 안목이 부족한 사람이다. 둘째, 서상복의 태도는 계란으로 바위를 치는 무모한 행동이라는 것이다. 대중은 어떻게 하건 이 현실 속에서 살아갈 수 있는 방도를 찾아가려고 노력하고 있는 반면 서상복은 그 현실을 부정하려고만 하고 있다. 그것은 심하게 말하면 대중에 대한 오만이라는 것이다.

이 견해는 사실 우리 문학사에서 낯선 것이 아니다. 최명익의 <무성격자>에서, 생에 애착을 보이지 않고 살아가는 '무성격자'인 정일에게 아버지는 무척 불편한 사람이다. 머슴으로 시작한 지 40년 만에 자수성가한 아버지는 그의 눈으로 보건대 속물 중의 속물이다. 그러나 정일은 아버지를 간호하는 과정에서 그의 삶에 대한 애착과 생활에 대한 의지를 차츰 긍정하게 된다는 줄거리이다. 지식인이 생활에 의도적으로 소외되는 것이 잘못된 제도에 대한 간접적인 항거는 될 수 있으나 일제하에서도 여전히 생활을 해나가는 '생활인'의 구체적인 의지 앞에서 그 자부심이 여지없이 무너져 버린다는 줄거리는 문제적이다.

모순된 현실에서 지식인의 무력감은 긍지인 동시에 오욕이었다. 그 모순의 접점에 주인공의 글쓰기가 놓인다. 주인공 서재필은 무용인(無用人)으로서 철저하기 위하여 소설을 쓴다. 세상에는 보람된 일을 하는 유용인(有用人)이 많은데 그들은 쓸모가 있는 것만을 선택해서 산다. 무용인으로서 소설가는 유용인이 쓸모가 없다고 버린 것의 의미를 탐구하며 그들이 보지 못하는 것을 보여주겠다는 것이다.

참말을 하고 참되게 사는 사람이 거짓말쟁이가 되는 세상, 참말이 거짓말이 될 수도 있고 참말을 참말답게 만들려면 거짓을 필요로 하게 되는 인생의 기미를 소설로 쓰겠다는 주인공의 각오는 다시 자신에게로 향한다. 철저한 패배자로서 자신을 소설로 증명해 보이겠다는 것, 모순된 세상을 개혁하지 못하고 그것에 마음 놓고 저항하지 못하는 이 현실을, 자신의 비루함을 그대로 펼쳐보임으로써 고발하겠다는 무용인의 철학은 그를 소설가로 변화시킨다.

4. 불온한 유토피아 꿈꾸기 – 스웨덴의 우프살라 대학

그러나 세상은 그로 하여금 그런 소설조차 쓰게끔 버려두지 않는다. 간첩 혐의로 곤욕을 치르고 나온 주인공은 박문혜의 권유대로 스웨덴의 우프살라 대학으로 향한다. 우프살라, 그곳은 언론의 자유가 있고 학문의 자유가 있으며 낭만이 있는 곳이다. 우프살라의 학생들이 왕궁 앞에 몰려가 데모를 하면 왕궁에서는 수고한다고 샌드위치와 포도주를 내어놓는 곳이라는 것이다. 말 한 마디에 투옥되고 고문당하며 가족이 고초를 겪는 암울한 한국에서 주인공은 내내 우프살라 대학을 꿈꾼다.

그곳에는 생화학을 전공하는 박문혜가 있다. 외국어에 능통하고, 생명의 과학적 측면을 인문학적 측면과 연결할 줄 아는 학자이며, 미모의 소유자인 그녀가 그곳에서 애타게 그를 부른다. 정치의 자유가 있고, 학문의 자유가 있으며 연애의 자유가 있는 곳에서, 그리고 스트린드베리의 고향이자 노벨 문학상의 수여지인 그 곳에서 작가의 꿈을 꾼다는 것은 얼마나 멋진 일인가?

소설은 갑자기 급반전된다. 미국을, 구미열강을 개화의 유토피아로 여기며 청운의 꿈을 품고 떠났던 개화기의 선각자처럼 그 또한 큰 꿈을 품고 고국을 떠나는 것이다. 소설의 마지막 장면에 있는 그의 소회를 음미해보자.

　　한 달 후 서재필은 북극의 상공을 날고 있는 비행기 속에 있었다. 그의 가슴에 젊은 스티븐 디달러스가 아일랜드를 떠날 때에 느낀 감회와 비슷한 것이 있었는지 없었는진 알 수 없으나 그 감회를 제임스 조이스는 다음과 같이 적고 있다.
　　―오오, 생명이여! 나아가 백만 번 경험의 교훈을 쌓아, 우리 민족이 아직껏 만들어 내지 못한 위대한 진실을 내 마음의 용광로 속에서 만들어내자. 아득한 옛날부터의 사부들이여, 부디 나를 도우소서.(5권 356쪽)

닮지 않았는가? 배반을, 절망을 뒤로 한 채 미국으로, 일본으로 향했던 〈무정〉의 주인공들처럼, 아버지의 뜻을 잇겠다고 외친 〈사상의 월야〉의 주인공처럼, 갑신정변의 실패를 뒤로 한 채 미국으로 망명했던 서재필처럼, 그도 미래를 꿈꾸며 모순의 땅을 떠난다. 물론 서재필은 1950년대의 지식인 이명준처럼 제3국인 인도를 향해 떠나다가 바다에 빠져 생을 마감하지는 않는다. 작가가 70년대와 80년의 한국 상황이 전쟁 직후보다는 가능성이 있다고 생각했던 것일까?

그리도 가볍게, 그리도 농담스럽게, 심지어 한 소시민의 여성편력사, 그 비루한 일상 속에 100여 년의 한국 지식인 소설의 계보를 버무려 넣을 줄 알았던 그는 감히 단언하건대 천재이다. 그 삼엄했던 시절에 농담처럼 흘려 넣었던 말들을 살펴보라. 그의 발상들이 항시 시대를 앞서가 그 열매를 다른 작가들에게 따게 해주었던 전력을 생각해보라. <지리산>의 열매를 <남부군>과 <태백산맥>이 따먹었듯이 <행복어 사전>의 열매를 우리 시대의 젊은 이야기꾼들이 은밀히 따먹고 있는 중이라는 사실을 어찌 우리 잊을 수 있겠는가!

변혁기에 선 대학과 문화

김신의 〈대학별곡〉*

70년대 중반에서 83년까지 한국의 대학 인구는 거의 네 배 가량 늘었다. 특히 81년도 졸업정원제는 대학정원을 230퍼센트 늘리는 파격적인 것이었다. 이후 대학은 양적으로 팽창했고 최근 한 해의 입학 정원이 60만이란 가공할 숫자가 되었다. 최근 출산인구가 한 해에 42만이란 것을 고려해볼 때, 2020년 정도면 십여 만 명을 외국에서 수입해야 할 상황이 된 것이다.

대학 정원 증가는 대학의 위상을 급속도로 바꾸었다. 지성의 전당, 드높은 엘리트 의식, 교양인의 양성 장소로서 대학이 자리매김하기 위해서 소수일 필요가 있다. 문화의 향유는 탕진할 수 있는 잉여물이 있을 때 가능하다. 이제 모든 사람이 다 갈 수 있는 대학이 직업의 준비기관으로서 규정되는 것은 당연하다. 지금 교수와 학생들은, 부가가치를 창출하지 못한 과는 퇴출당해야 마땅하다는 경영논리에 순수학문이 당하고 있는 봉변들을 참담한 표정으로 받아들이는 시대가 되었다.

김신의 〈대학별곡〉은 대학의 지각변동이 시작되는 지점에 놓여 있었

---

* 김신, 『대학별곡』 (2), 생각하는 백성, 2001.

다. 80년도 학생들의 민주화 항쟁 이후 광주의 비극이 있었고, 곧 졸업정
원제가 단행되었던 것은 단순히 우연의 일치였을까? 83년도 학교에 버젓
이 진군해 있는 전경들, 낮말도 듣고 밤말도 듣는 짭새들, 캠퍼스는 갑작
스럽게 늘어난 학생들로 시장바닥 같았고 과외금지로 대학생들의 아르바
이트원은 끊겨버렸다.

그러나 학생들의 옹골찬 자존심은 아직 사라지지 않았던 시절이었다.
대학의 설립 근원이요, 학문의 꽃인 철학에 대한 사랑을 지닌 일곱 사내
가 벌이는 방황과 우정은 치기어리지만 진지하다. 먼저 주인공인 땐서,
무당 김수택, 추장, 강태두, "아— 스무살"이란 말을 남긴채 자살한 교주
박찬기, 시인 송기을, 꼼꼼한 모범생인 최병헌, 간질 한우척의 술잔치와
기행, 다툼은 다소 과장되어 있을지라도 그 시대 우리 주변에 있었던 대
학생들의 면모 그대로인 것이다.

민주화 운동에 대한 좌절, 광주의 폭력에 대한 분노를 구체적으로 표
출하기에 아직 시기상조였다. 한층 조직적이 되고 치열해진 학생운동, 분
신, 87년의 시민항쟁의 와중에서 나온 소설들은 그래도 공포와 좌절, 분
노의 감정이 한차례 정리된 다음의 일이었다. <대학별곡>은 당시 젊은
이들의 이러한 정리되지 않은 감정들을 철학적 은유와 등장인물들의 기
행으로 표출하고 있다.

주인공이 교정에 들어서서 처음 본 글은 '진리'와 '봉사'였고 처음 본
건물은 도서관과 교회였다. 소설의 중간에는 도서관 서고에 가득 찬 책
들의 양에 멀미하는 주인공의 모습도 나온다. 진리의 전당, 토익과 상식
문답에 점령당한 요즈음의 대학에서 한참 낯선 단어가 아닌가! 첫 시간
안성욱 교수의 말 또한 상징적이다. 플라톤이 희랍인이자 자유인으로 태
어났고 소크라테스와 동시대에 태어났음을 감사하게 생각했으니 자기의
정신에 합당한 벗을 만나라는 충고…… 그 후 그 치기어린 행동들은 견

유파 뻬레고리노스, 쇼펜하우어, 반 고흐, 프로메테우스, 시지프스 등 위대한 철학자나 지식인의 그것으로 비유된다. 적어도 대학은 일상에의 함몰을 거부하는 시지프스의 전당이며 신에게 반항하는 프로메테우스의 산실이란 당찬 오만이 작품 전편에 흐르고 있는 것이다.

이상으로부터 현실로 돌아오는 것은 졸업할 즈음이면 족하다. 강태두는 배를 타기 위해 해양대학에 편입하고, 최병헌은 문화재관리국에 취직한다. 한우척도 무역학과로 전과한다. 적어도 대학은 유예된 시공간이라는 일상으로 추락하기 전, 사유하고 고민하는 장이라는 이 믿음이 1학년부터 직업준비, 전과 준비를 해도 어려운 요즈음 세대들과는 격세지감이 있다.

남자들의 성장소설이다. 그리고 남자들의 우정에 관한 이야기이다. 이처럼 <대학별곡>의 매력은 '수컷스러움'에 있다. 주인공은 도서관 앞에서 오체투지한 후 땅에 자신의 남근을 꽂는다. 여기서 대지는 여성으로 나온다. 그 이후 소설에는 술집 과부와 유명자, 옥남이 등장한다. 유명자는 일곱 친구 중 세 명이 돌아가며 쫓아다니는 존재로, 옥남은 주인공이 짝사랑하나 수녀가 되어버린 존재로, 술집 과부는 주인공의 열기를 잠재워주는 존재로 각각 등장한다. 남성이 닿을 수 없는 베아트리체로 여성을 묘사하는 것은 여성을 사회 속에 소통해야 할 존재로 제대로 자리매김 못함을 의미한다. 무당이 천민임을 생각해보라. 남성 성장 소설에서 매음녀는 방황의 과정에서 위로를 주고 힘을 주는 대상으로 자주 활용된다. 한마디로 <대학별곡>은 남자 대학생의 이야기이다. <남성대학별곡>, <반쪽 대학별곡>이다. 그리고 그것은 당대 현실에서 리얼리티를 지닌다.

왜 한국에서는 진정한 여성 지식인 소설이 한 편도 없을까? 기껏해야 모녀의 화해나 혹은 천한 대상으로서의 동질성 속에서 연대의식을 느끼는 우정에서 아직 한 치도 벗어나지 못한 의식, 치기로라도 세상의 고뇌를, 그 시대 가치관이 최고치를 넘겨보는 여성에 대한 소설은 언제쯤 나올 수 있을까?

<대학별곡>은 80년도 학생운동의 패배를, 108일간의 휴교를, 그리고 과외금지와 졸업정원제를, 그 참담한 패배를 앓고 있었던 당시 젊은이들의 자부심을 슬쩍 살려주면서 추락하고 있으나 아직도 우골탑이면서 상아탑이었던 당시 대학에 대한 환상을 사람들에게 나누어주었다. 그것은 60년대 김승옥의 <환상연습>에 나타난 그 끔찍한 문리대스러움에는 미치지 못했고, 70년대 이문열의 <젊은 날의 초상>의 일탈의 정도에는 미치지 못했으나, 바로 그렇기 때문에 80년대 초반 당대 대학생활의 분위기를 리얼하게 드러내고 있다. 80년대 중후반부터 나타나는 운동권 학생들의 투쟁과 사랑, 후일담의 '대학별곡'의 바로 앞자리에서 그만큼 많은 독자들의 사랑을 받았던 이유는 어찌되었건, 그것이 지니는 '당대성' 때문이다.

그 정점 이후의 '대학별곡'들은 대학인이 정치의 폭력 앞에서 어떻게 싸웠는가의 투쟁사로 점철된다. 싸움의 과정에서 당대 대학의 총체성이 드러나지 않음은 물론이다. 이제 투쟁의 원인이 사라진 대학 캠퍼스에서 작가들은 일상인들과 다른 대학생의 정체성을 어떻게 제시할 것인가?

사랑, 그 원환(圓環)의 시간을 찾아서
성지혜의 〈은가락지를 찾아서〉*

1. 사랑, 가족, 국가 개념의 해체와 탈근대

"한 남자와 여자가 만나서 사랑을 느껴 결혼을 하고 아이를 낳았다." 아주 본질적이고 개인적으로 보이는 이 감정과 그 결과로서의 행위에는, 그러나 아주 많은 사회적이고 문화적이며 제도적인 제한이 가해진다. 먼저 국가는 한 시대에 한 공동체가 집단을 이루어 살아가는 데 대표적인 단위이며 그것을 이루는 기본이 가족이란 집단이다. 그런데 가족은 남녀의 사랑(진정한 것이든 외형적인 것이든 상관없이)을 전제로 성립된다. 때문에 사랑, 가족, 국가는 결합의 방식에 있어 서로 긴밀한 연관을 지닌다. 바꾸어 말하면 남녀가 서로 느끼는 사랑은 그 사회가 용인하는 가족의 조건에 맞아야 성립되며 그 당시 그 가족 개념은 국가의 이데올로기와 일치하는 것이어야 한다.

한국에서 근대 국가는 단일민족주의를 기반으로 이루어진다. 개화기 이후 단군신화가 부각되면서 단군 이래 수천 년의 단일민족 공동체임이 강조되었고, 자국어에 대한 사랑이 강조되었다. 국문이 사용되고 자국어

---

* 성지혜, 『은가락지를 찾아서』, 문학사상사, 2006.

에 대한 사랑이 강조되기 시작한 것도 이때부터였다. 이후 맞춤법 통일 안이 마련되면서 한국 '국민'은 통일된 언어로 의사소통하는 과정에서 같은 언어를 쓴다는 연대의식을 민족이라는 동질감으로 구체화할 수 있었다. 그렇다. 민족은 애초부터 원초적 공동체가 아니라 근대 자본주의 발전 과정에서 탄생한 역사적 구성물인 것이다.

이처럼 한 핏줄, 한 겨레임을 강조하는 민족 국가 개념은 근대 이전의 유교적인 '가(家)'의 부계 중심의 혈연 개념과 맞물리면서 가부장적인 면모를 띠게 된다. 장자 중심으로 계승되는 가문의 방식은 자연스럽게 여성의 순결과 정절을 요구하게 된다. 집안에 들어온 여자가 낳은 자식이 그 집안 남자의 핏줄이라는 것처럼 중요한 일은 없다. 그리고 그것에 대한 명확한 증명은 여성의 정숙한 태도와 희생적인 모성애로 형식화된다.

그러나 우리가 한 핏줄이며 심지어 수천 년 동안이나 단일 민족으로 내려왔다는 자부심은 다른 핏줄에 대한 배타성과 남성에 대한 여성의 타자성을 그림자로 드리운다. 같은 핏줄이란 자부심은 손쉽게 다른 핏줄에 대한 경멸과 공격으로 변모하며 그들이 소수일 때, 철저한 무관심으로 화한다. 그간 혼혈인과 외국 노동자들에 대해 한국인들이 보였던 냉혹한 태도가 이를 반증한다.

그런데 국가 단위로 사유하고 생산, 교환하는 근대의 방식이 최근 정보통신의 발달과 생산 방식의 변화로 초국가적 면모를 띠기 시작했다. 민족의 경계가 약해지고 미디어를 통한 문화 혼종 현상이 나타나면서 지구화(globalization)의 속도가 빨라지고 있다.

최근 하인스 워드를 둘러싼 담론들은 한국에서도 이 과정이 진행 중임을 보여준다. 한국인 어머니와 미국 흑인 아버지 사이에서 태어난 워드가 어머니의 헌신적인 사랑에 힘입어 혼혈의 차별을 딛고 미식축구 선수 최고의 영예인 슈퍼스타의 꿈을 이룬다는 이야기는 한국인들을 부끄럽게 하고 감동시켰다. 워드가 한국에 있었다면 불가능했을 것이라는 자성론(自省論)이 일면서 그동안 차별받았던 혼혈인에 대한 처우 개선 문제가 공론화되기도 하고, 한국의 경직된 민족주의에 대한 성찰과 반성의 범위가 확대되었다. 평소 외국인 노동자의 비참한 생활상에 꿈쩍도 하지 않던 한국인들이 이제 그 백의민족주의, 단일민족주의 등의 피억압자로서의 단결된 민족주의가 얼마나 끔찍한 폭력으로 '타자(他者)'를 칠 수 있는가를 비로소 곰곰이 생각하기 시작했나보다.

2. 서양과 동양, 남성과 여성, 그리고 근대

표면적으로는 영남 양반집의 맛깔스럽고 구수한 사투리와 민속품을 배경으로 초월적인 사랑을 그린 것처럼 보이는 <은가락지를 찾아서>는 그러나 그 배면에 한국의 근대 국가관, 부계 중심의 혈통주의에 대한 만만치 않는 비판을 깔고 있다.

소설의 서두는 주인공이 이태원의 외국인들과 대화하는 데서 시작된다. 마이클 오닐이란 남자를 찾던 주인공은 한 흑인 손님을 보면서 뉴욕에서 레베카와 했던 대화를 떠올린다.

뉴욕에서 근무할 당시 나는 백인 여자 레베카에게 물었다. 세계 여러 인종이 모인 자리에서 흑인이 먼저 눈에 들어오는 건 무슨 이유일까? 세상이 어둡잖아. 금발을 쓸어 올리며 레베카가 목 쉰 소리를 내었다. 밝은 세상이라면 백인이 먼저 눈에 들어오겠군. 내가 다시 물었다. 물론. 빛은 어둠을 몰아내기 위해서 필요한 거잖아. 가령 흑인들에게 둘러싸인 백인은 빛나 보여도, 백인들에게 둘러싸인 흑인은 벼이삭을 좀먹는 깜부기처럼 쏙 뽑아버리고 싶다고.(32쪽)

그리고 곧이어 차 주인인 백인에게 아부하는 한국 기사의 대화가 묘사된다. 백인과 흑인, 한국인과의 차별의 양상이 몇 가지 에피소드를 통하여 작품 맨 앞면에 배치되었다는 사실은 작가의 소설에 대한 문제의식을 말해주는 것이라고 볼 수 있다.

한국인인 주인공의 백인에 대한 열등감은 백인 여인에 대한 감정에서 내밀하게 드러난다. 그가 미국 문화원에 근무하는 제인 와이즈와 만났을 때 그녀의 큰 키에 압도되면서도 그녀의 몸에서 나는 암내를 맡았을 때 견딜 수 없는 욕정을 느낀다. 주인공은 그 이유를 키가 컸던 어머니에 대한 그리움과 키가 작은 자신에 대한 열등감 때문이라고 해석했는데, 그러나 한편으로 이런 감정은 서양과 동양, 남성과 여성이라는 두 이분법이 서양 여성, 동양 남성으로 혼종(混種)되면서 나타나는 복합적인 화학 반응이기도 하다.

그것은 사물을 반대항을 구축함으로써 이해하는 이분법적 사고가 항시 어느 한쪽을 타자로 삼았던 서구적 근대성에 대한 비판이기도 하다. 얼핏 명징해 보이는 이분법적 사고는 하늘에 땅을, 남자에 여자를, 서양에 동양을 위치지어 후자를 차별했던 서구적 사유구조가 지니는 모순이다. 이런 근대성에 대한 극복의 방식으로 작가가 놓은 것이 초월적인 것, 원점회귀적인 것으로서의 골동(骨董)이며 '사랑'이다.

3. 초월적 시간과 근대의 시간의 대비, 전자의 승리로서의 골동(骨董)

주인공은 인사동 골동품상을 방문하는 중이었다. 그가 찾는 물건은 은가락지였는데 그 과정에서 은가락지를 둘러싸고 예전 부녀자들이 썼던 일상용품들이 보석같은 언어로 흩뿌려져 있다. 백동 바늘집, 나비, 호리병, 호랑이 발톱 모양의 바늘집이 그 속에 누벼져 있는 머리카락만큼이나 섬세한 표현으로 눈에 잡힐 듯이 그려진다. 칠보쌍지환은 어떤가? 백동반지, 민짜 은지환, 국화문합지환, 박쥐문은쌍지환, 옥, 비취, 산호 쌍지환 같은 예쁜 이름들이 거론되면서 영원히 반복되는 시간의 순환을 기원한다며 가락지의 의미를 되새긴다.

박쥐 문양의 은가락지는 이야기의 발단이며 소설의 주제이기도 하다. 부녀자들의 손때와 애환이 묻어있는 일상용품들을 중심으로 시간이 지나도 변하지 않고 남아있는 골동품은 근대의 직선적 시간과 교묘히 병치된다. 그리고 그것은 변하는 직선적 시간에 대해 변하지 않고 남아있는 원형, 원점회귀로서의 은가락지에 대한 대비이기도 하다. 궁극적으로 그것은 변하는 제도에 대해, 변하지 않고 지금까지 지속되어 온, 남녀 사이의 사랑에 대한 대비인 것이다.

주인공의 어머니는 경남 진양군 대곡면 단목 마을의 관동 기정댁에 시집온다. 훤칠한 키와 빼어난 미모를 갖추었으나 암내 때문에 남편의 구박을 받는다. 어머니 수연은 서당에서 천자문은 물론이고 선교사에게서 영어까지 배운 재원이다. 그녀는 주인공 우제가 태어난 지 몇 년 후 남편은 결핵으로 죽고 시어머니와 아이를 키우며 수절하던 중 6·25 전쟁이 발발한다. 이때 미군 장교 마이클 오닐이 부상을 치료하러 우제의 집에 머물게 되고 영어 통역을 하던 수연과 눈이 맞아 사랑하게 된다. 오닐의 아이를 낳은 수연은 산후 여독으로 죽고, 할머니는 그 아이에게 자신의 쌍가락지 중 하나를 준다. 세월이 흐른 후 할머니는 우제에게 은가락지의 짝을 찾으라는 유언을 남기고 눈을 감는다. 주인공은 수소문 끝에 자신이 찾는 은가락지를 자신의 동생도 찾고 있음을 알게 된다.

수연은 첩출이란 약점과 빈한한 가정 사정 때문에 남편의 병에 대한 소문을 들었으면서도 목단 마을로 시집을 오게 된다. 그녀는 결국 병구완으로 몇 년을 고생하다 달랑 우제 하나만 남은 채 청상의 세월을 보낸다. 그런 수연에게 미군 장교의 진실한 사랑은 그녀로서는 첫사랑이었고 몇 달간의 행복한 시간 후에 그녀가 숨을 거둠으로써 영원한 사랑으로 남는다. 오닐 또한 평생 독신으로 지내면서 그녀와의 사이에 탄생한 아들을 잘 키운다. 그 또한 운명하면서 은가락지 한 짝을 찾을 것을 아들에게 당부한다.

열 돈은 족히 될 듯한 은가락지에는 박쥐 문양이 새겨져 있다. 당시 정표로 쓰였던 은가락지는 쌍으로 만들어져 멀리 떠나는 정인에게 하나를 지니고 하나는 본인이 지녔다가 후일 상봉했을 때 꺼내보고 감동했던 물건이었다. '최씨 가문 기정댁'이란 낙관이 찍혀 있는 이 은가락지는 세월이 지나도 변함없는 순은의 빛을 내뿜는다. 둥근 원환이 지니는 영원성, 원점회귀 때문에 예로부터 변치 않는 사랑을 의미했던 은가락지의 모습에서 우리는 근대의 진보적 시간 개념의 비판 개념으로 놓인 초월적 시간의 비유를 읽을 수 있다.

이런 수연과 오닐의 국경을 초월한 사랑은 그녀가 남겨놓은 목단 베개로 대변된다. 우제가 어머니가 수놓은 베개를 상면하기까지 참으로 많은 골동품들이 나온다. 등잔, 백자, 목기러기, 표주박, 떡살, 바늘집, 반짇고리, 조각보, 수저집, 실패, 빗치개, 선추, 연적 등이 세월의 때가 곱게 묻은 모습으로 주인공 앞에 펼쳐진다. 물레방아, 맷돌, 절구, 망태, 다듬돌, 방망이, 돈궤, 반닫이, 여물통, 토기, 가마솥, 옹기는 또 어떤가? 반세기의 세월이 흘러도 변함없이 옛 자태를 간직하고 있는 그 보물들은 변하지 않는 그 시절 사랑의 빛남을 말해주고 있다.

한땀 한땀 정성을 수놓는 행위처럼 마음을 담는 일이 또 있을까? 옥색 명주로 장식한 기러기보, 소나무 아래 학이 놓이는 예단보, 가족의 발치 수가 든 버선본집, 수부다남 한자가 쓰여진 쌍수저집, 쌍학 흉배, 아기 돌 때 쓰는 굴레, 아기 조끼인 쪽배자 등이 펼쳐진다. 그러나 그 중 규방 여인의 내밀한 마음을 담는 자수야 말로 침구일 것이다. 베개를 보여 달

라는 일행의 말에 골동품상은 장롱문을 연다. 펼쳐지는 침구를 작가는
이렇게 표현하고 있다.

> 화라락 꽃송이가 뭉게구름처럼 떠오르고 있었다. 장롱 속에는 옷과
> 이불이 들어 있는 게 아니라 꽃들이 활짝 웃으며 잔치를 벌리고 있었다.
> 벽장문을 열자, 거기에도 꽃들이 뭉턱뭉턱 쏟아지고 있었다.
> "이 신계침은 조선 말기 건데, 닭의 볏은 벼슬을 갈망하는 사대부 집
> 안의 염원을 담은 거라 할까. 이건 봉황침, 저건 원앙침, 학과 송도 있
> 구, 매화·복숭아·살구·동백·진달래·연꽃·백합·도라지·패랭
> 이·장미·딸기·포도·무궁화에 이르기까지 다양하지만 역시 자수 베
> 갯모는 목단이 으뜸이라 많기도 하지요."(68쪽)

옷을 자로 재며 인두질하고 골무를 끼고 바늘을 머리카락에 비비다가
콧김을 쐬기도 하며 만들고 수놓는 그 마음은 보석이기도 하지만 또한 꽃
이기도 하다. 사랑하는 사람과 사용하는 베개에 유독 목단을 놓는 심정이
야 활활 타오르는 마음의 표현일 것이다. 그렇게 땀땀이 수놓인 어머니의
마음을 주인공은 그 신계침에서 발견한다. 어머니가 직접 수놓은 손때 묻
은 베개에 주인공은 바늘로 심장이 찔리는 듯한 아픔을 느끼게 된다.

최씨 가문의 장손을 낳은 며느리가 그것도 미군 장교와 눈이 맞아 아
이를 낳는다는 것이 가당키나 한 일인가? 수연의 행위는 가문에 대한 배
반이며 특히 한국적 정서에서는 국가에 대한 배반이기도 하다. 정복되기
전 식민지는 흔히 '처녀지(處女地)'란 말로 비유된다. 남녀의 차별적 코드
가 식민자와 피식민자의 관계에 그대로 대응되는 문화권에서 우방이라고
는 하나 일종의 정복자였던 미군과의 야합이 당시 한국인에게 주는 의미
는 분명한 것이었다. 한국여성과 미국남성과의 결합은 단순히 '양공주'
문화 때문이 아니라 한국인들의 눈에는 굴복이며 굴욕의 구체화로 보일

법한 일이었다.

그러나 시어머니인 기정댁은 그렇게 낳아온 '트기'를 기어이 부둥켜안고 만다. 물론 처음에는 기가 막혔다. 그러나 '며느리가 백인과 배맞아 태어난 핏덩이랑 눈맞춤하는 치욕'을 감수한 것은 단순히 오닐에 대한 두려움 때문만은 아니었다. 그 증거는 마지막 할머니가 숨을 거두었을 때 드러난다. 할머니는 우제에게 자신의 택호가 새겨진 은가락지를 찾으라는 유언을 남긴다. 오닐의 아들에게 준 은가락지였다. 할머니는 우제에게 자신의 동생을 찾으라고 말한 것이다.

한국의 가족중심주의, 핏줄의 사상은 기실 부계로의 가문계승에 근거를 둔 혈족주의이지 진정한 부모 자식 간의 사랑을 소중하게 생각하는 것이 아니다. 그러기에 수연의 친정어머니는 수연에게 자결하라고 은장도를 내밀었고 기정댁 또한 수연을 눈보라치는 달음산으로 내친 것이다. 그러나 마이클 오닐 2세는 엄연히 수연의 핏줄이며 우제의 친동생이다. 오닐과 수연의 사랑의 결실은 반세기가 지난 지금에 와서야 가족으로서 우제와 합쳐지게 된 것이다.

4. 맛깔스런 언어와 풍속

소설의 배경이 되는 단목 마을에 대한 묘사는 옛스럽다. 터를 너무 깊게 파서 쌍학이 날아갔다거나 그 때문에 혼례식날 신랑신부가 쌍학곡 봉우리에 올라가 절을 올린다거나 하는 풍수설은 진주라는 지역성을 기반으로 한 것이다. 소설은 진양군 향반의 대소사가 진주 방언을 중심으로 맛깔스럽게 묘사되고 있다. 주인공 우제 아내의 음식을 맛본 삼종숙은 이렇게 칭찬한다.

　　"요리 솜씨도 보통이 아닌가베. 역시 기정댁의 그늘이 오데 가겠노
　　그 조모에 그 자부에 그 손부지."(25쪽)

　계절에 따른 여인들의 풍속과 음식 솜씨는 우제의 유년에 대한 그리움
이 더해져 소설을 풍요롭게 하고 있다. 예를 들어, 수연이 임신 직후인
오 월, 부녀자들의 봄나들이 장면이 있다. 사촌 동서 영희네의 헤픈 웃음
과 남희네의 장고 소리, 기정댁의 단속이 봄날의 소풍놀이에 더해져 탕
약을 짓고 만불 선녀에게 치성을 드리는 풍속이 곁들여진다.
　홍련이 가득 핀 연못에서 연잎을 따 요리 준비를 한다. 홍련 잎으로
닭을 싸서 그 위에 향토를 발라 타는 장작 속에 구워 친척과 나눠 먹는
게 기정댁의 가풍이란 것이다. 연향이 밴 통닭의 맛이 인상적으로 묘사
된다. 아들 낳은 후의 금줄 치는 행사도 미역국 끓이는 과정도 손에 잡힐
듯이 실감나게 묘사된다.

　　새끼를 꼬는 동수의 손이 유연하게 움직이고 있었다. 볏단 중에서 제
　일 실하고 싱싱한 걸 골라 보관해 둔 건 이 때를 위함이 아니었던가. 새
　벽 우물에서 갓 길은 청수를 적시고 금새 꺾은 푸른 청솔가지를 넣고
　볕바른 곳에서 말린 태양초를 섞여 가며 금줄을 만들었다. 그러고는 상
　구의 도움을 받아 대문 사이에 걸었다.(42~43쪽)

　기정댁은 여유만만한 표정으로 지시를 한다. 미역은 대각 그대로 물에
담그고, 참조기는 비늘만 치고 통째로, 마른 홍합은 참기름에 볶고, 쇠고
기도 잘게 썰어 물이 끓을 때 넣는다. 치성도 안 드릴 수 없다. 무지개떡
을 담고 머루주와 매실주를 걸러 백자병에 담아 마루에 올리게 한다. 그
곳 풍속을 오래 겪어보지 않은 사람은 도저히 쓸 수 없는 섬세한 디테일
이 돋보이는 장면이다.

여기에 하모, 안 캅디껴, 기라예, 잘 묵었십니더, 하니께 등의 진주 특유의 방언 또한 소설의 감칠맛을 더한다. 이런 다양한 사투리로 묘사된 대화들은 "했어요?" 정도의 밋밋한 표준어로는 도저히 따라갈 수 없는 정감을 자아내는 것이다.

5. 영원히 계속되는 것

근대의 시간 의식은 시계의 발명으로 대변된다. 시계는 스스로 움직이며 자체 내의 규칙에 의해 움직인다. 이런 자동성 때문에 순환되는 자연의 시간은 무너지고 직선적인 미래로의 시간관이 탄생한다. 계절의 흐름과 자연 환경에 좌우되는 농경사회에 반복으로서의 시간이 존재한다면 상인의 시간은 물건을 팔아서 이윤을 내는 불확정적인 미래에 대한 계산이다. 이윤의 선취의식이란 시간 개념은 당연히 직선적이며 미래지향적이다.

그런데 그런 시간 의식이 우리에게 준 것은 무엇이었는가? 우리는 그 직선적 시간 속에서 소중한 너무 많은 것을 잃어버리고 있었던 것은 아닐까? 우제는 변함없이 짝을 기다리고 있는 은가락지를 찾으면서 애써 버렸던 과거의 시간을 찾게 된다.

수연의 머리카락과 은비녀는 대모갓끈, 녹용 등의 귀한 약재와 함께 궤 속에 넣어져 보관되다가 다시 아들의 손에 들어온다. 미국에 있는 또 다른 아들과의 상봉도 가능해진다. 마치 헤어진 쌍가락지가 언젠가 다시 만나게 되는 것처럼, 그리고 가락지의 둥근 원환이 시작과 끝이 없는 것처럼.

두 남녀의 성장소설
이화경의 〈나비를 태우는 강〉*

1. 일상, 타동사의 영역에서 이루어지는 삶

우리의 삶은 항용 어떤 것을 대상으로 삼는 행동으로 점철되고는 한다. 살아가면서 우리는 늘 무엇인가를 감각하고 무엇인가를 표상하며 무엇인가를 욕망한다. 또한 무엇인가 느끼고 생각하며 바라본다. 그리하여 여기서 그 무엇인가는 어느 사이에 '그것'이 된다. 이런 대상화는 우리 삶을 손쉽게 자기중심적으로 만들어 버린다. 어쩌면 이런 삶의 태도는 인간이 어머니의 탯줄로부터 타의로 분리된 후 세상을 살아가는 지극히 중요하고 일상적인 방법인지 모른다.

이 타의적인 분리에 대해 우리는 자신을 온전한 객체로서 내세우는 데 사력을 다한다. 우리는 자신이 세상 누구와도 다른 존재이며 결코 대체될 수 없는 독립된 주체임을 내세운다. 이 과정에서 사람들은 자신의 국가, 계층, 사회적 지위에 자신을 몰입시키면서 동시에 자기 개성의 계발에 힘쓰기도 한다. 그러나 역설적으로 자연과 대상, 사람들에게서 자신을

---

* 이화경, 『나비를 태우는 강』, 민음사, 2006.

구분하려는 노력 때문에 고립감과 외로움을 느낀다.

이래서 사랑을 한다고 한다. 그러나 고립감을 피하기 위해 타인에게 자신을 철저히 굴종시키는 것이 사랑이라고 할 수 있을까? 아니면 아이에게 맹목적인 어머니처럼 무조건 베푸는 사랑이 진실한 사랑이라고 할 수 있을까? 진정한 사랑은 역설적으로 자기애(自己愛)에서 비롯된다고 한다. 개인이 자신의 개성을 유지하면서 타인과 결합하는 방식이 그것이다. 그리하여 '하나이면서도 둘이어야 하는' 이 역설은 사랑을 끊임없는 노력의 과정, 현재 진형형으로 만들게 한다.

2. 대상화되었던 기억 반복하기

그런데 자신이 주체로 서면서도 상대를 주체로 대하는 이 이율배반적이면서도 정당한 사랑을 결코 할 수 없는 사람들이 런던이란 같은 공간에서 우연히 만난다. 준하와 첸, 쿨만은 국적과 성별, 세대가 다르지만 한 가지 공통점을 지니고 있다. 셋 다 어린 시절 부모의 사랑을 받지 못했다는 점이다.

쿨만의 아버지는 전후 독일의 궁핍을 경험한 후 철저한 수전노로 다섯이나 되는 자식들을 억압했다. 이 억압에 숨막힌 어머니 또한 종교에 맹목적으로 빠져들었기 때문에 쿨만은 제대로 된 사랑을 받지 못했다. 제대로 된 사랑을 받지 못했다는 허기로 언제나 사랑이 떠날까봐 전전긍긍했던 어린 날의 경험 때문에 그는 덜 사랑하는 사람이 권력을 갖게 된다는 왜곡된 애정관을 지니게 된다.

쿨만의 이기적인 사랑에 고통받는 첸 또한 그가 묘사한대로 '삶의 오물통'과 같은 가족 때문에 고통받는다. 그의 아버지는 싱가포르에서 선물

거래와 창고업으로 큰돈을 번 집안에서 자라 부와 여유를 여색에 빠져 탕진했던 인물이다. 그러나 아름답고 영리한 셋째부인인 첸의 어머니를 만난 후부터는 유명무실한 가장으로 명맥을 유지하고 있다. 첸의 어머니는 첫째, 둘째 부인을 쫓아내었고, 정분난 하녀를 살해했으며, 전처의 아들을 폐인으로 만든 인물이다. 그녀에게 의미 있는 존재는 '돈'이었으며 자식과 남편은 수단에 불과했다. 그녀 앞에서 첸은 사랑받으려는 욕망을 애초부터 거두어야 했다. 그에게 있어 어머니는 '피붙이기 때문에 더 맞닿아야 한다는 욕심과 그 욕심을 거절당하는 것에 대한 분노'의 대상이었다.

어머니에 대한 상처에 있어 준하 또한 만만치 않았다. 준하의 어머니는 세밀하고 정확한 육아법으로 준하를 키웠으나 감정적인 측면을 철저히 배제했다. 자식을 실험실의 동물처럼 다루라는 행동주의자의 이론에 따라 우는 아이를 달래는 행동조차 자제한 어머니 때문에 준하 또한 불구적인 사랑을 하게 된다. 동생 승하가 너무 쉽게 자신의 호의를 보이는 바람에 상대방의 마음을 얻지 못하는 것과 반대로 준하는 사랑의 감정이 페닐 에틸아민이 중추신경을 자극하는 것이라는 생물학적 이론을 신봉하며 서른이 넘도록 독신생활을 영위하고 있다.

쿨만은 버림받기 전에 서둘러 상대방을 버린다. 손쉽게 상대방을 유혹하지만 곧 다른 대상을 비교 대상에 올려놓음으로써 상대방의 경쟁심과 질투심을 자극한다. 군림과 포획의 대상으로 사랑하는 존재를 상정하는 그의 노련한 책략 때문에 첸은 심한 질투와 자괴감, 그리고 버림받을지도 모른다는 불안감에 괴로워한다. 사랑은 쟁취하는 것이라는 쿨란의 사고방식은 첸에게 절대적인 힘을 발휘한다.

이런 첸을 바라보는 준하의 심정은 착잡하다. 그녀는 어린 시절의 상처 때문에 사랑에 시니컬한 반응을 보이나 근본적으로 사려깊고 상대방을 배려하는 따뜻한 성품의 소유자이다. 그녀는 같은 속성을 지닌 첸에게 사랑을 느끼지만 첸은 쿨만에게 휘둘리며 괴로워하고 있었다.

여기서 쿨만과 첸의 동성애는 단순한 성적 취향(sexual orientation)의 문제가 아니라 남성적인 공격성과 정복의 은유로 나타난다. 자신이 삼각형의 정점인 꼭지점에 있으며 밑면의 두 사람인 첸과 사이몬을 질투로 가파른 모서리를 기어 올라오게 해야 한다는 것이다. 광기로 뜨거워진 두 대상의 내면을 위에서 오만하게 내려다보는 방식이 그의 애정관이었다. 작품은 표면적으로는 준하가 첸을 사랑하고 첸이 쿨란을 사랑하는 짝사랑의 구도이면서 궁극적으로는 첸과 준하 두 사람이 성숙한 사랑이 무엇인지 알아가는 과정으로 이루어진다. 인도라는 공간에서 여름나기는 두 사람에게 사랑의 참다운 의미를 알아가는 성장의 시간이라 할 수 있다.

3. 인도에서의 소통 : 호명과 거부, 그리고 가상공간

나와 너, 첸과 쿨만은 누구인가? 그들의 진정한 정체성은 무엇인가? 너 아니면 안 되는 것, 대체 불가능한 존재로서의 너를 파악하는 일은 어떤 행위로 가능한 것일까? 쿨만에게 있어 사랑은 육체적 쾌락으로 존재한다. 그는 첸의 육체 구석구석을 더듬어 성감대를 찾아내고 자극하여 그를 정념의 노예로 만든다.

그러나 그것은 육체적 관계 중일 때의 이야기이다. 그에게 섹스는 놀이이다. 일시적으로 자신 안의 쾌락을 탐색하면서 고깃덩어리에 불과한 육체에 의미를 주는 행위이다. 그러나 그 의미는 쾌락의 순간에만 존재할 뿐이다. 짧고 구체적이기에 그 사랑은 완벽하다. 그러나 순간이 끝나면 그는 다시 남이다. 영혼과 육체의 합일이란 지속적인 노력 없이 순간의 쾌락에 탐닉하는 그에게 있어 상대는 대상일 뿐이다. 이런 사람에게 구체적인 육체의 존재 앞에서 호명(呼名)은 참으로 어리석은 일일 것이다.

이름은 그 사람의 정체성을 이루는 것이다. '끝순이'라는 이름이라면 딸 많은 집 막내이면서 아들 선호사상이 강한 한국 사회를 떠올릴 것이요, '에스더'라는 이름에는 집안의 종교적 내력이 숨어있다. 이름에는 그 이름을 지어준 집단의 권력과 속성이 깃들어 있으며 이름의 소유자에게는 자연스럽게 그 집단의 영향력이 묻어난다. 이름이야말로 그 사람의 정체성을·이루는 핵심이라 할 수 있다.

사람들은 사랑할 때 애타게 상대방의 이름을 부른다. 그 호명의 행위에는 상대방의 역사와 기억과 정체성을 송두리째 인정하겠다는 의지가 강하게 깃들어 있다. 연인들은 때로 애칭으로 이름을 바꾸기도 한다. '영희'를 '희'로 혹은 'Y'라는 이니셜로 바꾸는 행위에는 그 정체성에 자신의 사랑을 부어넣으려는 몸짓이다. 호명한다는 것, 그 사람의 이름을 불러볼 때 비로소 하나의 의미가 된다는 시를 떠올리지 않더라도 연인들 사이의 호명은 그의 개성을 존중하면서도 그와 하나 되고 싶은 이율배반적인 갈망의 몸짓에 다름 아니다.

첸은 자신의 마음을 빼앗기고 만 쿨만에게, 그리하여 수도 없이 되뇌었던 울리히 쿨만(Ulich Kuhlmann) 혹은 영어식의 이름 우릭 쿨맨에게 자신의 이름을 한번만 불러달라고 애원한다. 그러나 첸의 호명에 의해 인정되었던 독일계 호주인은 이름은 하나의 주소에 불과할 뿐이라고 묵살한다. 첸에게는 아픈 과거가 있다. 어머니는 자식들에게 왕류, 왕첸이란 중국식 이름이 엄연히 있음에도 앤드류, 주드라고 호명했다. 그녀의 눈에 자식들은 사랑하는 존재이기 이전에 '영국식'이란 허영과 탐욕의 대상에 불과했던 것이다. 쿨만의 호명 거부는 첸의 유년기의 상처를 더 아프게 건드린다.

쿨만에게 사랑은 사이버 공간에서 익명의 아이디와 채팅하는 수준에 불과한 것이었다. 준하가 라이드 앤 쉐이크(Ride& Shake)란 아이디를 지닌 휘황찬란한 아바타와 한바탕 채팅을 한 후 그녀가 느꼈던 씁쓸함을 보면 준하가 쿨란을 싫어하는 것은 당연한 일이다. 고독하지만 자신을 드러내고 싶지 않을 때 자신을 터무니없이 과장하기도 하고 반대로 차마 드러낼 수 없었던 속내를 털어놓기도 하는데 채팅방처럼 적당한 공간이 또 있을까?

아바타란 신이 인간이나 동물의 모습을 하고 나타난다는 것, 개인의 영혼이 만화같은 아이콘을 띠고 나타났을 때 과연 육체성을 지닌 개인과 같을 수 있을까? 몸은 마음에 영향을 주고 마음은 몸에 영향을 준다. 라이드 앤 쉐이크(Ride & Shake)란 아이디를 지니며 보랏빛 요란한 치장을 한 아이콘을 지닐 때 누구나 평소보다는 더 야해지고 앙큼해진다. 자신의 존재를 감추기 때문에 더 솔직해진다는 역설은 자신을 꽁꽁 숨기기 때문에 오히려 육체적으로 매력을 지니는 쿨만의 경우를 생각나게 하는 것이다.

그러나 사이버 공간을 폄하하지는 말자. 그곳에는 현실의 계급과 성별과 직업이 존재하지 않는다. 브라만이고 스케줄드 카스트이기 때문에 미리 마음의 문을 닫을 필요도 없고 돈이나 사회적 지위를 드러내놓지 않아도 된다. 진실한 인간과 인간이 날것 그대로 만나는 공간에서 오히려 진실한 자신이 드러날 수 있다.

'아바타'의 유래가 인도에서 왔다는 사실은 참으로 의미심장하다. 첸은 캘커타의 임종자의 집에서 한 노인을 간호한다. 죽음이 목전에 있는 노인은 자신의 이름을 '아마르 남네이'라 발음한다. 첸은 기뻐한다. 노인과의 관계는 이제 이름을 불러주면서 시작되었다고 믿었기 때문이다. 그러나 노인이 죽은 후 첸은 그 말뜻이 '제 이름은 없습니다'라는 사실을 안다. 평생 행려로 떠돌다가 임종을 맞은 이 무명씨(無名氏)의 인생관이야말로 첸의 고통에 대한 해답이 아닐까? 이생은 끝없는 윤회의 한 과정일 뿐이라는 것, 윤회의 사슬이 끊어지기 전까지 인간은 끊임없이 또 다른 아바타로 거듭 이 세상에 태어날 것이다. 내 이름의 덧없음이여! 이 생에서 어떤 진정한 이름도 호명될 수 없는 것을, 가상공간과 같은 이 세상에서…….

4. 인도에서의 소통 : 낭만적 사랑 기록하기

그렇다면 준하가 꿈꾸는 사랑은 무엇인가? 고뇌하는 준하 앞에 운명처럼 한 사랑이 펼쳐진다. 슈크라와 크리슈나는 대학에서 만났다. 같은 과 동기였으나 크리슈나는 브라만 계급이었고 슈크라는 스케쥴드 카스트였다. 인도에서 다른 계급간의 사랑은 죽음을 각오해야 가능한 것이었다. 더구나 크리슈나는 홀어머니와 두 동생을 부양해야 하는 가난한 집 장남인 반면 슈크라는 넉넉한 형편이었다.

그런데 두 사람은 첫 만남에서 운명적인 사랑을 느낀다. 슈크라가 강의실에 들어섰을 때 크리슈나의 반응은 유치할 만큼 감상적이다.

부끄러움으로 빨개진 귓불 너머 선이 고운 턱을 감싼 그녀의 피부가 막 잔 암양의 젖처럼 뽀얗다. 숱많고 검푸른 그녀의 머리카락이 몇 가닥으로 굵게 꼬인 삼줄처럼 그녀의 등 뒤에 묵직하게 얹혀 있었다. 바이올렛 향인가, 달콤하고 향긋한 꽃향기가 그녀 주위에서 풍겨나온 것처럼 코끝이 아릿해져 왔다 … (중략) … 크리슈나여! 당신은 불과 죽음의 신이시며 바람과 달과 물의 신이시며 창조주 브라흐마요, 조상의 조상이십니다. 아, 당신 앞에 절하고 또 절합니다. 또다시, 또다시, 천 번도 만 번도 당신께 또 절하오니, 그녀와 제가 사랑의 복락을 누리게 해주소서.(137~138쪽)

첫눈에 영혼이 뒤흔들리는 듯 강렬한 감정을 느낀 크리슈나는 슈크라와 사랑에 빠진다. 그러나 이곳 인도는 나이와 국적을 뛰어넘을 수 있어도 계급과 돈을 뛰어넘을 수 없는 곳이다. 결국 둘은 처음이자 마지막 관계를 맺은 뒤 헤어진다. 그들의 마지막 데이트와 점심, 그리고 결합은 모든 낭만적 사랑이 그러하듯이 애절하고 아름답다. 슈크라의 탄식은 시적인 울림을 지니며 소설의 한 페이지를 장식한다.

삶이 아무리 추악한 것이라 하더라도 사랑을 감추고 있다는 사실 하나로, 네가 이 땅에 존재하는 것 하나로 나의 삶은 살아볼만 하다고 생각해. 어느 시인이 그랬다지. 무작정 사랑의 말을 하고 사랑의 말을 들려주는 것, 바로 그것이 우리의 유일한 숨쉬는 방법이라고……, 모든 사랑은 증오로 가득 찬 세상 안에서만 피는 꽃이라고…….(107쪽)

둘은 헤어지고 크리슈나는 돈을 벌기 위해 한국의 피혁 공장에서 일하다가 크롬 중독에 걸리고 사장한테서도 사기당한 후 절망 속에서 죽고 만다. 사랑하는 슈크라에 대한 사랑을 간직한 채. 슈크라 또한 회한과 같은 사랑의 기억으로 평생을 살아갈 것이다.

아름답다. 쓸쓸하다. 가슴 저리다. 두 사람의 진실한 사랑이 사회의 부조리와 편견 때문에 이루어지지 못하는 상황은 언제나 읽는 사람의 가슴을 적신다. 그러나 여기에 낭만적 사랑의 맹점이 있다. 이 사랑은 짧기 때문에 아름답다. 흔히 낭만주의자들은 관능적 사랑이 마음과 정신과 신체와 영혼의 신비스러운 합일을 통해 하나가 되는 두 명의 존재자들 사이의 깊은 감정의 개입에 기초한 황홀한 경험이어야 한다고 주장한다. 그들은 첫눈에 사랑에 빠진 로미오와 줄리엣을 그 이상형으로 든다. 그러나 그것은 단순한 홀림이 아닌가? 이 감정이 사랑이라면 누구도 사랑을 할 수 없을 것이다. 닷새라는 짧은 기간이면 모를까 다른 일상적인 일에 열중할 때 사람들은 이 감정을 잊어버린다. 아니 잊어버리지 않으면 생활을 할 수가 없다.

크리슈나와 슈크라의 사랑이 아름다운 것은 역설적으로 그들의 사랑이 계급과 가난의 장벽에 의해 이루어지지 못했기 때문일 터이다. 그들의 짧은 열애 기간은 결혼 후 수십 년 동안의 지리멸렬한 일상이 둘의 관계를 어떻게 망가뜨릴지 말해주지 않고 있다.

그렇다면 사랑이란 무엇일까? 조화 가능성, 동료 의식, 친밀감이 사랑일까? 책임, 보호, 존경, 상대에 대한 지식이 수반되는 관계를 사랑이라고 할 수 없다. 이런 종류의 친밀감은 형제애에도 존재한다. 성애는 완전한 융합, 곧 다른 사람과 결합하고자 하는 갈망이다. 성애는 한 사람에게로 그 열망이 향한다는 점에서 보편적이지 않고 배타적이다. 좀더 정확히 말하자면 성애는 나 자신을 오직 한 사람과 충분하고 강렬하게 융합시킬 수 있다는 점에서 배타적이다.

5. 자신을 사랑하는 사람만이 남을 사랑할 수 있다

우연한 기회에 둘의 사랑에 깊숙이 개입하게 된 준하는 그러나 흔들리지 않는다. 변한 것은 없다. 크리슈나의 사연은 슈크라의 몫이다. 준하는 여전히 독신으로 외로움을 친구처럼 싸우면서 지낼 수밖에 없을 것이다. 확실한 것은 아무 것도 없다. 그러나 작품의 맨 마지막에는 준하의 희망이 짤막하게 암시되어 있다.

주기적으로, 시시때때로 불평을 터트리며 흔들리는 불평분자이지만, 그래도 아직은 세상으로 뚜벅뚜벅 걸어갈 수 있는 튼튼한 허벅지가 있

지 않은가(206쪽)

준하가 자신을 긍정하기 시작한 것이다. 프로작을 먹으며 사랑을 비웃던 그녀가 드디어 자신을 있는 그대로 사랑하기 시작한 것이다. 아름다운 청춘 남녀의 사랑은 비극으로 끝났다. 첸과의 관계에도 서광이 보이지 않는다. 미래에 어떤 사람이 올지도 모른다. 그러나 세상을 냉소함으로써 겨우 균형 감각을 획득했던 그녀가 자신의 튼튼한 허벅지를 대견하게 내려다보기 시작했다. 이것이야말로 돌 지난 아이의 걸음마가 아니고 무엇이겠는가? 어머니가 우는 그녀를 독립심을 키운다고 안아주지 않은 이후로 성장이 멈춘 준하가 드디어 세상을 향해 발걸음을 떼기 시작했다.

사랑은 자기고립성의 극복이며 고독에서 벗어나는 것이다. 그러나 무조건 베푸는 것은 진정한 사랑이 아니다. 반대로 상대방에게 자신을 종속시키는 것도 진정한 사랑이 아니다. 자기 자신을 사랑하는 사람만이, 즉 자기통합성이 이루어진 사람만이 성숙한 사랑을 할 수 있다. 사랑의 역설은 하나이면서 둘일 때 일어난다. 자신의 개성을 지닌 안정된 상태에서 비로소 상대방이 똑바로 보이고 상대방의 발전을 위해 자신을 양보할 수 있는 것이다. 그는 첸을 기다릴 것이다. 첸이 영영 그녀를 떠난다 해도 또 다른 성숙한 사랑이 그녀 앞으로 다가올 것이다.

관계의 사슬을 맴돌면서 진실 찾기
김연정의 〈선글라스를 벗으세요〉*

1. 그녀에 관한 깊은 인상

2002년이니까 벌써 5년 전 일이다. 〈문학사상〉의 신인문학상 심사를 맡은 나는 심사 할당된 예선통과 작품들을 읽고 대여섯 편을 골라 잡지사로 갔다. 다른 분 또한 같은 방식으로 예선 통과 작품을 골라오기로 했다. 당시 나는 90년대 이후 한국 문학사의 한 성과로 기록될 여성 고백체 소설에 이미 식상해 있었던 터였다. 섬세한 여성의 감성을 짚어내는 과정에서 이루어지는 문체의 정교함이나 구성의 치밀함 때문에, 그런 스타일의 작품들이 거의 모든 등단의 절차가 신춘문예로 이루어지는 한국의 현실 때문에 더더욱 각광을 받고 있던 터였다. 즉 여성 고백체 소설은 단편의 짧은 형태에 문장력, 구성력 등을 보는데 가장 적합한 형식이자 내용이었던 것이다.

그러나 모든 것은 지나치면 항상 문제가 생기는 법, 개인적 소견으로는 진부하거나 모순된 일상의 작은 틈새를 날카롭게 포착해내는 그 방식

---

* 김연정, 『선글라스를 벗으세요』, 문학사상사, 2007.

은 이제 상투어 수준으로 전락해가고 있는 듯싶었던 것이다. 더구나 그 당시 나는 디지털 매체를 연구하고 있었다. 게시판에서의 엽기 소재들, 황당한 결말, 거침없는 입담 등의 인터넷 문체가 어느 사이에 문학에까지 침투해 하나의 경향을 보이는 징후를 읽어내고 있었던 나는 다소 어색하고 서툴기는 하나 현실에서 일어날 수 없는 상황을 시침 뚝 떼고 표현하는 엽기 황당 환상소설에 비중을 두고 있었다.

그런데 심사가 시작되자 다른 심사위원 선생님이 슬그머니 내민 소설이 바로 <개구리밥>이었다. 대충 읽어 보았을 때는 별로 마음이 끌리지 않았다. 정확하고도 섬세한 문장, 그리고 치밀한 구성에다 식물, 동물 등에 작가의 메시지를 담는 방식이 전형적인 신춘문예 당선용 작품이었던 것이다. 더구나 일종의 '후처기(後妻記)'인 이런 내용은 이미 1930년대, 임옥인이라는 여성작가가 다룬 소재가 아닌가?

그러나 한 번 더 읽었을 때는 마음속의 미세한 파동이 지나가는 것을 느꼈다. 일상에서의 일탈과 저항으로서 서사를 택한 386세대 여성 작가들과는 다분히 격이 달랐다. 거기에는 일탈로서의 간통이나 이혼은 없었다. 견딤이라는 그 낯선 고백체의 형식에 난숙한 사십 대 후반 여성의 채취가 새롭게 묻어났던 것이다. 그것은 물론 인고의 세월을 말없이 견디던 조선 시대 여성의 한(恨)의 정서와도 종류가 틀린 것이었다. 화자는 법도거니 하면서 체념하지 않는다. 그렇다고 해서 저항과 모순의 설익은 몸짓으로 균형감각을 깨지도 않는다. 모순을 직시하면서도 관계를 위해 견디며 속으로 곰삭이는 방식은 나지막한 독백의 형식으로 승화된다. 별 무리 없이 당선작으로 확정하였다.

2. 독백이 대화가 되는 그녀(들)의 목소리

참으로 화해하기 힘든 관계가 있다. 바로 전처와 후처의 관계가 그것이다. 신의 사랑이나 부모의 사랑이야 상대방에 대한 헌신과 배려를 전제로 하는 것이지만 남녀간의 사랑에 빠질 수 없는 것이 상대방에 대한 독점이 아니던가! 최근 김수현의 드라마 <내 남자의 여자>가 엄청난 인기를 누리고 있다. 정곡을 찌르는 언어와 작가의 인생에 대한 성찰 등이 이기의 이유이기는 하나 역시 그 결 중 하나는 '불륜'이란 소재에 있지 않은가 한다. 드라마에서 여주인공 김희애는 자신에게 남편을 빼앗긴 친구 배종옥에게 이렇게 말한다.

> "내가 너무 뜨거웠어. 니 남편이 너무 뜨거웠어. 지구가 깨져도 상관없었어. 죽어도 좋았어. 너 따위 아무 상관 없었어. 뭘 원할까? 임자 있는 남자 나누어 갖는 여자가 원하는 게 뭘거 같니? 나누지 않고 혼자 갖고 싶은 것 아니겠니? 탐해서는 안되는 것을……."

결코 나누어갖지 않는다는 금기 때문에 에로스로서의 사랑은 열정적이 된다. 그런데 결코 나누어 갖고 싶지 않는 남자를 나누어 가져야 하는 한 여자가 있다. 그럼에도 불구하고 그 여자는 그것을 위해 투쟁하거나 앙탈을 부리거나 아예 부숴버리지 않는다. 그는 자신의 것이 되어야 할 남편과 두 아들을 아직도 차지하고 미소 짓고 있는 전처를 응시하며 고백한다.

그녀는 전처의 그림자 때문에 당연히 힘들어한다. 집안에는 온통 죽은 전처의 세간으로 가득 차 있다. 그것을 치우기는커녕 아예 눈길도 주지 못하는 것은 당연한 일이다. 수납장의 진줏빛 디너 세트를 구경하다 시커멓게 변색한 전처의 은수저 세트를 발견했을 때 화자는 '거뭇거뭇한 시반을 뒤집어 쓴 시신'을 연상하며 연민과 경악을 느낀다. 고운 꽃상여

속의 시신을 연상했다면 그녀에게 은수저는 죽은 전처의 그것과 같은 존재일 것이다. 한갓 녹슨 쇠붙이에 불과하다면 얼마나 좋겠느냐마는 불행히도 그 집안에서 전처의 존재는 안방마님의 그것이었다. 남편은 전처의 요리법으로 식사를 하기를 원했으며 수시로 무덤에 가서 풀을 뽑으며 죽은 사람을 추모한다.

그러나 화자가 전처를 그리 심하게 미워하지 못하는데는 중요한 이유가 있다. 초상화 작가였던 화자는 원래 지금의 남편으로부터 전처의 초상화를 그려줄 것을 부탁받았었다. 아니, 그려준다기보다는 원래의 얼굴을 복원하는 작업이라고 해야 옳을 것이다. 두꺼운 테의 선글라스로 얼굴을 가린 그녀의 사진을 복원하는 작업은 그리 간단하지가 않다. 있을 수 있는 온갖 경우의 수를 유추해가며 눈의 크기, 눈동자와 눈의 비율, 눈빛을 복원하는 작업은 어쩌면 망자와의 무수한 대화와 타협을 거쳐야 가능한 것인지 모른다. 이미 그런 작업을 거친 화자이기에 집안 속속들이 스며있는 그녀를 배제하거나 완전히 회피하기보다는 자신의 아픔과 설움을 고백하는 존재로 살아남게 하는 것이다.

그녀는 화자에게 '때로는 고백성사를 들어주는 신부가 되기도 하고 경악하게 하기도 만드는'(42쪽) 그런 존재이다. 처음에 그녀는 이런 상황을 죽은 혼령과의 싸움, 혹은 기억의 주름을 가진 세 남자와의 싸움이라고 칭하나, 그자신마저도 속속들이 자신의 기억을 상대방에게 토로하는 '고백자'로서 자기를 자리매김한다.

화자에게 있어서 그녀는 자신의 고뇌와 질투를 들어주는 신부이기도 하고 자칫 남편과 아이들에게 돌아갈 불평과 서운함을 대신 들어서 소진시켜주는 중재자이기도 하다. 그런 면에서 화자는 현명하고도 현명하다. 어차피 이십여 년의 기억을 상대로 싸울 수는 없지 않은가? 애당초 상대도 되지 않는 세 남자들의 기억과의 싸움에 화자는 고백이라는 소통의 경로를 통해 그 기억을 아예 자기편으로 만들어 버린다.

소통은 이렇게 상대를 동료로 만들기도 하고 때로는 상대를 자기처럼 만들기도 한다. 사람은 저마다 대화하는 과정에서 참 많이 닮아간다. 여기 아주 다른 듯이 보이는 두 여자가 있다. <덴파레>에서 주인여자와 건넌방에 세든 여자는 정확히 대칭적인 모습을 보이고 있다. 마흔 셋의 주인 여자는 아주 작고 다부진 몸을 지닌 여자이다. 몸에서 나는 노린내를 감추기 위해 늘 진한 향수를 뿌리고 있으며, 술집 접대부 생활을 했으며, 지금은 어떤 남자의 첩으로 생활을 영위하고 있다. 심지어 순기라는 젊은 노총각과 내연의 관계를 유지하고 있는데 재미있게도 항상 낡은 트레이닝 한 벌로 생활하고 있다.

반면 셋방 여자는 서른 한 살의 비교적 젊은 처녀이다. 키가 크고 늘씬하며 세련되고 단정한 정장 차림을 즐긴다. 아직 결혼을 하지 않았으며 담백한 성정과 외모 때문에 오히려 이성이 접근하기 어려운 중성적인 외모를 지니고 있다. 이렇듯 대조적인 두 여자가 같은 공간에서 생활하기는 참으로 어려울 듯싶다. 더구나 주인 여자는 실내에서 하얀 양말만 신고 알몸으로 생활하는 기벽이 있다.

이처럼 대조적인 두 여자의 대결구도는 두 여자의 시선(목소리)이 교차하여 진행되는 작품 형식으로 나타난다. 처음 셋방 여자의 목소리, 집을 계약하고 이사 오는 과정에서의 주인 여자의 인상이 덴파레의 향기로 집약되어 그려진다. 다시 주인 여자의 목소리, 키가 훌쩍한 젊은 여자에게 덴파레의 향기를 느낀다. 처음에는 좋은 향기가 슬쩍 다가 만개하면 지린내 같은 야릇한 향기가 나는 덴파레의 모습이 겹쳐지는 것이다.

주인여자 순임과 셋방 여자 청하(清河)의 기묘한 동거는 이렇게 시작된다. 열여덟 살이 되도록 여성으로서의 성징을 드러내지 못했던 순임은 자신을 겁탈하려던 남자에게서조차 모욕을 당한다. 서른 살이 되도록 중성적인 담백함을 드러내는 청하는 오히려 처녀 시절 순임의 모습과 같다. 남자와의 맞선 같은 결정적인 순간에 기침과 각혈이 계속되어 번번이 퇴짜를 맞는 것, 너무 단정해 보여 매력이 없는 것, 기침은 탁한 공기에 기도가 예민하게 반응하는 때문이라는 것, 청하의 모습은 처음부터 순임을 닮은 것이었다.

수치를 모르는 듯한 순임의 성적 행동에도 불구하고 그녀는 맑은 육체를 가졌다. '오동포동한 그녀의 몸은 물방울이 굴러 내릴 것처럼 탄력 있고 윤기가 흐른다는'(21면) 것이다. 결코 단정하다고, 성숙하다고 할 수 없는 순임의 생은 그 근본적인 성정에 있어서 단아하고 맑아 오히려 남자가 꾀이지 못하는 청하의 그것과 동일하다고 볼 수 있다. 끝내 정하는 순임처럼 알몸으로 집안을 활보하기 시작한다.

대립과 반목을 서로의 닮음을 확인하는 과정에서 해소하는 작가의 방식은 탁월하다. 상대를 이해하고 배려하려는 주인공의 태도는 독백이 어느새 대화가 되어버리는 형식으로 나타난다. <빈방>에서 화자는 자신과 너무나 대조적인 한 여자의 횡포에 속앓이를 하고 있는 중이다. 오년 동안 책대여점을 하면서 책 읽는 것을 낙으로 삼고 있던 화자는 지난 겨울 성폭행을 당한다. 가게의 문을 닫고 돌아서는 순간 둔기로 얻어맞고 정신을 잃은 상태에서 당한 일이었다. 더 끔찍한 폭력은 범인에 의해 화자의 머리카락이 뭉텅 잘려나간 일이었다.

피해자로서의 성폭행 피해자는 주위의 시선에 의해 가해자보다 더한 고통을 당하기 마련이다. 죄인처럼 서둘러 원룸으로 이사를 온 화자는 친구인 문희의 편집 일을 도우며 무료한 시간을 달래기 위해 화실에 나간다. 화실 여자는 한쪽 다리가 짧은 핸디캡을 지니고 있을 뿐 풍만한 가슴과 기다란 머리카락, 온몸이의 곡선이 그대로 드러나는 옷차림을 자신 있게 드러내며 화실에 그림 공부를 하러온 남학생들을 유혹한다. 화구상도 그녀의 유혹에 넘어간 눈치이다.

머리 감을 곳이 마땅치 않다는 여인의 푸념에 화자는 자신의 원룸을 빌려준다. 그러나 그녀의 호의는 방안 가득히 가득 찬 성적 징조들로 되갚아진다. 망사 팬티, 짙은 샴푸와 향수 냄새, 심지어 콘돔에 이르기까지 그녀의 채취는 화자를 힘들고 고통스럽게 만든다. 더구나 상대는 화실의 남학생임에 거의 틀림없다. 화자의 앞에서 노골적으로 유혹의 몸짓을 보이는 그녀의 모습이 명백한 증거인 것이다.

화자의 분노가 폭발하려는 찰라, 그녀는 또 하나의 폭력을 목격한다. 남학생의 어머니로 보이는 한 중년 여자가 자기 아들을 유혹한 죄를 물으며 그녀를 구타하고 무참하게 머리카락을 잘라버린다. 화자는 '욕망의 대가를 홀로 치른'(113쪽) 그녀를 다시 집으로 데려온다. 공동체 유지를 위해 항상 관리되어야 할 성(性)이 여성이라는 약자에게만 적용된다는 점에서 두 사람이 당한 폭력을 닮은 점이 있다. 물론 상대 남자가 미성년자라는 점은 있으나 화자는 그 중년 여성이 화구상의 아내라고 짐작했었다. 전혀 다른 것 같으면서도 같은 화자와 그녀의 수난이 일상의 작은 사건에 의해 정확하게 포착되면서 두 사람은 여성으로서의 공감대를 획득하게 된다.

3. 상징으로서의 동식물

작품에는 어김없이 작가의 메시지를 전달하는 존재가 상징처럼 포진하여 글의 완성도를 높이고 있다. 등단작인 <개구리밥>에서 개구리밥은 화자가 결혼 후 유일하게 집안을 변화시킨 존재이다. 죽은 아내의 유물이자 연못으로 사용하는 돌확의 이끼를 걷어내고 개구리밥을 띄운 것이다. 이십 여 년의 세월동안 튼튼히 뿌리를 내린 세 남자와 한 여자와는 달리 화자 자신은 그 집에서 물위에 떠있는 개구리밥 같은 신세이다. 그러나 이렇게 불안하게 떠있는 개구리밥은 부부싸움이 나거나 강아지가 병들며 다른 식물들이 시들어갈 때도 빛나고 야부지게 자신의 위치를 지킨다. 뿌리가 흐늘거리고 줄기가 없는 입장에서 잎이 단단해지는 것만이 생존의 길이라 생각하는 것이다.

개구리밥 외에 화자를 상징하는 존재는 강아지 슬기이다. 새미라는 강아지가 죽자 남편은 죽은 개와 똑같은 품종의 강아지를 데려와 새미라고 이름 짓고 과거 자신들의 기억 속에 있는 '새미'로 살도록 강요한다. 그러나 '서로의 가슴에 희로애락의 나이테가 새겨지지 않은'(85면) 막막한 관계의 새미를 식구들은 구박한다. 화자는 이 '새미'에게 슬기라는 이름을 지어주며 자신의 처지를 생각한다.

<덴파레>의 '덴파레'는 두 주인공의 습성과 처지를 상징하는 식물이다. 종 모양의 엷은 분홍빛 꽃이 몇 송이 피는 이 식물은 초기에는 좋은 향을 내지만 만개했을 때는 분내와 지린내가 뒤섞인 냄새가 난다. 작품에서 이 식물은 노린내로 남편의 소박을 맞았던 집주인을 상징하면서 동시에 잎이 좁고 길쭉하면서 꽃이 청초하게 생겼다는 점에서는 셋방 여자를 상징하는 것이기도 하다. 덴파레의 외형적 모습과 향기가 대조적인 점을 이용하여 다르지만 같은 두 여성을 그려냈다.

<희아리>에서 '희아리'는 병들고 말라 희끗희끗하게 얼룩이 있는 고추를 의미한다. 아내의 조기 폐경과 그에 따른 고통을 같이 경험한 화자는 머리끝에서 발끝까지 물이 고갈되어버린 아내처럼 감정도 육체의 열정도 소진되어버린 처지이다. 그는 외형적으로 볼 때 아직도 젊고 건장하다. 반면 몸 어느 한 군데 온전한 곳이 없을 만큼 심한 장애를 가진 최한기는 밤마다 사무실에 여인을 불러들인다. 육체의 불구성과 정신적 불구성을 대비하는 구도에서 '희아리'가 상징적 역할을 하며 작가는 과연 누가 '희아리'인지 독자에게 묻고 있다.

<빈방>에서의 '네펜데스'란 식물은 유혹하는 여성의 은밀한 육체를 상징한다. 벌레잡이의 관엽 식물로 가늘고 기다란 잎에 주머니가 달려있다. 주머니 속에는 향기로운 꿀이 가득 담겨 있어 향기에 끌린 벌레들이 스스로 주머니 속으로 들어간다. 벌레가 빠지면 주머니 속에 소화액이 분비되어 녹아버린다는 것이다. 입을 쩍 벌린 주머니의 음탕한 모습은 남학생을 유혹하는 여자의 몸짓과 겹쳐진다.

몸매를 고스란히 드러내는 옷을 입고 기다란 머리채를 뒤로 넘기며 이젤 앞에 앉아있는 남학생의 등을 주무르며 넌지시 껴안는 그녀의 모습은 네펜데스의 모습 그 자체이다. 화자는 어찌할 바를 모르고 당황해하는 남학생들의 표정에서 포충낭에 빠진 벌레의 몸짓을 본다. 이처럼 작품에 등장하는 상징들은 화자의 독백이나 시선에 멈추고 있는 형식이 자칫 빠질 수 있는 메시지의 모호함을 보완하는 역할을 한다.

4. 소멸하는 육체에 대한 성찰

30대 여성의 반항도 일탈도 없다. 20대 젊은 작가들의 쿨한 세상 보기도 없다. 그렇다면 40대, 50대 여인의 세상에 대한 안목이 갖는 강점은 무엇일까? 실재로 작품에 나타나 있는 주인공의 생활은 평범하기 그지없다. 재혼한 여인이 죽은 전처의 그림자에 눌려 살아간다거나 유부남과 오랫동안 내연의 관계를 유지해 오고 있는 여인, 책 대여점을 하던 중 성폭행을 당해 고통스러운 시간을 보내고 있는 독신녀들은 주어진 건조하고도 단순한 일상에 순응하면서 견디어가고 있다.

어찌 보면 바보 같은 그들의 삶의 모습은 세월의 무게를 견뎌낸 기간만큼 성숙하고 견고한 것이기도 하다. 단순한 체념이 아니라 극복을 위한 견딤이라는 역설을 작가는 그들의 남루한 육체를 가감 없이 묘사함으로써 보여주고 있는지 모른다.

<개구리밥>에서 작가는 천둥같은 소리를 내며 아내를 꼼짝 못하게 하던 남편이 교통사고로 꺾이면서 나타나는 정신적 육체적 쇠락을 손에 잡힐 듯이 그려내고 있다.

> 흰 속옷을 입은 그는 등을 구부린 채 목을 앞으로 쑥 내밀고 서 있다. 늙은 두루미 같다. 어째서 칼을 댄 등허리보다 목소리가 더 꺾였는지 알 수 없는 일이다.(65~66쪽)

> 남편의 항문은 참 기이하다. 살짝 누르기만 해도 톡 터질 것 같은, 말랑말랑하고 도톰한 살덩이가 다섯 개나 항문 주위를 둘러싸고 융기하여 있다. 그것은 영락없는 데이지 꽃 모양이다.(79쪽)

척추를 보호하는 인대가 뼈처럼 굳어져 척추신경을 억누르는 흉추인대 골화증으로 다섯 시간에 걸친 대수술을 한다. 남편은 하반신 마비의 위기는 넘겼지만 넓은 보호대에 의지하여 가까스로 걸음을 걷게 되면서 눈에 띄게 쇄락해갔다. 그런 모습은 '늙은 두루미'로 비유된다. 그는 어느 누구도 보지 못한, 심지어 전처도 보지 못한 오롯이 자기 것이 된 남편의 항문을 닦고 또 닦으면서 가까스로 균형감각을 유지한다.

작가는 대담하다. 성(性), 육체성(肉體性)의 문제에 오히려 담대한 것은 이미 그것을 한 발자국 쯤 떨어진 지역에서 바라볼 연배가 된 때문일 수 있다. 작가는 이미 신비롭지는 않은, 경험해버린 남성과 여성의 육체성에 대해 차분하게 말한다.

<희아리>에서 서른넷에 폐경과 불임이 덮친 여자의 육체적 징후들에 대해 놀랍도록 선연하게 묘사해낸다. 손가락 관절통이나 구강 건조증 같

은 현상은 물론이고 질 건조증 같은 내밀한 현상이 일으키는 성적 고통
을 잔인할 정도로 사실적으로 기술한다. 물기 빠진 식물처럼 건조해져
낙엽처럼 떨어져 나가버린 아내의 육체처럼 화자 자신도 그렇게 정신적
폐경을 맞고 있는 것이다.

이지러진 두 육체에 대한 선연한 묘사 또한 일급이다. <시과를 꿈꾸
다>에서 오른쪽 몸이 온통 화상으로 일그러진 이십 대 여성의 육체와 거
동이 불편한 노인의 옹이진 육체가 동시에 묘사되어 있다. 미서는 대학
시절 애인과 여관에 들었다가 화재를 만나 화상을 입는다.

> 검은 포도주빛의 오른쪽 뺨과 턱은 울룩불룩 거칠고 번들거린다. 불
> 에 타서 죽은 조직을 긁어내고 귀 뒤쪽의 표피를 얇게 떼어내어 이식
> 수술을 했지만 성공적이지 못했다. 수술 부위가 매끄럽지 못했고 살을
> 이은 자리에는 반흔의 켈로이드까지 생겼다. … 얼굴 뿐 아니라 미서의
> 오른쪽은 거의 모든 곳이 일그러져 있다. 팔과 옆구리, 허벅지, 다리까
> 지, 옆구리의 상처에는 등 피부, 허벅지 뒤쪽 상처에는 허벅지 앞쪽 피
> 부, 손등과 팔의 상처에는 엉덩이 피부를 떼어다가 조각보처럼 이어 붙
> 였다.(121~122쪽)

이런 미서가 약수터에서 만난 '곯아터진 참외' 같은 노인을 만나 쑥뜸
을 떠준다. 거무스레한 낯빛에 사람 냄새가 아닌, 응달에서 오래 썩은 고
기 냄새가 나는 노인은 그녀의 몰골에 고통과 측은함으로 일그러진 표정
을 짓는다. 그것은 공포나 사위스러운 표정을 짓는 다른 사람들의 그것
과는 달랐다. 그 많은 세월을 살아내면서 직접 겪어야 도달하게 되는, 인
간이 겪는 모든 경우의 수에 대한 진정한 이해와 배려에서 비로소 나올
수 있는 표정이다. 그후 노인에 대한 미서의 치료와 간호는 계속되었다.
바싹 말라서 오그라든 검붉은 단풍 나뭇잎 같은 미서의 피부와 거무스레

하고 탁한 노인의 얼굴은 어쩌면 닮은꼴인지 모른다.

두 사람의 기묘한 우정은 계속된다. 마디마디 옹이가 박혀 불거지고 열 손가락 끝마디가 일제히 아래로 구부러진 노인의 손이 미서의 상처딱지들을 훑어 내리는 행동에서 그녀는 애인이었던 규훈의 손을 연상한다. 그러나 이 경우는 젊음의 치기어린 열정이 아니라 서로의 아픔을 이해하고 위로해주는 종류의 우정이라 해야 할 것이다. 마침내 노인은 끊임없이 상처를 응시하면서 상처 속에 갇혀 살아가는 미서의 손에서 거울을 빼앗아 깨어버린다.

5. 노쇠함, 그 성숙의 과실

젊다는 것 하나만으로 특권이다. 특히 요즈음처럼 영상, 화려함이 강조되는 시대에 육체의 아름다움은 필수적인 것인지도 모른다. 화려한 영상의 시대에 약속이나 한 것처럼 젊은 문학이 판을 치고 있다. 일제 강점기의 암울한 시대를 경쾌한 코믹 스릴러물로 슬쩍 바꾸기도 하고 아버지를 마구 두들겨대는 폐륜 오빠가 등장하는가 하면 기린이 되어버린 우리 시대의 눈물겨운 가부장도 등장한다. 아무튼 거침이 없다. 무엇이든 다 될 것 같고 무엇도 되지 않는 그들의 놀이성 앞에서 어느 사이에 늘어난 잔주름과 새치를 서글프게 바라보는 우리들이 존재한다.

그러나 한편 우리는 시간의 부식을 견딘 진리, 진실함의 실체에 감동한다. 김연정 작가의 작품에는 바로 40~50대의 세상에 대한 통찰이 존재한다. 날 것 그대로의 풋내 나는 푸성귀가 아니라 오래도록 곰삭은 젓 같이 맛을 내는 김치처럼 수다스럽지 않은 그녀의 고백에 인생의 깊이를 느낀다.

제 4 부

감수성의 이동

모범답안의 현황과 전망

1. 수준이 고른 모범답안을 읽으면서

2003년 새해 들어, 일간지에 당선된 단편과 중편 소설을 읽으면서 숨이 막힐 정도로 답답했다. 세밀한 묘사, 하나의 사건이 다른 사건과 연결되면서 소설 전체의 구조를 이루는 정교한 짜임이라든가 안정적인 문체 등 전반적으로 수준 높은 작품들이었다. 소설가로 등단하기를 꿈꾸는 무수한 지망생들의 작품 중에서 고르고 골라 올라온 것들이니 오죽 잘 되었을 것인가? 그러나 단편 6편과 중편 1편을 읽었을 뿐인데도 왜 이렇게 숨이 막히고 답답한지…….

가만히 생각해보니 이 심정은 우수한 수험생들이 쓴 논술 고사 답안을 채점할 때 느끼던 그것과 비슷한 것이었다. 시험관은 정답이 무엇인지 알고 있고, 수험생 또한 학교나 학원에서 잘 배워, 어떻게 쓰는 것이 안전한지 알 때 나타나는, 고른 수준과 비슷한 소재, 글쓰기 방식, 흠잡을 데 없으나 채점하기에 영 재미없는 그런 것 말이다.

그러나 한 편 생각하면 작가에게 '등단'이란 시작에 불과하다. 등단 작품을 고를 때, 그 작가가 앞으로 글쓰기를 제대로 할 것인가 자격을 묻는 것이 급선무이지 그 작가에게 번득이는 천재성이나 대가가 될 가능성을 발견하기는 무리이다.

2. 특이한 디테일과 보편적 의미의 교직

한 편의 원고로 당락이 결정되는 신춘문예이기에, 100매의 제한된 지면에 하나의 주제로 자신의 역량을 담아내는 일에는 아무래도 제약이 따르게 된다. 섣불리 새로운 것을 추구했다가 실패하는 것보다 기본기, 참신함 등에 두루 점수를 얻는 것이 더 안전할 것이다. 이런 조건에 따른 공통적인 특징이 나타난다. 무엇보다도 형식적인 면에서 가장 빈번하게 나타나는 것이 취미나 직업 등 일상적인 사건이나 행동을 세세하게 묘사하는 과정에서 화자가 지금 처한 상황이나 의미를 상징적으로 드러내는 방식이다.

이정은의 <毒魚>(한국일보)는 작중 화자가 바다낚시를 하며 자신의 과거를 회상하는 내용이다. 소설에는 상어잡이용 바늘, 돔잡이용 바늘, 봉돌, 정어리용 인조미끼 등 낚시를 전문적으로 하지 않는 사람들이 도저히 알 수 없는 전문용어들이 등장하며, 고기를 낚아서 바구니에 담을 때까지 일어나는 소소한 일들이 눈에 잡힐 듯 정확하게 묘사되어 있다. 그럼에도 불구하고 낚시꾼이 우리가 통산 생각할 수 있는 남자가 아닌 여자, 그것도 젊은 처녀이다. 여성의 섬세한 눈에 담긴 바다낚시의 정경은 지금까지 남성작가들에 의해 묘사된 것과 매우 다른 이채로운 매력을 발산한다.

이런 특이함을 바탕으로, 현재 화자가 낚시를 하는 모습이 과거의 아픔과 병치되면서 낚시의 상징적 의미를 드러내고 있다. 화자의 아버지는 그녀에게 낚시를 가르쳐 주었으며 나중에 낚시를 빌미로 '여자를 낚으러' 다니다 화자의 엄마와 이혼한다. 뿐만 아니라 화자는 유부남 교수와 사귀다가 최근에 헤어진 아픔도 지니고 있다. 그런데 이 과거의 사건들이 낚시의 장면 장면과 연결고리를 가지면서 그것에 의미를 부여하고 있는 것이다.

예를 들어 햇살이 흩어진 달콤한 바다를 바라보며 화자는 햇살이 유난히 반짝거리던 날 그와 헤어졌던 일을 연상한다. 이 현재의 자극과 과거 연상의 방식에 의해 '인간관계란 낚고 낚이는 것이다'라는 소설의 주제가 형성된다. 소설에서 '값어치도 없고 야생력도 없는 멍청한 복어'는 '별볼일 없이 화자에게 상처만 줄 남자'를 상징한다. 화자는 이제 그 유부남 교수와 이별함으로써 낚시 바늘에 상처를 입고 도망간 '블루 샤크'의 신세가 된다. 그녀는 이혼 후 물고기를 방생하는 엄마와 달리 블루 샤크를 잡기 위해 새파랗게 날이 선 바늘을 바다에 드리운다.

이처럼 특정한 사건이나 일을 세밀하게 묘사하면서 자신의 과거사에 상징적 의미를 부여하려는 방식은 염향의 <숨은 띠>(세계일보)에도 동일하게 드러난다. 도투마리, 바디, 잉아 등 베틀의 여러 부위들의 기능이 세세하게 묘사되어 있다. 대마를 키워서 섬유를 만들어 베틀에서 삼베로 나오는 과정, 그리고 홍두깨로 베를 윤이 나도록 두들기고 밟는 모습이 차분하게 제시되어 있다. 씨줄과 날줄이 교차되어 삼베가 되듯이 베를 짜는 화자의 모습이 그녀의 과거사, 현재의 얽매임과 교차되어 작품의 섬세한 무늬를 짜내고 있다.

베를 짜는 그녀의 모습은 거미줄에 기어 다니는 거미의 모습을 닮고 있다. 그녀는 어머니의 재혼과 새아버지와의 불화로 상처를 입고 집을 나와 독립하지만, 두 사람이 교통사고로 죽고 빚을 물려받자, 열심히 베를 짜 그 상황을 모면하려고 한다. 그러나 베를 모두 도둑맞고 나서 그 상황을 모면할 방법이 없어졌다. 이렇게 옴쭉달싹 못 하는 화자의 모습이 거미줄에 갇힌 거미의 그것과 연결되는 것이다. 그러나 그녀의 마음은 실들이 내주는 길을 따라가 새로운 집과 사람들을 만나고 싶어 하는 '작고 연한 거미'이다. 화자의 직업이나 취미를 미세하게 묘사하여 디테일의 새로움을 주면서도 그것을 삶의 한 의미를 상징하는 방식으로 드러내는, 최근 성행하는 신춘문예의 공식을 지키는 전형이라 할 수 있다.

과거와 현재, 한국과 외국의 병치로 메시지를 전달하는 소설도 눈에 띈다. 백진의 <무스타파>(경향신문)는 이태원의 무희의 이야기를 다루고 있다. 그녀는 미스터 송이란 청년과 사랑에 빠진다. 그런데 송은 무스타파란 아랍인의 사기에 넘어가 많은 빚은 지고 감옥에 갇힌다. 애인을 구하기 위해 그녀는 무스타파를 찾아 아랍으로 떠나지만 끝까지 찾지 못한다는 줄거리이다.

그러나 이 단순한 줄거리는 이태원과 아랍의 공통점과 차이점을 병치시킴에 의해 중요한 의미를 획득한다. 소설의 공간이 이태원과 아랍이라는 점이 그것이다. 소설은 화자가 이태원의 정육점에서 그의 과거를 회상하면서 시작되고 정육점 안에서 양고기를 사는 것으로 끝난다. 현재와 과거, 한국과 외국이 교차되면서 서로 절묘하게 교섭하고 통합된다.

한국의 외국인 노동자 무스타파는 한국 공장에서 산재를 당하고도 한 푼도 보상을 받지 못한다. 마찬가지로 한국의 미스터 송은 아랍의 무스타파에게 사기를 당한다. 그녀는 한국에서 망고를 매개로 미스터 송을 만나게 되고 아랍에서는 자기처럼 집안 사정으로 대학에 못 간 망고 과수원 처녀를 만난다. 볼펜을 구걸하는 팔레스타인 난민촌 아이들에게서 부산 피난민촌에서 어머니가 겪었던 일을 떠올리는 등 다소 작위적이라는 느낌이 들 만큼 시간과 공간의 교차가 반복되고 있다.

소설에서 휴대폰은 이런 시공간의 중첩과 교섭을 상징적으로 보여준다. 그녀는 이태원에서 휴대폰을 통해 무스타파와 통화한다. 움직이는 존재이면서 먼 곳의 타인과 끊임없이 연결할 수 있는 휴대폰의 발명으로 정주민적 사고는 유목민적으로 바뀐다. 지구화 시대에 지금까지와는 다른 시공간 개념이 성립되는 상황을 휴대폰처럼 극명하게 보여주는 문명의 이기는 없을 것이다.

3. 가족사와 섹슈얼리티, 그 모호한 관계

굳이 프로이트나 라캉을 들먹이지 않더라도 한 개인의 정체성을 형성하는데 가족 관계가 차지하는 비중은 크다. 그리고 실제로 유명한 걸작들 중에서 가족사를 다룬 작품이 많은 것은 사실이다. 이런 연유로 '업둥이 의식'이 소설의 중요한 창작 동인이 된다고 말한 문학 연구자도 있다. 즉 자신이 주워온 자식일지 모른다는 의구심이 소설의 중요한 미학을 이룬다는 것이다.

그러나 이 사실이 모든 업둥이 의식의 소설이 훌륭한 작품이 될 수 있다는 의미는 아니다. 특히 청소년 문학이나 신춘문예에서 가족사의 내력, 상처를 소재로 하는 경향이 유난히 눈에 띄는 것은 이 소재가 이미 시험 문제의 상투어(cliché)로 자리잡은 사실을 의미하는 것이 아닌지……

장혜련의 <구멍>은 소위 신세대형 사랑 방식 중 하나를 보여주는 작품이다. 화자는 관계를 하는 남자를 바꿀 때마다 얼굴에 피어싱을 하는 대학생이다. 홍대 앞의 클럽이 그녀의 주무대이다. 그녀는 인디 밴드들의 음악 소리에 몸을 흔들다 우연히 만난 남자들이나 그룹 멤버들과 사귀는 것이 일과이다. 이들은 스타우트 맥주를 마시면서 비틀즈나 너바나의 멤버 이름을 들먹이는데 별로 재능이 없으면서도 밴드에 열중하며 살아간다. 이들에게 필요한 것은 '자유'인데 좀 더 구체적으로 말하면, '지긋지 긋한 가족, 끔찍이 사랑하는 가족, 지루한 일상, 목을 부여잡고 당장이라 도 죽여버리고 싶은 자기자신'으로부터의 자유인 것이다.

사랑하는 사람과의 헤어짐도 몸에 피어싱을 하는 아픔 정도에 지나지 않는 이 젊은이의 모습은 다소 과장되어 있지만 현재의 성 풍속도를 일 부 반영하고 있다고는 볼 수 있다. 사랑이 낭만의 차원에서 내려오는 모 습이 담겨있다고 볼 수도 있다. 그러나 작가가 화자의 이런 태도를 가족 으로부터 입은 외상으로 설명하고 있다는데 문제점이 있다 하겠다.

화자의 엄마는 술집을 하면서 자유분방한 성생활을 즐긴다. 이런 엄마 에 반발하여 '삼촌'이라고 불리는 남자를 유혹하여 관계를 가졌는데, 어 느날 어머니와 삼촌의 성행위 장면을 목격하고 집을 나와 이렇게 자유분 방한 생활을 한다는 것이다. 결손가정, 근친상간으로 인한 외상이 이유라 기에 설득력이 너무 약하다. 일탈적 성행위를 고통스런 유년 체험과 연 결시키지 말고 현대 사회의 성모랄의 문제로 끝까지 추구했으면 정말 좋 은 작품이 되었을 것이라는 아쉬움이 남는다.

임정연의 <야간비행>(대한매일)은 또한 균열된 가족 관계와 구성원들 사 이의 상처에 대한 이야기이다. 여러모로 잘 맞지 않는 남편 때문에 신혼 초부터 마음고생을 한 화자의 엄마는 발달 장애아를 낳고 그 아들이 집을 나간 뒤 기력을 잃고 자리에 눕는다. 피를 나눈 혈육도 아닌 화자는 이런 어머니를 돌보는 한편, 매일 밤 카페에 나가 남자를 유혹하여 같이 잔 뒤 화대를 받는다. 그녀는 직장 상사에게 일종의 성희롱을 당하고 있다.

이 뒤틀릴대로 뒤틀린 성편력과 불행한 가족 관계가 의미하는 바는 명 확하지 않다. 왜 결손 가정의 자식들은 이렇게 비정상적, 비도덕적이라고 여겨지는 성관계에 탐닉해 들어가는 것일까? 그렇다면 현재 변화하고 있 는 결혼 제도는 이런 상처 입은 사람들의 병적 심리 때문인가? 슬픔의

독에 몸져누운 어머니의 몸을 씻어주는 감동적인 장면과 성관계는 어떤 관련이 있을까? 사람 사이의 뒤틀린 소통 구조를 해소하는 하나의 방식이라고 해석해주기에 이 소재는 너무 많이 등장했다. 문장에 무리가 없고 구성이 탄탄하다는 장점 때문에, 즉 작가로서 기본기가 되어 있다는 점을 높이 사서 상이 주어졌을 것이라는 짐작을 해본다.

김나정의 <비틀즈의 다섯 번째 멤버>(동아일보) 또한 폭력적 성관계가 극단적인 구도를 이루며 나열되어 있다. 한 떠돌이 소녀가 여인숙에서 심부름을 해주고 있다. 소녀는 주인 남자와 그의 친구들에게 강간당하여 임신하고 있다. 이 여인숙에 한 여인이 찾아들고 자살을 기도한다. 그날 소녀는 뱃속의 아이를 키울 결심을 하고 그 여인의 주민등록증을 훔쳐 섬을 빠져 나간다.

폭력성, 공격성, 남성성이 모성애, 여성성의 축과 대비되는데 핏자국 얼룩진 개자루, 뭉개진 나방, 쥐약을 먹고 피를 토하며 죽은 쥐, 흉터가 있는 여인의 배 등의 디테일의 안배로 주제가 선명하게 살아나고 있다. 감상적인 결말이 아쉽지만 구성이 탄탄하다는 점은 인정한다.

4. 소통의 불가능과 유머
김언수의 〈프라이데이와의 결별〉(동아일보, 중편)

한 회사원이 있다. 그는 10월 2일 아침 프라이데이와 결별하면서 직장을 사직했다. 프라이데이는 '매우 친절하지만 정신과 육체가 황폐해지는 병균을 입속에 가득 숨기고 있는' 존재이다. 아직 이 병균에 감염되지 않은 화자는 성실한 태도로 사람들과 관계를 맺고 소통하려하나 번번이 실패하고 만다.

그는 탑골 공원의 노인에게 정중하게 담뱃불을 빌려달라고 요청한다. 그러나 그 친절을 오히려 수상하게 생각한 노인 때문에 오랫동안 실랑이를 벌인다. 한 술 더 떠서 그는 새벽에 지나가는 아가씨에게 정중하게 편의점이 있는 장소를 묻다가 치한으로 몰려 경찰서까지 끌려간다.

이들이 그를 이해 못하는 것은 당연하다. 그들은 창 앞에 유리창 청소부가 떨어져 죽어도 호기심 가득한 눈으로 잠시 쳐다볼 뿐 그가 겪은 불행에 조금도 감정이입하지 않는다. 이런 무서운 세균을 피해 그는 반지하 방에서 두문불출하나 마침내 병원균을 상자에 담아온 신사에 의해 감염된다는 것이다. 그리고 이 완벽한 디스토피아는 일종의 시침떼기의 유머 감각에 의해 설득력 있게 제시된다. 이런 문체가 지니는 가벼움을 이번 경우는 용케 비껴나갔다는 느낌이다.

5. 시험 모범답안의 한계와 가능성

한정된 분량에 자신의 가능성을 충분히 펼치기 위해서 모험을 피하는 것이 현명할 것이다. 같은 소재가 반복되는 것은 이런 이유 때문일 것이다. 공간의 세세한 묘사와 병치, 상황의 묘사가 등장인물의 심리를 상징적으로 드러내는 영화 같은 '보여주기' 기법, 결딴난 가족사를 기반으로 한 섹스, 현대인의 소통의 부재 같은, 지금까지 무난하게 사용되어 온 관습의 익숙함을 비집고 문체나 디테일에서 작은 개성을 드러내는 방식은 그래서 안전하다.

가족의 파탄이라는 반복되는 소재를 안전판으로 삼고 낚시나 베짜기, 아랍 여행 등의 이채로운 주제를 세세하고 정확한 문장으로 묘사함으로써 새로움을 부여한다. 그러나 이런 방식이 되풀이되면서 신춘문예의 부

정적인 면모를 드러내고 있다. 피어싱이나 홍대 입구 등지의 클럽 문화
의 문화적 의미, 혹은 그것을 즐기는 인간 존재의 의미를 그것 그대로 탐
구하지 못하고 한갓 결손 가정의 문제아로 그린다든가, 직장 상사와 불
륜의 관계를 맺는다든가, 몸을 파는 행위를 가족의 불행함과 병치시키는
방식은 소설의 사상성과 의미를 빈곤하게 한다. 신춘문예의 시험 형식으
로는 안정되고 섬세한 문장을 만들 줄 알고, 소설을 짜임새 있게 꾸릴 줄
아는 '기술자'밖에 생산하지 못하는 것이 아닌가 하는 의구심이 들기까
지 하는 것이다.

수학능력 시험이 선다형의 형식이고 대체로 무난하여 적당하게 지식을
익히고 요령 있게 문제를 파악하는 능력만을 측정하지 창의력이나 탐구
력, 집중력이 있는 최상급의 학생들에게 불리하다는 비판이 오래 전부터
일고 있다. 이즈음 신춘문예도 이런 문제에 봉착하고 있는 것이나 아닌
지…….

새롭고 창의적인 소재와 기법에 대한 아쉬움은 있지만 2002년 신춘문
예 등단 작가들의 기본기는 튼튼하다. 뭐 작가 제도도 들어올 때는 쉽지
만 나갈 때는 어렵다는 대학 제도처럼 만들면 되지 않을까? 어차피 이렇
게 등단한 작가 중에서 그야말로 노력한, 실력 있는 작가들만이 살아남
는 법이다. 이제 첫 출발점을 화려하게 끊었으니 노력하여 더욱 훌륭한
작가로 성장했으면 하는 바람이다.

동성애와 환상 – 일상의 전복을 꿈꾸며

정이현의 〈무궁화〉
신경숙의 〈물 속의 사원〉
이평재의 〈검은 면사포의 계절〉

1. '나'이면서 '너'이면서 '그녀'인 사랑

최근까지 사랑하면 떠올리는 종류가 '낭만적 사랑'이었다. 누구나 한 번쯤은 첫 눈에 반하는 경험을 한다. 그러나 그 이유가 상대방이 매우 뛰어난 사람이라거나 돈이나 권력이 많은 사람이라서가 아니라 내가 상대방에게서 세상의 어느 누구에게도 없는 특별한 그 무엇을 발견하였기 때문이다. 그리하여 둘은 서로를 갈망하고 열정과 갈등을 통하여 마침내 영혼과 육체의 합일점을 찾는다. 그리고 결과는 대부분 결혼과 출산, 육아로 이어진다. 물론 이 감정은 종종 비극으로 끝나기도 한다. 사랑하는 자는 사랑받는 자를 원하나 안타까운 일은 자신이 상대방을 사랑한다는 사실이 그로 하여금 꼭 자신을 사랑하게 할 수 없다는 사실이다. 그리하여 내적 경험과 행동 사이의 불균형은 갈망을 낳는다. 사랑에는 남자와 여자, 결혼이라는 세 요소가 있고 섹스는 자연스럽게 임신과 출산, 육아로 연결되며 사적 영역에서 그 몫을 담당하는 자는 흔히 여자로 규정지어진다.

사랑하고 결혼에 이르러 아이를 낳고 가족을 이루는 이 자연스러운 귀결을 좀 비틀어 말한다면, 사랑이 일부일처제의 결혼제도를 공고히 하기 위한 이데올로기가 아닌가 하는 것이다. 서로가 서로에게 특별하고도 운명적인 존재이기에 당연히 결합해야 하고 그 결합이 평생을 가야 한다는 논리는 사랑이 부부중심의 가족제도를 유지하는 핵심 요소로 작동하는 데 아주 효과적이다. 사랑은 너무도 신성하고 특별한 것이기에 평생을 유지해야 하는 것이다.

그러나 최근에 사람들은 서로 사랑한다는 사실만으로 결혼으로 골인하지도 않으며 사랑의 행위가 임신과 출산으로 연결되지도 않는다. 재생산의 고리에서 벗어난 지금 이 사회에서 사랑은 일상의 한 부분으로 내려왔다. 신성하고 신비로운 것으로 가득 차 있던 사랑은 이제 사람들 간에 친밀감의 일종, 소통의 일종으로 확대된다.

동성애는 사랑이 이렇게 친밀감의 영역으로 확대될 때 비정상, 광기, 일탈이라는 오명을 벗게 된다. 섹스를 남녀의 성기관에만 국한시키는 사고방식은 그것이 재생산과 연결될 때만 설득력을 지니기 때문이다. 특히 최근, 여성들 사이의 사랑이 여성의 성정체성을 존중하는 소통으로서의 성관계라면서 오히려 의미를 갖는다는 이론이 대두되고 있다.

<무궁화>(『문학사상』 2002년 6월호)는 최근까지도 전형적인 이성애 문화권이었던 한국 문단에 불어 닥친 동성애를 소재로 한 소설이다. 주인공은 결혼하여 한 아이를 두고 있는 여성과 서로 사랑하는 사이이다. 그러던 어느날 애인이 일가족과 함께 실종된 지 사흘이 되도록 소식이 없자, 주인공은 온갖 불길한 상상을 하면서 애인을 애타게 기다린다는 줄거리이다.

이 소설은 독신녀인 '너'의 2인칭 시점으로 되어있다는 점이 독특하다. 흔히 1인칭 시점으로 하는 것이 마땅한데도 굳이 2인칭을 쓰고 대상을 '그녀'라는 3인칭으로 상정하고 있는 것이다. 이 독특한 방식은 작가인

‘나’에 대한 또 하나의 자아로서의 ‘너’를 상정하고 ‘나’와 ‘너’가 동시에 ‘그녀’를 바라본다는 의미를 내포하고 있다. 그리고 ‘그녀’가 ‘너’와 다시 겹쳐진다.

> 그녀의 틈새.
> 눈을 감으면 그녀의 냄새를 맡을 수 있다. 어린 꽃잎에 번성하는 목화진딧물의 냄새, 갓 말린 바다 냄새, 처녀 양의 젖으로 만든 치즈 냄새, 혀끝이 열리고 온몸이 아리아리해지는 냄새, 태초의 냄새, 세상의 모든 냄새. 너의 너 자신의 냄새.(129쪽)

소설은 그녀와 ‘너’가 같은 성정체성을 가지고 있음을 암시하면서 시작한다. 나는 소설을 써나가는 화자의 의식이고 ‘너’는 소설에서 생각하고 행동하는 또 하나의 나이다. 이 두 주체는 나와 너가 바라보는 대상이자 또 하나의 분신이기도 한 그녀의 실종에 고통스러워한다. 그녀의 틈새에서 나는 냄새는 너 자신의 냄새이기도 하며 나의 냄새이기도 하다. 이 다중주체는 서로 어울려 하나의 이야기를 실뜨개처럼 엮어가며 혼란스런 자신의 성정체성을 설명하려 한다.

너는 그녀를 여성 동성애자 사이트의 정기 모임에서 만난다. 그녀는 ‘귀를 드러내는 짧은 헤어스타일과 말간 피부는 해사한 소년같아 보이기도 했고, 활짝 웃을 때 드러나는 진분홍색 잇몸은 과년한 처녀의 그것’같은 여자였고 자신의 정체성에 혼란을 느끼고 있었다. 그녀는 자신이 작은 여자아이의 몸에 갇힌 남자라고 생각해왔고 그 혼란을 숨기기 위해 남자와 결혼하여 아이를 낳기도 하지만 혼란이 종식되지는 않았다.

너와 그녀가 하는 사랑의 행위는 서로의 몸을 만지며 공감을 이루어나가며 동시에 자신을 찾아가는 과정이기도 하다. 둘은 햇볕이 가득 쏟아지는 침대 위에서 벌거벗은 채 서로의 몸을 만지며 각자의 성장 과정에

대해 이야기를 나눈다. 서로 쓰다듬고 포옹하며 노동계층의 여인과 중산
층의 여인이 서로를 이해한다는 상황 설정은 여성에게 있어 동성애가 타
자의 입장에서 서로를 이해하는 자매애의 일종이라는 주장과 맞닿아 있
다. 이 주장은 결말에서 보다 직접적이고 상징적인 방법으로 드러나고
있다.

소설의 결말에서 주인공은 자신의 성기를 폴라로이드 사진으로 찍어
그녀의 얼굴 사진 옆에 붙인다. 처음에는 검던 화면에 차츰 윤곽이 나타
나고, 너의 '얼굴'과 그녀의 얼굴이 냉장고에 나란히 붙어 있는 모습의
설정은 작가의 의도를 명확히 하는 측면은 있으나 아무래도 작위적이고
부자연스럽다.

소설에서 작가가 전하는 메시지가 아무리 좋아도 그것이 구체적이고 풍
요로운 디테일, 육체를 얻지 못하면 그 가치가 반감된다. 특히 이성애 문
화가 강한 한국에서 본격적인 동성애를 주제로 한 소설들이 독자의 공감
을 얻기는 어렵다. 독자에게 두 여인의 사랑이 구체적으로 다가오지 않기
때문에 자칫 이반의 문제를 다루는 구호처럼 공허하게 들릴 위험이 있다.

2. 이제 자유롭게 '나'를 이야기하려는 여자

신경숙의 <물속의 사원>(『문학과 사회』, 2002년 여름호)은 보다 완화되고
현실감 있는 여성 동성애를 다루고 있다. 처음 작가의 초기작을 읽으면
서 좀 짜증스러웠던 기억이 있다. <풍금이 있던 자리>란 소설이었던 것
같은데, 여성 화자가 사랑하는 유부남을 단념한다는 내용이었다. 현재의
사건에, 친 엄마를 몰아내고 잠시 집에 들어와 있었던 아름다운 여성에
대한 선망과 그리움이 중첩된다. 소설의 앞부분에 출생 즉시 각인된 기

억으로 평생 괴로워하는 공작새의 이야기가 논리로 설명할 수 없는 사랑을 효과적으로 표현해주고 있지만 고백의 내용에 육체성이 철저하게 제거되어 있는 점이 거슬렸던 것이다.

평소 군것질과 음담패설을 즐기면서도 남자들 앞에 가면 밥알을 세면서 먹거나 입을 가리고 웃는 여자들을 밥맛없다고 생각했던 필자였기에 남녀가 손 한 번 잡아보지 않은 것처럼 묘사되어 있는 이 소설이 개인적으로 맞지 않았던 것이다. 나이 서른이 넘도록 이런 식으로 사랑을 표현한다는 것은 '내숭'에 다름 아니다, 이런 결론을 잠정적으로 내렸던 것 같다.

이런 감정은 <외딴 방>이 정도 이상으로 찬사를 받는 모습을 지켜보면서 더 굳어졌던 것 같다. 틀림없이 잘 쓴 작품이었다. 노동자의 거친 육성이 생생한 민중의 목소리라 생각했던 많은 민중문학의 소설가와 평론가들이 민중의 삶을 이런 방식으로 써낼 수 있는 희귀한 능력의 소유자에 두 손 들고 항복한 것은 당연했다. 그러나 그들의 심리의 한 귀퉁이에는 한국 남성들의 누이 콤플렉스가 잠재해 있었던 것도 사실이었다. 이광수의 <무정>이나 임화의 <네거리의 순이>에서처럼 민족주의자이건, 사회주의자이건 한국 남성들이 자신의 누이를 바라보는 눈은 동일하다는 사실, 여기에 작가의 소녀스러움이 남성들을 진심으로 감동시키는데 큰 역할을 한다는 사실, 물론 그것은 작가가 의도한 바는 아닐 것이다.

그러나 작가가 결혼한 후, <딸기밭>, <바이올렛> 등에서 점차 여성의 몸에 대해 예전보다 더 구체적으로 관심을 보이는 것을 보고 필자의 판단을 다시 생각해보게 되었다. 원래 작가는 소설의 초기에서부터 자매애의 요소를 많이 드러내고 있었으나 요즈음은 그것이 보다 섹슈얼한 측면으로 기울어지고 있으며 그 의미를 지각하면서 소설을 쓰고 있다는 느낌이다.

우리 또래의 여성들에게 '순결'은 결혼에서 가장 필수적이고 가치 있는 교환조건이었고 이 순결의 교환 이후 얻는 것은 여자로서의 값어치 절하와 함께 성의 문제에 대해 비교적 자유롭게 생각할 수 있고 대응할 수 있는 합법적 권리였다. 때문에 '소녀스러움'은 사회에서 처녀에게 원하는 미의 조건이자 한국의 사회 문화가 은연중에 강요하는 예법이었다. 수줍음과 고요함, 순진함, 두려움 등은 남성들에게 '순결'의 문화 코드였고, 그 가치를 얻기 위한 과정으로서 끌림과 구애가 놓여있으며, 그 끌림은 처녀에게 성을 알게 해주는 제도적 장치로서의 결혼으로 종결된다.

요컨대 '소녀스러움'은 섹스를 알지 못해야 하는 처녀의 사회 예절이었다. 작가의 경우 강한 자의식의 외피를 매너로서의 소녀스러움이 싸고 있었고 그 한계 때문에 세인들의 엇갈린 평가를 받게 된 것이 아닌가 하는 느낌이다. 작가의 작품을 가치 있게 하는 전위적인 요소에 적어도 '여성스러움'의 탈피는 없었으며 이 한계는 당대 여성들의 한계이기에 오히려 문제적일 수 있다. 이제 작가는 결혼과 더불어 사랑의 문제를 예전보다 자유롭게 말하고 있다.

<물속의 사원>은 상처를 지닌 두 여자의 우정에 대한 이야기이다. 스물 두 살의 피부 관리사 하유자의 피부관리 연구소에 마흔 두 살의 다방 여자가 마사지를 받기 위해 온다. 여자는 다방에 거대한 악어를 키우고 있으며 스물에 출산한 아이를 버리고 집을 나온 후 외롭게 살고 있었다. 미스 하 또한 방화벽이 있고 엄마의 가출이란 상처를 지니고 있다. 두 여자는 곧 방을 얻어 동거하게 되었다. 그리고 어느 비바람이 몰아치던 날, 악어와 함께 두 여자는 자취를 감추고 만다. 소설의 앞부분에는 위기를 감지하는 동물의 생존본능이 언급되어 있는데 이 내용은 파키스탄의 회교 성지에서 시신을 굶주린 악어의 먹이로 던져주는 장례식 이야기와 연결되면서 폭풍우 치는 날 다방 여자가 악어에게 자신의 장례식을 치르

게 했을 것이라는 추측을 낳는다.

그러나 이 소설의 보다 중요한 부분은 두 여인 사이의 우정이라고 할 수 있다. 무엇보다도 하유자가 피부 관리사라는 설정이 몸을 통한 두 여인의 친밀감의 교환이라는 주제를 현실감 있게 만든다. 하유자는 단순히 직업의식 때문이 아니라 진심으로 손님들의 몸을 마사지한다. '어찌나 열심히 일하는지 고객들은 마사지를 받는 도중 누구나 한 번쯤 조금 천천히 하세요, 말하곤' 했을 정도였다. 그녀의 따스한 마음은 다방 여자의 몸을 마사지 해주는 장면에서 유감없이 드러난다.

> 눈이 부셨거든요. 목덜미 아래의 어깨뼈는 균형이 맞았고 허리까지 뻗어 내린 등뼈는 휘어진 데 없이 곧았으며 겨드랑이 밑이나 등뼈 사이엔 알맞을 만큼 살이 붙어 매끈했습니다. 얼굴만 보고는 짐작할 수 없는 아름답고 깨끗한 등이었습니다.(547쪽)

다방 여자의 몸을 바라보는 하유자의 감정은 마치 사랑하는 사람의 몸을 바라보는 연인의 그것처럼 감각적이다. 하유자는 정성껏 여자의 몸을 만진다. 등뼈를 타고 미세하게 퍼져 있는 흉터의 아픔을 고통스럽게 느끼면서 말이다. 몸을 통한 이들의 교감은 서로의 아픔을 위로해주는 관계로 발전한다. 마사지를 받는 동안 여자는 악어의 모성애에 빗대어서 자신의 과거를 간접적으로 말해준다. 그리고는 둘이 같은 부류라고 말한다.

그 이후로 둘은 같은 방에 기거하면서 서로의 상처를 고백한다. 하유자가 불놀이 가는 동안 도망간 엄마에 대한 상처 때문에 방화벽이 생겼음을 털어놓자 여자는 수족관에 악어를 기른 것은 자신의 무덤을 가꾸어 온 것이라 고백하고 악어에게 자신의 시신을 던져줄 것을 부탁한다. 여자가 딸을 위해 20년 동안 부어온 적금을 하유자의 이름으로 바꾼 사실이 그들의 방을 보러 온 여인에 의해 밝혀진다.

여인들 간의 이런 친밀감 형성은 무슨 의미를 가질까? 작가는 최근 여성에게 가해지는 남성의 성적 폭력과 시선의 폭력, 무시되거나 오인되는 여성의 욕망을 소재로 작품을 썼다. 작가는 지금 자신의 '소녀스러웠음'의 이유에 대해 말하고 있는지도 모른다.

3. 환상, 현실의 틈새를 비집고 올라온 죄의식

90년대 초 '환상성'에 관심을 가지고 논문을 쓰면서 몇 가지 재미있는 사실을 발견했던 적이 있다. 첫째, 한국 근대 문학에는 외국에서보다 더 심하게 '환상성'이 결여되어 있으며 그 이유는 개화기 애국계몽주의자들의 선명한 전망 때문이었다는 것. 그들은 개화에 대한 낙관론 때문에 조선 시대 소설에 나타나는 천상계를 거리낌 없이 문명 개화국으로 바꾸면서 유토피아를 현실 세계로 치환시켰던 것이다. 그 후 유토피아는 모습을 바꾸면서 1980년대까지 현실 속에 자리 잡는다.

둘째, <금오신화>라는 환상 문학의 백미를 쓴 김시습의 의식 구조 분석. 어린 시절 세종대왕의 무릎에서 시를 읊었다는 천재 김시습은 때가 되면 부를 것이라는 말씀을 가슴에 간직한 채 학문에 힘쓴다. 그리고 일어난 세조의 등극과 단종의 죽음, 자신이 믿었던 확고한 중세의 질서가 여지없이 무너지는 순간이었다. 도저히 어찌 해 볼 수 없는 환경이 작가에게 닥쳐왔을 때 현실은 불가사의한 그 무엇으로 변하게 되는데 김시습이 주인공의 환상 체험을 다루고 있는 까닭이 여기에 있다고 본 것이다. <금오신화>에는 현실의 파악과 장악의 불가능에 대한 절망과 두려움이 구조적으로 투영되어 있다. 그것에는 보통 고대 소설 같은, 천상계의 시공 확산이나 알레고리, 토도로프식의 현실 인식의 의지를 한 쪽 끝에다 단단히 붙잡고 있는 그런 것이 아니라 인식 불가능한 현실을 재현하려는 어찌할 수 없는 작가의 고뇌가 담겨 있었다.

최근 한국 문학에 환상적 특성이 두드러지는 것이 앞에서 말한 두 가지 사실과 관련이 있지 않을까? 이평재의 <검은 면사포의 계절>(문학동네, 여름호)은 평온한 가정에 갑자기 몰아닥친 기이한 비극을 다루고 있다. 현실에서 있을 수 없는 일, 있을 법하지 않은 일은 어떤 조짐이나 경고도 없이 슬그머니 현실 속으로 끼어든다.

조깅을 나갔던 남편이 정오에나 들어와 느닷없이 죽은 어머니를 보았다고 말한다. 죽은 자의 영혼이 도달한다는 시레네스 섬으로 가는 관광버스 안에서 어머니가 검은 면사포를 쓰고 자기를 향해 손짓했다는 것이다. 그 후로 남편은 그 관광버스를 찾아 거리를 헤매고 다니는가 하면 임신한 아내를 폭행하였다.

그렇다면 남편이 이렇게 죽은 어머니의 환영을 보는 이유는 무엇일까? 로즈메리 잭슨에 의하면 환상의 영역은 현실 이면에 감추어진 틈새 공간이라는 것이다. 이 틈새 공간은 현실에서 소외되고 억압된 존재들이 현실 질서를 위반하면서 출몰하는 곳이기도 하다. 그리고 이 틈새 공간에 거주하는 억압된 존재란 숨겨진 욕망, 무의식의 현현이다. 이 논리를 뒷받침해 주는 이론가는 프로이트이다. 프로이트의 <모래귀신>의 분석에 의하면 눈을 뽑아 죽이는 모래 귀신의 이야기는 인간의 거세에 대한 공포를 반영한다는 것이다. 결국 환상 영역에서 마주치는 것은 그것이 악마이건, 괴물이건, 영혼이건, 자신의 무의식이 투사된 결과물이라는 점에서는 같다.

남편은 어린 시절 어머니와 염문이 있었던 남자 집에 불을 질렀는데 마침 그 집에 어머니가 같이 있었다. 그 죄의식이 무의식 속에 잠재해 있다가 수십 년이 지난 현실의 틈새를 비집고 올라온 것이다. 발작 증세를 일으킬 때마다 폭력을 휘두르는 남편에게 화자인 아내는 증오와 살의를 키워나간다.

그러던 어느 날 아내의 증오는 폭발한다. 그녀가 남편이 가장 싫어하는 버섯 요리를 하기 위해 송이버섯의 기둥을 잘라나가던 중 문득 정신을 차려보니 칼에 피가 묻어 있었고 남편은 소파에 앉아 복부에 피를 흘리고 있었다.

> 하지만 그는 잠시 뒤 복부를 움켜쥐고 자리에서 일어나 휘청거리며 현관 쪽으로 걸어갔다. 그리고는 마지막 말을 남기고 무대에서 퇴장하는 배우처럼 나지막이 중얼거린 뒤 문을 열고 밖으로 나가버렸다. 어쩌려고 그랬니? 이 고통을 어떻게 견디려고? 모든 것을 내가 짊어지고 가려고 했는데…… 나는 아무 것도 기억이 나지 않았다. 단지 내 손에 들려 있는 피 묻은 부엌칼이 상황을 설명하고 있을 뿐이었다.(117~118쪽)

아내는 그 현장을 기억 속에서 서둘러 지워버리지만 남편은 자신의 경험으로 미루어 알고 있다. 세월이 흐르면서 진실은 수시로 일상의 표면으로 떠올라 아내를 괴롭힐 것이라는 사실을…… 남편은 해안지대로 차를 몰고 가 절벽에서 추락한다. 발견된 시체는 수중생물에 그의 성기까지 잘리고 복부가 너덜너덜 파헤쳐진 처참한 모습이었다. 현실 속에서 살해의 증거는 인멸되었지만 무의식으로 깊숙이 들어간 죄의식은 이제 다시 시레네스 섬으로 가는 관광 버스가 되어 아내 앞에 나타난다. 남편의 화장장에서 아내는 관광버스를 발견하고 올라탄다. 그러자 그때 뱃속에 태동이 감지되고 그녀는 서둘러 죽음 충동에서 벗어날 수 있었다.

환상 소설에는 등장인물이 환상의 공간으로 들어갈 때와 나올 때의 장치가 있다. 예를 들어 깜박 잠이 들었다거나 어떤 문으로 들어갔다는 식의 시작과 '날카로운 외침 소리에 놀라 깨어보니' 라거나 '빛이 깜박이는 곳으로 걸어나갔다'와 같은 현실 복귀 장치가 그것이다. 이 소설에서 화자가 현실로 돌아올 수 있었던 것은 일종의 모성애 때문이었다. 자신의 분신이자 사랑의 결실인 아이를 낳고 키운다는 것, 작가는 그것으로 이 불가해한 세상을 헤쳐나갈 수 있다고 생각하는 것일까?

디지털 감수성, 신세대 감수성

강영숙의 〈오아시스〉
이기호의 〈백미러 사나이〉
김종상의 〈낙서문화사, 창시자편〉
김경욱의 〈거미의 계략〉
정이현의 〈이십 세기 모단 걸〉

1. 인터넷과 엽기

한국이 인터넷 강국이라는 것은 자타가 공인하는 사실이다. 2000년 10월 말에 초고속 통신망에 가입한 인구가 300만이 넘었으며 전국에 PC방이 2만여 개가 성업 중이다. 또 다음, 야후 코리아, 아이러브스쿨 등 한국 사이트가 세계 10대 사이트 안에 들어 있는 상황이다.

특히 청소년들, 젊은이들 중에서 컴맹률은 문맹률과 마찬가지로 희소하다. 우리 학생들은 대부분 이 메일로 소식을 주고받고, 채팅으로 친구를 사귀어 본 경험이 있으며, 온라인 게임을 즐기고 있다. 리포트를 위해 관련 사이트를 뒤지는 것은 기본이고, 극장이나 차표 예매도 인터넷을 이용한다. 이처럼 학생들에게 인터넷은 놀이감이자, 학습 도구이며, 의사소통 기구이기도 하다.

그런데 이런 소통기구의 변화와 동시에 '엽기'라는 용어가 유행하기 시작했다. 원래 '엽기'는 '기이한 일이나 물건을 즐겨서 쫓아다님'이란 사전적 의미를 지니고 있었으나, 최근에는 황당한 일, 튀는 일, 잔혹함, 구토, 우스꽝스러움 등의 의미가 뒤섞인 새로운 개념을 획득해 가고 있다. 예를 들면 '엽기 토끼'가 변기에 절구질을 한다거나 아나콘다의 뱃속에 반쯤 들어가 있는 사람의 모습을 적나라하게 사진으로 찍어 놓는다. 엽기는 많은 경우 기존의 것을 패러디하는 과정에서 이루어진다. <우리 결혼할까요>란 영화 포스터를 오지명과 안재욱이 키스하는 장면으로 바꾸어 놓아 보자. 상상만 해도 엽기적이다.

어이가 없기도 하고 기가 막히기도 하여 쳐다보다가 피식 웃다 보면 '엽기'는 어느새 인터넷의 가장 인기 있는 사이트로 부상하고 있다. 그냥 일회적으로 지나치기에 우리 젊은이들의 '엽기' 감성은 양적으로나 질적으로나 무시 못 할 세력을 형성하고 있고 이제 하나의 미학적 경향으로 자리잡은 느낌까지 주고 있는 것이다.

그것의 의미는 무엇일까 생각하던 차에 <엽기적인 그녀>를 보게 되었다. 여주인공 전지현은 청순한 외모에 어울리지 않게 '너 죽어'란 말을 입에 달고 다니면서 남자 친구를 죽도록 패주는 거친 성격의 소유자이다. 반면 술 마시고 취하면 갑자기 기절해 버리는 괴벽의 소유자이다. 그 전지현이 황순원의 <소나기>를 이렇게 패러디한다. 소설의 마지막 장면에 윤 초시네 증손녀가 죽으면서 유언을 남긴다. 자기가 죽으면 소년과 함께 있을 때 입었던 스웨터와 같이 묻어달라고. 전지현은 자기 같으면 소년을 같이 묻어 달라고 하겠다고 말한다. 영화에는 소년이 산채로 묻히는 엽기적인 장면이 나온다.

이 장면을 보면서 필자는 이 시대 청소년이 왜 '엽기'의 감수성을 만들어내는지에 대한 이유에 접한 느낌이었다. 황순원의 <소나기>는 중학교 교과서에 실려 있어 대한민국 국민의 대다수가 접한 제도권의 문학이다. 가장 감수성이 예민했던 시절에 읽었던 이 가슴 저린 이야기는 우리의 가슴에 각인 되어 소설 읽기의 전범으로 우리 앞에 존재한다. 이 해석의 전범 때문에 한국인들은 거듭되는 '불치의 병' 모티프에 식상할 줄 모르고 열광하게 된다. 예를 들어, 한류 드라마의 원조인 <가을 동화>에서 여주인공이 난데없이 불치의 병에 걸려 사랑하는 이의 품에 안겨 죽어갈 때 십대 소녀부터 40대 아줌마, 60대 할머니까지 눈물을 흘렸다. 사랑 받는 여자는 아직 미모를 간직했을 때 죽는 것이 낫다는 이 '불치의 병' 공식은 <가시고기>, <열한 번째 사과나무> 같은 대중 문학에까지 그 강인한 생명력을 발휘한다. 우리의 이성은 그 말도 안 되는 공식을 비웃지만 우리의 감성은 그 지고지순한 사랑에 눈물 흘리고 또 흘린다. 이 놀라운 국민적 감수성은 기실은 <소나기>가 만든, 우리 문학 교육 제도의 성과일 것이다.

그런데 우리 기성세대의 관점에서는 경이롭게도 <엽기적인 그녀>는 이 제도로서의 문학적 감수성에 반항하고 있는 것이다. 그것은 <소나기>의 감수성을 너무 오랫동안 신세대에게 강요해온 기성세대에 대한 반발이다. 엽기 토끼가 변기에 절구질을 하면서 '달아 달아 밝은 달아'의 이태백 시절부터 유구하게 내려온 구세대의 감수성을 난도질한 것처럼.

그리고 보면 인터넷에서 성황 중인 이 '엽기'의 문화 코드는 낡은 문화 감수성을 깨고 새로운 감수성을 모색하기 위해 필연적으로 나타나는 부정의 준비 단계인지 모른다. 지면 관계상, 그리고 월평이란 글쓰기 장르의 한계 상 '엽기'와 디지털 매체의 상관관계, 엽기의 가능성에 대해 더 이상 언급하지 않겠다. 중요한 것은 이 '엽기'의 문화 코드가 신세대 문학의 중요한 화두로 올랐다는 사실이다.

2. 새로운 소통 구조, 인터넷

CMC(Computer-mediated-communication)이란 말이 있다. 컴퓨터를 매체로 한

의사 소통 방식이란 말이다. 최근 인터넷에는 이모티콘(emoticon)이란 신종 언어가 등장하고 있다. 감정 표현을 위한 아이콘으로 예를 들면, ^^은 웃는 표정, @_@은 찡그린 표정을 의미한다. 학생들은 이 기호들을 자유자재로 구사하여 말도 아니고 글도 아닌 새로운 제3의 인터넷 언어를 만들어 가고 있다. 이렇게 언어가 변하는 까닭은 디지털 매체의 특성 때문이다. 양방향성과 다매체성 때문에 인터넷을 통해 소통하는 두 사람은 마치 대화를 나누는 느낌이 든다. 그러나 이런 상호작용적 특성에도 불구하고 인터넷을 통한 만남은 현실에서의 만남과는 거리가 있다. 그래서 이 새로운 소통의 방식은 기존의 인간관계를 변화시킨다.

강영숙의 <오아시스>(『문학사상』 2002년 7월호)에서 주인공과 최수진이라는 여성은 같은 공간에 있으면서도 인터넷을 통해 교신을 하고 있다. 물리적인 공간이 중요하지 않고 가상공간에서의 소통을 중시여기는 이 사람들의 의식은 어떻게 되어 있는 것일까? 주인공의 애인에 대한 다음과 같은 묘사는 이런 점에서 상징적이다.

> 치즈 케이크가 들어간 그녀의 입 속이 지나치게 번쩍인다는 생각이 들었다. 그랬다. 이제 기억이 났지만 그녀는 왼쪽, 오른쪽, 아래위 어금니 모두가 인공보철이었다. 오후까지만 해도 신경 거슬리게 시리던 윗니 생각이 나서 아픈 부분을 혀끝으로 훑어보았다.(211쪽)

메시지는 신체의 확산, 따라서 인터넷 공간의 출현으로 디지털 매체와 육체의 혼합으로서 사이보그 인간이 출현했다는 주장은 이제 상식이 된 이야기이다. 육체에 인공물이 잔뜩 장착된 사이보그 같은 두 인물은 마치 감정이 없는 듯 생각하고 행동한다. 여기에 중국에서 한국으로 날아와, 다시 태평양을 건너 미국으로 가는 황사로 세상은 뿌옇기만 하다. 이 또한 '전자 사막'의 비유를 생각나게 하는 설정. 여기까지는 그저 그런 디지털 세상 이야기인데…….

그런데 이 디지털 감수성의 주인공이 소설의 마지막에 한 행동, 그는 유방암으로 절제 수술을 받은 엄마의 함몰된 유두 위에 패랭이꽃을 올려놓는다. 꽃 크기와 빛깔이 유두 모양과 비슷하다는 생각을 하면서 말이다. 이 어처구니없는 블랙 유머를 우리는 흔히 엽기라 부른다.

3. '환상'과 '황당'의 거리, 그리고 풍자

엽기 사이트에 정치인들의 얼굴이 패러디되는 사례는 흔하다. 부시 대통령의 표정을 침팬지의 그것과 비교한 사진이 있는가 하면 김영삼 전 대통령의 사진을 합성한 것도 있다. 이런 식의 패러디는 지금까지 권위의 상징으로 여겨져 온 것들을 부정하는 가벼움 정도를 지나 풍자로 작동하기도 한다. 한때 세인들의 인구에 회자되었던 <엽기 김대중>이 그 예이다. 한국에 무기를 터무니없는 조건으로 넘긴 미국의 부시 대통령에게 김대중 대통령이 전화를 거는 이야기인데 처음에 정중하게 시작했던 김 대통령은 곧 걸쭉한 전라도 사투리로 미국 대통령을 사정없이 욕한다. 그 욕을 한국의 소리로 표현하는 배철수의 목소리…….

이기호의 <백미러 사나이>(『현대문학』 2002년 7월호)는 우연한 사고로 뒤통수에 박정희 대통령의 눈이 생긴 사나이의 이야기를 다루고 있다. 뒤에 눈이 있는 덕분에 쉽게 컨닝할 수 있어 초, 중, 고등학교를 무사히 졸업하고 서울 소재의 상위권 대학에 진학하고 심수봉을 닮은 여학생과 사귀게 된다. 데모 때도 뒷걸음질 쳐서 백골단 속으로 뛰어들어 운동권 학생들 사이에 영웅이 된다. 그는 이 사건을 '부활한 박통이 대학생들과 거짓 화해를 시도한 첫날'로 표현한다. 그러나 처음에는 눈을 감아야 작동했던 머리 뒤의 눈이 점차 진짜 눈을 잠식해 들어가고 그는 데모대를 향해 화염병을 날린 어느 날 사람들의 시야에서 사라져 버리고 만다.

현실에 일어날 수 없는 이야기를 태연자약하게, 방약무인하게 개진하는 일, 익명의 아이디에 의존해 밀폐된 방에서 눈치 볼 일도, 거리낄 일도 없이 마음껏 해대는 인터넷 세대의 감수성에 닿아 있다. 채팅하는 학생들은 사이버 공간에서 대부분 얼굴을 맞대고 만났다면 할 수 없는 말, 할 수 생각을 자유롭게 하게 된다는 이야기를 한다. 그리고 상대방 학생과 친해져서 오프라인 상에서 만났을 때 채팅 공간에서와는 너무 다른 모습을 보여서 놀라거나 실망한다고 한다. 익명성에 기대어 해야 할 일과 하지 말아야 할 일의 경계를 넘나드는 네트 세대의 의식이 엿보이는 대목이다.

'엽기'의 감수성도 바로 여기에 와 닿아 있다. 그들은 현실 세계의 논리를 가볍게 무시하고 제도, 법, 문화를 가볍게 비틀어 버린다. 이기호의 <백미러 사나이>에 드러나는 '환상성'에는 기존의 작가들이 현실성의 문법을 깨는데 드는 힘겨움이 존재하지 않는다. 따라서 그것은 '환상'이 아니라 '황당'이다. '언행이 거칠고 거짓되고 주책이 없음'이란 사전적 의미를 지닌 이 개념은 인터넷에서 공식적인 소통 구조를 깨는 비공식적 소통 구조로 힘을 발휘한다. 그것은 비속함, 탐욕 등의 코드로 공식 언어를 공략한 <가르강티아 에 팡타그리엘>의 민중 언어를 닮으려 한다. 아직은 <딴지일보> 정도의 강점과 한계를 벗어나지 못하는 수준이지만.

그러나 황당함이 황당함에서 끝나는 엽기는 더 많다. 거미 때문에 굶어 죽은 남자— 김경욱의 <거미의 계략>(『문학사상』 2002년 7월호)은 합정동 오피스텔에서 한 남자가 변사체로 발견된 사건에서 시작된다. "왠지 맡기 싫은 사건이 있다. 특별한 이유 없이 피하고 싶은 사건들 말이다."라는 형사의 말로 시작되는 품이 제법 흥미 있는 탐정 소설이 될 것 같아 재미에 목말라 있는 독자의 구미를 당긴다. 금연껌을 씹어대는 형사는 방안을 면밀하게 수색한다. 죽은 인물이 썼음에 틀림없는 소설도 발견되고 신용 카드 연체료 독촉장, 자신의 결혼 청첩장 등 여러 군데의 복선이 깔려 문제 풀기가 제법 복잡할 듯하다. 더구나 변사체가 사귀고 있었던 여성도 둘이나 된다.

그러나 변사체는 타살당한 것이 아니라 아사했음이 밝혀진다. 첫사랑의 여인과 마지막으로 만나던 날, 유난히 결벽증이 심했던 그는 그녀로부터 사람이 평생 동안 실수로 먹는 거미의 수가 여덟 마리라는 이야기를 듣고 질겁을 한다. 그후 그는 마스크를 쓰고 침대에 엎드린 시체로 발견된다. 참 황당한 결말도 다 있다.

4. 패러디에 묻어나는 예술가에 대한 역설적인 그리움

김종광의 <낙서 문학사 : 창시자편>(『문예중앙』 2002년 여름호)은 예술가 소설의 패러디라 할 수 있다. 낙서 문학이란 장르를 처음 창시한 유사풀의 일생을 그린 '낙서'이다. 어린 시절 이상의 문학작품을 읽으면서 시, 소설, 수필과 또 다른 낙서의 장르를 창시한 유사풀은 25세의 나이로 요절하지만 훗날 김성연이란 평론가에 의해 재조명되면서 제도권 문학 속으로 영입된다.

소설은 유사풀의 친어머니 박첫예, 친구 이기운, 계모 최입분, 초등학교 동창, 최미주, 도서관 사서 조관선, 중학 동창 박호현, 고교 동창 김배인, 선배, 평론가, 출판업자, 동거했던 여성 등의 다각적인 증언으로 이루어져 있다. 이들은 유사풀과 다양한 이해관계를 지니면서 각자의 관점에 따라 한 문학가를 설명하고 있다. 친어머니는 기억도 나지 않는 아들에 대해 무심한 어조로 이야기하고 있고 동거 여인 홍예지는 잠깐 같이 살았을 뿐인데도 이렇게 많은 돈을 남겨준 유사풀에게 감사한다.

주변 사람들은 저마다의 이해관계에서 유사풀의 재능을 해석한다. 학교 동창들은 '낙서'를 주장하는 그의 괴벽이나 뛰어난 재능에 대해 이야기하기도 하고 개인적인 원한 때문에 그를 평가절하하기도 한다. 평론가는 자신의 학문적 야망 때문에. 그리고 출판업자는 책을 팔기 위해 낙서문학을 적극적으로 문학 제도로 정립한다. 천재적인 예술가가 불우한 환경을 딛고 전심전력하여 일가를 이룬다는 전형적인 예술가 소설의 이야기가 다양한 이해관계를 지닌 사람들의 시점에서 해석됨으로써 패러디되고 있다. 그러나 희화화되는 과정에서도 언뜻 비치는 갈망 같은 것, 문학은 21세기에도 나름의 방식으로 존재할 것이라는 희망 같은 것이 드러나 있다.

그러고 보면 이 패러디가 한바탕의 입담, 재미 외에 담고 있는 메시지는 무엇인가? 영화 <해피 엔드>의 포스터를 패러디한 사진은 이제는 진부해진 엽기물이다. "전원주 남김없이 벗었다!! 불타는 온몸 연기!! 누가 그녀를 막으랴."의 구호로 되어 있는 이 포스터에는 전원주가 침대에 누워 있고 그 옆에 최민식이 앉아 있다. 잠깐만 생각해도 쓴웃음이 나는 이 패러디는 사진을 오려 붙이고 낙서하듯이 문안을 조금만 변형하면 가능한 것이다. 이 '낙서'같은 패러디가 우리에게 주는 의미는 무엇일까?

5. 하이퍼텍스트, 다시 쓰기

요즘 학생들의 리포트를 채점하는 것은 여간 곤혹스러운 일이 아니다. 쉽게 편집되고 수정되는 하이퍼텍스트의 특성 때문에 학생들은 인터넷 사이트를 자유롭게 네비게이팅하며 원하는 정보를 수집, 요령 있게 짜깁기하고 그 틈새를 교묘히 메워 손쉽게 그럴싸한 글을 만들어낸다. 정보를 공유하고 생산, 교환, 소비하는 것이 본질인 하이퍼텍스트의 특성 앞에 이제 지식은 어떤 방식으로 존재해야 하는 것일까? '집단 지성(collective intelligence)'의 개념이 이제 모바일의 보편화로 '연결된 지성(connected intelligence)'의 개념으로 바뀌는 판이다. 이제 디지털 기술이 조금만 더 발달하면 사람의 뇌가 데이터 베이스의 바다에 직접 접속할 수 있지 않을까 하는 상상을 해본다.

이처럼 정보에 손쉽게 접근할 수 있으니 어디까지를 베끼기로 규정해야 하는지 암담할 때가 많다. 이제 상호 텍스트성의 개념을 좀더 극단적으로 밀고 나가면 문학 작품 또한 다른 문학 작품들의 데이터 베이스에서 개인적으로 건져 올린 정보의 한 조각이 되는 것이나 아닐지……. 패러디 또한 다시 쓰기의 일종인 것, 다시 쓰기는 이 시대 문학의 필연적인 경향일 수밖에 없나보다.

정이현의 <이십 세기 모단 걸>(『현대문학』 2002년 7월호)은 김동인의 <김연실전>을 다시 쓴 작품이다. 1920년대 신여성인 나혜석, 김옥엽, 김명순이 어떤 방식으로 매도되었고 탕녀로 몰아졌으며, 문학사에서 사라졌는가에 대해서는 최근 활발한 연구가 있어 왔다. 이 와중에서 김동인이 김명순을 모델로 쓴 '<김연실전> 다시 쓰기'가 연구 분야에서 먼저 시도되었다.

그런데 작가는 이 소설을 자신의 소설로 다시 쓰고 있다. 김연실은 비록 소실의 자식이었으나 신문명을 익혀 조선 백성을 깨우칠 생각으로 동경 유학길에 오르나 맹호적이란 인물의 음모 때문에 뭇 남자를 유혹하는 탕녀로 세인의 입에 오르내리게 되었다는 것이다. 내용이야 이미 연구 분야에서 다 거론된 바 있고 이광수, 염상섭, 김동인 등 당대 남성들의 권위적인 문체를 해체하고 있는 점이 새롭다 하겠다. 물론 아주 가볍고 발랄한 필치로. 심각한 주제를 이렇게 짧고 가볍고 손쉽게 일축해버리는 자신감, 요즘 작가들은 어떤 든든한 배경이 있기에 이렇게 거침없이 쓸 수 있을까?

여자는 남자를 어떻게 사랑해야 하는가

윤후명의 〈고원의 꿈〉
송기원의 〈헤조갈래〉
공선옥의 〈별이 총총한 언덕〉
전경린의 〈나의 비둘기 여인〉

1. 대상으로서의 자연, 그리고 여자

사랑, 혹은 성(sexuality)의 연구는 본질주의적인 접근 방식과 구성주의적인 접근 방식으로 나뉜다. 전자의 경우는 인간의 성이 독립적이고 내재적인 속성을 지니고 있다는 입장에서 인간의 성정체성을 본질적으로 바라본다. 반면 후자는 인간의 성이 문화에 영향을 받으며 관계적인 것으로 본다. 즉 성이 자연적이고 가치중립적인 것이 아니라 사회적 관계와 문화적 맥락에 따라 구성된다는 것이다.

이 상반된 관점을 종합해보면 사랑은 한 이론이나 관점으로 설명할 수 없고 정의할 수 없는 복잡한 인간 본성이자 인간의 소통 구조의 일종이 된다. 여자와 남자가 만나서 어떤 감정을 느끼게 될 때, 그것은 운명적인 것이기도 하고 서로의 본질을 발견하는 것이기도 하지만 많은 경우 그것은 사회관계, 제도에 의해 영향받고 규정되며 귀결된다. 특히 제도에 의해 어느 한 쪽이 중심의 위치를 획득할 때 타자의 위치에 있는 존재는 상처받고 고통스러워하게 된다. 이번 달에는 유난히 '사랑'을 주제로 한 소설이 많이 눈에 띄면서 작가가 남성이냐, 여성이냐에 따라 대립되는 시선을 견지하고 있음을 볼 수 있었다.

에코 페미니즘이란 용어가 눈길을 끌고 있다. 어떤 현상을 설명할 때 이분법으로 나누고 어느 한 쪽을 중심으로 삼아 주변부를 설명하려는 버릇이 근대의 이분법의 고질이라는 것, 그리하여 하늘과 땅, 서양과 동양, 백인과 유색 인종, 남자와 여자, 인간과 자연의 이분법은 대개가 후자를 타자화하여 전자가 후자를 지배하려는 양상으로 발현된다는 것……. 지금 자연이 황폐하고 공해가 만연한 이유 중 하나가 자연을 대상으로 보고 주체인 인간이 그것을 타자로서 지배하려는 욕구 때문이라는 것, 따라서 여성 특유의 모성애로 대지를 감싸 안는 방식이 필요하다는 것이다.

이 주장은 논지 전개에 무리가 있고 여성의 약한 점을 의도적으로 격상시키려는 아전인수격인 측면이 있기는 하다. 그러나 윤후명의 <고원의 꿈>(『현대문학』 2002년 8월호)을 읽으면서 한국 남성작가의 심층에 뿌리박힌 남성 / 여성이 인간 / 자연과 대응되는 코드를 발견하고 과연 어떤 주장이 이론으로까지 발전될 때에는 그만한 이유가 있다는 생각을 하게 되었다.

소설 속의 화자는 거의 작자 자신을 방불케 하는 인물로, 소설가로서 영월의 김삿갓 축제의 초청장을 받는다. 화자는 초청장을 받아들고 느닷없이 뜰에 심어져 있는 백두산 꽃파를 바라본다. 그리고 총령(總領), 즉 파 고개라는 뜻을 지닌 파미르 고원을 생각한다. 후배와 같이 영월을 떠난 화자는 김삿갓 시집의 내용으로 화답하면서 뜰의 꽃파 옆에 피어 있는 가중나무가 오동나무가 아님에 아쉬움을 느낀다. 봉황은 오동에만 깃드는 것을……. 화자의 지적 편력은 인각사의 '기린의 뿔', 인생이 도망의 연속이며 종국에 마주치는 것은 죽음이라는 섬뜩한 진실을 마주하며 진정한 만남이 무엇인가에 골몰한다.

그러나 소설이 진행되면서 이 현란한 지적 편력의 정체는 곧 드러난다. 그가 영월로 향한 이유는 영월 출신의 B 때문이었다. 그녀는 호리호리한 몸매에 '동그마니 얹혀진 듯한 섬세한 얼굴'을 지닌, 까만 원피스를 즐겨 입는 꽃파 같은 여자였다. 우연히 꽃장수 앞에서 '개불알꽃'을 두고 설왕설래한 것이 원인이 되어 사랑하게 되었고 그녀가 캐나다인을 따라 떠남으로 사랑이 끝이 났었다는 것이다. 화자의 사랑의 내력은 다시 김 삿갓의 생애에 대한 회상으로 이어진다. 그는 떠돌이 김삿갓에 자신을 대응시킨다.

> 김삿갓에 대해 한마디 해주십사고요? 저는 지금 고원에 와 있습니다. 김삿갓이 헤매던 그 고원입니다. 저는 삿갓을 쓰고 도롱이를 두르고 가 도가도 끝없이 펼쳐진 고원을 헤맵니다. 그렇다고 꿈을 꾸고 있는 건 결코 아닙니다. 왜냐하면 꿈은 삶이 될 수 있어도 삶이 꿈은 될 수 없기 때문입니다.(49쪽)

화자에 의하면 김삿갓은 끝없이 도망친 사람이었다. 둘째 아들이 세 번이나 그를 쫓아와 만났지만 그는 아들을 두고 도망쳤고, 57세로 세상을 뜨자 비로소 아들에 의해 영월에 묻힌다는 것이다. 화자가 김삿갓이라면 여인은? 그 고원에는 꽃파가 지천으로 피어 있고 눈이 먼 여인이 그가 온 것을 반기며 기린의 뿔로 삿갓조개를 따고 있다! 도처를 떠돌아다닌 화자가 고원에 오자 꽃파 여인이 그를 기다리고 있다가 반긴다는 것, 남자가 바람처럼 왔다가 사라지는 존재라면 여자는 상처 입은 마음을 부둥켜안고 끝없이 기다리는 존재라는 공식, 마찬가지로 자연은 항상 얻을 것을 얻고 떠나버린 인간이 낸 생채기를 스스로 치유하며 인고의 세월을 보낸다.

> 덧없이 세월만 흘러갔구나, 나는 속으로 되뇌었다. 몇 명의 여자를 만나고 몇 줄의 글을 쓴 그것으로 정리되는 과거였단 말인가.(35쪽)

　　한국 소설 중에는 화자가 여행을 떠나 돌아오는 과정에서 어떤 사건이
나 만남을 계기로 과거 여인과의 사랑을 회상하는 모티프가 눈에 많이
띈다. 특히 남성 성장 소설의 경우 주인공의 성장 과정에서 술집 여인이
나 매춘부와의 사랑이 큰 역할을 하는 경우를 많이 볼 수 있다. 그녀들은
방황하는 사춘기 소년이나 청년을 거두어 보살펴주고 삶을 통해 느낀 체
험을 바탕으로 그들을 돌보아준다. 이런 종류의 소설을 읽을 때마다 왜
한국 여성 성장소설에서 남성과의 사랑은 상처인 데 반해 남성의 경우
그 체험이 삶의 자양분이 될까 의문이었다. 한번 상상해보라. 여성 주인
공이 방황하거나 어려움을 처했을 때, 우연히 몸을 파는 남성을 만나서
그와 사랑을 회복하고 남자와의 아름다운 추억을 간직한 채 새로운 인생
을 찾아 떠난다는 줄거리를. 이미 한국 소설의 컨벤션이 되어버린 남성
의 여성 편력 회상의 모티프를 뒤집으면 아직 패러디밖에 되지 않는 현
실이다.

2. 창녀와 성녀, 그리고 엄마

　　오래 전에 읽은 송기원이 <늙은 창녀의 노래>는 아주 오래도록, 지금
까지 기억에 남는 작품이었다. 한 늙은 창녀가 진한 남도 사투리로 자신
의 내력을 손님에게 이야기한다. 순진한 시골 처녀가 서울에 취직하려
무작정 상경했다가 한 사내에게 정조를 빼앗기고 창녀로 넘겨진다. 그러
나 그녀는 자신의 인생을 망친 사내를 원망하지 않았을 뿐 아니라 훗날
다시 만나 살림을 차린다. 그러나 행복했던 순간도 잠시뿐 아이를 사산
하고 만다. 그러나 창녀는 자신의 운명을 원망하지 않고 아직도 자신을
원하는 남성들에게 '봉사'하려 한다. 창녀의 이야기를 듣는 손님은 '세상

끝까지 와본 것 같다'며 울고 두 사람이 포옹한다는 줄거리이다.

성욕도 절박하면 식욕에 버금가는 것이라는데, '곰배팔이'건 '문둥이' 건 자신을 원하는 남자들에게 몸을 보시하는 창녀에게서 보살의 경지, 성녀의 모습을 보고 '많이 배운 손님'이 감격해 울었다고 일단 수긍해보자. 그러나 그 손님이 가장 밑바닥의 창녀촌까지 일부러 와서 그중 가장 나이 먹은 창녀를 찾은 이유는 무엇인가? 그녀의 봉사정신이 자발적인 것이었던가? 수녀가 되건 비구니가 되건 그것은 자신이 원해서 누리는 삶이며 평생을 남을 위해 헌신하다 살아갔어도 그것은 자신의 의사에 의한 것이기에 행복한 것이고 의미 있는 것이다. 그러나 이 경우 그녀의 봉사는 그런 자기합리화라도 하지 않으면 미쳐버릴 것 같은 삶의 밑바닥에서의 처절한 몸짓이다. 창녀에게서 성녀의 경지를 본다는 것, 내게는 끔찍한 가학성에 다름 아니었다.

그때의 개운치 못한 기억 때문이었나 보다. 용서와 화해 속에서 어떤 경지를 이룬 인생을 그렸다는 점에서 수긍할 수도 있을 법한 소설 <헤조갈래>(『현대문학』 2002년 8월호)를 보고 과거의 찜찜했던 기억이 되살아났던 것은……

화자는 TV에서 밥집을 하고 있는 헤조갈래 할머니와 그녀의 딸 영순이를 발견하고 놀란다. 폐병 말기의 남편과 세 자식들을 이끌고 장터로 찾아온 헤조갈래는 부침개를 부치며 근근히 생계를 유지해간다. 천성이 선한 그녀는 장터 개구쟁이들의 놀림에조차 쩔쩔매고는 했다. 남편이 죽고 그녀는 장바닥에서 병들어 죽어가는 장타령꾼을 치료해주어 멀끔한 소리꾼으로 행세하게 만들고 살림을 차린다. 그러나 그 소리꾼은 헤조갈래와 그녀의 큰딸 영순이를 동시에 임신시키는 천륜의 죄를 범하고 돈을 훔쳐 도망가던 중 동네 사람들에게 잡힌다. 소리꾼이 몰매를 맞아 죽게 될 상황을 보게 된 그녀는 목숨을 걸고 빌어 그를 살리고 자신은 큰딸과

밥집을 계속 한다는 이야기이다.

> "그래, 저럴 수도 있어. 헤조갈래 저분이라면 얼마든지 함께 살 수도
> 있어."
> 헤조갈래 모녀가 함께 살 수도 있다는 쪽으로 수긍을 작정하자, 불현
> 듯 막혔던 벽이 뚫려 한 가닥 시원한 바람이라도 불어오듯 뭔가 상쾌하
> 고도 흥분된 기분이 가슴을 휩싸고 도는 것이었다.(55~56쪽)

화자는 그녀가 아름다운 생을 살았고 성공한 인생이었다고 주장한다. 그러나 어쩌란 말인가? 당시 시대 상황에서 딸을 유린한 남편을 고발하고 자신과 딸의 뱃속에 든 생명을 지울 수 있었겠는가? 어찌 할 수 없는 참혹한 세월을 그래도 살아내야 했던 기구한 두 여인의 생애가 아름답고 성공한 듯 보인다는 것, 그리고 그 시각이 남성 화자에게서 나왔다는 것, 수절 과부의 홍살문을 보는 듯 마음에 착잡해졌다.

다른 사람의 희생을 아름답다 하면 무난해 보인다. 부당한 일에 정당하게 항의하고 반항해도 저항하는 자의 모습은 처절할지언정 우리를 편안하게 하지는 못한다. 그러나 적어도 현재까지는 성(sexuality)의 제도로서 연애, 결혼, 출산, 육아의 문제에서 여성이 남성의 타자로 존재해온 것이 사실이다. 사랑의 관계에서 무조건 남성을 가해자로 상정하는 것 또한 어불성설이지만 사회적 제도 속에서 드러나는 차별과 모순을 간과하고 사람과 사람 사이의 주고받는 관계에서 희생의 방식을 자발적인 것으로 파악할 때 타자가 느끼는 피해의식의 골은 더욱 깊어질 것이다.

남편이나 아이에게서 비롯되는 여성의 수난사는 으레 모성애로 승화되고 있고 그것을 아름답다 여기는 것은 우리들이 어린 시절 어머니에게서 제공받았던 헌신적인 사랑에 대한 향수일 것이다. 여성에게 본능적으로 존재하는 것으로 흔히 생각되는 모성애는 어쩌면 이기적인 우리 모두가

궁극적으로 바라는 이상적인 상대방의 사랑의 모습인지 모른다. 그러나 기실 모성애는 교육되는 것이며 사회적인 필요성에 의해 요구된다. 임신과 출산, 육아는 고달픈 것이고 일견 고통스럽기조차 한 것이다. 역설적으로 보자면 그 고통의 무게 때문에 모성애는 존중받는 것이며 생득적인 것으로 승화되어 사람들에게 강요되는 것인지 모른다.

공선옥이 늘 그러하듯이 가식 없는 실제의 모성애를 무기처럼 들고 우리 앞에 섰다. <별이 총총한 언덕>(『문학사상』 2002년 8월호)의 한윤자는 작가의 대부분의 소설에 나오는 여성 주인공처럼 아이들을 키우면서 생활하고 있는 이혼녀이다. 그녀의 남편 심상배는 IMF로 다니던 회사가 부도가 나자 고시공부를 한답시고 윤자와 아이들을 친정으로 돌려보낸다. 그녀가 할인점 계산원, 학습지 교사, 과외선생을 해서 아이들을 부양하고 있는 처지임에도 상배는 돈을 요구하고 살고 있는 집을 저당잡히게 만드는 등 무책임한 생활을 영위한다. 그녀는 이혼하여 아이들과 살아가나 새로운 남자를 만나 재혼을 고려하는 처지가 되었다. 새 출발을 위해 아이를 전남편에게 맡기려 하나 상배의 뻔뻔스러움과 무책임에 격분하여 '책방 남자'를 단념하고 홀로 아이를 키울 결심을 한다는 이야기이다.

이 소설의 주인공 한윤자는 물론 드라마 <육남매>에 등장하는 엄마처럼 고상하고 우아하게 '똑(떡) 사세요'를 외치는 이상적인 어머니상이 아니다. 소설의 결말은 그녀는 '아이는 원하지 않고 여자만 원하는 책방 남자와 밤잠 안자고 돈을 버는 심상배를 이제야말로 내다버리자'는 장한 어머니의 결심을 하지만 그 과정에서 정작 리얼하게 보여주는 것은 그 과정의 지난함에 대한 것이다.

자식은 어미가 끼고 키워야 한다는 믿음을 철칙으로 알고 있는 어머니한테, 윤자에게 청혼을 한 남자가 했던 그 말, 아이들은 엄마 혼자 키

> 우란 법이 어뒀느냐고, 그것도 일종의 이기적인 모성 아니겠느냐고 했
> 던 그 남자의 말을 차마 얘기할 수 없었던 것이다. 그 남자는 말했었다.
> 아직 젊을 때 아이들은 아이아빠한테 맡기고 한윤자는 한윤자의 인생을
> 새롭게 시작하라고, 그래야 나중에 아이들한테도 떳떳한 엄마가 될 수
> 있다고.(216쪽)

윤자에게는 이혼한 딸을 IMF 때문에 실직한 남편을 제대로 보필 못하
였다고 오히려 부끄럽게 생각하는 어머니의 심리가 위선으로 느껴진다.
일방적이고 이기적이며 가족들을 책임지지 않는 남편과 이혼한 것은 당
연한 일이다. 그리고 아이들을 엄마가 키워야 하는 것도 아니다. 재혼할
곳이 있으면 아이 아빠에게 아이들을 맡길 수도 있는 것이다. 그러나 전
남편의 아이를 맡는다는 조건으로 상대 남자에게 돈을 요구할 눈치를 보
이자 그녀는 과감하게 재혼을 포기하고 홀로 아이를 키울 결심을 한다.
그러나 그 길이 과연 쉬울 것이며 윤자가 끝까지 어머니의 길을 갈 수
있을 것인가? 결국 어머니의 길을 간다는 점에서는 여느 소설과 다를 바
없으나 그 과정의 지난함, 흔들림이 실감나게 그려져 있다는 점에서 오
늘날 모성의 현실을 제대로 보여주고 있다.

3. 격렬한 사랑, 그 이후

전경린의 불륜 소설들은 열정 그 자체에의 탐닉, 강렬한 자기표현의
분출 등에서 여타 여성 작가의 그것과 차별화된다. 일상의 억압에 대한
반란, 진정한 자유의 획득의 몸부림은 때로는 여주인공이 비바람치는 아
파트 단지를 우산을 쓰고 염소를 몰며 빠져나간다는 기괴한 장면으로까
지 표출될 정도이다. 이 처절함과 철저함은 작가의 소설을 2급 로맨스물

과 구별시켜주는 중요한 미덕이기도 했다.

그런데 <나의 비둘기 여인>(『문학사상, 2002년 8월호)의 경우는 그 격렬한 사랑 이후의 삶을 다루고 있어 이채롭다. 마흔다섯의 무숙은 3년 연하의 유부남을 만나 사랑에 빠진다. 그 남자는 예쁜 딸과 십여 년을 같이 살아온 부인을 버리고 그녀와 살 것을 약속한다. 그러나 이혼한 후 남자는 홀로 이스탄불로 떠나버린다. 무숙은 산등성이의 아파트에 홀로 남겨진 채 남은 시간을 견딘다.

무숙은 일상인들과 같이 사찰순례, 방생, 고가구나 명품을 사모으기, 여행, 그림, 보석, 카드 등 "일 같지 않은 지리멸렬한 것들이 모여" 되는 인생에 익숙해져있다. 그런 그녀에게 사랑이 다가왔고 무숙은 완전히 빠져버린다. 만남과 헤어짐 끝에 그녀는 산속에 작은 아파트를 마련하고 그가 오기를 기다린다. 여기까지는 열정만으로 충분히 이루어질 수 있는 사랑의 과정이다. 남자와의 약속 세 시간 전, 그 절대적인 갈망과 열정의 순간을 작가는 이렇게 표현한다.

> 하지만 아무것도 약속의 황홀에 빠진 여자를 깨울 수는 없었다. 무숙이 매달린 십자가의 한 중심에는 모든 것을 퇴색시키는 불가사이한 빛이 타오르고 있었다. 너무나 자기중심적인 고립무원의 빛이.(225쪽)

만약 두 사람이 같이 살았다면 어떻게 되었을까? 작가는 그 답을 같은 아파트에 사는 문 할머니의 경우에서 보여주고 있다. 나이 육십에 가족들을 버리고 나간 남편이 이 년 만에 집에 돌아온다. 남편과 여자 사이에는 돌이 지난 아이까지 있었지만 '생활'이 없었던 것이다. 친구들은 그를 뒤에서 비웃고 친척들은 성토했다. 지금까지 살아왔던 기반을 송두리째 내어주고 사랑만으로 살기가 불가능 했던 것이다. 마찬가지로 무숙의 남자도 가족들을 버린 후 고립무원의 초라한 아파트에서 열정만으로 몇 개월 버티지 못했을 것이다. 일상의 지리멸렬함으로부터의 탈출로서의 사랑이 더한 궁상맞음으로 떨어지기 직전 남자는 때맞추어 이스탄불로 떠난다. 왜 하필 그곳인가? 여기에 신화가 등장한다. 불륜을 피하기 위해 제우스가 암소로 만들어버린 이오가 떠난 곳이란다. 신화로 승화된 사랑은 임의 부재라는 장치로 잡다한 사람살이가 빚어내는 신산함과 구질구질함을 가까스로 모면한다. 무숙은 상실감 하나로 그 많은 시간을 버텨낸다.

> 이곳에는 날짜가 없다. 일곱 번 단위로 반복되는 요일과 닫힌 날들을 채우는 24시간들이 있을 뿐이다. 시간은 어디로도 새어나가지 못하고 머리카락처럼 뭉친 채 빙빙 돈다. 시간은 어디로도 새어나가지 못하고 머리카락처럼 뭉친 채 빙빙 돈다. 기억은 덩치 큰 고집으로 변해 밖으로 나갈 길을 잃은 한 더미 바람처럼 이 벽에서 저 벽으로 퍼렇게 멍이 들도록 부딪치며 이따금 배를 찌른다.(222쪽)

절대적 정열이 만들어내는 힘이 전경린의 '불륜'의 매력이다 그러나 그 매력은 항상 뛰쳐나감의 순간에서 종결되기에 가능한 것이었다. 절대적 상실감을 붙들고 견디어낸 끝에 도달한 지점, 아이를 하나 입양해 키우고 싶단다. 작가는 이제 많이 지쳤나보다.

이야기는 결국 한 지점으로 귀착된다. 여자는 남자를 어떻게 사랑해야 하는가? 남자는 여자를 또 어떻게 사랑해야 하는가? 우리는 어떻게 다른 사람을 사랑해야 하는가? 타자성을 극복하는 일은 매우 어렵다. 상대방에게 피해의식을 느끼는 와중에 은연중에 자신의 대상으로서 시인하는 것은 치욕스런 일이다. 상대방을 공격하는 데 급급해서 자신을 돌아볼 겨를이 없어지며, 자신의 주관이 없어지는 동시에 자기 안에 가학자의 그림자를 드리우는 일은 타자들이 자주 빠지는 함정일 것이다. 눈먼 꽃과 여자나 헤조갈래들이 스스로 기다리고 희생하며, 상대를 감싸안는 주체로 설 수 있는 날이 빨리 오기를 바랄 뿐이다.

신세대 감수성 이해하기 또는 월드컵

은미희의 〈울밑에 선 봉숭아〉
한지혜의 〈왜 던지지 않았을까, 소년은〉
김미진의 〈승부차기와 첫 번째 섹스〉
성석제의 〈저녁의 눈의 신〉

1. W세대, 디지털 세대

월드컵은 우리에게 여러 가지 점에서 경탄과 가능성과 흥분과 의문을 제시해주었다. 수백 만이 모여서 환호하고 열광하는가 하면 온 국민이 화면 앞에서 숨을 죽이며 축구공 하나에 시선으로 모으고 안타깝게 기원했던 그 순간이 우리 역사에서 몇 번이나 있었던가? 그러나 무엇보다도 놀라웠던 사실은 우리 젊은이들의 응원 방식이었다. 찰라적이며 즉흥적이었던 젊은이들, 못내 못미더웠던 그 젊은이들이 그 순간만큼은 놀라운 저력을 보여주었다는 사실이었다.

80년, 그 해를 기억하는가? 5월 서울역 광장에서의 민주화 열풍을 우리는 기억한다. 전국 각지에서 몰려온 젊은이들의 민주화 열기, 그 절절했던 함성은 최루탄과 108일 동안의 휴교라는 회색빛 꿈으로 우리 기억에서 잊혀져갔다. 87년 그 민주화의 함성이 6·29선언으로 이어졌더라도 그 투쟁의 상처는 아직 우리에게 남아 있다.

그런데 이 아이들의 붉은 꿈은 우리의 그것과 너무 달랐다. 그들은 놀고 있었다. 최루탄을 맞으며 콜록대고 전경의 방패와 백골단의 곤봉에 고통스러워하던 80년대의 회색 꿈과는 달랐다. 태극기를 티셔츠로, 치마로, 붉은 망토로 한껏 멋을 내며, 페이스 페인팅으로 자신의 몸을 치장할 줄 아는 이 세대는 놀면서 자신의 단합된 힘을 드러냈다. 즐겁게 일하면서 자신의 이상을 달성하는 유토피아의 꿈이 그들의 세대에서 이루어진다는 징후일까?

전광판의 힘은 놀라웠다. 그러나 그 힘을 가공할 위협으로 받아들이지 않고 인정한 가운데 자신의 힘으로 역이용하는 그들의 힘은 더 놀라웠다. 내 앞에 처한 상황의 부정적인 측면을 비판했던 비판적 지식인인 우리 386세대들이 주춤하여 창피할 정도로, 우리의 능력은 고작 그 정도였다. 온 세계를 열광시킨 축구 저변에 깔려 있는 음모, 광고주와 구단주, 언론 사주의 연결 고리에서 각시처럼 놀아나는 대중의 모습을 비판하였을 뿐 그 현실을 꺼안으면서 개인 개인이 주체적으로 판단할 수 있는 대안을 진지하게 성찰한 사람이 몇 명이나 있을까? 과연 우리가 그들이—미디어가, 스포츠의 흥행사들이 조작한 장면과 광고에 적극적으로 현혹되면서도 그 와중에서 자기표현을 해내는 이 철부지 세대들보다 성숙하고 현명하다고 말할 수 있을 것인가?

그녀들의 힘 또한 놀라웠다. 일찍이 한국 여성들이 어디 한 번이나 자신이 좋아하는 남성에 대해 조직적이고 주체적인 추파를 보인 적이 있었던가? 스포츠는 항상 '그들'의 것이었다는 비판이 있었고 여성의 몸에 대한 재고를 요청했던 페미니스트들은 있었다. 그러나 유혹당하는 수동적 여성의 의식에서, 그리고 그 유혹당함을 비판하는 페미니스트의 의식에서 다시 적극적으로 남성의 몸을 선택하고 그것에 일정한 의미를 부여하는 여성의 의식은 일찍이 없었다. 그런데 어정쩡한 우리 낀 세대들의 놀라움은 월드컵 이후 여러 방식의 소설로 등장하였다.

2. 386세대의 두 입장

W세대들에 대한 '우리 세대'의 반응은 대략 두 가지가 있을 것이다. 가능성을 인정하여 우리 세대 속으로 통합하려는 노력이 있을 터이고, 낙관적인 그들의 행위 속에 언뜻 숨에 있는 폭력의 그림자를 읽는 축도 있을 것이다.

<울 밑에 선 봉숭아>(『문학사상』 2002년 9월호)는 우리 세대의 상처와 기억을 지금 이 세대와 비교하면서 하나의 가능성을 모색하고 있는 소설이라고 할 수 있다. 소설은 시내에 있는 D증권에 근무하는 K라는 40대 초반의 성실하고 평범한 직장인을 중심으로 월드컵 참관의 심정을 다루고 있다. 작품은 환청, 함성, 공포, 나의 살던 고향은, 울 밑에 선 봉숭아의 다섯 장면으로 구성되어 있다. 40대 초반의 이들의 경험과 기억에 비해 월드컵 세대의 그것은 참으로 이질적이다.

작가가 가장 먼저 제시한 이질감은 '레드 콤플렉스'의 극복이다. 같은 회사에 근무하는 P의 아버지는 비전향 장기수로 교도소에 수감되었다가 몇 년 전 8·15 특사로 출감되었다. 한국의 근현대사를 조금이라도 아는 사람이라면 이 사실이 한 개인에게 드리운 그림자를 짐작할 수 있을 것이다.

> 아버지 때문에 한 가족이 서로 말을 아끼고, 늘 누군가에게 감시를 당하며 사람들 주면을 맴돈 채 꿈이며 미래를 접어버리고서 힘겹게 살아갈 때 L은 무슨 꿈들을 꾸었을까, P나 L, 저들도 샴쌍둥이처럼 한 뿌리로 살면서 서로 다른 생각들을 하며 살아가지는 않았는지. 땅으로부터 멀찍이 떨어져 있는 18층 공간에서 매일 얼굴을 마주치며 같은 일을 하고 있으면서도 그들 사이에는 절대 걷어낼 수 없는 서름한 기운이 존재하고 있었다. 하나는 선택받은 종자로, 또 하나는 경계해야 할 대상으로, 만일 여의치 않을 때는 언제든지 격리 수용되어야 할 위험한 종자로.(82쪽)

공산당을 뿔이 달린 빨간 괴물로 그렸던 우리 시대의 기억을 굳이 들추어내지 않더라도 '빨갱이'란 단어가 주는 오싹함을 우리는 감각으로 기억한다. 하물며 가장 가까운 혈육이 빨갱이일진대 그 가족이 당한 설움이나 고충이 오죽했을 것인가? 이런 상처를 간직한 세대이기에 K는 붉은 악마들의 모습에서 순간적으로나마 '이상한 울음소리를 내는 개인에게는 가차없이 집단 쪼임을 가하는 파쇼'의 가능성을 읽는다. 그 '파쇼'의 모습은 이민 가버린 그의 친구 딸이 겪은 폭력의 연상으로 이어진다. 당시 중 3이었던 친구의 딸은 명품을 사기 위해 돈을 요구했던 동료 친구들에 의해 온몸이 멍들고 담뱃불로 지져지는 일을 겪는다. 아직 풋내가 가시지 않은 아이들의 폭력에 넌더리가 난 친구는 외국에 이민을 가버린다. 그의 소스라침은 오랫동안 이데올로기의 폭력에 시달린 한국인의 한 같은 것이기도 하다.

그러나 그 의구심은 넓은 광장에서 새로운 문화를 창출하고 있는 젊은 세대의 폭팔적인 힘 앞에서 사라져버린다.

> 언제부터 우리에게 저렇듯 광장 문화가 있었던가. 대개의 기억은 밀실이든 광장이든 공포의 기억뿐인데, 어디에 저런 흥과 신명이 살아 숨쉬고 있었던가. 그래, 광장. 우익인 좌익인지 편을 가르기 위해 다수의 사람들을 모아놓고 이쪽저쪽 옮겨 앉도록 하고 본보기로 공개 처형하기 위해서나 필요하던 광장. 누군가를 타도하고 응징하기 위해 목소리 높여 구호를 외치고 총알을 피해 흩어지던 광장. 누군가 제 뒷덜미를 잡아챌세라 허둥지둥 밀실로 돌아와 문 꽁꽁 닫고 숨어 지내느라 텅 비어버렸던 광장…(91쪽)

이 광장에 젊은 인파가 모여 새로운 놀이 문화를 일구었고 작가는 이들의 놀이 방식에서 우리 민족 전통의 공동체 의식이 부활했음을 감지한다. 한국 민족의 공동체 의식은 유별난 바 있었다. 동제 같은 의례도 마을 단위로 이루어졌고, 줄다리기나 지신밟기 또한 마을 단위로 이루어졌다. 작업도 두레라 해서 공동으로 이루어졌다. 이 걸립패 문화, 길거리 문화는 이제 한국의 근현대사의 굴곡을 벗어나 새롭게 부활하려 하는 것이다. 이런 맥락에서 붉은 악마들은 울 밑에 선 봉숭아들처럼 여리고 순한 붉은 꽃들이며 한국 민족의 한 전형이라고 작가는 주장하는 것이다.

반면 <왜 던지지 않았을까, 소년은>(『문학사상』 2002년 9월호)은 집단이 자칫 빠질 수 있는 광기, 폭력의 징후를 조심스럽게 내비치고 있다. 한국과 스페인의 경기를 참관한 나는 한 볼보이가 한국 쪽에 공을 던져주지 않아 관중들로부터 야유를 받는 광경을 목격한다. 축구 경기에는 12명의 볼보이가 있으며 그들은 그라운드 옆에 일정한 간격을 두고 대기하다가 공이 필드 밖으로 나오면 새 공을 던져주는 역할을 맡고 있다. 그런데 공이 터치라인과 광고판 사이에 떨어질 경우 공을 던져 넣으면 안 되는 규칙이 있다. 한국 선수는 이 규칙을 어겼기 때문에 볼보이가 공을 던지지 않은 것이다. 그럼에도 불구하고 관중들은 한국 선수의 편의를 봐주지 않은 그를 향해 집단적으로 야유를 보낸다. 작가는 이 모습에서 '오직 축구 하나에 빠진 집단 광기에 대해, 그로 인해 다른 것들이 얻는 손해에 대해서는 태연하고 아무렇지 않은 태도를 취하는 그 지독한 이기'에 대해 일침을 가하고 있다.

3. 가상 세계, 유목민, 그리고 섹스

시뮬레이터에 앉아 아이폰과 이어폰을 칙용하고 자동차 운전을 하거나 비행기 조종을 하는 체험은 참으로 모순적이다. 눈이나 귀라는 실제 감각 통로를 차단하고 화면에 떠오르는 장면에 몰두한다. 이렇게 되면 우리의 감각하는 육체의 절반은 실재 세계에 있고 절반은 가상 세계에 있게 된다. 이렇게 정신과 육체가 분열된 상황 때문에 사람들은 시뮬레이터에서 구토나 어지럼증을 느끼게 된다.

의미에서 우리는 자신의 육체를 가상현실로 가져갈 수 없다. 우리는 그것을 사이버 공건의 문지방에 두고 가야 한다. 육체에서 놓여난 정신은 훨씬 자유로운 모습으로 가상 공간을 향하게 된다. 컴퓨터 게임에서처럼 마음에 드는 인물에 감정이입해서 모험을 할 수도 있고 자신의 아바타를 만들어 사용할 수도 있다. 즉 정신에서 자유로운 육체는 우리로 하여금 새로운 육체를 마음대로 선택하게 한다.

최근 '아햏햏' 사이트가 화제가 되고 있다고 한다. 원래 인터넷 디지털 카메라 사이트였던 이곳에 게시판이 생기고 '엽기' 갤러리가 생기면서 많은 네티즌들이 기기묘묘한 사진을 올렸고 그 사진에 대한 답변에서 이 의미 없는 단어가 생겼다고 한다. '나는 아' '아 스럽다' '아 하세요' 등의 변종어들이 나타나더니 홈페이지까지 생긴 것이다. 이렇듯 이곳 네티즌들은 의미 없는 그 무엇에 재미를 느낀다. 예를 들어 한 네티즌이 벽에 서툰 글씨로 "여기 쓰레기를 버리는 자는 방법한다"라고 쓴 사진을 올린 적이 있다. 글을 잘 모르는 사람이 쓰레기를 버리지 말라는 뜻으로 삐뚤삐뚤 쓴 그 글이 다소 우스운 것은 사실이다. 그러나 네티즌들은 그 사진에 바로 답변을 한다. "앞으로 별 수 없는 사진 올리면 방법한다" 같이 이 말을 응용하여 금방 새로운 말을 유행시키는 것이다.

이렇게 탄생한 일종의 은어들은 그 사이트의 정체성을 드러내는 용어로 가상 공동체에서 사용된다. 자기만의 문화가 이토록 빨리 자유롭게 형성될 수는 없다. 이 언어들이 실재 공간의 은어들과 다소 다른 점은 더 무의미하고 더 자유롭다는 점이다. 마치 육체의 구속을 빠져나온 정신처럼 네티즌들은 자유롭고 유연하게 가상공간을 떠다닌다.

때문에 이들의 집단행동은 무서우리만큼 기민하고 신속하다. 서울 시장이 그의 아들과 히딩크를 만나게 한 사건을 신문에서 읽은 네티즌이 "혼내주자"고 제안한다. 얼마 가지 않아 서울 시청의 홈페이지는 그곳 사람들에 의해 도배되고 마비되어버린다. 심지어 서버를 해킹하는 일도 심심찮게 일어난다.

가상공간에서 네티즌들의 자유분방함은 바로 이 방식에서 연유한다. 실제 공간이라면 그 정도의 사건으로 시청 앞에 몰려가 데모하지는 않을 것이다. 지방에서 옷을 입고 집을 나서 기차나 버스를 타고 역에 도착해 모르는 길을 물어물어 겨우 시청 앞에 도착한들 가상 공간에서처럼 한날한시에 수천 명이 집합할 수 있겠는가? 사이버 공간이 시공을 초월한다는 증거가 여실히 들어나는 경우이며 그 비결은 육체의 자유로움 때문이다.

W세대가 뜨고 있다고 한다. 그들은 거침없고 즉발적이어서 철없는 아이들처럼 위험해 보인다. 오노의 금메달 강탈 사건 때 흥분한 네티즌들 때문에 대부분의 엽기 사이트들은 오노를 패러디한 이미지로 가득 찼었다. 미국의 횡포를 한탄했던 기성세대들과 달리 이들은 훨씬 적극적으로 자신의 분노를 드러냈다. 그러나 이들은 맥도날드 햄버거와 스타벅스의 커피를 좋아하고 한국 물건에 0 하나가 더 붙어 있는 고가의 미국 제품들을 선호하고 동경한다. 나의 몸을 치장해주는 것, 나의 몸을 아름답게 해주는 것에 맹목적이며 매스컴이나 광고의 현혹에 온몸을 맡겨버리는 이 감각적 차원의 철부지들, 이들은 월드컵 때처럼 가공할 만한 단결력으로 우리를 놀라게 한다. 이 분열증, 이 모순의 큰 원인이 바로 가상공간에서의 정신과 육체의 분열 때문이 아닐까?

〈승부차기와 첫 번째 섹스〉(『문예중앙』, 2002년 여름호)는 월드컵 세대의 입장에서 그들을 분석하고 해부하고 있다. 나, 가영, 은조, 샛별은 고등학교 동창생이며 지금은 20대 중반으로 추정되는 여성들이다. 나는 작가, 은조는 가구 디자이너이다. 이들에게 사랑은 '긴장'이란 말로 표현된다. 나는 조라는 남자 친구와 섹스를 즐기는 사이지만 조가 다른 여자와 웃으며 이야기하는 것을 보고 홧김에 우연히 만난 남자와 축구를 관람하고 섹스를 즐긴다.

한국과 스페인과의 경기를 관람하는 화자의 의식은 여러모로 문제적이다. 승부차기를 보고 흥분하여 같이 텔레비전을 보고 응원했던 남자와 러브호텔로 직행했다는 사건은 표면적으로는 즉흥적이고 경박하며 문란한 성 의식을 지닌 여성의 모습으로 비판될 수 있다. 그러나 '태극전사들의 섹시한 미소와 불끈거리는 근육'을 당당하게 감상하고 평가하는 여성의 모습에서 우리는 어떤 문제 의식을 가지게 된다.

지금까지 스포츠는 남성 우월주의의 사회화 기제로서 비판되어 왔다. 스포츠 사회학자 세이지(George H. Sage)는 스포츠는 남성들에게 남성다움이 무엇인가 인식하게 하고 여성과 소녀가 똑같은 상황에서 그러한 속성을 배우지 못하게 막음으로써 남성이 여성과 다른 종(種)임을 인지시킨다고 했다. 더구나 미국의 경우 미디어 보도량이 남성 스프츠에 95%를 배분하고 여성 스포츠에 4%를 배분하는 것으로 나타났다. 이런 경향은 남성 스포츠에 비해 여성 스포츠를 사소하고 주변적인 것으로 여기게 한다. 이 스포츠를 통한 성의 정형화를 막기 위해 여성 인력이 스포츠에 참여하도록 유도해야 한다는 여론이 높다.

그러나 실제로 육체와 체력에 있어서 남녀의 편차는 크다. 이 편차가 단순히 사회적 인식 때문에 나타난 것이라고 보기는 어렵다. 그러므로 여성이 스포츠에 소외되고 있다는 주장이 이 성차를 좁혀주지는 못하는 것이다. 따라서 차라리 여성이 관객의 입장에서 남성 선수들의 활약에 열광하고 그들을 평가하는 것이 더 주체적인 것이 아닐까? 유혹에 수동적으로 휘말리는 대상으로서의 관객이 아니라 유혹을 인정하고 그것에 적극적으로 참여하면서 자신의 기호를 드러내는 것이 과연 이 시대에 불가능할 것인가?

이들에게 사랑은 영과 육이 만나 합일되는 지고지순한 감정이 아니며 결혼의 전제 조건도 되지 못하는데 이 메마른 듯하면서도 자유로운 관계는 은조와 지누에게서 더 직접적으로 드러난다. 은조는 가구 디자이너이고 지누는 컴퓨터 기술에 종사하고 있다. 은조에게는 카프카 전집이 있고 지누에게는 평면 텔레비전이 있다는 사실이 계기가 되어 둘은 동거에 들어간다. 그러던 어느 날 월드컵이 시작되고 지누는 은조를 떠난다.

> 내가 떠나는 이유, 글쎄, 내 세포 속에 숨어 있던 뜨거운 열기를 되찾았기 때문이랄까. 그 동안 조직에 길들여지느라 거세되었던 내 모습. 나는 뜨거운 게 좋아. 생생하게 숨쉬는 기분이야.(204쪽)

언뜻 무책임해 보이는 지누의 행동을 화자는 '유목민'으로 규정한다. 유목민 의식은 가상 공간의 의식을 비유하는 용어로 널리 사용되고 있다. 공간에서 공간으로, 사람에게서 사람으로 자유롭게 옮겨다니는 지누의 모습은 가상공간을 유영하는 네티즌들의 의식과 흡사하다. 나는 20대를 투표장에 끌어들이는 방법으로 전자 민주주의를 주장한다. 인터넷을 통해 투표를 하면 대부분의 20대들이 참여할 것이라는 설명이다. 최근 네티즌들의 저력을 생각하면 일리 있는 제안이다.

4. 우리 시대의 축구

성석제의 <저녁의 눈이 신>(『문학동네』, 2002년 가을호)는 1972년 5월 16

일, 농촌 소도시 낙양읍 초등학교 운동장에서 벌어진 축구 경기를 다루고 있다. 30년 전, 즉 한 세대 전의 축구 경기를 특유의 입담으로 우리 앞에 펼쳐놓고 있다. 그 소도시에서 별로 이름 없었던 낙상 초등학교에서 축구팀은 더더구나 알려지지 않은 신생팀이었다. 그러나 뛰어난 재능을 가진 골키퍼와 열성적인 선수들 때문에 낙상 축구팀은 무서운 잠재력을 지닌 팀으로 성장해 나간다.

마침내 축구의 명문 중앙 초등학교 팀과 시합이 벌어졌다. 누구도 낙상이 승리하리라고 믿지 않았으나 낙상이 먼저 골을 넣자 관중들은 놀란다. 그러나 위기의식을 느낀 중앙의 추격과 심판의 편파 판정으로 낙상은 시합에 패배한다. 순수한 열정만으로 결코 물량공세와 권력이 지배하는 스포츠계의 벽을 뚫을 수 없다는 냉엄한 현실을 작가는 월드컵의 열기가 가시지 않은 지금 삼십 년 전의 설화를 통해 우리에게 보여주고 있는 것이다.

세비가 고래를 들었다. 세비는 눈물을 그렁거리며 저 별빛을 평생 잊지 말자고 다짐했다. 세비 자신이 넣었던 그 골처럼 샛별도 하나였다. 그로부터 그의 칠십 평생 동안 언제나 샛별은 맑고 고왔다. 그가 뭔지 모르게 세상 속에 있는 게 서럽고 억울한 저녁, 서쪽 하늘을 바라보았을 때 언제나.

가끔 고운 샛별이 우리를 비춰주며 위로하지만 그 샛별이 세상 전체를 밝혀 주는 것은 아닌 것이다.

구름, 물, 복숭아, 그리고 상상력

윤후명의 〈구름의 꿈〉
김지원의 〈물빛 목소리〉
원재길의 〈복숭아 과수원〉

이미지를 창조한 작가의 상상력 및 그 이미지를 떠올림으로써 독자는 감동적인 정신적 체험을 한다. 상상력은 단순히 외계 대상들의 이미지를 기억하는 것이 아니라 나름의 독자적인 법칙을 가지고 있다(바슐라르의 <공간의 시학> 중에서).

1. 구름, 대낮의 게으른 몽상

길에는 어린이와 여인들이, / 아름다운 구름과 흡사한 그들은, / 그들의 영혼을 찾으러 모여들었네.(<고향(Ville natale)> 중에서)

티베트의 여행은 고생스럽다. 자칫 우기에 접어들면 거의 매일 비를 만난다. 돌, 산, 황량한 고원, 그리고 불결함……. 그러나 그 고생스런 여행 내내 느끼는 기시감은 스스로 놀랄 정도이다. 그 기시감은 둥글넙적하고 순하게 생긴 몽고형 얼굴의 주민에게서도, 오두막집에서도, 보리밭에서도, 원형 지붕을 한 절에서도, 공예품에 자주 등장하는 만다라 무늬에서도, 길바닥에 널려있는 짐승의 분뇨에서도, 공간 전체에 흐르는 남루함에서도 느껴지는 것이다. 요컨대 티베트의 풍경은 50~60년대 한국 풍경을 많이 닮아 있다.

때문에 그 시대를 겪은 연배의 한국인이라면 그곳에서 자신의 어린 시절, 고향에 돌아온 느낌을 가지게 된다. 먼 거리의 공간 이동이 먼 시간으로의 여행을 가능케 하는 그 심정은 여행을 더욱 몽환적으로 만든다. 그렇게 티베트를 돌다 보면 그곳이 라마교를 믿으며, 동남아에 있고 에베레스트 산이 있는 곳이라는 논리적인 지식쯤은 저만치 사라지고 만다. 아무 일도 하지 않고 풍물을 경험한다는 여행의 법칙은 사람으로 하여금 집중하게 한다. 차창 밖으로 펼쳐지는 풍경을 보며 어떤 목적의식도 없이 방심에 빠지는 심리 상태에서 우리는 쉽사리 기억의 저장고 속으로 빠져 들어간다. 바깥의 자극은 나의 과거의 그 무엇을 연상시키고 우리는 누구나 마들레느 향기에 촉발되어 잃어버린 시간의 기억을 여러 권의 책으로 퍼 올린 프루스트처럼 된다.

윤후명의 <구름의 꿈>(『문학사상』, 2002년 10월호)에서 화자는 티베트 여행을 하면서 좌판에서 물건을 팔던 소녀를 우연히 만난 후 인사동에서 발견했던 목판화가 기억에서 떠나지 않는다. 티베트 황모파의 시조인 총카파의 초상화였는데 초록색 바탕에 구름을 도식화한 무늬가 그려져 있던 것이었다. 그러던 중 소녀의 집 근처 푸른 하늘의 뭉게구름을 보면서 어린 시절 죽은 옆집 소녀를 떠올리게 되었다는 줄거리이다. 이 간단한 이야기는 그러나 여행 내내 화자의 의식 전체를 지배한다. 화자는 여행 내내 세상을 떠돌다가 이제 집으로 돌아온 자신의 모습을 보고 있었다. 그 강력한 감각의 근원은 도대체 어디에서 온 것일까?

화자의 상상력은 티베트의 푸른 하늘에 떠다니는 구름으로부터 피어 나온다. 구름은 대낮에도 꿈꿀 수 있는 몽상의 대상이 된다. 구름은 쉽게 덧없는 몽상을 불러일으킨다. 구름에 대한 역동적 상상력은 흔히 마법의 양탄자나 마법의 외투 같은 상투적인 동화의 소도구들을 만들어 내었다. 어쨌거나 구름이 공간이동, 미지의 세계로의 이동이라는 감정을 불러일으키는 것만은 사실이다. 여기서 여행 고유의 몽상적 힘이 피어오른다고 할 수 있다.

화자를 태운 차는 고원의 호수를 보기 위해 위로, 위로 달리기만 한다. '강 건너로 깎아지른 벼랑은 높은 산으로 이어지고 그 위에 눈부시게 흰 솜사탕 같은 구름송이들이 지나가고 있었다.'(205쪽) 대지를 차고 위로 비상하는 화자의 상상력은 곧바로 잃어버린 기억으로 치달린다. 이 몽환의 분위기 속에서 화자의 구체적인 경험들은 하얀 구름처럼 뭉쳐지며 모호하게 흐려진다.

> 산골짜기로 양떼를 이끌고 들어가는 소년은 집으로 돌아오고 있는 게 분명했다. 하늘은 발그스름 물들고, 강물은 아래쪽 멀리서 검붉게 넘실거렸다. 나도 이제 집으로 돌아가고 있는 것일까. 이른바 청운의 꿈이란 무엇이었을까. 내가 꿈꾸던 아름다움이란, 사랑이란 무엇이었을까.(216쪽)

나그네의 객수(客愁), 감상성을 상투적이라고 할 수 있을까? 그렇고 그렇게 상업적으로 포장된 패키지 여행, 꿈까지 팔아먹는 문화산업으로 여행을 매도할 수 있을까? 수십 년 전 우리의 과거를 보는 심리를 한국판 오리엔탈리즘으로 재단할 수 있을까? 그렇게 매섭게 하고서도 남는 무엇에 대해 말하는 작업은 그래서 힘들다.

2. 물, 말의 뿌리를 찾아서

이렇게 해서 내가 내 물의 소용돌이에 귀를 기울였을 때, 시각적 상상력에 대한 말의 상상력의 승리, 리얼리즘에 대한 창조적 상상력의 승리를 이해하게 되었다.(바슐라르의『물과 꿈』중에서)

김지원의 <물빛 목소리>(『문학사상』, 2002년 10월호)에서 동거한지 4년이 된 영희와 그녀의 약혼자는 여행을 떠나 한 민박집으로 찾아든다. 약혼자 집에서 고아인 영희와의 결혼을 반대하는 사실이 둘 사이의 갈등의 원인으로 존재한다. 이 민박집에 장 선생이 들어오고 그는 민박집 투숙객들을 모아 '의도자들의 서클'을 만든다. 장 선생은 투숙객들의 소원을 우주에 띄우는 의식을 한다. 이때 영희는 이곳에 남고 싶다고 했고 그 말 때문인지 약혼자는 그녀를 남겨둔 채 떠난다. 그러나 약속한 두 달이 되어도 남자는 돌아오지 않고 영희는 버림받은 채 민박집에서 일을 거들며 살게 된다. 슬픔과 분노의 순간도 잠깐, 그녀는 일에 익숙해진 채, 그곳에서 세월을 보낸다. 암으로 투병중인 주인을 간호하던 어느 날 방글라데시 노동자 부자가 그 집에 찾아오고 영희는 그들에게 밥과 안식처를 제공한다는 이야기이다.

의지할 데 없이 가난한 여자가 부자집 남자와 사랑을 하게 되고 버림받아 어느 곳에 버려지며 여자는 그 곳에서 자신보다 못한 사람들을 모성애로 감싸 안는다는 줄거리는 참으로 낯익은 것이다. 실제 삶의 과정에서 많이도 들은 이야기거니와 영화나 멜로드라마의 내용으로도 되풀이되어 어째 진부한 느낌이 없지 않다.

그런 일이 비일비재로 일어난다는 것은 진부한 것이라는 뜻도 되지만 삶의 이치라는 뜻도 되는 것이다. 남자의 떠남과 여자의 기다림이라는 도식이 그간 우리 소설의 관습으로 낯익어진 남성 중심의 이데올로기의 횡

포라는 비판도 일견 일리 있는 말일 것이다. 그러나 이런 논리의 성긴 그 물망을 유연하게 통과하는 많은 새로움들, 너무나 많이 들어 공식이 되어 버린 내용에서 끄집어 올려지는 그 무엇은 대부분 디테일에서 나온다. 그리고 그 디테일은 작가가 묘사하는 물질에서 연유하는 경우가 많다.

소설 전체를 감싸고 도는 물질은 물, 특히 물이 흐르는 소리이다. 민박집에 머무른 지 나흘이 되던 날 영희는 집 근처의 시냇가에 가서 과거의 모습을 본다. 그녀는 물속에 몸을 담그고 과거의 기억을 불러낸다. 네 살 때 오랜만에 그녀와 어머니를 찾아온 아버지는 강변에서 모녀를 앞에 둔 채 수영을 하다 익사한다.

> 십칠 년 전인가 십 팔 년 전인가로 흘러 그때쯤의 강 ··· 바람 찬 날에 네 살 어린아이로 바람에 머리카락은 곤두세운채 어머니와 강변에 앉아 있는데 아버지가 왔다. 오랜만에 모습을 나타낸 아버지는 집에 들렀다가 없으니까 강변으로 나와 본 듯 했다. 아버지는 그들에게로 걸어오다가 주춤하더니 망연히 서 있었다. 그러다가 아버지는 천천히 양복 상의를 벗고 천천히 넥타이를 풀고 천천히 셔츠를 벗고 천천히 바지를 벗고 팬티를 입고 강으로 들어가 수영을 하고 어머니는 여자를 냉큼 업고 집을 향했다. 어머니 등에 무겁게 업힌 채 어느 지점에서 돌아보았을 때 아버지는 물속에 잠겼다 떴다 하면서 그들을 향해 애원하듯 팔을 내젓고 있었다.(225∼226쪽)

<공무도하가>의 백수광부처럼 아버지는 죽음의 강을 건너 저승으로 갔다. '카론의 배'를 타고 물을 건너 이승의 저 편으로 가는 혼처럼 아버지를 바라보았던 영희는 물속에 들어가 자신의 몸 전체를 물에 맡긴 채 물소리를 들으며 기억 속으로 흘러간다. 특정한 의미를 나타내는 한국말, 미국말, 그 형식이란 얼마나 하찮은 것인가! 반면 물은 유동하는 언어, 원활한 언어, 리듬을 부드럽게 하고 서로 다른 리듬에 균일한 물을 주는

언어, 계속하며 또 계속되는 언어의 주인이다. 그것은 자연의 재잘거림이
며 우주의 소리이다.

이 소설의 주제가 버림받은 여자의 일생이 아니라 물소리라는 것은 장
선생의 말에서 암시되어 있다. 그에 의하면 소리란 보이지 않는 물질이
다. 산에서 소리를 지르면 메아리가 되는 것처럼 소리는 물질과 물질이
부딪쳤을 때 드러나는 상태, 소리가 된 말로 꿈의 씨앗을 뿌리자는 그의
주장은 이 글의 주제이기도 하다.

모든 것을 정리하고 두 달 안에 돌아오겠다는 약혼자의 말은 가식에
불과했다. 지금까지 영희를 감싸주었던 약혼자의 고모는 어느새 그쪽 편
이 되어 그쪽 말을 하고 있었다. 약혼자의 어머니는 그가 일본에 갔다고
거짓말을 하고 있었다. 몇 년 후 약혼자가 결혼했다는 소식을 들은 후 영
희는 물가에 앉아 강의 목소리를 듣는다. 강이 영희의 눈알을 빼앗은 채
목소리의 금빛 가루를 뿌렸다는 본문의 비유는 시각에 대한 청각의 우월
성을 의미한다.

다시 몇 년의 세월이 흐른 후 영희의 집은 방글라데시 노동자가 방문
한다. 한국인인 영희가 그들의 외국어를 이해하지 못하는 것은 자명한
이치이다. 그 때 영희는 물빛 그대로 일으킨 말을 사용하리라 생각한다.
그들의 말을 알아들을 수 있는 방법은 그들을 이해하고 배려할 수 있는
방법은 물의 힘을 이용하는 것이다.

노동자 모자가 누운 방안은 물속에 잠겨 있다. 마치 자궁 속의 양수에
잠긴 태아처럼 그들은 쉬고 있는 것이다. 물이 자궁의 양수와 젓의 이미
지를 불러일으키는 이유는 원초적인 유아의 생활에서 각인 찍힌 물질적
상상력 때문이다. 해변을 둥글게 하면서 끊임없이 쓰다듬는 애무에 의해
바다는 모성적인 윤곽, 아이가 그토록 부드러움과 안전함과 따스함과 휴
식을 강하게 느끼는 여성의 유방의 눈에 보이는 애정을 해변에 쏟고 있

는 것이다. 이것은 시인이 물질적인 상상력의 힘, 모유의 실체적 이미지
에 붙잡혀 있기 때문에 나타나는 것이다.

바다는 모성이며 물은 놀라운 젖이다. 대지는 자신의 자궁 속에 따뜻
하고 풍부한 양식을 준비하고 있다.

3. 복숭아, 그리고 추락의 쾌감

떨어지지나 않을까 하는 두려움은 그만큼 원초적인 두려움이다.(바슐
라르의 『공기와 꿈』 중에서)

최근 불륜 소설에는 공식이 있다. 중산층 여자, 일상의 단조로움과 모
순에 권태를 느낀다는 것, 무관심한 혹은 말이 통하지 않는 남편과 위선
에 가득 찬, 혹은 평범한 불륜의 대상자, 그리고 집을 사이에 두고 집나
감과 돌아옴, 혹은 돌아오지 않음의 구조로 되어 있다는 것⋯⋯. 자유연
애 결혼에 입각한 일부일처제의 모순, 사적 영역에 의미를 주지 않는 사
회의 편견, 그 속에서 여성의 성적 정체성 찾기의 몸부림⋯⋯. 아마 그럴
것이다. 그런 의미를 부여할 수 있을 것이다. 그러나 그 논리들의 그물은
케이스 바이 케이스의 수백 만, 수천 만 개인의 성적 욕망의 정체를 담을
수 있을 만큼 촘촘하지는 못하다.

90년대 들어 소설, 영화, 드라마에 등장하는 불륜의 서사는 엄청나게
많다. 그러나 그럼에도 불구하고 한국 불륜 소설에는 개별적인 개인 하
나 하나의 특수한 감정, 성욕의 무늬들이 결여되어 있다.

성이라는 코드를 통해 사회적인 금기를 일탈하려는 조짐, 지리멸렬한
일상에 대한 반란⋯⋯. 참으로 재미있는 현상은 그녀들의 불륜에 육체성

이 참 많이 생략되어 있다는 것이다. 불륜의 중심은 열정과 쾌락이다. 좋으니까 하는 것이다. 법의 금기를 어기는 용감함의 근원에는 열정과 쾌락이 놓여 있다. 남편이 무심해서, 일상이 권태로워서는 그녀들의 쾌락을 도드라져 보이게 하는 소도구들이라 볼 수 있다. 자꾸 변명하는 그녀들……. 금기의 소재를 다루면서도 금기의 중심을 쳐다보기 주저하는 그녀들의 모습에서 억압된 성욕의 한 면을 본다. 아니 성욕을 사회 제도의 모순의 코드로만 연결시키는 이론가들의 모습에서 우리 문학사의 해석의 관습을 본다.

사랑에 빠졌을 때의 두근거림, 황홀함, 어찔어찔한 머리가 모든 인간이 뇌에서 생성되는 페닐리타일라민 때문일지라도 그것이 자기 혼자만의 감정이며 자신도 통제할 수 없는 감정이라는 것, 아무튼 특별한 감정임에 틀림없다는 것, 아직도 하필 그 사람을 본 순간 뇌에서 발음하기도 어려운 성분이 나오는 이유는 구명되지 않았다는 점에서 사랑의 감정은 개별적인 것이다.

원재길의 <복숭아 과수원>(문예중앙, 2002년 가을호)은 복숭아라는 구체적인 물질을 매개로 걷잡을 수 없는 욕망에 빠져 파국을 맞고 마는 남녀의 비극을 개별적으로 세세하게 그려내는데 성공하고 있다.

그녀는 불륜의 상대 남자를 유혹했다. 어느 비오는 저녁 아이와 남편을 시댁에 두고 홀로 귀가하던 중 택시 안에서 동승한 남자들의 음담패설을 듣는다. 그리고 택시 밖으로 뛰쳐나와 가게에 불을 켜고 홀로 술잔을 비우던 한 남자를 발견하고 유혹하여 관계를 맺는다. 이 설명할 수 없는 돌발적인 감정의 폭풍에 대해 그녀는 부지런히 변명거리를 찾아놓는다. 먼저 상대 남자가 자신을 유혹했다고 생각한다. 그리고 그 유혹에 넘어간 이유로 남편의 완벽함을 든다. 바깥일에도 유능하고 집안일도 잘하며 취미도 즐길 줄 아는 완벽한 남편에 주눅이 들고 자신의 가정에서의 위치가 미미해졌다는 것이다. 그러나 그런 조건이야 그 남편과 사랑에 빠지고 결혼에 이르게 된 이유도 되는 것이다.

이 설명할 수 없는 막연함을 구체적인 디테일로 바꾸어 주는 것은 바로 복숭아이다. 두 사람이 처음 정사를 나누던 곳은 복숭아꽃이 만발한 과수원이었다. 그들은 잎이 나기도 전에 만발하는 성급한 복숭아꽃처럼 다급하게 정사를 나눈다. 그 이후 둘의 밀회는 줄곧 복숭아밭 창고에서 이루어진다.

정사를 마친 뒤 남자는 바지에 복숭아를 쓱쓱 문질러서 여자에게 건네주었고 여자가 한입 베어 물기도 전에 턱에 물을 줄줄 흘리면서 복숭아를 다 먹어치웠다. 그 순간 그 남자는 오로지 복숭아 하나를 맛있게 먹기 위해서 그곳에 온 사람처럼 보였다. 여자와 정사하기 위해 그 시간을 바친 사람처럼……. 잘 익은 복숭아는 빨간색으로 변한 '궁둥이'를 사람들을 향해 돌리고 있기도 하고 여자의 두덩뼈에 올려져 있기도 하다. 그들에게 정사는 한 입 가득 베어 문 복숭아의 향기와 부드러움, 수분이었다.

결국 남자의 부인이 질투에 못 이겨 남자를 살해함으로써 두 사람의 관계는 파국에 이른다. 모든 나무에서 무수한 복숭아가 절로 툭툭 소리를 내며 바닥에 떨어져 사방으로 과즙을 날리며 폭발하는 것처럼.

낙원을 찾아가는 몇 가지 상상력

김채원의 〈바다의 거울〉
이나미의 〈봉인〉
정찬의 〈유랑〉

1. 어디에도 없는 곳과 아직은 없는 곳

유토피아(Utopia)의식은 '어디에도 없는 곳', '어디에도 없음 의식(no-where conscious)'에서 시작되었다. 선악과를 훔쳐 쫓겨나 이제 영원히 갈 수 없게 된 에덴동산이 그러하고, 복숭아꽃이 사방에서 떠내려오는 바람에 방향을 종잡을 수 없게 된 무릉도원이 그러하며, 파선된 배에서나 보이는 이어도가 그러하다.

유토피아들은 흔히 동서양을 막론하고 원초의 신화의 세계나 황금시대로 규정되며 여기에 비해서 현실은 낙원의 상실이나 타락으로 대변된다. 그리하여 잃어버린 것, 빼앗긴 것에 대한 감성적 그리움이 되찾음의 현실적이고 논리적인 의지로 나아가는 데 있어서, 즉 '어디에도 없음'의 의식이 '아직 없음의 의식(not-yet-conscious)'으로 나아가는데 있어서 이런 근원적인 세계는 강한 추동력으로 작용하게 되는 것이다. 그리고 이 낙원의식은 예술이, 문학이 이루어지지 않은 성취에 대한 선현적(先現的) 형상화(形象化)라는 점에서 문학의 보편적인 소재가 되어 왔다.

2. 분단 극복과 근원에 대한 그리움

분단 이후 50년이 넘는 세월이 흘렀다. 이산 1세대들이 대부분 유명을 달리 했으나 비행기로 50분이면 갈 수 있는 서울, 평양간의 거리는 너무 멀다. 남북통일의 원인과 고착 과정, 통일의 필요성과 방법에 대해 많은 사람들이 역사적으로 조망하고 논리적으로 토론하고 있다. 분단과 이산 가족 문제, 이념의 갈등과 화해는 소설에서도 중요한 소재로 다루어져 왔다. 1960년대에 분단문제는 작가 자신 세대의 문제로 절실하고 생생하게 다루어졌다. 그런데 세월이 갈수록 전쟁 체험이 없는 젊은 작가들은 남북문제를 아버지 세대의 가족사 문제로 다루게 되었다. 물론 전지적 작가 시점에서 제3의 인물을 내세워 과거와 현실을 관통하는, 일종의 역사 소설이 등장하기는 했다.

그러나 전쟁 후 세대들이 그토록 긴 세월을 먼 곳으로 남아있는 그 곳을 방문했을 때의 감회는 구체적으로 어떻게 표현될 것인가? 특히 북한 그곳이 방문자가 실제로 살았던 고향도 아니고, 살아생전 그리워했던 혈육도 없을 때 그에게 있어 분단 현실의 실체는 어떻게 다가올까?

김채원의 <바다의 거울>(『문학사상』, 2002년 11월호)은 자신의 할머니 세대, 아버지 세대가 나고 자랐던 그 곳, 자신은 한 번도 보지 못했던 그 이질적인 나라를 방문하면서 일종의 민족적 동질 의식을 느끼는 과정을 모든 것 이전의 삶이 추구하는 세계를 찾는 방법으로 극복하려 하고 있다.

여기서 화자는 아주 어린 시절이었던 해방 후 경기도 덕소에서 살았다. 그녀의 아버지는 반민특위법에 연루되어 다섯 달 간 옥살이를 하였으며 6·25때, 정치보위부에 납치되어 납북 당한다. 그녀의 어머니, 할머니, 언니도 전쟁 중 인민군에 잡힐 뻔 하는 등 죽을 고비를 여러 번 넘겼다. 그러나 너무 어렸기 때문에 그런 체험은 주위로부터 전해들은 것이다. 결국

화자에게 북한은 실향민이었던 그녀의 어머니와 할머니의 고향이며 기억
도 희미한 아버지가 납북되어 생을 마친 곳일 뿐이다. 가족들이 나고 자
랐던 곳, 꿈에라도 가보고 싶어하는 절실한 곳이면서 동시에 자신에게는
하나의 풍문으로 남아있는 그곳을 이제서야 가보게 된 것이다.

> 베이징을 거치지 않고 50분 후면 한민족복지재단 사람들을 태우고
> 평양에 간다, 실향민인 우리의 많은 부모들이 눈감기 전에 고향 땅을
> 밟아볼 수 있을까 하던 그 일이 지금 벌어지고 있다, 꿈과 같이 … 감히
> 내가, 할머니도 어머니도 아닌 내가 지금 이북으로 가고 있다.(141쪽)

화자가 북한에 직접적으로 닿아있는 선은 없다. 절실하게 원했던 사람
들은 지금 돌아가신 할머니, 어머니였고, 이북에서 눈을 감으신 아버지이
다. 현재 남한에 있는 화자는 북한으로 간다. 그 곳은 그녀의 아버지가
과거에 살아왔던 곳이고 남한의 어머니와 할머니가 그곳에 있는 아버지
때문에 평생을 그리워했던 곳이다. 가족 중 가장 절실하지 않은 화자가
이제 과거와 현재, 남한과 북한의 그들을 이어 주는 교량 역할을 해야 하
는 것이다.

이를 위해 작가는 '먼 곳과 긴 세월을 아우르는 나'로서 화자를 설정
한다. 화자는 혼자 북한 땅을 밟은 것이 아니다. 그녀는 어머니와 할머니,
언니, 아버지를 기억하는 '나'이다. 그런데 이렇게 기억하고 있는 '나'는
남과 구별되는 것이 아니다. 평양에 도착했을 때 룸메이트는 '세상을 사
는 참된 기쁨은 자기라는 감옥을 빠져 나오는 길이다'라는 구절을 읽어
준다. 그리고 이 구절은 평양 방문 내내 화자 속에 가족을 통합하며 나아
가 북한 주민 속에 자기를 통합하는 기제로 작동한다.

그런데 실은 그 기제는 더 먼저, 그녀가 군사분계선의 바다를 내려볼
때부터 시작된 것이기도 하다.

잔잔한 파도의 일렁임 속에 수천 수만 수억 개의 거울이 떠 있었다. 거울 한 조각 한 조각이 지나간 삶의 파편들을 비추어내고 있었다. 순간 삶은 그 아무 것도 아닌 오직 파편처럼 떠있는 거울 조각으로 이루어진 듯 내게 비쳤다.(145~146쪽)

마치 엘리스가 동굴 속에 빠져 이상한 나라로 들어가듯이, <설국>에서 주인공이 긴 터널을 지나 눈의 나라로 들어가듯이, <센과 치이로의 행방불명>에서 치이로 가족이 성문을 지나 마법의 나라로 들어가듯이, 화자가 거울의 바다를 지나간 뒤, 그녀와 가족들의 삶의 파편들은 바다처럼 흐르는 그녀의 기억 속으로 흘러간다.

거울의 바다를 지난 그 곳은 '이상한 나라'였다. 아침에 평양의 거리를 내다보며 화자는 마치 무대의 무용극을 보는 느낌을 가진다. 조명이 켜지면서 행인들이 하나 둘 무대를 가로질러 가고 역할을 맡은 순경, 어린이, 청소부들이 자신의 역할을 한다. 한없이 낯선 무대를 철저히 국외자의 위치에서 바라보는 화자가 '어린이 병정놀이에서 이긴 힘 센 어린이 하나가 떼를 써서 만들어 놓은 동화의 나라'와 같은 평양을 극복하는 방법은 무엇이었을까?

그녀는 <소화>라는 다큐멘터리 유태인 학살을 보았을 때의 느낌을 떠올린다. 가스실에서 죽음을 기다리던 사람들을 보며 자신이 저기에 있을 수 있다는 느낌을 강하게 받는 것, 그 감정은 모든 사람들이 다 고통스러울 수 있다는 처절한 느낌, 나아가 모두가 서로 다르지 않다는 공감으로 발전한다. 즉 그녀에게 있어 너가 나라는 생각은 내 속에 있는 그들, 타인을 배려하는 의식과 동일하다. 이 배려의 경지는 '나 이외의 모든 것이 타인이라는 구분, 경계'를 버릴 때 완성된다. 결국 화자가 평양에서 몸뻬 차림으로 어딘가 한없이 걸어가고 있는 여인이 내가 아닐까 라고 생각하는 것은 그 여인에게서 민족적 동질감을 느낀다는 뜻일 것이다.

화자는 대동강변의 이곳이 폭탄으로 폐허가 된 그 때, 아버지가 지나가던 곳이라 단정한다. 먼 과거의 아버지와 현재의 화자는 기억하고 있는 그녀에 의해 같은 장소에서 조우한다.

화자는 다시 강물의 흐름을 보면서 과거의 기억을 떠올린다. 하나는 봄날, 반민 특위법에 연루되어 옥살이를 하고 나온 아버지를 맞이한 기억이었고 하나는 6·25 때 죽을 고비를 넘기던 화자의 가족들의 모습이 언니의 중이염을 치료하던 어머니의 약 바구니에 대한 기억으로 아로새겨지는 것이었다. 이제 화자의 기억에 의해 할머니와 어머니, 언니, 아버지는 대동강변에서 조우한다.

그것은 역사, 흐름, 시간, 체제, 사상 따위가 닿을 수 없는─모든 것 이전에 삶이 저절로 추구하는 세계, 본원의 어떤 것이다. 그 시원의 소리는 이미 비행기 기내에서 흘러나왔던, <새야 새야>라는 소프라노 가수의 간절한 부름에서부터 시작되었는지도 모른다.

화자는 대동강변에서 봄바람을 한복에 나부끼며 기념촬영을 하는 아가씨들의 모습에서 예쁘다는 경지를 넘은, 애간장을 녹이는 어떤 것, 가 닿을 수 없는 피안의 경지를 본다. 인간은 민주주의자나 공산주의자나 누구나 인간의 무의식에 집적된 원형적인 그 무엇을 지니고 있다. 그 무의식에는 원하는 것을 찾기를 희망하는 것에 대한 예감, 억압되고 잊혀진 근원적 욕망의 복원 심리가 있다. 그 경지를 향해 가는 애틋한 소리는 제발 녹두밭에 앉지 말아달라는 소프라노 가수의 애절한 목소리이기도 하다. 이제 역사를, 이데올로기를, 가치를 넘어선 본원의 어떤 것에 대한 애틋한 향수는 아직 없지만 있어야 할 세계를 향한 바람으로 은밀하게 연결된다.

최종적으로 화자의 기억 속에서 조우한 모든 사람들은 북한 안내원 마지막 모습과 합쳐진다. 안내원은 은사의 이북 누님에게 편지를 전해줄 것을 약속했고 그 약속을 지키기 위해 화자를 찾는다. 그 안내원을 믿지 못했던 화자는 그녀를 찾고 있는 안내원의 간절한 모습에서 언니를 치유해 주던 어머니를, 어린 딸을 부르던 아버지를 만난다.

3. 삶에서 이상향을 추구하는 한 방법

<봉인>(『현대문학』, 2002년 11월호)에서 옆집 남자의 죽음은 너무 갑작스러웠다. 그는 평생 다니던 우체국에서 명예퇴직을 당하고, 이혼까지 당하여 퇴직금도 위자료로 거의 빼앗기고 만다. 채소장사를 하다 그마저도 날리고 아파트에 혼자 월세로 살고 있던 어느 날 그는 목욕탕에서 나오다 쓰러진다. 시체는 여덟 시간이나 방치된다. 그런데 이 돌발적인, 어느 누구도 예측할 수 없는 죽음의 덫에 누구도 자유로울 수 없다는 데 인간의 비극이 있는 것이다. 시기를 예측할 수 없지만 누구에게나 확실히 오는 죽음 앞에서 인간은 어떻게 처신해야 하는가? 이 보잘것없고 궁핍한 삶의 과정에서 인간이 매달리고 지켜 나아가야 할 이상은 무엇이어야 하는가?

소설은 옆집 남자의 죽음을 둘러싼 에피소드를 앞뒤로 하고 이야기의 가운데 모스크바 유학 시절에 있었던 한 유학생의 죽음을 놓는 형식을 취하고 있다. 화자가 유학 시절에 만난 그는 가난한 농부의 6남매 중 장남으로 태어났다. 간신히 고등학교를 마친 그는 생활전선에 뛰어들어 동생들을 건사하고 아이들을 출가시킨 후 자그마한 공장과 집을 지닌 오십 대 중산층 가장이 되어 있었다.

그러나 그는 '손자들 재롱에 관심을 보이고 집안 대소사에 관여하여 가장으로서 위신을 세우며 생을 마치는 데 만족하지 않았다. 그는 일상의 편안함으로 이 세상 삶의 목적을 달성했다고 생각할 수 없었다. 그가

환갑이 가까워오도록 삶의 궁핍과 고난을 이겨낼 수 있었던 이유는 물질
적으로 잘 살겠다는 희망이 아니었다. 그에게 고달픈 생활을 버티게 해
준 것은 책이었다. 책 속의 무궁무진한 삶이 그에게 이상적인 현실을 제
시해 주었고 그 이상적인 미래에 대한 열정이 그의 삶을 지탱해준 힘이
되었던 것이다.

그는 뒤늦게 대학 노문과에 편입했고 러시아 유학을 감행했다. 가족들
은 이상을 향해 떠나려는 그를 자신에 대한 배반이라고 생각했다. 가족
들의 극심한 반대에 부딪친 그는 이혼 서류에 도장을 찍고 전재산을 명
의이전해 준 뒤 모스크바로 떠난다.

극심한 궁핍과 고립 속에서도 그는 공부에 대한 열정을 버리지 않는
다. 남들은 바보라고 비웃지만 지금까지 그가 달려온 길은 자신의 의지
에 의한 것이 아니었다. 그는 이제 비로소 가장으로서 역할과 의무, 소심
증, 고정관념과 선입견에서 벗어나 자신이 진정 원하는 것을 향해 달리
고 있었던 것이다.

그는 더운 여름날 호수에서 수영하다가 심장마비로 익사한다. 옆집 남
자처럼 '불확실한 미래에 갑작스럽게 맞은 손님'같은 죽음을 맞이하여
맨몸으로 어디론가 떠난다. 기왕 맨몸으로 가는 것이 마찬가지인 것을
현실에서 자신이 택한 이상을 향해 노력하는 것이 유한한 삶을 영위하는
우리가 세상을 잘 사는 법이 아닐지.

4. 삶의 밖에서 이상향을 추구하는 한 방법

현실이 고통스러울 때 사람들이 흔히 찾는 것이 내세의 세계이다. 죽
음의 세계야 우리가 모르는 것이고 확실한 것은 내가 발딛고 있는 이 삶

의 땅이다. 그러므로 현실이 어렵더라도 그 가운데 자신이 원하는 것을 최선을 다해 추구하는 것이 세상을 의미 있게 사는 방식이다.

그러나 만약 죽음이후의 세계가 존재한다면? 현실을 초월하여 존재하는 전지전능한 힘, 우리가 모르는 죽음의 세계가 있다면 그 힘 앞에 자신을 버리고 초월적 세계를 기구하는 것이 얼마나 확실한 방법인가? 그러나 내세의 세계에 대해 겨자씨만큼의 믿음이라도 확고하게 가지고 있는 사람들은 많지 않다. 비신자들의 입장에서는 겪어보지 않은 세계에 대해 확신을 가진다는 것이 오히려 이상한 것이다.

<유령>(현대문학, 2002년 11월호)에서 화자의 아버지가 어느 폐염전(閉鹽田)에서 시체로 발견된다. 아버지는 어린 시절 북경에 살면서 철저하게 일본식 교육을 받았기 때문에 해방 후 한국 학교에서 주위 학생들에게서 배척받고 멸시받는다. 이 고립무원의 상황에서 그를 지켜준 것은 초월적인 존재에 대한 믿음이었다. 그는 신의 가르침에서 자신이 유년 시절 겪었던 고통에 의미를 부여할 수 있게 되었다. 종교에 의하면 고통은 선택된 인간이 치러야 할 통과의례였다. 그는 신학을 전공했고 사제서품식을 받기 보름 전에 잠적해 버린다. 현실의 욕망이 피안의 세계에 몰입하려는 그의 발목을 잡아버린 것이다. 그는 현실적인 사랑에 빠졌고 여인과 결혼하여 아들을 낳는다.

그러나 신의 눈은 현실에 안주하려는 그를 가만두지 않았다. 그는 초라하고 비천한 자신의 모습을 신의 시선으로부터 감추고 싶었다. 정처 없는 유랑은 계속되었지만 어디를 가도 신의 시선에서 자유로울 수 없었다. 그는 자신의 눈을 감아버린다. 마치 숨바꼭질을 하는 아이가 술래로부터 도망하기 위해 자신의 눈을 가려버리는 것처럼. 눈을 감은 상황에서 꿈은 선명해진다.

선명한 꿈이 얼마나 아름다운지 아느냐. 꿈속의 하늘은 현실의 하늘
보다 한층 더 푸르다. 그 색채의 투명함이란 이루 말할 수 없다. 그곳에
서의 하늘은 땅에서 시작된다. 그러니까 나는 땅 위를 걷는 것이 아니
라 하늘 사이를 걷는다. 텅 빈 하늘 사이를 걷는 것이 아니라 온갖 색채
들이 물결치는 하늘 사이를 걷는다. 꿈속의 나비는 현실의 나비보다 한
층 거리가 가깝다. 너무나 가까워 내가 나비인 것 같은 착각에 빠질 때
가 있다.(84쪽)

원래 현실의 세계보다 초월적인 세계를 이상향으로 삼았던 아버지이기
에 꿈속의 나비가 더 가까운 것은 당연한 일이다. 아니 꿈속의 나비를 현
실의 자신과 동일시하는 경지에까지 나아가려던 아버지는 현실의 사랑
때문에 신을 버렸다. 신을 배신했다. 이미 저질러진 배신의 죄를 피하기
위해 도망다니던 그는 염전에서 바닷물이 소금으로 변하는 광경 앞에서
신에게 꼼짝없이 덜미를 잡혀버린다. 그는 자신의 삶을 폐염전에서 놓아
버린다. 그의 아들인 화자는 염전의 일몰을 바라보며 소멸로 향하는 아
름다운 황금빛 육신을 바라본다. 아버지는 도망쳐 나온 낙원으로 돌아갈
수 있었을까?

5. 낙원, 초월과 현실의 변증법

낙원의식, 그것은 안전하고 부족함이 없었던 엄마의 자궁에서 분리된
충격을 공통적으로 지니고 있는 인류의 근원적 상실감일 수 있을 것이다.
그리고 이런 개체 발생적 낙원 의식은 에덴 동산류의 계통 발생적 신화
와 상동관계를 이룬다. 인류가 초기에 풍요롭고 부족함 없이 살았으나
어떤 실수로 그곳을 상실하고 타락한 현실로 내팽개쳐진다는 세계 보편

적인 설화.

때문에 우리의 무의식에 집적된 근원을 알 수 없는, 먼 곳을 향한 그리움, 환영은 현실을이 경험을 규정짓는, 현실에 대한 교정자로서 예견되는 조명(anticipatory illumination)이 될 수 있다. 그 환영이 초월적 존재이건, 현실을 선택하는 자유, 열정이건, 인간에 대한 배려나 모성애이건, 그것은 우리가 지금 발을 딛고 있는 현실 세계에서 무엇을 어떻게 해야 하는가를 가르쳐 주는 귀중한 지침서가 되는 것이다.

네티즌이 뽑은 인기작가들

4만 명의 네티즌의 투표로 차세대 대표 작가 10명이 선정되었다. 공지영, 신경숙, 은희경이 나란히 2, 3, 4위를 차지했고, 6위의 전경린을 포함하면 10위 안에 드는 여성 작가는 네 명이 된다. 인터넷이란 공인된 민주 광장에서 진행된 이벤트니 조작이나 비리 없이 '공정'하고 그 결과 여성의 약진이 나타나는 듯하지만 이면에 얽힌 문제는 그리 간단하지 않다.

우선 투표에 참여한 네티즌들이 객관적 판단을 할 만큼 폭넓은 독서를 하지 않았다. 댓글에서 많은 네티즌들은 작가를 잘 알지 못해서 아는 작가에게 표를 주었다거나 책을 너무 안 읽어서 부끄럽다는 고백을 하고 있다. 즉 가수나 배우, 혹은 애니메이션의 주인공의 경우처럼 폭넓은 지식을 지니고 있는 가운데 매니아층이 자신이 좋아하는 스타에게 표를 던지는 다른 대중문화의 장르와 다른 것이다.

이런 상황에서 네티즌들은 대중매체를 통해 주입받은 작가의 이름을 수동적으로 거론할 수밖에 없고 그 결과는 투표에 그대로 반영되어 있다. 신경숙의 작품이 최근 몇 년 동안 가장 꾸준하게 많이 팔렸음에도 불구하고 김훈이 1위를 차지한 이유는 무엇일까? 그것은 네티즌이 좋아하는 '노짱'이 탄핵의 위기에 처했을 때 읽은 책이 <칼의 노래>이었기 때문이 아닐까?(물론 작품성은 뛰어나다.) 그리고 공지영이 14%의 신경숙을 훌쩍 뛰어넘어 20%의 김훈을 바짝 뒤따르고 있는데 네티즌들은 그 이유를 TV에 <봉순이 언니>가 소개되었기 때문이라고 너무도 진솔하게 밝히고 있다. 이순원 또한 대통령 선거 날 인터넷에 글을 올려 화제를 모았던 영향을 받지 않았다고 말하기는 어렵다. 그리고 은희경, 전경린, 윤대녕, 김영하, 구효서 등은 신문지상에 인터뷰 기사가 심심치 않게 나오는 작가들이다.

90년대 이후 여성 작가들의 약진은 소설의 주 독서층이 20~30대 직장 여성과 주부로 바뀌었다는 점, 여성 작가의 구어체 문장이 멀티미디어 세대의 구술체 언어 취향에 맞는다는 점, 그리하여 여성의 미세한 감수성, 소프트한 페미니즘과 상업주의의 적절한 조화 등에서 연원한다. 그런데 네티즌들은 다른 이슈 때와 달리 대중매체가 만들어낸 이러한 작가 순위를 너무도 순순히 수용하고 있는 것이고, 더 큰 문제는 이런 태도가 네티즌들이 작품을 많이 읽지 않았기 때문에 나타난다는 점이다.

대중문화는 매체의 특성상 판매 체계와 방식에 큰 영향을 받는다. 작품의 질도 중요하지만 그 작품이 대중에게 다가가는 전략에 큰 영향을 받을 수밖에 없다. 이 특성 때문에 기획사가 뛰어난 인재를 발굴하여 키우는 스타 시스템은 대중문화의 필요악이다. 그런데 최근 인터넷의 양방향성 때문에 새로운 스타덤과 대비되는 팬덤 현상이 나타나고 있다. 팬들이 적극적으로 자신의 의사표현을 하면서 문화산업에 휘둘리는 수동적인 존재가 아니라 스스로 문화를 창조하는 양상을 띠는 것이다.

문학작품 또한 작품의 질이 확보되면 대중적인 인기도는 유통 구조와 판매 전략의 영향을 받는데 이 때 매니아층은 조작이나 왜곡을 감시하는 역할을 할 수 있다. 폭넓은 독서체험을 한 네티즌들이 작품의 수준이나 주제들에 대해 적극적인 담론을 펼침으로써 베스트셀러는 건전한 지형도를 그릴 수 있을 것이다. 4만 명의 네티즌들이 참여하여 만들어낸 투표 결과에 고무될 것이 아니라 작품을 둘러싼 적극적인 담론 생산이 문학의 발전에 절실한 시점이다.

제 5 부
문학과 대중

소통을 꿈꾸는 21세기의 율리시즈
무라카미 하루키의 〈어둠의 저편〉*

1. 한국 문학에 돌풍을 일으킨 하루키 신드롬

하루키가 등단 25주년 기념으로 소설을 썼다. 1979년 〈바람의 노래를 들어라〉로 등단한 후 이 시대 젊은이들의 사랑을 한몸에 받아 온 하루키가 이제 〈어둠의 저편〉이란 새로운 감각의 신작을 내어놓은 것이다.

한국인들의 일본 문학에 대한 감정은 다분히 이중적이다. 자의건 타의건 간에 일제 강점기 내내 '한 나라'로서 지냈으니 그 영향 관계야 일러 무엇하랴? 그 만큼 증오도 큰 것이어서 해방 후 일본 문학은 적어도 표면적으로는 한국 독자의 대중적 인기를 누리지 못하였었다. 하루키 또한 1980년대 초에는 주목을 끌지 못하였으나 1989년 〈상실의 시대〉, 〈댄스댄스댄스〉가 출간되면서 수백만 부가 팔리면서 수십 년을 지속되는 스터디셀러로 자리 잡았는데, 대체로 이때부터 일본 소설들이 한국 번역 출판 시장의 베스트셀러로 이름을 올리기 시작한다.

'상실의 시대', 〈노르웨이의 숲〉에서 굳이 개작된 이 제목은 당시 인

---

* 무라카미 하루키, 임홍빈 역, 『어둠의 저편』, 문학사상사, 2005.

기의 비밀을 단적으로 증명한다. 우리는 <상실의 시대>가 전후 로스트 제너레이션의 영향을 받았으며 기존의 가치관에 회의하고 저항하는 분위기가 1970년대 당시 일본의 학생 운동이었던 전공투(全共鬪)가 사실상 종지부를 찍고 젊은이들이 가치관의 상실로 방황하던 그 분위기와 일치하면서 일본 젊은이들에게 폭발적인 반향을 일으켰음을 주목해야 한다. 한국은 그 시기가 바로 1980년대 말이었다. 민주화가 이룩되고 동구권이 몰락, 거대담론이 사라지면서 젊은이들이 그 상실감으로 방황하던 때였다. 당시 한국은 '상실의 시대'였던 것이다.

2. 탐색의 도정, 그리고 변모 과정

이 시대 젊은이의 감각을 누구보다도 예리하게 파악했던 하루키, 그런데 그가 변했다. 올해 56세가 된 그로서도 나이는 어쩔 수 없었을까? 아니다. 시대가 변했고 젊은이가 변했고 그것을 하루키가 알아차렸기 때문이다.

물론 기본적으로 하루키적인 요소는 유지하고 있다. 그의 문학의 중심 주제는 '존재 이유' 찾기이다. 이는 주인공의 페니스를 '레종 데트르'로 칭하던 여자 친구의 발언에서 드러난다. 전쟁을 반대하고 사회를 개혁하며 모순된 구체적인 대사회적인 것을 향해 저항하던 60년대 히피와 70년대 운동권과 달리 이제 젊은이들은 이 세상에 태어자서 사는 것의 근본 문제에 대해 의문을 갖기 시작했다. 그러나 그 탐색은 참담한 실패. 그들의 좌절을 더하는 것은 고도 자본주의 사회에서 파편화된 도시민의 모습이었다. 하루키 소설의 주인공들은 친절하다. 존재 이유를 모르면서 상대방의 존재에 끼어들 수 없다는 사실이 그들을 상냥하게 만드는 것이며,

이 태도는 역설적으로 소통의 부재를 의미하는 것이기도 하다.

경계인으로서 주인공들은 단절의 상황에서 탐색의 길을 떠난다. <바람의 노래를 들어라>에서는 도쿄의 일상에서 벗어나 거리를 배회하다 다시 일상으로 돌아가며 <양을 쫓는 모험>에서도 도쿄에서 벗어나 삿포로를 헤매고 다시 도쿄로 돌아간다. 자신을 찾아 나선 여행은 매번 좌절하거나 혹은 소통의 가능성을 열어놓은 아주 작은 암시만을 찾는 것으로 작품은 끝난다.

하루키가 이 작품을 구상하기 위해 아일랜드로 갔다는 사실, 작품이 <율리시즈>의 더블린 거리 탐색과 많이 닮아 있으며 역시 <율리시즈>의 영향을 받았던 박태원의 <소설가 구보씨의 일일>과도 매우 흡사하다는 사실은 의미심장하다.

에리와 마리, 두 자매가 있다. 언니인 에리는 잡지 모델까지 할 정도로 아름다운 외모를 지닌 반면, 마리는 평범한 외모에 비범한 재능을 지녔다. 자매는 자신의 가지지 못한 것을 상대방에게서 보며 섭섭해 하고 상처받는다. 그러던 차에 대중의 욕망 앞에서 그 욕망의 대상으로 봉사해 온 에리가 물화된 자신의 존재를 참지 못하고 깊은 잠 속에 빠진다. 마리 또한 밤의 거리를 거닐게 된다.

이 설정은 <율리시즈>에서 아내를 집에 두고 더블린 거리를 배회하는 주인공의 그것과 유사하다. 그러나 근대 초기, 도심의 변모를 포착하고 근대성의 핵심을 포착했던 산책자의 의식의 흐름은 21세기로 들어와서 변모하고 만다. 작가는 디지털 시대에 도시가, 그리고 젊은이들의 의식이 변했다는 사실을 알고 있는 것이다. <율리시즈>와 <소설가 구보씨의 일일>의 주인공들이 시민지 근대의 거리를 산책하며 시대의 모순을 가슴아파했다면 21세기 일본의 율리시즈는 디지털 식민지를 헤매고 있다.

3. 잃어버린 기억을 찾아서

밤 11시 56분에서 다음 날 아침 6시 25분까지, 어둠 속의 도시는 디지털 네트워크의 포악한 근성을 드러내고 있다. 소설의 시점은 '우리'이면서 감정이 배제된 기계의 눈, 카메라의 눈이다. 등장인물의 일거수일투족이 빠짐없이 기록되는 방식은 기술문명에 의해 이루어진 감시망을 상징하는 것이기도 하다. 밤의 도시는 거대한 디지털 스크린이 반짝이고 게임 센터의 전자음이 끊이지 않는 곳이다.

중국인 매춘부를 구타한 익명의 남자는 방범 카메라의 DVD에 포착된다. 기계의 감시망은 근대도시가 낳은 익명성을 제거해 버리고 모든 사람들을 기계의 네트워크 안에 옭아맨 것이다. 네트워크에 감염된 인간은 그 본질을 잃어버리고 메마르며 비정하게 된다. 컴퓨터 기술자인 시라가와는 기술적인 문제에 감정 없이 개입하는 방식대로 중국인 매춘부를 구타하고 물건을 강탈한다.

마찬가지로 기계와 인간의 상호침투로 기계처럼 변해버린 인간의 모습은 에리를 바라보는 TV 속의 남자로 상징된다. 에리는 자신을 바라보는 음험한 눈에 옴쭉달싹 못 하며 죽음과 같은 잠에 빠진다. 에리는 어떤 방으로 옮겨지는데 그 방에는 시라가와가 사용하던 것과 같은 회사의 연필이 있다.

기계와 인간의 상호침투는 다카하시의 발견으로 상징된다. 여러 재판을 방청하면서 그는 깨닫는다. 죄인과 정상인의 경계가 모호하다는 점, 정상적인 우리 내부에 '저쪽 세계'가 몰래 숨어 들어와 있는데도 깨닫지 못하는 양상. 작중 인물들은 기계가 자신의 내부에 들어와 있는데도 깨닫지 못하고 폭력적이 되어간다. 이제 기계는 냉정하게 인간을 기록하고 있다. 인간 또한 차가워진다. 이 삭막한 기록의 세계에 구원의 통로는 없는 것인가?

　작가는 그 방법을 인간이 자신의 소중했던 과거의 기억을 떠올리는데
서 찾고 있다. 다카하시는 마리를 보는 순간 몇 년 전 수영장의 기억을
떠올림으로써, 아름다운 에리보다 그녀를 먼저 기억해냄으로써, 진정한
사랑을 이룬다. 한편 마리는 긴 밤의 여정을 통해 어린 시절, 엘리베이터
가 고장 났었을 때 암흑 속에서 언니 에리와 일체감을 느꼈던 기억을 떠
올린다. 그녀는 비로소 깊은 잠에 빠지며 에리와 소통을 회복함으로써,
언니를 사랑함으로써 그녀와 자신을 구원한다.

4. 기계화를 막는 유일한 방법, 진정한 사랑

　여기서 작가는 등장인물의 입을 빌어 중요한 말을 한다. "인간이란 결
국 기억을 연료로 해서 살아가는 게 아닌가 싶어." 그녀의 힘든 삶을 견
디는 유일한 힘은 과거에 대한 아름다운 기억이라는 것이다. 이 디지털
시대에도 우리의 구원자는 프루스트식의 '순수의식'인가보다. 아 참, 작
품 곳곳에 삽입되어 있는 음악들도 놓칠 수 없다. <노르웨이의 숲>에서
주인공의 기억을 과거로 돌려놓은 음악은 비틀즈의 <노르웨이의 숲>이
다. 떠나버린 연인에 대한 그리움을 노래한 가사가 소설의 주제와 일치
한다는 사실, 마찬가지로 이 소설에 숱하게 나타나는 음악들은 각 장의
주제를 암시하고 있다. 때 이른 무더위로 사막처럼 열기가 넘쳐나는 요
즈음, 잃어버린 시간을 찾아서 밤으로의 위험한 여행을 떠나보자.

제자리로 돌아오기 위해 움직이기, 일상에 대한 탁월한 성찰
닉 혼비의 〈딱 90일만 더 살아볼까〉*

12월 31일, 영국 런던의 토퍼스 하우스 옥상에 네 사람이 모였다. 이들의 현재 상황은 처절할 정도로 비참하다. 마틴은 인기 프로의 진행자였으나 미성년자와 성관계를 맺은 일 때문에 교도소에 다녀왔고 부인에게 이혼당했을 뿐 아니라 아이들의 면회조차 제한되고 있다. 모린은 20년간 중증 장애인 아들을 돌보느라 지칠대로 지친 상태이다. 한편 제스는 사랑하는(더 정확히 말하면 스토커 소리를 들을 만큼 따라다니던) 사람인 채스에게 거액의 돈까지 떼인 채 바람맞는다. 더구나 그녀에게는 언니 제니퍼가 자살한 어두운 가정사가 있다. 마지막으로 등장한 제이제이는 어떤가? 어느 정도 재능도 있고 열망도 있으나 가수로서 성공하지 못했고 그룹은 해체의 위기를 맞는다. 지금은 실패한 이민자들이나 하는 피자 가게 배달원이며, 설상가상으로 애인과 헤어진 처지이다.

이쯤 되는 사람이 옥상에 모였다면 동기가 대강 짐작가지 않은가? 네 사람 모두 자살하기 위해 그곳을 택했다. 그러나 소설은 추운 밤하늘을 배경으로 한껏 을씨년스러운 분위기가 연출되기는커녕 네 사람이 뿜어대

---

* 닉 혼비, 이나경 역, 『딱 90일만 더 살아볼까』, 문학사상사, 2006.

는 냉소의 김으로 흐려져 버린다.

우선 자살을 하려는 마틴의 말뽄새는 저녁 토크쇼의 냉소와 웃음 그 자체이다. 그에 의하면 자살이란 길포드에 사는 은행 과장이 시드니의 은행으로 전근 가는 것과 같은 이치라는 것이다. 자살의 단점은 하찮은 것 세 가지이지만 장점은 대단한 것 여덟 가지 이상이다. 제스는 한술 더 뜬다. 그녀는 그 재미없는 파티에서는 런던에서 제일 행복한 사람도 12시 5분 쯤에는 옥상에서 뛰어내리고 싶어졌을 것이라고 주장한다. 그녀는 그냥 갑자기 깨달았다는 것이다. 채스가 자신을 원하지 않았기에 가장 좋은 수는 가급적 인생을 짧게 만드는 것이라고 갑자기 깨달았다는 것이다.

이들의 태연자약하고 방약무인한 행동은 제이제이에 이르러 절정에 달한다. 그는 '슈퍼맨처럼 그 망할 놈의 옥상에서 날아갈 생각'으로 피자를 배달하기 전에 한번 둘러보러 온 것이다. 진지하고 성실한 모린 아줌마조차 자신이 죽지 않고 다칠 경우 요양원에 맡겨놓은 아들의 비용이 엄청나게 늘 것을 걱정한다.

그렇다면 인생 전체를 한꺼번에 버리는 무거운 현실을 이리도 가볍게 조롱해버리는 네 사람의 태도는 무엇일까? 세상을 조롱과 냉소로 도배하고 그 속에는 자신가지도 포함시킨다. 그렇게 가볍게 인생을 재단해버리는 자신감의 정체는 무엇일까?

닉 혼비의 경쾌한 문체는 바로 작가가 제시하는 세상을 살아가는 방식이다. 그에 있어 인생은 도처에 잠재해 있는 지뢰밭이다. 논리나 법칙으로, 그리고 인간의 성실성이나 노력으로 재단되고 설명될 수 없는 일은 부지기수이다.

마틴의 경우를 보자. 그는 비교적 건전하고 성실한 직업인이자 가장이다. 토크쇼에서 실수 없이 등장 인사들을 다루는 유능한 진행자였고, 두 딸들에게 직접 스탠드를 만들어줄 만큼 자상하며, 실제로 자녀들을 사랑한다. 가끔 딴눈도 팔았지만 아내를 근본적으로 배반한 적도 없다. 그런 그가 어느 날 열여덟이라고 주장하는 아가씨와 잤는데 알고 보니 그녀는 15년 250일밖에 살지 않은 소녀였다. 그녀가 115일만 더 살았어도, 그의 생은 문제없이 흘러갔을 것이다. 아니 처음 문제가 제기되었을 때 대처만 잘 했어도 구속까지는 가지 않았을 것이다.

모리의 경우 우연은 지뢰처럼 그녀의 발밑에서 터졌다. 한 남자와 딱 한 번 나서 처음으로 가진 관계로 태어난 아이가 중증 장애를 앓아 그녀를 20년간이나 집 안에 붙잡아 매어둔 것이다. 그리고 제스, 그날 채스가 그 파티에 오기만 했어도, 아니 그 파티가 조금만 재미있었어도, 아니 아니, 언니 제니퍼가 해변에서 시체로 발견되지만 않았어도 그녀는 옥상에 올라가지 않았을 것이다. 제이제이의 경우도 그룹이 해체되지 않았더라면, 여자친구를 따라 영국에 오지 않았더라면, 그 여자친구가 그를 차지 않았더라면 옥상에 올라오지 않았을 것이다.

인생은 알 수 없는 것이다. 개인의 노력이나 제도의 합리성이, 그리고 그런 사회가 수치로 말해주는 확률이 한 개인에게 몰아닥치는 운명을 설명해주지 못한다. 교통사고 날 확률이 0.01%에 가깝더라도 내 위로 덤프트럭이 덮치면 확률은 100%가 된다. 인생 도처에 잠복해 있는 이 지뢰밭을 누구도 예측 못한다. 이 속수무책을 한 개인이 감내하는 방식이 닉 혼비에게서 '냉소'와 '유머'로 나타나는 것이다. 두 손 걷어붙여도 막을 수 없는 일이라면 팔짱끼고 오불관언 하는 것도 중심 잡는 방법일 것이다. 한없이 무거운 일상을 툭 쳐 올리는 웃음으로 대응한다면 한결 가벼워지지 않을까?

작가는 실제로는 어떤 사안이든지 경박하게 말한 적이 없다. 독자가 느끼는 경쾌함은 그의 트릭일 뿐이다. 작가는 개인에게 몰아닥친 불행을 이야기할 때 결코 그 개인의 입장에서 이야기하지 않는다. 발생한 사건을 최대한 간략하게 서술한다. 따라서 불행에 처한 사람의 슬픔이나 공

포에 대한 설명이 없기 때문에 아주 가벼운 일이 일어난 것처럼 느끼게
된다. 그리고 이런 방식은 현대인이 세상의 일들을 재단하는 것과 동일
하다. 누구나 자기에게 닥친 일 이외에는 관심이 없다. 현대인의 무관심
과 비정함의 문체화가 닉 혼비의 의도인 것이다.

그의 경박함이 실제로는 세상에 대한 진지한 성찰과 정확한 판단력에
서 나왔다는 사실을 알려면 가벼운 재치 속에 드러나는 비범한 지혜를
몇 번 만나보면 된다. 예를 들어 작가는 자살하는 자는 순간 마음의 평정
이 깨어져 자기 목숨을 버렸다는 상식적인 표현에 일침을 가한다. 자살
자들은 자신의 삶이 엉망진창이 되었다는 사실을 말짱한 정신으로 생각
해본 뒤 자살한다는 것이다. 이 재치는 자살의 극점을 진지하게 성찰해
본 자들에게서만 나온다. 그리고 "당신을 알아요."라는 말의 허구성, 실
제로 전혀 모르지만 TV에서 보았다는 표현이라는 지적은 세상 사람들의
몰이해를 정확히 지적한 사례이다.

일상은 덧없는 우연으로 가득 차 있다. 그리고 반복되고 되풀이된다.
밤이 되었으면 아침이 오게 되어 있고, 봄이 되었으면 여름을 지나 가을,
겨울, 다시 봄이 오게 되어 있다. 누구도 그 원환을 거부하지 못한다. 누
구나 아침이 되면 눈을 뜨고 일어나 세수하고는 직장이나 학교에 나가고,
밤이 되면 친구들과 놀다가 집에 돌아와 자리에 눕는다. 내일 태양은 떠
오르지만 특별히 새로울 일은 없을 것이다.

자살로 생을 마감하려던 네 사람은 우연히 같은 시간에 같은 자리를 택
했기 때문에 미수에 그치고 만다. '새로 만난 동지'에게 공감대를 느끼고
모임을 만들어 다시 자살을 시도할 가능성이 많다는 90일 동안을 만난다.

마지막 날, 네 사람의 처지는 자살 직전에 비해 크게 달라진 점이 없
는 것처럼 보인다. 마틴은 별로 영리하지 않은 것 같은 아이의 과외를 맡
고 있고, 모린은 여전히 자기 아들을 보며 청춘을 소비하고 있다. 제스는

'개 없음'이란 새로운 남자친구를 만나 다소 개선된 양상을 보이지만 그 남자친구는 그리 탐탁한 종류는 아니다. 제이제이는 길거리에서 노래를 부르지만 새로운 경쟁자 때문에 그다지 인기를 얻지 못하고 있다.

그러나 그들은 다시 자신의 목숨을 버리지는 않을 것이다. 2월 14일 발렌타인 데이에 옥상에서 자살한 남자 때문이다. 그는 그들이 자살하려 했던 바로 그 장소에서 뛰어내렸다. 그 사건은 그들에게 자신들이 자살할 능력이 없다는 사실을 자각하게 하였다. 12월 31일 이후 그때까지 네 사람에게 자살은 언제나 한 가지 선택이자 출구였고, 어려운 때를 위해 저축해 둔 여유자금 같은 것이었다. 그들은 애초에 그 돈이 자신들의 것이 아니라는 사실을 깨달았다.

그들은 애초부터 자살할 마음이 없었던 것이다. 옥상 끝에 대롱대롱 매달리는 것과 바닥까지 추락하는 것 사이에는 하늘과 땅 만큼의 거리가 있다는 사실을 깨달은 그들은 같이 독서 모임도 갖고 여행도 하며 삶을 위해 조금씩 저축을 시작한다.

작가의 지혜는 등장인물로 하여금 더도 덜도 않게 진부한 일상을 극복하게 한다. 그의 기막힌 통찰은 소설의 맨 마지막 문장으로 압축 요약된다.

"저게 정말 돌아가는 거요?" 마틴이 말했다. "잘 모르겠는데."
우리는 그걸 확인하기 위해 런던 아이를 한참 동안 쳐다보았다. 마틴 말이 옳았다. 움직이고 있었지만 움직이는 것처럼 보이지 않았다. 하지만, 분명 움직이고 있었을 것 같다.

그들은 90일 전에 비해 별로 나아진 것 같아 보이지 않지만 실은 많이 변화하였다. 그 변화가 지리멸렬한 일상처럼 다시 제자리로 돌아오는 것처럼 보여도 움직이는 것은 움직이는 것이다. 다시 제자리로 돌아오기 위해 그리도 힘들게 몸을 움직이는 런던 아이처럼.

가짜 욕망을 추구하는 여인들

에마 매클로플린의 〈내니의 일기〉*

　근대 이후 가정이란 사적 영역의 일을 여성이, 직장과 사회란 공적 영역을 남성이 나누어 맡아왔고, 그 과정에서 생산이 이루어지는 공적 영역에 무게 중심이 주어지면서 여성의 일이 소홀히 취급된다. 여성들은 자연히 강요된 자신의 일에 자부심과 의미를 찾지 못하고 방황하게 된다. 남성들이 현장에서 꿋꿋이 일하여 무엇인가를 만들어내고 벌어들인다면, 자신은 그것을 소비하는 존재이며 그 부속물이라는 열등감, 이 부당한 오해와 자괴감은 여성들을 힘들게 하고 지치게 해왔다. 삶의 주체로 서지 못하는 노예의식은 항상 사람을 비참하게 만드는 법이다.

　그러나 그 노예의식을 너무도 잘 이용하는 여성들이 있다. 따지고 보면 주로 남성들이 담당하고 있는 공적 영역의 일이 마냥 좋은 것만은 아니다. 경쟁과 도태의 스트레스에 시달리며 노력해도 결과가 항상 좋은 것만은 아니다. 설사 실력이 있고 성실하더라도 운이 따라주지 않거나 기회를 교묘히 이용하는 영리함이 없다면 이 사회에서 성공하기 힘들다. 또 여자일 경우 보이지 않는 유리벽이 그녀의 성장을 가로막고 있기 일쑤이다.

---

* 에마 매클로플린, 오현아 역, 『내니의 일기』, 문학사상사, 2004.

상황이 이럴진대 젊음과 미모, 재치를 갖춘 여자가 직접 사회의 경쟁에 뛰어들기보다 자신의 매력을 '활용'하여 성공한 남자의 노예를 자처하는 것도 이익이 남는 장사일 수 있다. 이 노예의 생활에는 안정과 풍요와 안락함이 넘쳐난다. 물론 변덕스런 주인의 동향을 끊임없이 파악하고 대책을 강구하는 노력이 필요하지만 세상에 공짜가 어디 있는가? 이 경우 아이는 자기보다 젊고 아름다운 여자들의 공격을 막아내는 데 가장 효과적인 무기이다. 설사 그녀가 새로운 경쟁자에게 자리를 물려주어야 할 지경에 이르게 될 때에도 아이는 그녀의 여생을 유지해 줄 보증수표 역할을 한다. 그런데 노예를 자처하면서까지, 자신의 자궁에 열 달을 품고 있다 낳은 아이의 가슴에 대못을 박으면서까지, 자신의 경쟁자들을 물리치기 위해 질투와 자존심을 과감하게 버리면서까지 그녀들이 추구하는 것은 무엇인가?

아르마니, 샤넬, 티파니, 프라다⋯⋯. 이름만 들어도 현기증 나는, 우리가 상상하는 가격에 '0'을 두 개 정도 더 붙여야 살 수 있는 현란한 명품들이 소설에 줄줄이 등장한다. 그녀들은 끊임없이 그 무엇인가를 구입한다. 아니 '그 무엇'에는 반드시 명품의 상표가 붙어 있다. 그녀들은 오늘도 뉴욕의 가장 고급스런 백화점의 쇼핑백들을 양손 가득히 들고 고급 아파트 앞에서 차를 세운다. 그녀들에게 옷은 추위나 더위를 막아주는 보호장치가 아니다. 그따위 상품의 사용가치는 그녀들을 모욕하는 것이다. 대신 그 옷에 붙어있는 상표, 즉 명품의 기호가치를 탐욕스럽게 소비한다. 일찍이 보드리야르가 시뮬라크르(simulacre)라 명명했던 가짜가 판치는 세계를 그녀들만큼 솔직하고 본격적으로 추구했던 부류가 있었을까?

'짝퉁'이란 말이 있다. 소위 명품들을 흉내낸 '가짜'인데 가격은 '진짜'의 십분의 일 정도밖에 하지 않는다. 디자인의 가치가 그만큼 중요하다는 의미도 되지만 한편으로 옷이 더 이상 옷으로서의 사용가치를, 구두가 더 이상 구두로서의 사용가치를 잃게된 상황에서 역설적으로 그 가격을 사용가치 수준으로 폭로하는 존재라고도 할 수 있다.

<보모일기>는 이 '짝퉁' 가격대인 여성들이 성공한 남성을 등에 업고 명품의 가격대로 오르는 과정에서 벌이는 이기적이고 교활하며 비겁한, 그리고 사악하기조차 한 삶의 방식을 통렬하게 고발하고 있다. 전직 보모인 두 여성 작가는 자신의 보모 체험을 토대로 상류층의 여성들이 어떤 방식으로 기생적인 삶을 살아가는지 그 과정에서 자신의 아이를 어떻게 정서적인 희생양으로 삼는지 생생하게 보여준다.

뉴욕의 명문대 아동학과 학생인 내니는 학비를 벌기 위해 시간제 보모 일을 지원하던 중 공원에서 X부인의 가족들을 만난다. 간단한 인터뷰가 치뤄지고 내니는 네 살 난 그레이어의 보모가 된다. 상당히 후한 보수를 받고 근무하게 되지만 내니는 정서적인 면에서, 그리고 실질적인 면에서 혹독한 대우를 받게 된다. 원래 X부인은 미술 갤러리에서 근무했던 직원이었으나 우연히 X씨를 만나게 되고, '각고의 노력' 끝에 전 부인을 몰아내고 본처의 자리에 오른다. 그러나 X씨는 결혼에 권태를 느끼고 여러 여성들과 관계를 맺는다. 어떤 여인은 부인의 아파트에서 성 관계를 가진 후 일부러 속옷을 남겨 불륜의 암시를 주기도 한다. 그러나 그 방법은 이미 그녀가 전 부인을 몰아낼 때, 사용한 것이었다. 그때 순진했던 전 부인은 남편의 배신에 치를 떨며 이혼은 감행했었다. 그러나 결과는 전 부인에게 유리하게 작용하지 않았다. 상류층 여인이 이혼 후 어떤 불이익을 당하는가에 대해서는 작품의 전반부에 예시적으로 드러난다. 부인이 내니를 인터뷰하는 중에 부인의 친구 빙키가 나타난다. 그녀는 이혼 후 '겨우' 40만 불짜리 아파트 한 채와 아이 양육비만을 받았다는 것이다. 영리한 X부인은 쓸데없이 정서적인 문제로 에너지를 소모하는 대신 치밀한 계획 끝에 두 번째 임신을 하여 흔들리는 남편의 마음을 단념시킨다.

그녀의 철저함은 내니에게도 예외가 아니었다. 아들 그레이어가 자신이 아닌 보모에게 정을 주는 것은 그녀로서는 가장 위험한 징조였다. 자신의 인생의 보증수표인 아들은 늘 엄마의 애정을 갈망하면서 볼모처럼 잡혀 있어야 했다. 내니가 심리적으로 불안정한 그레이어에게 애정을 느끼며 감정의 공유를 하게 되자 부인은 그녀를 가차없이 해고한다. 또 내니는 잠재적으로 위협적인 존재였다. 미모와 지성의 소유자인 내니는 같은 아파트의 미남 청년의 마음을 사로잡는다. 그 사실은 이미 인생의 한창 시기를 넘긴 부인에게 개인적인 질투를 불러일으키는 것이기도 하거니와 그레이어의 엄마처럼 되어버린 내니가 자신의 잠재적 경쟁자가 될 가능성을 드러내는 것이기도 한 것이다. 불모지에서 사랑을 꿈꾸던 내니와 그레이어는 깊은 상처를 입고 분리된다.

뉴욕의 상류층의 불모성은 작가의 시종 비아냥거리는 문체에 의해 재미있게, 그러나 명쾌하게 드러난다. '평균적인 뉴욕 아파트보다 훨씬 근사한 엘리베이터'를 타고 올라가는 아파트의 분위기는 이렇게 묘사된다.

> 아파트에 들어서면서 제일 먼저 떠오르는 생각이 호텔 룸 같다는 것이다. 티끌 하나 없이 깨끗하지만 왠지 사람 기운이 느껴지지 않는 곳. 냉장고에 테이프로 붙여져 있는 아이 그림도 막 카탈로그에서 주문한 제품처럼 보일 정도다.(내 마음대로 색깔까지 주문할 수 있는 서브지로에는 자석이 붙지 않는다).(12쪽)

> 아파트는 순전히 구경하기 위해 존재한다. 운동장만한 방을 나서면 진품 그림이 걸린 널찍한 복도가 나오고 복도를 지나면 또 운동장만한 방이 나온다. 유치원이건 초등학생이건 아이의 흔적은 어디에도 찾아볼 수 없다. 아니 가족사진 한 장 없는 게 꼭 사람 살지 않는 곳 같다. 물론 나중에 티파니 순은 액자에 끼워진 가족사진들이 거실 한구석에 솜씨 좋게 처 박혀 있는 걸 보게 되겠지만.(15쪽)

이 경우 집, 가정은 사람이 주체적으로 구체적으로 살고 싸우면서 정
드는, 그런 장소가 아니다. 백화점에 즐비하게 늘어서 있는 명품들을 구
입하고 소비하는 정신 구조처럼 세상 사람들이 비싸다고 하는 요소들을
구입하여 조합하고 정리해두는 진열장일 뿐이다. 아이는 가정을 가정답
게 하는 중요한 요소인고로 '하나' 구입하여 아파트 안에 진열해 놓는다.
살아 숨쉬고 움직이는 아이는 이 진열의 과정에서 상처받지만 명품의 세
계로 가득 찬 시뮬라크르의 세계를 유지하기 위해서 그 정도는 참아주어
야 하는 것이다.

작품은 사람들이 모여서 자식을 낳고 살아가는 장으로서의 가정을 유
지하기 위해 마련된 규칙들이 개인의 가짜 욕망을 유지하기 위한 수단으
로 이용될 때 그것이 사람들을 얼마나 저열하고 끔찍하게 만드는지 적나
라하게 보여주고 있다.

그러면서도 한편으로 소설은 내니의 욕망의 모호함을 솔직히 드러내면
서 가짜 욕망의 변별이 얼마나 어려운가를 우리에게 가르쳐 주고 있다.
내니는 그녀가 보모로 근무하는 아파트에서 하버드에 다니는, 잘 생기고
돈 많은 청년을 만난다. 처음 만남에서 청년 조엘의의 친구들에게 모욕
을 당하고 발끈하면서도 그녀는 그의 데이트 신청을 거절하지 않는다.
오히려 '하버드 출신의 왕자님'과 만나기 위해 그레이어를 적절히 이용
하기까지 한다. 내니가 조엘과의 키스와 정사에 황홀해 하는 이유가 조
엘이라는 청년의 진짜 가치 때문이었을까, 아니면 그가 가진 외적 가치
때문이었을까? 그렇다면 그 진짜 가치는 도대체 무엇인가? 돈이 많은 것,
학벌이 좋은 것이 그 사람의 본질에 이르지 못하는 가짜 가치일 뿐이라
면 왜 사람들은 오늘도 부지런히 직장을 다니고 있고 좋은 대학에 가기
위해 공부를 열심히 하고 있는 것일까?

여인의 기구한 운명과 사랑의 부재

콜린 맥컬로의 〈사랑의 랩소디〉*

1930년대 프로문학이 파시즘 대두의 억압적 상황에서 프로 문학이 퇴조하고 그 대안의 하나로 풍속소설론이 제기되었다. 모랄을 풍속의 파노라마 속에 용해시킴으로서 종래 관념소설을 극복하려는 시도는 당시로는 사상 탄압을 피하는 차선책처럼 여겨졌었다. 그러나 풍속이 인간의 제도의 습득감이라는 점에서 당대 역사를 구체적이고 확실하게 알 수 있는 중요한 방법이 될 수도 있는 것이다. 그리하여 가족사를 중심으로 한 역사소설이 당시 크게 유행했었다. 그리고 가족사 소설은 한국 현대 리얼리즘 소설의 주요 방식으로 자리 잡았다.

콜린 맥컬리의 소설은 오스트레일리아 판 가족사 소설이라 할 수 있는데 물론 이 작품이 처음은 아니다. 그의 출세작 〈가시나무새〉는 오스트레일리아의 광대한 농장을 배경으로 가족 삼대의 이야기가 랠프 신부와 매기의 이루어질 수 없는 사랑을 중심으로 펼쳐진다. 성직자의 사랑이 전면에 펼쳐지기 때문에 독자들은 금지된 사랑이 주제라고 생각하기 쉽지만 이 소설을 돋보이게 하는 것은 이민으로 넘쳐나면서 새로운 대륙의

---

* 콜린 맥컬로, 김영희 역, 『사랑의 랩소디』, 문학사상사, 2005.

역사를 꾸미는 당시 오스트레일리아의 생명력이다. 상당히 긴 이야기이면서도 미국 등지에서 베스트셀러가 된 까닭은 이민의 내력을 공통적으로 가지고 있는 두 신대륙의 공통적인 정서 때문이라고 볼 수 있다. 그것은 중국과 한국, 일본을 넘나들며 삼대의 가족사를 최서희라는 매력적인 여인을 중심으로 꾸려간 박경리의 <토지>에 열광하는 우리의 정서와도 흡사하다.

맥컬리가 다시 가족사 소설을 내었다. 19세기 중반에서 20세기 초에 걸쳐 스코틀랜드 드러먼드 집안의 가족사가 오스트레일리아의 탄광촌을 중심으로 펼쳐진다. 스코틀랜드 킨로스 마을에 사는 제임스 드러먼드는 막내딸 엘리자베스를 조카 알렉산더에게 시집보낸다. 보일러 견습공이던 알렉산더는 오스트레일리아에서 금광을 경영하는 부자가 되어 있었다. 그는 사생아로서 드러먼드 집안사람들의 경멸을 받아온 세월에 복수라도 하는 심정으로 얼굴 한 번 보지 않은 사촌 여동생과의 결혼을 강행하였고 여기서부터 비극과 파멸이 시작된다.

엄격한 청교도 교육을 받고 자라난 16세의 감수성 예민한 엘리자베스는 남편의 냉담한 모습과 일방적인 태도에 마음의 문을 굳게 닫아건다. 설상가상으로 남편이 결혼 전부터 사귀던 여인인 루비가 나타나고 셋의 기묘한 우정이 불안정하게 유지된다. 그들의 애정 없는 결혼 생활을 증명이라도 하듯이 임신할 때마다 임신중독 증세가 나타났고, 둘째 딸은 그 후유증으로 정신박약아가 된다. 고통의 세월을 보내던 엘리자베스는 루비의 사생아 리 코스터밴에게 사랑을 느낀다. 두 사람의 부정을 알게 된 알렉산더는 자살하고 엘리자베스와 리는 결혼하여 행복하게 산다.

엘리자베스와 알렉산더, 루비와의 삼각관계가 중심축을 이루는 듯 보이나 이 소설의 주제는 오스트레일리아의 근대사이다. 추상적으로 기술되는 역사가 한 가족의 구체적인 삶과 죽음 속에서 생동감을 확보하는 것이다. 본격적인 근대화가 시작된 19세기 중반 이후의 시대 풍경이 잡힐 듯이 그려져 있다. 미국 캘리포니아의 골드러시와 흡사한 오스트레일리아의 금광 풍경이 근대 자본주의의 중심축인 '돈-금'의 특성을 사실적으로 잡아내고 있는 것이다.

당대 세계의 자본의 흐름은 알렉산더의 긴 여행의 과정에 자연스럽게 녹아있다. 그는 15세에 스코틀랜드의 촌을 벗어나 영국의 글래스고우, 미국 샌프란시스코, 이슬람, 중앙아시아, 인도, 중국을 거쳐 오스트레일리아 뉴사우스웨일스에 정착한다. 그의 여정은 당시 유럽의 팽창 및 신대륙 개척의 역사와 일치한다. 그리고 당대 사회의 현실은 세세한 풍속의 복원에 의해 실감나게 묘사된다.

> 신사들의 팔에 매달려 로비를 걷고 있는 숙녀들을 보는 순간, 자기가 입고 있는 진청색 태피터 드레스에 대한 자부심이 흔적도 없이 사라져 버렸다. 숙녀들은 팔과 어깨를 드러내놓고 있었다. 허리는 날씬하고, 스커트는 뒤쪽으로 동산같이 부풀렸고. 장식 주름은 바닥까지 흘러내렸다. 스커트와 짝을 이룬 장갑은 팔꿈치 위까지 올라가고, 머리는 높고 넓게 틀어 올리고, 반쯤은 드러난 앞가슴에는 보석이 주렁주렁 매달려 있었다.(1권 43쪽)

엘리자베스의 소박한 진청색 드레스와 오스트레일리아 여인들의 야단스럽고 화려한 드레스는 스코틀랜드의 정체되어 있는 경제 상황과 급속한 개발과 넘쳐나는 부에 들떠있는 신대륙의 대비되는 정확하게 보여주는 것이다. 증기를 뿜어대며 달리는 보엔펠스행 열차와 뉴사우스웨일스까지의 마차 여행 동안의 바깥 풍경은 급속히 근대화를 이루고 있는 오스트레일리아를 잘 설명해주고 있다. 하잘 것 없어 보이는 일상사가 당대 사회의 본질을 얼마나 잘 드러낼 수 있는가를 여실히 증명하는 대목이다.

 개성 있는 등장인물들도 튀지 않게 안배되어 있어 소설의 재미를 더한
다. 술과 매춘업에 종사하면서도 재치 있고 독립심이 강한 루비와 지적
인 중국인 숭 차우, 영리하고 씩씩한 여성학자 넬 등은 작가의 다문화주
의와 여성주의를 드러내면서도 독자로 하여금 소설에 몰입하게 하는 데
중요한 역할을 한다.

 등장인물들의 사랑과 운명, 모험에 감정이입하는 과정에서 근대의 역
사 속에 얽혀 있는 유럽과 미국, 오스트레일리아의 관계를 자연스럽게
알게 하는 작품이다. 세 대륙의 독자들이 자신의 내력과 정체성을 돌아
보면서 향수를 느낀다면 우리들이 그들의 관계를 슬쩍 훔쳐보면서 느끼
는 재미도 만만치 않을 것이다.

제 6 부
서사의 확산

인터넷을 통한 시의 소통방식

1. 시의 위기! 시의 위기?

　문학의 위기라고 한다. 문학작품을 읽던 독자들이 영상매체로 관심을 돌리고 있고 영화나 드라마가 이 사회의 중심담론으로 세력을 확장해가고 있다. 시집이 안 팔린다고 한다. 한국에서는 전업시인이 살아갈 수 없다고 한다. 그러나 한편으로 시 낭송 대회가 도처에서 열리고 있고 시 전문 잡지가 속속 창간되고 있다. 신문마다 그날의 짧은 시에 간단한 감상을 곁들여 아침을 여는 사람들에게 신선한 감동을 주고 있다. 너무나 많은 인터넷 동호회에서 시의 창작과 소통이 나타나고 있다. 이래도 문학의 위기이고, 이래도 시의 위기란 말인가?

　'위기'란 말보다 '변화'란 말이 적당하다. 구술 시대의 시는 종합예술에 가까웠다. 음유시인들이 민족의 전설이나 영웅의 신화, 사랑의 이야기를 음악의 리듬에 맞추어 낭송하였다. 이 시대 시는 역사요, 이야기요, 음악이요, 엔터테인먼트였다. 문자가 발명되고 인쇄 시대가 된 후 시는 공간에서 구연되던 시는 텍스트로 들어왔다. 결과적으로 시의 구술적 특성은 사라진다. 리듬은 위한 상투어의 반복이 억제되고 축약된 언어의 정제성이 중요한 요소로 등장하는가 하면 청중과의 직접적 교감, 즉흥성, 현장감은 제거되거나 다른 방식으로 드러난다.

그런데 시가 텍스트에 정착하는 동안 시의 구술적 특성은 '노래'의 가사로서 분화되어왔다. 대중의 사랑을 받아온 수많은 노래 가사들은 대중가요라는 이름하에 문학의 영역으로부터 배척받아온 것이 사실이다. 그리고 영상 시대, 텍스트의 시대에서 멀티미디어의 시대로 접어든 지금 시의 잊혀진 부분은 다시 '시낭송대회' 등으로 발흥하고 있다. 그러나 인쇄매체 시대에 시가 버렸던 그 부분을 다시 회복할 수 있을까?

대학 가요제에서 우승한 마야의 <진달래꽃>, 김소월의 <진달래꽃>을 개사한 그 곡의 폭발적 인기를 누가 따라갈 수 있을까? 왜 시집에 적힌 <진달래꽃>보다 노래로 불리는 <진달래꽃>이 젊은이들에게 인기를 끄는 것일까? 영상의 시대에 시는 그간 저만치 두었던 공연의 요소를 되찾으려 하고 있다. 시인은 이제 자신의 영혼의 목소리를 육화하여 청중에게 전달하려 하고 있다. 그러나 시인의 진솔한 목소리는 서툰 몸짓, 거친 발성, 어색한 무대 매너에 의해 공감을 얻지 못하고 있다. 시인의 진정성이 작사, 작곡, 공연기획, 광고, 노래의 분업이 치밀하게 조직되는 노래의 공연을 따라가지 못하고 있는 것이다. 이제 후기자본주의의 문화산업과 결탁한 '노래'와 텍스트에서 빠져나온 '시'를 가르는 변별점은 무엇일까? 순수성과 상업성, 고결함과 저급성으로 가를 수 있는 문제일까? 신문의 짤막한 시와 감상, 그 엽서 같은 시 한 편이 우리에게 틀림없이 감동을 주나 여기에는 시집 읽기와는 다른 소통의 방식이 있다. 일간지처럼 그날그날 소비되는 시들.

문학은 변하고 있다. 위기라고 말하면서 알게 모르게 변하고 있다. 소통의 구조가 근본적으로 지각변동을 일으키고 있는 디지털 시대에 비판하고 한탄하면서 조금씩 체질 변화를 일으키고 있다. 즉 시가 아직도 위력을 발휘하고 있는 것이 아니라 체질변화를 일으키며 매체 환경에 적응하고 있는 것이다. 인터넷에서 소통되는 시의 양상을 보며 그 변화의 조짐을 짐작할 수 있다.

2. 시인의 죽음, 그리고 프로슈머(prosumer)의 등장

인터넷을 통한 시 활동은 다양하다. 가장 초기의 형태로 웹진(webzine)을 들 수 있다. 웹(web)과 잡지(magazine)의 합성어로 인터넷이라는 통신망을 통해서 제공되는 새로운 형태의 온라인 잡지이다. 새로운 매체가 등장할 때 그 이전의 매체의 개념이나 방식을 차용하게 되는데 예를 들어 자동차를 움직이는 수레라고 하거나 영화를 활동사진이라고 하는 경우이다. 사실 하이퍼텍스트의 통합성, 양방향성, 비선형성은 텍스트의 성질과 판이하다. 하이퍼(hyper)라는 접두사를 붙이는 태도 자체가 매체의 초창기적 특성을 보여주는 것이다.

초창기답게 오프라인의 문학 잡지사들은 온라인에 웹진을 만들기 시작했고 그 형식은 종이의 콘텐츠를 그대로 웹상에 올려놓은 것에 불과했다.[1] 문학 전문 포탈 사이트[2]와 온라인상에만 존재하는 협의의 웹진도 상황은 마찬가지였다.[3] 초기 인터넷상의 시는 이렇게 소통되었다. 그러

---

[1] 『다층』, 『디지털 현대시』, 『라쁠룸』, 『문학과 사회』, 『문학동네』, 『샘터』, 『오늘의 문예비평』, 『현대문학』 등의 문예잡지들이 오프라인의 콘텐츠를 온라인에 재수록하고 있으며 더 이상 업로드되지 않거나 폐쇄된 웹진도 다수 있다. 온라인의 환경을 고려하지 않은 콘텐츠는 독자의 흥미를 끌 수 없으며 별 효용이 없음을 증명하는 것이라 하겠다.

[2] novel, 시안, 포에티카, Perkybook 등의 문학전문포탈 사이트가 있는데 이중 포에티카와 Perkybook는 폐쇄되었다.

[3] 시사랑문예대학과 포엠토피아는 시전문포탈 사이트이면서 오프라인상에서 교육, 시낭

나 인터넷의 매력은 담론 생산에 참여할 수 있다는 점이다. 텍스트의 특성만을 지닌 잡지방식은 별로 인기를 끌지 못했고 속속 폐쇄되었다.

<오늘의 문학>의 온라인 사이트에는 시인들이 자신의 시를 낭송하는 동영상이 올려져 있어 이채롭다. 화면에 시인의 시가 문자로 흐르고, 시인은 마이크를 들고 문자로 흐르는 시를 낭송한다. 시인의 전화번호도 기록되어 있다.[4] 태생적으로 멀티미디어인 하이퍼텍스트의 특성을 살렸다는 의도는 좋다. 그러나 문제는 시인이 멀티미디어에 자신을 노출할 준비가 전혀 되어 있지 않다는 점에 있다. 적절한 의상과 무대 매너, 발성은 공연예술에 있어서 글쓰기의 형식만큼이나 중요하다.

곧 다수의 방문자들이 시인이 되는 인터넷 커뮤니티 형식의 시 동호회가 활기를 띠기 시작했다. 하이텔이나 천리안을 통해 특정 지역민, 일반인이나 주부들이 시, 소설, 수필들을 게재하는 경우도 있고 대학교, 고등학교 시 동호회의 활동이 가장 많이 나타난다.[5] 그러나 이 사이트들 역시 개방과 폐쇄가 잦다.

오프라인의 시 잡지에 익숙한 문학인들에게 온라인의 시 소통에서의 문제점으로 잦은 폐쇄와 아마튜어리즘, 그리고 이윤 창출의 미흡을 들 수 있다. 그런데 그 세 가지가 다 인터넷의 특징이라는 점을 인정하고 논의의 출발점을 삼아야 한다.

참고로 필자는 2003년 봄 학기에 한국과학기술원 문화기술학제 전공 학생들에게 문화기술론(CT511)을 가르치면서 사이버 커뮤니티에 관한 프로젝트를 주었다. 조를 짜서 사이버 동호회를 만들어 운영한 후 네티즌

송 행사 등을 연계하고 있어 인터넷 시 소통에 있어 상당한 수준으로 발전된 형태라고 볼 수 있다.

4) http://topstar.netian.com/cast/menu

5) www.seepoem.com에 등장하는 시동호회를 중심으로 살펴보았다.

들을 가장 많이 끌어 모은 팀에게 높은 점수를 부여하는 프로젝트였다. 공연예술, 디지털 건축, 음식 문화, 디지털 아트 커뮤니티가 만들어졌고 공연 예술팀이 가장 높은 점수를 받았다. 이 과정에서 사이버 커뮤니티를 성공적으로 이끄는 데는 많은 노력 외에 여러 변수들이 있음이 밝혀졌다. 즉 사이버 커뮤니티는 살아 움직이는 유기체와 같아서 성하고 쇠퇴함에 있어 우연적 요소, 바람, 유행 등이 많이 작용하기 때문에 불안정성이 오히려 중요한 특성이자 장점이 된다는 것이다.

한 번 만들어진 책처럼 수 백 년이 지나도 변하지 않는 불변의 진리를 혹은 시인의 영혼을 전하는 일은 인터넷답지 못하다. 작자(author)가 권위(authority)가 있어서 독자가 작자의 언어를 일방적으로 받아들이는 것도 인터넷답지 못하다. 마치 광장에 모인 사람들처럼 사이버 광장에서 저마다 역할을 맡아 놀이에 참여하는 방식이야말로 새로운 매체의 특성일 터이다.

시에 관심이 있는 사람들은 누구나 자신의 글을 올릴 수 있다. 오히려 시의 형식이기에 사이버 커뮤니티에서 가장 유용한 문학행위인지 모른다. 시야말로 시인의 수준에 따라 천차만별일 수 있는 문학 장르이다. 타고난 재능과 연습으로 경지에 오른 시인의 시에서부터 짧기 때문에 소설이나 희곡보다 손쉽게 올린 필부필녀의 생활의 단상에 이르기까지 그 층위는 천차만별이다. 디지털 카메라로 찍은 가족사진 아래에 리플(reply) 형식으로 간단하게 적은 글을 시라고 올린 경우도 많다. 그러나 사이버 공간에서는 미소 떠오르는 장면이다.

사이버 커뮤니티는 종이책과 달리 단순히 콘텐츠를 읽어 보아서는 그 진가를 알지 못한다. 중요한 것은 컴퓨터 화면에 나타나는 메뉴표가 아니며 메뉴표를 누르면 나타나는 남겨진 시가 아니다. 네티즌들이 커뮤니티에 참여하여 시를 썼던 순간들, 그리고 다른 사람의 시를 읽고 다시 답하거나 감상을 쓰는 그 과정에서 이루어지는 담론이 중요한 것이다. 그

때 그곳의 분위기, 그때 소비한 그 과정이 중요하며 남은 시는 그 생생했던 순간들의 흔적이다. 그것은 갈피에 끼워진 마른 꽃잎의 추억과 같은 것이어서 당시의 싱싱함과 물기를 짐작만 할 수 있을 뿐이다.

전문 시인이 아닌 프로슈머(prosumer)의 창작은 인터넷 시 동호회의 운명과도 같은 것인지 모른다. 축구나 등산처럼 또한 시 창작의 취향을 지닌 사람들이 시간과 공간, 학연, 지연, 혈연으로부터 자유롭게 모여 자신이 가슴 속에 담고 있던 조촐한 시들을 게시판에 올린다. 형식으로부터 자유로운 듯 보이는 자유시의 속성 때문에 어렵다면 한없이 어렵지만 쉽다면 한없이 쉬운 짧은 시 짓기는 그래서 인터넷의 보급과 더불어 번창하고 있는 것이다. 글 읽기와 글쓰기의 경계가 모호한 인터넷 공간에서 시감상과 시 쓰기는 같은 사이트에 존재한다. 전문 시인들의 대표 시들이 데이터베이스화되어 있고 그 옆에는 시 창작난이 있다. '시전문가'들이 시를 고쳐주는 사이트도 있다. 적어도 인터넷에서 시인은 광야에 선 선지자가 아니다. 시인은 중심에 서서 외치는 자가 아니라 광장에 운집해 있는 군중이다. 시의 민주주의라고나 할까? 시전문가들은 시의 아고라 광장에서 담론이 원활하게 교환되도록 도와주는 보조자라고 할 수 있다. 마치 사이버 교육에서 교사가 가르침(teaching)에서 배움(learning)의 보조자가 되는 것처럼.[6]

그런데 이 취향의 집단에서 이윤을 창출하는 방법은 무엇인가? 인터넷 사이트를 운영하기 위해서는 많은 인력이 필요하다. 각종 자료들을 수집, 정리하여야 하고 네티즌들을 관리하여야 한다. 여기에 드는 비용을 누가 감당할 것인가?

인터넷에서의 이윤 창출 문제는 책 같은 아날로그 매체와 달리 복잡하

---

6) 최혜실, 『모든 견고한 것들은 하이퍼텍스트 속으로 사라진다』, 생각의나무, 93쪽.

다. 그 양상이 명확히 드러난 사건이 소위 '소리바다' 사건이다. 네티즌들끼리 자신이 가지고 있는 음악 파일을 서로 공개, 검색, 전송받게 하는 P2P(peer to peer) 방식이 불법 복제냐 아니냐는 논란은 결국 소리바다 사이트의 패배로 끝났다. 자본주의 사회에서 지적 소유권은 중요하다. 그러나 문제는 디지털 매체로 인해 나타난 '복제'의 개념 변화인 것이다. 요즈음 학생들의 짜깁기 레포트 수준은 거의 경지에 이른 느낌이다. 독후감을 제출하라고 하면 게시판에 오른 독자들의 작품 중 잘 된 것 몇 개를 골라 짜깁기하니 알 길이 없다. 처음에는 지식의 도둑질에 대해 엄하게 나무랐으나 차츰 생각이 달라졌다. 필요한 정보가 바다처럼 있고 그 정보를 얼마든지 손쉽게 변형할 수 있는 마당에 짜깁기는 다시 쓰기, 혹은 모방적 창조일 수 있다. 이제 책 한 권에 얼마 하는 식의 인세 개념으로 정보의 값을 매기는 것이 한계에 다다른 것이다.

프로슈머인 네티즌들이 자신의 시에 대해 대가를 요구할 수는 없는 일이다. 마음에 드는 시를 퍼다가 자신의 홈페이지에 올렸다고 일일이 저작권을 받는 것은 현실적으로 불가능하다. 그렇다면 웹진의 이윤 창출은 어디에서 이루어질 것인가? 이제 상품의 가치가 달라지고 있는 만큼 거기에서 대가를 받는 방식에 있어 획기적인 변화가 필요한 시점이며 문학 웹진 또한 이 필요성에 맞닿아 있다고 볼 수 있다.

엽기로 유명한 사이트인 디시인사이드는 디지털 카메라를 파는 곳이다. 인터넷으로 카메라를 거래하는 사이트의 한 구석에 네티즌들이 디지털 카메라로 찍은 재미있는 사진을 올리게 하는 난을 만든 것은 상술의 일종이었다. 많은 사람들이 모이는 곳에서 활발한 상거래가 이루어지는 것은 당연한 이치, 백화점에서 연예인 사인회를 열거나 고객 노래자랑 대회를 여는 것도 이 때문이다.

원래 문학 포털 사이트였던 NOVEL21이 전자책 서점으로 변모했다.

전자책을 팔면서 한편으로 작가공간, 문학강의, 창작마당란을 두면 작가에 대한 지식을 얻거나 창작을 배우고 싶은 사람들이 많이 모일 것은 당연하다. 전문작가의 작품을 감상하는 데서 이윤이 창출되고 자신의 글쓰기 실력을 연마하면서 문학의 소통이 이루어지는 방식은 아직까지 우리가 고안해낸 인터넷 상거래의 첨단 이윤 창출 방식이라 할 수 있다.

3. 오프라인과 온라인의 연결, 그리고 시의 교육과 소비

포엠토피아와 시사랑 문예대학은 시의 생산, 교환, 소비가 비교적 활발하게 이루어지고 있는 문학 사이트라고 할 수 있다. 먼저 포엠토피아부터 살펴보기로 하자.[7] 이 사이트는 시검색, 자료실, 포엠스쿨, 시야! 놀자, 우리시 오딧세이, 포엠장터로 분류되어 있다. 시 검색에는 한국의 대표 시가 소재, 장르, 계절, 작가 등으로 검색할 수 있도록 되어 있고 자료실에는 학위논문, 대담, 평론 등 시 관련 자료가 저장되어 있다. 포엠스쿨에는 여러 명의 시 강사들이 강의를 맡고 있고, 시를 고쳐주는 시 클리닉도 있다. '시야! 놀자'에는 독자가 참여하여 시를 쓸 수 있는 난이 있고, '우리시 오디세이'에서는 독자들이 편하게 여러 시들을 감상할 수 있다. '포엠장터'에는 시집이나 시화를 판매하고 있고, 네티즌들끼리 물건을 교환할 수 있는 벼룩시장도 있다. 포엠토피아란 출판사, 계간 시학이란 오프라인의 잡지, 편운문학상, 조병화문학제, 시낭송회 같은 현실공간에서의 행사도 연계시키고 있다.

시 자료의 데이터베이스, 강좌, 시 창작, 시 관련 상품 판매의 네 종류

---

7) www.poemtopia.co.kr

가 골고루 구비되어 있음이 특정이다. 그런데 문제는 너무 골고루 구비되어 있는 나머지 결과적으로 어느 한쪽이 주도적으로 다른 쪽에 영향을 주어 활성화시키고 있지 못하는 문제점을 안고 있다. 예를 들어 시 관련 상품이 인기가 있으면 소비자들이 이 사이트를 기웃거리면서 다른 분야에 참여할 수 있을 것이다. 또 시 강좌가 소문이 나면—그 사이버 강좌를 들은 사람들이 신춘문예에 많이 등단했다는가 하는—게시판에 창작물이 많이 오를 것이다. 게시판에 중요한 문학 논쟁이 일어나면 그 담론에 참여하기 위해 많은 네티즌들이 사이트를 찾을 것이다. 요컨대 사이버 커뮤니티는 살아있는 생물과 같아서 끊임없이 진화하지 않고 머물러 있으면 곧 고사하고 만다.

시사랑문예대학은8) 시사랑회란 시모임, 계간 서정시학이란 오프라인의 잡지, 김달진 문학상, 김달진 문학제, 시낭송회와 문예아카데미 등 시 강좌를 연계시키고 있는 점에서 포엠토피아와 상당한 유사점을 보이고 있다. 물건 판매 분야가 없고 사이버 현상 문예가 있다는 점이 눈에 뜨인다.

그런데 두 시 전문 사이트에서 네티즌들의 자발적인 참여는 그렇게 활발하지 않다. 제도권 문학에서 승인된 시, 논문, 평론들이 사이버 강좌와 연계되면서 일방향적인 성향이 강한 시 텍스트 및 교육 콘텐츠가 두루 준비되어 있다. 사이버 커뮤니티에서 중요한 것은 콘텐츠의 진열이 아니라 그때 그 자리에서 소통되는 네티즌들의 담론이다. 그것은 완성된 작품을 천년만년 감상하는 아날로그 문학이 아닌, 한바탕의 놀이, 그 자체로 존재하는 디지털 문학의 특성 때문이다. 결론적으로 두 사이트는 오프라인에서 시를 배우는, 제도권 교육에 속해 있는 학생들의 시 교육을

---

8) www.poemq.or.kr

보완해주는 수준이라고 볼 수 있다.

　다시 인사이드의 뜨거운 자발성이 사이버 시 동호회에서는 과연 불가능한 것일까? 자발적 참여가 없으면 시 동호회는 몇몇 사람의 열정과 뚝심으로만 밀고 나가는 형식이 된다. 이윤의 창출 혹은 네티즌들의 자발적인 참여 둘 중의 하나만이라도 존재해야 한다.

게임을 꿈꾸는 한 인문학자
최유찬의 『컴퓨터 게임의 이해』*

1. 말과 글의 경계를 넘어서

인류에게 문자의 발명은 가히 문화에 있어서 불의 발명이라 할 수 있다. 문자 이전의 인간에게 지식의 보존과 전달이란 망각과의 처절한 투쟁이었다. 시간이 갈수록 지식을 쌓여만 갔고 그것을 모두 기억할 사람은 없었다. 먹고 자는 것 외에 오직 암기로만 평생을 보내는 '그리오'라는 지식 전수자의 능력도 한계가 있었다. 이 불편을 견디지 못한 인류는 결국 문자를 발명했고 이로서 지식은 수천 년의 세월을 견디며 전수되었고 지구 끝까지 전달되었다.

구어는 구연되는 상황의 맥락과 의식 주체의 감성이 중요시된다. 인간의 감각에 직접적으로 호소하며 그때그때의 상황―예를 들면 관객의 반응이라든가 화자의 상태에 따라 말의 방식과 결과가 다르게 나타난다. 반면 문자는 그 맥락에서 자유롭다. 인간의 구체적인 몸을 통해 구연되던 지식은 이제 몸과 떨어져 추상적인 기호의 체계에 의존한다. 언제 어

---

* 최유찬, 『컴퓨터 게임의 이해』, 문학과학사, 2002.

디서나 같은 뜻이 된다는 신화는 구술 언어에 비하여 문자 언어의 객관성을 보증해 주는 듯 했다.

말을 매체로 한 감성적 발화인 구술 문학은 이제 문자를 매체로 한 감성적 발화로 이동하면서 문학이 된다. 문학 작품은 문자 시대의 정점에서 영화를 누리게 된다. 그러나 매체의 특성으로 인한 차이가 구술성과 기술성이란 차별로 확대된다. 문자 시대, 기술성을 중심으로 구술성이 설정되고 후자가 감성적 비논리적, 주변적인 것으로 규정되는 경향이 있었던 것이다.

그러나 디지털 매체의 발명으로 지금까지의 이 이분법에 대한 모순이 발견되었다. 디지털 매체의 언어는 구술성과 기술성을 넘어서는 제3의 이야기 방식인 것이다.

> 섬끝났다아~^^ / 음냐. 집에가는 사람은 / 으 난 물리숙제 @_@ / 처량
> 해 >_<

위의 예는 학생들의 채팅 사이트에서 흔히 발견되는 글쓰기 방식이다. 웃는 표정(^^), 어지러운 표정(@_@), 찡그린 표정(>_<) 등 설명을 들으면 수긍이 가는 난해한 문자의 집합에 기성세대들은 가뜩이나 낯선 그들의 사이트에 더욱 주눅이 들게 된다. 그래도 이 정도는 양반이다. 휴대폰에 뜨는 문자 메시지는 가히 한 장의 그림 카드를 대하는 느낌이다. 여기에 문법과 맞춤법을 무시하는 구어체의 말투. 이 때문에 최근 통신언어를 비판하는 안티 통신어 사이트가 네티즌들 사이에서 호응을 얻고 있기도 하다. 왜 이런 현상이 일어나며 그 의미는 무엇일까?

사람들이 만나서 남 이야기하거나 세상 돌아가는 이야기하면서 시간 죽이는 것만큼 스트레스 해소되는 일도 없을 것이다. 지나고 보면 내용

은 없어도 오고가는 대화 속에서 서로의 친근감을 확인하면서 긴장이 풀리고 재미가 나는 것이다.

그런데 이런 쉽고 재미있는 유희가 인터넷에서 이루어진다. 내가 타이핑한 '말'이 상대방의 모니터로 전달되어 '보인다'. 다시 상대방의 반응이 금방 내 모니터에 떠오른다. 마치 대화 상대자의 얼굴을 보는 것처럼. 이런 과정에서 이모티콘(emoticon)이 저절로 나타난다. 웃음, 윙크하는 모습, 어지러운 모습 등 주로 얼굴 표현을 하다보면 마치 상대방의 표정을 보면서 대화를 나누는 느낌이 들게 된다.

이제 언어는 기술성과 구술성의 방식으로는 더 이상 설명하기 힘들게 되었다. 디지털 매체는 양방향성, 비선형성, 다매체성 등의 특성 때문에 지금까지 연구되어 온 서사학으로는 분석이 되지 않는다. 예를 들어 서사학에서 스토리와 서술을 구분하여 인과 관계가 잘 짜여진 이야기가 예술적 서사라고 보는 견해는 디지털 매체에서는 맞지 않는다. 그렇다고 해서 디지털 서사가 구술성만을 지닌 것은 아니다. 양방향성을 지닌다고는 하나 구술 시대의 공연처럼 구연자와 감상자가 동일한 시공에 있는 것은 아니다. 우리는 며칠 전에 온 이메일을 오늘 열어서 답장을 보낼 수 있다.

이제 구술성 / 기술성의 이분법을 떠나 좀더 원형적인 이야기인 스토리텔링의 개념이 창출될 필요가 있다고 본다. 여기서 스토리텔링은 인간이 세계를 감성적으로 인식하고 발언하는 방식이다.

2. 디지털 서사의 일종인 게임에 대한 심도 높은 접근

이제 최근 디지털 매체에서 발생하는 스토리텔링은 보다 체계적이고 본격적으로 연구되어야 할 시점에 이르렀고 『컴퓨터 게임의 이해』는 게임에 대한 국문학자의 본격적인 인문학적 사유라는 점에서 의미를 갖는다.

이 책의 저자에 대해 객관적인 존경심보다 더한 감사의 마음을 필자가 가지는 이유는 인정받고 있는 국문학자가, 그것도 20대가 아닌 기성세대가 이 장르에 관심을 가짐으로써 게임에는 무엇인가 있다는 확신을 사람들에게 심어줄 수 있다는 점에 있다. 디지털 서사는 대체로 네트워크 문학, 하이퍼텍스트 문학, 컴퓨터 게임, 가상현실의 네 종류로 나뉜다. 네트워크 문학은 디지털 매체의 하이퍼텍스트성을 거의 사용하지 않고 있고 하이퍼텍스트 문학은 문자 의존도가 강해 멀티미디어적 속성을 충분히 활용하고 있지 못하다. 가상현실은 아직 기술이 개발되지 않아 스토리텔링이 미흡한 실정이다. 따라서 현재 디지털 서사의 특성을 파악하기 위해서는 컴퓨터 게임의 연구가 선행되어야 한다.

그런데 지금까지 게임은 컴퓨터 사주면 공부는 안 하고 게임만 하는 골치 덩어리 오락 프로그램 정도로만 치부되어 왔다. 그러나 필자는 게임이 단순히 오락이 아니라 인간의 지각 체계를 변모시키는 새로운 예술 체험임을 역설한다. 여기에는 우연히 <삼국지> 게임에 빠져 들었다는 소설을 보는 방식에까지 변화를 경험한 개인의 구체적이고 생생한 체험이 녹아있기에 설득력이 있다.

저자는 박경리의 『토지』 같은 대하소설이 하나의 공간 이미지로 포착되는 경험을 하면서 소설이 시간적으로 경험되는 예술인 반면 게임은 공간 중심 지각 방식임을 깨닫는다. 게임은 프로그램과 게이머의 긴장된 상호작용의 연속으로 되어 있다. 당연히 게이머는 짧은 시간에 게임 세계의 전모를 즉각적으로 파악해야 한다. 이 방식에 익숙해지면 점차 서사가 공간 체험의 방식으로 이해된다는 것이다. 최근 젊은 작가들의 소설에서 영상 이미지가 자주 발견되는 것도 그 때문이다.

게임은 단순한 오락이 아니라는 저자의 주장은 지금 이 시대에 값어치가 있다. 실재로 '놀이'가 아무 소용없는 것이라는 주장은 어느 한 가지만 진리인 근대의 이분법적 사고의 소산인지 모른다. 그것은 놀이와 공부, 소비와 생산의 경계가 모호해져 버린 이 시대에 정말 버려야 할 선입견이다. 사실 놀이는 아무 것도 생산하지 않는다. 재화를 만들어 내지도 업적을 낳지도 않는다. 놀이를 해서 직접적으로 변하는 것은 아무 것도 없다. 그리하여 놀이의 이 근본적인 무상성(無償性, gratuite)때문에 사람들은 놀이를 경박한 것, 시간 낭비라고 생각한다. 그럼에도 불구하고 놀이를 권장하는 이유는 무엇인가?

많은 역사가들과 심리학자들은 면밀한 조사 끝에 이 놀이의 무상성이야말로 사회에 있어 최고도의 문화활동을 발전시키는 원동력의 하나라는 것을 밝혀냈다. 놀이가 표현하고 발전시키는 심적 경향은 문명의 중요한 요소를 구성할 수 있다. 먼저 놀이는 제약·자유·창의라는 관념들을 결합시킨다. 놀이는 불평등한 재원을 최대한 이용하는 능력, 제약과 욕망 사이의 유연한 운동 등을 수반하는 경우가 많다. 놀이자는 자진해서 자발적인 제약을 받아들이는 과정을 통해 안정된 질서에 대한 암묵적인 입법을 확립한다. 놀이의 여러 특징들을 살펴보면 사회의 질서를 잡아주는 제도들이나 그것들의 영광에 공헌하는 학문들의 대부분의 근원이 놀이정신에서 나왔다는 호이징가의 견해가 무리가 아니라는 것을 알 수 있다.

저자는 게임의 과정을 통해 게이머가 체험하는 풍요로운 것들에 대해 차근차근 말해간다. 게임에서 게이머는 다양한 서사의 데이터 베이스 중 하나만을 실현한다. 그리고 이 과정에는 게이머의 취향과 능력이 능동적으로 작용한다. 소설을 읽는 독자가 작가가 제시한 하나의 플롯을 수동적으로 따라간다면 게이머는 프로그램에 능동적으로 접근하여 자신의 이야기를 선택한다. 독자가 소설을 통하여 세계가 무엇인지, 사람들이 그 세계에서 어떤 방식으로 살아가는지 깨달았다면 요즈음의 게이머들은 게임을 통하여 사람들과 관계를 맺고 세상과 관계를 맺는 방식을 배운다.

3. 문화예술의 자양분을 통한 문화산업의 방향

지금까지 게임 연구는 산업적 측면에서 어떻게 생산하고 판매하는가를 중심으로 이루어져 왔고 이는 스토리텔링이 주요 요소가 되는 게임의 질적 저하를 초래했다. 때문에 이처럼 게임의 구조를 이론적으로 구명하고 있으면서 그것의 기능을 인간의 지각 방식, 현 사회의 구조와 관련시켜 설명하는 이 책은 값진 것이다.

게임, 애니메이션, 영화, 음반 등은 이 시대 새로운 문화예술로 부상하고 있으면서도 아직까지는 문학, 순수 미술, 순수 음악이 보유하고 있는 질과 풍요로움, 다채로움의 수준에는 이르지 못하고 있다. 저자는 이 시대의 중요한 문화예술이면서도 문화예술가의 관심을 받지 못해온 게임을 새로운 시각으로 조망함으로써 디지털 매체를 기반으로 한 예술의 발전에 한 가능성을 제시하고 있다.

전자공간에 간 이야기를 찾아서

1. 전자 공간에서의 고독한 몽상, 그리고 친구

97년 미국에서, 나는 무척 외로웠다. 서울대 국어국문학과에서 모더니즘 문학으로 박사 학위를 받고 92년 부임한 KAIST는 이공계 중심 대학이었다. 감성 중심, 문자 중심, 그리고 혼자 하는 공부에 익숙해 있었던 나로서는 실험실 경영 체계이며 계산과 수리, 혹은 이미지와 도표들이 낯설 수밖에 없었다. 단순히 전공이 없고 교양만 가르친다는 외로움이 아니었다. 추상적인 사유를 문자로 정리하던 나에게 가시적인 '제품' 개발의 방식은 낯설었고 기본적으로 많은 자본이 투여되는 학문의 방식은 자본주의의 그것을 닮아 있었다.

'문학의 이해' 강의 시간에 한 학생이 인터랙티브 스토리텔링(interactive storytelling)에 대해 발표하였다. 흥미 있었다. 틀림없이 서사 구조인데 지금까지 내가 배운 문자 서사와는 매우 다른 서사적 특성을 지니고 있었다. 독자가 원하는 경로만 클릭하여 이야기를 만드는 비선형적 특성이라든가 영상과 문자, 소리가 어우러지는 멀티미디어적 특성, 제한적으로나마 독자의 개입이 가능한 상호작용적 특성 등이 특이했다. 그러나 따지고 보면 이런 속성들은 구비문학이 지니고 있는 것이기도 했다. 이야기 꾼이 관중들의 반응에 따라 이야기 방식을 바꾸기도 하고 음성, 몸짓 등을 동원하여 다매체적으로 이야기를 진행해나가지 않았는가!

그러나 얼핏 보기에 책의 표면과 비슷한 컴퓨터 화면에서 왜 이야기는 구술적 속성을 닮는지 궁금했다. 마침 연구 연가 차례가 되었다. 연구 기관으로 하바드 한국학 연구소를 택한 이유는 그곳은 국문학 전공자의 해외 연구 장소로 가장 적합했고, 디지털 쪽으로 유명한 MIT가 바로 옆에 있어서 나에게는 일석이조요 금상첨화인 장소였다. 그때 그곳에서 자넷 머레이(Janet Murray)의 인터랙티브 스토리텔링 강좌와 책을 만났다.

그녀는 하버드에서 영문학 박사 학위를 받았으며 MIT에서 인터랙티브 스토리텔링 강의를하고 있었다. 그녀의 재치 있고 낙관적인 책, <Hamlet on the Holodeck>은 내게 많은 위안이 되었다. 나는 많은 위안을 받고 조금 덜 외로워져서 열심히 강의를 듣고 연구를 해나가기 시작했다. 같은 처지에 있었던 그녀에게 나 자신을 감정이입하기는 쉬운 일이었다.

2. 전자공간에서의 이야기

자넷 머레이가 주장하는 것 중 가장 흥미로운 것은 전자공간에서의 이야기의 발견이다. 물론 하이퍼텍스트 소설이나 게임의 서사에 대해 연구한 학자들은 그녀 이전에도 많았다. 랜도우(George P. Landow)나 아세스(Espen J. Aarseth)가 하이퍼텍스트 문학의 원리를 분석하거나 후기 구조주의 문학 이론과 그것의 유사성을 비교하기도 했고, 하이퍼텍스트 문학의 제작자인 샐리 잭슨 또한 상호텍스트성에 대해 깊이 있는 통찰을 보여 왔다.

그러나 머레이는 프로프의 이야기 이론을 통해 게임을 분석함으로써 사이버 공간에서의 이야기 구조가 인류의 근원적인 이야기 구조와 본질적으로 다른 것은 아니라는 사실을 확실하게 했다. 일찍이 프롭(V. Propp)은 러시아 민담에서 지속적인 요소와 가변적인 요소를 구별하면서, 이야기의 인물들은 변할 수 있다 하더라도 이야기 안에서 그들의 기능은 지속적이며 제한되어 있다는 결론에 도달한다. 그는 기능을 '행동의 진행에 있어서의 의미(significance)의 관점으로부터 정의된 인물의 행위'로 정의하면서, 민담에 적용될 수 있는 네 가지의 법칙을 제시했다.

> 1. 인물들의 기능은 그들이 어떻게 그리고 누구에 의해 수행되는가와는 관계없이 이야기 안에서 고정적이고 지속적인 요소로 작용한다. 그들은 이야기의 기본적인 구성요소를 이룬다.
> 2. 민담에 알려진 기능들의 숫자는 제한되어 있다.
> 3. 기능들의 연쇄(sequence)는 언제나 동일하다.
> 4. 모든 민담은 그들의 구조를 관찰할 때 같은 유형이다.

그리고 이 기능들은 31개이며 모든 이야기들은 아래의 기능들의 조합이라는 것이다. 필자는 이 31개의 기능이 게임에도 적용되고 있음을 증명해 보이는데 이것은 디지털 스토리텔링의 본질을 정의하는데 좋은 출발점이 된다.

이야기가 종이 매체에서 표현될 경우 문학이 되고 영상 매체에서 표현될 경우 영화가 되며 디지털 매체에서 표현될 경우 디지털 서사가 된다. 문자 서사에서 영화 서사로 가면서 이야기는 매체에 의해 다른 방식을 취한다. 이제 이야기는 다시 디지털 매체와 조우하면서 또 다른 형식을 보이고 있다. 즉 이야기라는 상위 범주가 있고 그 하위에 여러 이야기 방식이 있다고 보는 것이 옳다.

따라서 디지털 스토리텔링이란 컴퓨터상에서 일어나는 모든 서사행위,

웹상의 상호작용적인 멀티미디어 서사 창조들을 말한다. 여기에는 텍스트 뿐 아니라 이미지, 음악, 목소리, 비디오, 애니메이션 등을 포함한다. 그것은 오늘날의 디지털 기술을 사용하지만 기본적으로 이야기, 인물, 미스테리 등 서사형식으로부터 나온 것이다.

좋은 이야기 기술에 대한 인간 중심적인 인식과 새로운 디지털 도구의 창조적이고 잠재력 있는 정교한 인식 사이의 균형 감각이 디지털 스토리텔링의 관건이다. 이 예술 형식의 실행자는 그들의 디자인에 정보를 주는 서사예술(시, 스토리텔링, 연극, 소설, 수필, 영화)에 대해 높은 식견을 지니는, 컴퓨터상에서 창조적 작업을 하는 사람을 포함한다. 좋은 이야기는 어떤 매체에서든지 공헌한다.

3. 이야기, 그러나 너무 다른 사이버 공간에서의 이야기

그러나 사이버 공간에서의 이야기는 종래 서사 개념으로 설명할 수 없는 부분이 많은데 필자는 전자공학도들과의 오랜 협업과 교육으로 이 차이점을 날카롭게 분석하고 있다. 그녀는 디지털 환경의 네 가지 고유 자산을 과정 추론적, 참여적, 공간적, 백과사전적 특성으로 나누고 그런 환경에서 이야기는 몰입, 에이전시, 변형의 미학을 지닌다고 주장한다.

게임 등 사이버 공간의 다양하고 풍부한 조사와 분석을 바탕으로 필자는 몰입의 방식을 세세히 설명한다. 환상적인 대상으로서의 컴퓨터 공간의 몰입이 인류의 자산 서서 구조의 몰입하기 구조와 비교, 대조되면서 정확하게 파악된다. 컴퓨터는 외부 세계와 우리 마음의 경계에 위치한 경계의 대상으로서 그것은 관객과 무대 사이의 관계와 같다. 컴퓨터상에서 참여를 구조화하는 방법으로서의 '방문하기', '가면 쓰기' 등은 연극 등 허구의 예술에서 자주 사용하는 방법이다.

한편 에이전시는 필자에 의하면 참여자가 의미 있는 어떤 행동을 취할 수 있고, 또 그 자신이 내린 결정과 선택의 결과를 직접 눈으로 확인할 수 있게 해주는 능력을 뜻한다. 이 미적 요소는 관객의 참여하기와 관련되며 디지털 매체의 상호작용성과 밀접한 관련을 지닌다.

셋째. 변형의 미학은 컴퓨터의 모핑 소프트웨어가 가능하게 만드는 다채로운 화면의 변화 때문에 나타나는 다차원적 만화경을 말한다. 이는 단순한 아날로그적 동영상이 아니라 우리의 참여에 의해 순식간에 변해버리는 공간 속에서의 변모라는 점에서 새로운 관점이다.

그러나 머레이가 간파한 디지털 스토리텔링의 이야기적 속성의 백미는 '과정 추론적'이라는 개념일 것이다. 일종의 문제해결 과정으로서의 서사 말이다. 컴퓨터 게임에서 게이머들은 부여된 과업을 여러 방식을 사용하여 풀어나가는 과정에서 레벨이 올라가고 마침내 이야기의 마지막에 도달할 수 있다. 이는 사실 등장인물에게 어려운 과업이 주어지고 그 고난을 극복하여 마침내 행복에 도달하는 영웅소설이나 신화의 이야기에서 유래하나, 한편 다른 점은 그 과정에 게이머의 능동적인 문제 풀기가 나타나야 한다는 점인 것이다.

그럼에도 남는 아쉬움은 필자의 디지털 스토리텔링 이론에는 종래의 서사 구조와의 유사성이 차이점보다 더 많이 강조된다는 점이다. 이런 경향은 대부분의 서사학자들에게 나타나며 이 특성 때문에 다른 분야 학자들의 비판을 받는다. 예를 들어 게임은 공간탐색이지 이야기가 아니라는 비판과 문제를 푸는 과정이지 이야기가 아니라는 비판이 대표적이다.

게임은 유사 공간 탐색이며 여기서 대상물로부터 느껴진 감응을 지각하는 과정인 시각 경험은 단편적인 정보를 받아들이는 시감각으로 이루어진다. 눈이 상황을 시각적으로 인지한다면 두뇌는 수용된 메시지들을 하나의 시각적인 이미지로 종합하는 작용을 한다. 여기에 사운드가 있고 시각적 자극에 일정하게 반응하는 몸동작이 존재한다. 시감각과 청각 나의 이런 동작들이 만들어 낸 경험이 시간의 축에 따라 배열되고 내가 이들의 관계를 종합적으로 파악하는 작업을 통해 시간적 연쇄에 의해 종합된 구조가 지니는 총체적인 의미의 인식에 도달하게 된다. 이것이 게임의 스토리텔링이다.

이 방식은 이야기의 정의가 시간적 연쇄에 의해 종합된 구조가 지니는 총체적인 의미라는 점에서 이야기임에 틀림없다. 사람들은 종이 위에 쓰인 이야기에 익숙한 나머지 그것이 이야기의 전부라고 생각한다. 그런데 머레이는 이 오해를 불식시켜주지 못하고 있는 것이다. 마찬가지로 어려운 과업을 수행해 나가는 게임의 방식 또한 서사의 정의를 '문제해결 전략'이라고 보는 서사학자들의 이론에 어긋나지 않는다.

4. 이야기는 영원하다

그러고 보면 필자의 낙관론처럼 영상의 시대에 문학은 위축되거나 사라지는 것이 아니라 다른 매체 환경에서 새로운 꽃을 피우는 것인지 모른다. 그녀의 주장에 의하면 모든 감동적인 서사란 그것이 어떤 매체로 표현되느냐에 상관없이 언제나 하나의 가상현실로서 경험된다. 진정한 문학적 위계는 매체의 위계가 아니라 의미의 위계인 것이다.

그렇다면 사이버 공간에서의 서사 또한 문학의 본질과 다를 바가 없는 것이며 새로운 매체 환경에 의해 보다 새롭고 경이로운 감동의 세계로 독자를 이끌 것이다. 다중의 독자가 참여하여 이야기를 만들어가는 방식은 중심이 상실된 현대 세계에 오히려 적합한 서사 방식인지 모른다. 몰입이 중독으로 가지 않도록, 참여가 혼란으로 가지 않도록 아름다운 서사의 양식을 창출해 나가는 것이 디지털 시대 이야기꾼들의 임무인지 모른다.

디지털 게마인샤프트에서의 문학행위

박범신이 네이버에 소설을 연재했다? 황석영이 네이버에 소설을 연재한다? <강안남자>의 해프닝 이래로 신문에 연재소설이 사라지다시피 한 이 시점에서 연재소설은 인터넷으로 옮겨갔다. 무슨 의미일까 이것은?

자국어에 대한 사랑이 강조되고, 맞춤법 통일안 등이 제정되었으며, 건국신화 등이 전면화된 것은 세계 어느 곳에서나 유래 없이 근대 형성기였다. 근대 교통 제도와 전화 등의 통신 기구가 사람들의 사유와 체험의 범위를 봉건제의 봉토 영역에서 국가의 범위로 확산시킨다. 이후 국가라는 상상의 공동체를 유지시킬 이데올로기가 필요해졌다.

민족주의가 갖는 이데올로기적 호소력은 근대 이행기에 왕조의 정통성의 상실감을 능히 대체해줄 가치관이었고 이 가치관은 매일 아침 배달되며 자국어로 자국의 뉴스를 들려줌으로써 자국인이라는 사실을 끊임없이 주지시켜주는 신문에 의해 더욱 가중되었다. 그리고 그 신문 한 귀퉁이에 자리 잡은 감상적 글쓰기로서의 연재소설은 민족의 연대감을 만들어 가는데 큰 역할을 한다.

비록 총독부의 기관지격이었으나 한국어 일간지였던 <매일신보>에 연재되었던 이광수의 <무정>을 읽은 조선 독자들은 열광하였다. 사랑에 고뇌하며 동시에 민족에 눈떠가는 당대 조선 젊은이들의 모습이 일제 침략이나마 '민족'의 개념을 알아가던 근대 조선인들의 정신에 부합했던 까닭이다. 이후 한국의 대표소설은 연재소설인 경우가 많았다. 또 근대의 대표적인 지식 전달의 수단은 인쇄매체였고 스토리텔링 중 인쇄매체의 것인 문학이 가장 큰 힘을 발휘한 것은 당연한 일이었다.

그런데 디지털 정보통신이 일반화되면서 무언가 많이 변하기 시작했다. 근대 인쇄매체 시대는 많은 사람에게 골고루 지식이 분배되는 지식 민주주의 사회였으나 지식의 생산자는 여전히 소수에 불과했다. 전문지식을 지닌 전문가나 등단한 문인들만이 책을 출판할 수 있었고 신문에 지면을 얻을 수 있었다.

그러나 디지털 시대에는 수많은 사람들이 인터넷에 자신의 글을 올린다. 물론 옥석을 가리기 힘든 측면도 있지만 많은 사람의 지혜가 모인 지식은 곧잘 큰 힘을 발휘하고는 한다. 미국의 위키피디아는 사용자가 직접 참여하여 콘텐츠를 제공하거나 수정할 수 있는 온라인 백과사전이다. 현재 영어로 된 문서만 백만 건에 이르고 10만 명의 사용자가 참여하고 있다. 그런데 이 백과사전의 정호가도는 기존 전문 백과사전의 오류율과 비슷한 정도라는 것이다. 지금까지 지식의 쓰레기장이라고 비난받았던 인터넷은 풍부한 자료와 자기검열로 점차 지식의 백과사전으로서의 역할을 수행해가고 있는 상황이다.

그리고 더 중요한 현상, 최근에 이런 인터넷의 자료들은 공간과 시간에 구애받지 않고 언제 어디서나 사람들과 접속할 수 있게 되었다. 가장 대중적인 예가 지하철이나 길거리에서 휴대폰을 통해 주식거래를 하거나 이메일 검색을 하는 경우이다. 사람들은 언제 어디서나 인터넷에서 본 것과 같은 동영상, 게임, 정보를 즐길 수 있게 되었다. 정보는 이제 폭발의 경지를 넘어서 거대한 인간의 두뇌로 변하고 있다. 머릿속에 굳이 정보가 저장되지 않더라도 언제 어디서나 데이터베이스에 접속해서 정보를 얻을 수 있다. 이제 집합지능(collective intelligence)은 연결된 지능(connected intelligence)으로 변해 더욱 엄청난 힘을 발휘한다.

근대성의 면모는 군중의 발견에서 시작한다. 대도시 군중의 익명성이 그 예인데 이 개념이 최근에 변하고 있다. 몇 년 전만 해도 지하철의 옆 좌석의 사람은 철저한 타인이었다. 그러나 최근에 사람들은 지하철에서 앉자마자 누군가 친밀한 사람과 혹은 친밀한 캐릭터와 끊임없이 소통하고 있다.

이러한 상황은 새로운 공동체의 형성을 예고하고 있다. 나의 육체는 익명의 공간인 게젤샤프트에 있지만 디지털 매체로 인해 나의 정신은 친밀한 사람들의 공동체인 게마인샤프트를 이루고 있다. 집합지능, 연결된 지성이 서로 소통하고 감성적으로 교류하면서 만들어내는 이 사회에 우리의 글쓰기가 놓여 있는 것이다.

박범신의 <촐라체>의 글쓰기에는 물론 부분적으로 양방향적 소통 구조가 나타났었다. 독자에게 자발적으로 메일로 글을 전달하기도 하고 독자의 댓글에 답신을 달기도 했다고 알고 있다. 그러나 작가는 수많은 악성 댓글에 절망했다. 원활한 소통이 이루어지지 않은 것이다. 『촐라체』는 인터넷에서의 접근이 금지된 채 책으로 발간되었다. 부분적인 실험은 책의 발간으로 종결되었다. 백만여 명이 다녀갔다고 하나 연재소설이고 보니 고정 독자는 훨씬 줄어들게 된다. 여기에 이 콘텐츠는 '공짜'였다, 그렇다면 역시 소설의 부가가치는 인쇄매체에서 찾아지는 것 아닌가?

소통의 범위가 세계로 확산되어 있는 인터넷 매체에서 '우리말'로 작품을 하는 행위는 스스로의 소통 범위를 국가단위로 제한시키는 결과를 낳는다. 그렇다고 '국제어'라는 영어로 글쓰기를 해보았자 한국어 특유의 맛과 멋을 완전히 죽이는 결과를 낳을 뿐이다.

그렇다면 글로벌 시대에 맞는 스토리텔링은 무엇이 있을까? 영상 스토리텔링이 일단 답이라 할 수는 있다. 한류(韓流) 현상이 드라마나 영화에서부터 나타난 것은 단순히 대중문화라서 대중매체의 위력에 힘입은 것 때문이 아니라 영상을 동반하기 때문인 점을 부인할 수는 없다. 문자가 번역의 장벽을 넘어 독특한 감수성을 전달하기 힘든 반면 영상은 보편적인 소통 구조를 지니므로 감정의 할인이 적을 수밖에 없다. 때문에 한국적인 것이 세계인의 공감을 불러일으킨 것이다.

영상에다 끊임없는 상호작용을 일으키는 온라인 게임이, 즉 한국형 디지털 스토리텔링이 세계를 석권하는 이유도 그 장르가 매체의 특성을 가장 잘 활용하였기 때문이 아닐까? 그러나 자극과 반응의 즉발성이 불러일으키는 중독성, 화면 전체에 가득한 폭력성에 긍정적인 점수를 줄 수는 없는 일이다. 여기에 상업성은 끊임없이 소비자의 본능적 취향에 영합함으로써 독자의 기대지평을 저급하게 만들고 있다.

소통의 글로벌화에 맞는 새로운 가치관을 담고 있는 새로운 스토리텔링의 대두가 절실한 시점이다. 『촐라체』는 한국이 아닌 곳을 배경으로 위험에 도전하는 알피니스트를 그렸다는 점에서, 『개밥바라기별』은 자전적 성장소설을 그렸다는 점에서 공통점을 가진다. 디지털 게임이 저급한 의미의 성장 스토리텔링이라는 점에서 일맥상통하기도 한다.

그렇다면 인터넷 글쓰기가 손쉽게 아이템을 획득하고 기대치에 도달하게 함으로써 진지하게 자신을 성찰할 여유를 주지 않음으로써 진정한 문제 해결을 불가능하게 만드는 게임과 다른, 성장 스토리텔링을 가상공간에서 만들 수 있을 것인가? 그 미래가 주목된다.

출판시장에 불고 있는 스토리텔링의 힘

1. 출판문화와 스토리텔링

최근 '—이야기'라는 제목이 붙은 책이 인기이다. 시오노 나나미의 『로마인 이야기』에서 비롯된 듯싶은, 역사를 이야기로 푸는 방식은 『이야기 세계사』, 『새로 쓰는 이야기 세계사』, 『다시 쓰는 이야기 세계사』 등으로 확산되고 있다. 종교의 진리를 이야기로 푸는 『성경 이야기』, 『불경 이야기』는 오래 전부터 비롯되었지만 과학의 이론이나 논술의 원리처럼 자칫 까다롭고 지루한 성격의 글마저 이야기로 풀어나가는 방식의 책이 요즈음처럼 성황을 이루었던 적이 없었다. 여기에 성공한 사람들—예를 들면 장영주 같은 바이올리니스트나 오프라 윈프리 같은 앵커우먼의 일대기, 또는 평범하지만 행복하게 삶을 꾸려가는 사람들의 이야기가 흥미를 끈다.

그런데 방금 앞에서 든 이야기는 다소 다른 점이 있다. 첫째, 역사적 사실을 이야기로 풀어나가는 방식에는 사실과 허구의 섞임이라는 측면이 강하고, 과학이론이나 논술의 원리를 이야기로 푸는 방식은 추상적이고 보편적인 원리를 구체적인 예화로 표현한다는 측면이 강하다. 역사적 사실에 허구를 섞는 방식은 최근 팩션(faction)이라는 장르로 영화나 소설에서 자주 활용되어 큰 반향을 불러일으키고 있으며 후자의 경우는 어린이나 어떤 분야에 입문하는 소비자들을 위한 교육서적에 많이 활용되고 있다.

왜 이렇게 다른 이유로 이야기 형 서적들이 독자들의 흥미를 끌고 있는 것일까? 그러나 조금만 관찰해보면 이 다른 이유의 '이야기'들이 사실은 새로운 시대의 흐름을 동일하게 반영하고 있음을 알게 될 것이다.

2. 정보통신의 발달과 스토리텔링형 이야기의 등장

필자는 몇 년 전부터 디지털 매체의 의사소통 환경이 가상놀이인간을 탄생시켰다는 주장을 해온 바 있다. 인터넷 공동체가 감성공동체이며 문자에 이성이 작동한다면 영상에는 감성적이고 직관적인 감각이 작동한다는 점, 여기에 기술의 발전 속도가 빨라질수록 사람들은 불확실한 미래를 감각적인 꿈으로 파악하려는 심리를 보인다는 점이 가세하여 감성적인 요소가 세상을 지배하기 시작했다. 그리고 감성은 놀이성과 밀접한 관련을 지닌다.

특히 디지털 영상의 발달로 많은 시간을 멀티미디어에 둘러싸인 인간들은 매체의 감성적이고 놀이적인 속성을 현실 공간에 작용시키려는 속성을 지니게 되었다. 그런데 놀이는 내가 참여하여 만드는 이야기이다. 사람들이 이야기를 좋아하게 된 이유인 것이다.

가상세계의 재미와 놀이성이 현실세계로 확산되는 이 시대에서 현실과 허구의 경계가 모호해지는 현상이 보편적으로 나타나게 된다. 최근 문학이나 영화, 드라마에 일종의 대체역사물이 크게 인기를 끌고 있는 것도 이 때문이다. 예를 들어, <다빈치 코드>는 성경에 얽힌 비밀을 레오나르도 다빈치의 <최후의 만찬>과 연결시켜 '성배(聖杯)'가 성모 마리아를 뜻한다는 획기적인 사실로 그럴싸하게 포장해낸 소설이다. 이 놀라운 줄거리는 세인들의 폭발적인 관심을 끌어내었고 곧 영화로 제작되었다.

이런 경향은 최근 역사 드라마에도 나타난다. 중국의 동북공정에 자극받아 <주몽>, <연개소문>, <대조영> 등이 제작되었으나 종래 사극과 확실히 다른 점은 드라마에 표현되고 있는 사건들이 진실인가 아닌가에 대한 잣대가 훨씬 유연해졌다는 점이다. 원래 고대사는 기록이 거의 남아있지 않아 의상, 주거 등도 당대 중국의 기록이나 중국 풍습 등을 참조하여 재구성해내는 것이 상례였으며 최대한 사실에 입각하려 노력하였다. 그러나 현재 사극에는 작가의 상상력이 더 중요시되고 있으며 그것 때문에 더욱 인기가 높아지고 있는 것이다. 예를 들어 여주인공인 소서노에 대한 기록은 연타발 군장의 딸이며 우태와 결혼하여 두 아들을 둔 과부라는 것, 재산을 기울여 주몽이 고구려를 세우는 것을 도왔으며, 나중에 두 아들과 함께 백제를 세운다는 정도밖에 남아있지 않다. 그러나 드라마에서는 대소 왕자와의 관계, 상단(商團)을 이끌고 있다는 것 등이 세세히 나와 있다. 해모수의 역할도 훨씬 다양하고 커져 있다. 그러나 현대 한국인들은 이 드라마틱한 이야기를 역사 왜곡이라고 비판하지 않는다. 옛날 그 장소의 일들을 허구의 이야기로 만들며 상상의 나래를 펴며 같이 즐거워한다. 현재 중국의 동북공정을 과거 한민족의 가장 빛나던 날들과 대비시키며 현실의 불만족을 해소하고 있는 것이다.

이처럼 역사의 진실과 이야기의 허구를 구분하지 않는 방식은 진지함을 놀이성으로 대치하는 현대인의 사고방식과 일치한다. DMB 등으로 언제 어디서나 애니메이션, 영화 등을 감상할 수 있게 된 현대인들은 실재 여기서 일어난 일과 여기서 자신이 즐기고 있는 '거짓말(虛構)'을 뚜렷이 구분하지 않게 된 것이다.

그렇다면 과학이나 논리 등을 이야기로 풀어내는 것은 무엇 때문인가? 에듀테인먼트(Edutainment)란 용어가 있다. 에듀케이션과 엔터테인먼트의 합성어로 모든 범주에 오락성이 첨가되는 디지털 시대의 새로운 현상 때문에 나타난 합성어이다. 진지하게 지식을 주입하는 교육에도 재미와 오락의 요소를 첨가하는 경향이 뚜렷해졌다. 그런데 놀이성과 이야기성은 밀접하게 관련이 있다. 당연히 에듀테인먼트에 이야기가 매우 적절한 전략으로 활용되는 것이다.

3. story + tell + ing

그러나 21세기의 '이야기'는 인류 역사의 시작과 더불어 나타난 이야기의 개념과는 다른 점이 있다. 서사(敍事), 이야기, 스토리, 담론이란 유사한 용어들이 있음에도 불구하고 굳이 '이야기하기'란 용어가 창조된 것도 이 때문이다.

story+tell+ing의 세 요소로 구성된 이 단어는 이야기와 말하다, 그리고 현재진행형의 의미를 담고 있다. '이야기'란 인쇄매체 시대에는 주로 '이야기되어진 것'을 말한다. 작가가 이야기를 써서 책으로 출판하면 독자가 읽는 그 이야기는 이미 과거에 이야기되어진 것이 된다. 이 방식은 구술문화 시대에 구연되는 이야기를 구연자와 청취자가 같이 공유하는 방식과 매우 달라진다. 여기서 'tell'은 단순히 말한다는 의미 외에 보여지며 심지어 촉각이나 후각 같은 다른 감각들이 포함된다. 특히 구연자와 청취자가 같은 맥락 속에 포함됨으로써 구연되는 현재 상황이 강조된다. '−ing'는 상황의 공유, 그에 따른 상호작용성의 의미를 내포하고 있는 것이다.

그런데 이 구연의 상황이 어떻게 다시 가능해진 것인가? 그것은 바로 정보통신의 발달 때문이다. 디지털 기술로 멀티미디어로 표현하는 것이 쉬워진 상황 속에서 사람들은 정보의 소통, 자기표현, 교육 등에 멀티미디어 매체를 사용하기 시작했다. 말과 몸짓으로 자신을 표현했을 때의 약점은 원거리 전달이 불가능하고 보존이 불가능하다는 점이다. 이 때문에 지식은 축적되지 못했고, 이 어려움을 타개하기 위해 문자가 발명되었다. 책이나 문서는 멀리까지 운송이 가능하며 수백 년 동안 보존이 가능하게 되어 인류 문명은 비약적으로 발전하였다. 그러나 문자는 모든 정보를 온전히 담지 못하는 약점을 지닌다. 예를 들어, "한 소년이 공을 찬다"란 문장을 읽었을 때 독자들은 저마다의 생체험에 의해 다른 이미지들을 떠올린다. 아프리카 원주민들은 흑인 어린이가 맨발로 짚으로 만든 공을 차는 모습을 떠올릴 것이고, 한국인들은 축구 유니폼을 입은 어린이가 가죽공을 차는 모습을 떠올릴 것이다. 또 문자는 작가와 독자가 동일 맥락 속에 있지 못한다는 약점을 지닌다. 작가와 독자의 상호작용이 거의 불가능하기 때문에 글쓰기 단계에서 문법이 엄격하게 지켜져야 하며 가상의 독자를 상정하여 신중하게 정보를 전달하여야 한다.

디지털 매체의 발달은 이런 어려움을 해결한다. 멀티미디어가 쉽게 되며 상호작용성이 가능하기 때문에 구연 상황과 같은 효과를 낼 수 있다. 그런데 이 가상공간에서의 커뮤니케이션 환경은 앞에서 언급했다시피 감성적, 놀이적 측면을, 궁극적으로는 스토리텔링의 양상을 띠게 되는 것이다. 그리하여 이야기는 스토리텔링의 방식으로 나타나게 되었다. 종합하면 스토리텔링은 멀티미디어적인 속성과 상호작용성이 강화된 이야기라고 볼 수 있다.

4. 스토리텔링의 힘

그렇다면 스토리텔링은 어떤 마력을 지녔기에 이렇게 디지털 시대의 현대인들의 관심을 끌고 있는 것일까? 사람들은 왜 이야기를 하는 것일까? 우리는 끊임없이 이야기를 하고 남의 이야기를 들으며 하루를 보낸다. '수다'가 스트레스 해소에 좋다는 미약한 변명을 넘어서서 이야기가 우리의 하루를 지탱해준다고 해도 과언이 아니다. 우리는 왜 이렇게 이야기에 집착하는 것일까?

그것은 이야기가 세상의 수많은 사건과 알 수 없는 정보 속에서 개인이 자기 정체성을 찾는 중요한 방식이기 때문이다. 어떤 사건에 대해 자기 나름의 방식으로 이야기하는 과정을 통해 복잡한 현실 상황에서 분열하고 길을 잃은 주체는 하나로 통합되어 중심을 찾게 되는 것이다. 시간적 경과의 의미있는 구조화를 통해 이야기가 이루어지고 이 인과율에 따른 연쇄관계 속에서 인간은 자기 정체성을 찾아간다.

우리는 어린 시절부터 동화책을 읽고, 초등학교 때부터 문학수업을 받으며 명작을 읽도록 권장받는다. 그것은 좋은 이야기, 특정 인물이 인생에 부딪치는 여러 난관들을 헤쳐 나가며 세상에 대한 나름의 해석 방식을 획득하는 과정을 대리체험할 수 있기 때문이다. 심리치료, 정신과 진료에도 이야기는 즐겨 활용된다. 의사나 상담사는 환자의 이야기를 통해 그의 의식을 파악하고 그의 분열된 정체성을 회복할 방도를 찾는다.

5. 스토리텔링과 출판

이제 최근 출판물에 스토리텔링의 기법이 큰 인기를 끌고 있는 이유를 알 수 있을 것이다. 디지털 시대의 독자들은 재미있고 감동적으로 메시지를 전달하는 방식에 익숙해있다. 이 커뮤니케이션 방식을 글쓰기에 도입하는 것은 인쇄매체가 나아갈 방향 중의 하나로 보인다. 특히 독자들에게 어려운 과제를 쉽고 재미있게 전달하여 학습 효과를 높여야 하는 학습서-에듀테인먼트(edutainment)물에 스토리텔링은 매우 중요하고 유효한 전략이 될 것으로 보인다.

저자 **최혜실**

서울대 국어교육과를 졸업하고 서울대 대학원 국문과에서 석사, 박사학위를 받았다.
KAIST 인문사회과학부 및 문화기술 학제 전공 교수를 거쳐 현재 경희대 국어국문학과 교수
로 있다. 『문학사상』으로 문단에 데뷔했고 2002년 김환태평론문학상을 수상했다.
하버드대학 방문교수를 역임했고 인문콘텐츠학회 부회장, 문화콘텐츠기술학회 부회장으로
있다. 과학문화재단 자문위원, 한국문화관광정책연구원 이사, 문화콘텐츠진흥원 CC&T포럼
위원장을 역임하고, 간행물윤리위원회 심의위원, 기업도시위원회 위원 등으로 활동하였거나
활동하고 있으며 『문학사상』, 『문학수첩』, 『사회비평』의 편집위원을 역임하였다.
지은 책으로 『디지털 시대의 문화예술』(편), 『사이버 문학의 이해』(편), 『문화산업과 스토리
텔링』(편), 『모든 견고한 것들은 하이퍼텍스트 속으로 사라진다』, 『신여성들은 무엇을 꿈꾸
었는가』, 『디지털 시대의 문화읽기』, 『디지털 시대의 영상문화』, 『문학과 대중문화』, 『가상
놀이인간의 탄생』, 『문화콘텐츠 스토리텔링을 만나다』, 『문자문학에서 전자문화로』, 『문화
산업과 스토리텔링』, 『한류드라마의 스토리텔링』, 『방송통신 융합시대의 문화콘텐츠』, 『테
마파크의 스토리텔링』 외 다수가 있다.

역락비평신서 17

서사의 운명

저자 최혜실

인쇄 2009년 3월 2일
발행 2009년 3월 9일

펴낸곳 도서출판 역락
등록 1999년 4월 19일 제303-2002-000014호
펴낸이 이대현
편집 김지향

주소 서울시 서초구 반포4동 577-25 문창빌딩 2층
전화 02-3409-2058(영업부), 2060(편집부)
팩시밀리 02-3409-2059
e-mail youkrack@hanmail.net

값 18,000원
ISBN 978-89-5556-655-0 93800

잘못된 책은 바꿔 드립니다.